RAMSÈS II
L'IMMORTEL

DU MÊME AUTEUR

CHEZ LE MÊME ÉDITEUR

Jeanne de l'Estoille :

1. La Rose et le Lys.
2. Le Jugement des loups.
3. La Fleur d'Amérique.

Orages sur le Nil :

1. L'Œil de Néfertiti.
2. Les Masques de Toutankhamon.
3. Le Triomphe de Seth.

Saint-Germain, l'homme qui ne voulait pas mourir :

1. Le Masque venu de nulle part.
2. Les Puissances de l'invisible.

Marie-Antoinette, la rose écrasée

Jacob, l'homme qui se battit avec Dieu :

1. Le Gué du Yabboq.
2. Le Roi sans couronne.

GERALD MESSADIÉ

RAMSÈS II

L'IMMORTEL

☥

LE DIABLE FLAMBOYANT

ARCHIPOCHE

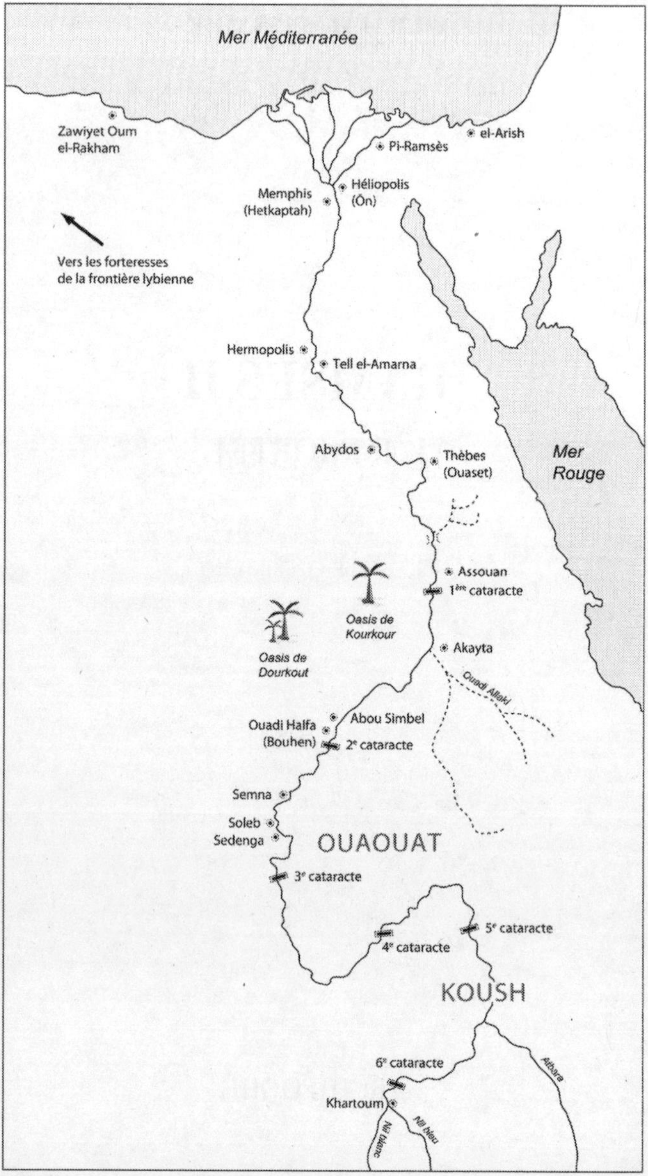
Mer Méditerranée
Zawiyet Oum el-Rakham
el-Arish
Pi-Ramsès
Héliopolis (Ôn)
Memphis (Hetkaptah)
Vers les forteresses de la frontière lybienne
Hermopolis
Tell el-Amarna
Abydos
Thèbes (Ouaset)
Mer Rouge
Assouan
1ère cataracte
Oasis de Kourkour
Oasis de Dourkout
Akayta
Ouadi Allaki
Abou Simbel
Ouadi Halfa (Bouhen)
2e cataracte
Semna
Soleb
Sedenga
OUAOUAT
3e cataracte
4e cataracte
5e cataracte
KOUSH
Atbara
6e cataracte
Khartoum
Nil blanc
Nil bleu

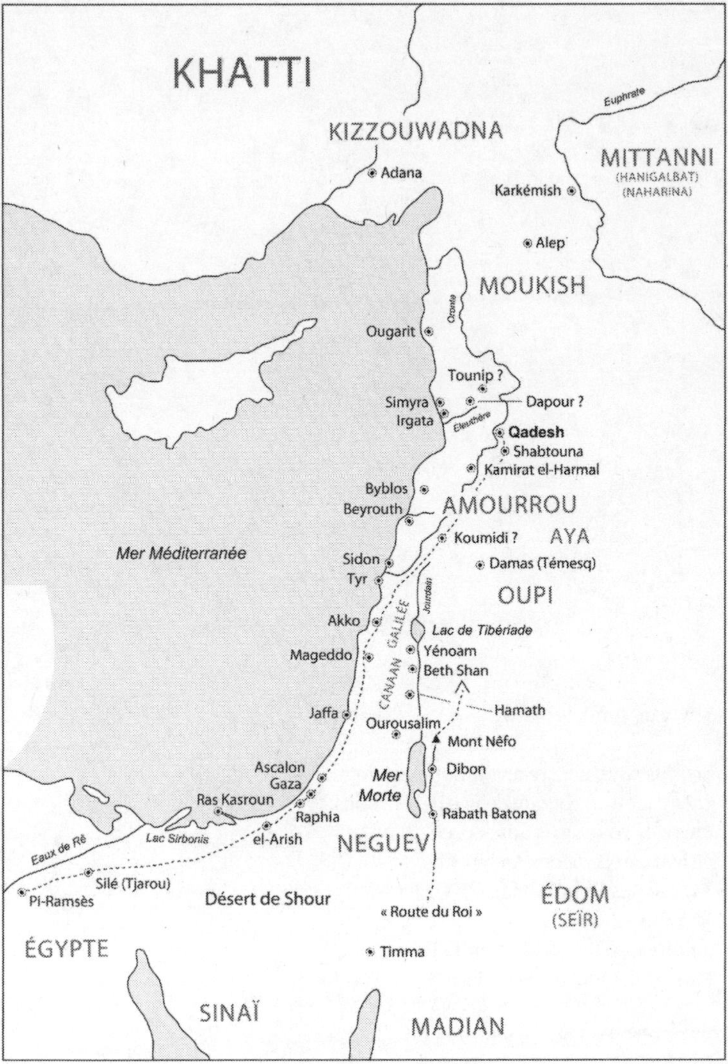
KHATTI
KIZZOUWADNA
Euphrate
MITTANNI
(HANIGALBAT)
(NAHARINA)
Adana
Karkémish
Alep
MOUKISH
Oronte
Ougarit
Tounip ?
Simyra
Dapour ?
Irgata
Eleuthère
Qadesh
Shabtouna
Kamirat el-Harmal
Byblos
Beyrouth
AMOURROU
Koumidi ?
AYA
Mer Méditerranée
Sidon
Damas (Témesq)
Tyr
Jourdain
OUPI
GALILÉE
Akko
Lac de Tibériade
Yénoam
Mageddo
Beth Shan
CANAAN
Hamath
Jaffa
Ourousalim
Mont Nêfo
Ascalon
Gaza
Mer
Morte
Dibon
Ras Kasroun
Raphia
Rabath Batona
Lac Sirbonis
el-Arish
NEGUEV
Eaux de Rê
Silé (Tjarou)
Pi-Ramsès
Désert de Shour
« Route du Roi »
ÉDOM
(SEÏR)
ÉGYPTE
Timma
SINAÏ
MADIAN

www.archipoche.com

Si vous souhaitez recevoir notre catalogue
et être tenu au courant de nos publications,
envoyez vos nom et adresse, en citant
ce livre, aux éditions Archipoche,
34, rue des Bourdonnais 75001 Paris.
Et, pour le Canada,
à Édipresse Inc., 945, avenue Beaumont,
Montréal, Québec, H3N 1W3.

ISBN 978-2-35287-293-1

PREMIÈRE PARTIE

L'OMBRE DU RIVAL

1

Le vol du faucon

Le soleil lui-même était déjà cruel. Les faces et les corps des écuyers et lieutenants des Écuries royales, alignés dans la grande cour, à l'est du Palais royal de Ouaset[1], luisaient comme du bronze poli. Le bleu du ciel était aussi implacable que la justice divine.

Le spectacle n'était pas moins pénible.

Un homme agenouillé au milieu de la cour, les mains liées derrière le dos, venait d'entendre la sentence du maître des Écuries, le corégent Ramsès en personne : trente coups de fouet pour détournement des fonds alloués aux écuries.

Le premier coup de fouet claqua. La lanière en nerf de bœuf lacéra le dos du coupable. Le sang perla. La bouche du condamné s'ouvrit, mais aucun son n'en sortit. Il avait peut-être vingt-deux ans, mais il avait montré sa bravoure dans maintes opérations punitives contre les Shasou[2], en Amourrou. Il ne crierait pas.

---

1. Thèbes.
2. Les Bédouins de Palestine.

Le deuxième coup de fouet traça une quasi-parallèle à la première lacération. La victime baissa la tête. Ni la douleur ni l'humiliation ne lui tirèrent plus qu'un râle rauque.

Les lieutenants frémirent. Ils connaissaient Horamès. Ils avaient partagé avec lui les rigueurs de la guerre et les plaisirs de la victoire, les danseuses et les bières des soirs de solde. La fraternité unit-elle donc les corps ? Ils ressentaient sur les leurs les coups cinglants de la lanière de cuir.

Au troisième coup de fouet, un filet de salive tomba de la bouche de Horamès, droit comme un fil à plomb, sans se décider à rejoindre le sol.

Plusieurs visages se crispèrent. Qu'avait-il volé ? Cent anneaux de cuivre ? Deux cents ? Mille ? Quel bien suprême ou quelle faute justifient jamais le supplice ?

Au cinquième coup de fouet, le torse du lieutenant déchu était tellement incliné que le fouet ne fit que l'effleurer. Plusieurs officiers se dirent que Horamès ne survivrait probablement pas à sa peine.

Les visages des spectateurs se levèrent : un faucon planait au-dessus de la cour. Il semblait presque immobile, symbole vivant du dieu Horus palpitant sur cette scène de justice.

Le justicier brandissait son fouet pour le sixième coup quand un messager accourut vers l'intendant adjoint des Écuries et, d'un ton fébrile, l'œil affolé, lui débita une information à l'évidence dramatique. L'intendant cria au justicier d'arrêter. Le bras armé du fouet se figea un instant, puis retomba. Le châtiment était suspendu. Les lieutenants s'étonnèrent, mais brièvement ; ils avaient deviné le motif de la grâce. Le pharaon Horemheb, alité depuis quelques jours, était donc parti pour le Grand Occident. C'était la seule explication à l'interruption du supplice. Le deuil royal l'interdisait.

Le faucon fila à tire-d'aile.

— J'ai l'immense chagrin de vous informer que notre maître, Amon incarné, le bien-aimé Horemheb, a quitté nos terres pour regagner son trône céleste, proclama l'intendant adjoint. Déliez le condamné.

Des lieutenants s'élancèrent pour relever et soutenir ce dernier, car il s'était écroulé au sol. Le médecin fut mandé et, en attendant qu'il vînt, les plaies furent lavées à la bière et l'on tendit à Horamès une gargoulette d'eau filtrée.

L'agitation régnait dans la caserne. La mort de Horemheb revêtait une tout autre dimension que l'état d'un lieutenant fouetté. Le pays changeait donc de maître. Et les Écuries royales aussi bien, car le successeur ne conserverait certainement pas cette charge. Ce serait donc Ramsès. L'intendant adjoint s'était essuyé le visage et, ayant rajusté sa perruque, s'apprêta à gagner l'aile du palais où habitait le futur pharaon, afin de lui exprimer sa tristesse.

— Horamès est gracié ? demanda son second.

— Oui, répondit l'intendant adjoint avec humeur. Ce faucon… était un signe.

Les deux hommes échangèrent des regards sombres. Horamès avait été l'un des favoris du défunt monarque. Mais de là à conclure que l'âme du mort était venue suspendre le châtiment, il y avait un pas que même des hommes pieux hésitaient à franchir. Toutefois, vu le nom du lieutenant, qui signifiait « Horus l'a engendré », il était également difficile de passer outre à la coïncidence.

Personne n'avait prêté attention à une jeune femme qui, dissimulée derrière une porte entrouverte de l'intendance, avait assisté au supplice. Le visage de pierre sous les coups de fouet, tressaillant à chaque claquement de la lanière de cuir sur le dos du lieutenant, elle s'était brusquement dérobée après le sixième coup. Elle avait fondu en larmes et c'était courbée dans les sanglots qu'elle avait disparu.

Peu après, un messager du Palais vint emmener le lieutenant déchu on ne savait où.

Un messager à cheval !

Personne non plus n'avait prêté attention à un spectateur qui avait observé la scène du haut de la terrasse dominant la cour de la caserne. Un garçonnet de cinq ans.

À la nuit tombée, un petit groupe de clients dépités s'attardait devant la maison de danses proche de l'avenue du Grand-Fleuve. Situé au bord de l'eau, l'établissement portait un nom charmant, Le Palais d'Ihy. Il recevait d'habitude une jeunesse tapageuse et dorée, venue blanchir la nuit en buvant de la bière ou du vin tout en se rafraîchissant les yeux au spectacle de jeunes danseuses peu voilées. Mais ce soir-là, les portes étaient closes. Nulle musique de sistres ni de tambourins n'en franchissait les murs, nul lumignon n'y brillait. Mais que se passait-il donc ? Deux ou trois jouvenceaux s'impatientèrent et allèrent tambouriner sur la porte. À la fin, celle-ci s'entrouvrit et les clients reconnurent le visage de la tenancière, dame Ianoufar, « Lune de Nénuphar », sans perruque ni fard et l'expression mécontente.

— Préfères-tu la compagnie des chouettes à la nôtre, femme ? lança l'un des jeunes gens, d'un ton goguenard.

— Dans quel terrier vivez-vous donc, bande d'ichneumons, pour venir ainsi faire du fracas à ma porte ? Vous ne savez pas que le pharaon est mort ? Je n'ouvrirai pas de la semaine !

Ils se dévisagèrent, stupéfaits. Le pharaon était mort ? Isolés dans les bureaux et les études d'administration de la périphérie, ils n'en avaient rien entendu dire. Les hérauts n'annonceraient que le lendemain l'événement à son de trompettes.

— Sers-nous donc un pichet pour nous consoler, s'aventura à suggérer l'un d'eux.

— Vous voulez que la police vienne me mettre à l'amende ? rétorqua Ianoufar d'un ton furieux.

Et elle claqua la porte.

Point d'alcool, point de danseuses et un deuil national. Les aspirants fêtards regagnèrent leurs domiciles d'un pas morne.

2

L'incident d'une perruque tombée

La perruque cérémonielle noire était tombée de la tête du garçon. Ou peut-être l'avait-il enlevée à cause de la chaleur régnant sur le bateau, lors du retour vers Ouaset, après les funérailles du pharaon Horemheb. À cet âge, le sens de l'étiquette était encore fragile chez les petits princes.

Et alors qu'il se penchait, le bras tendu vers l'eau, à la rambarde du premier navire du cortège fluvial, celui de l'héritier du trône, Ramsès Meryamon Menpehtyrê, dans l'espoir d'apercevoir des poissons, tous les dignitaires de la cour, embarqués sur les navires suivants, avaient découvert sa vraie chevelure. Ils n'avaient pu retenir leur stupéfaction.

Leurs regards ne s'étaient pas attachés au visage de l'enfant, exquise frimousse qui évoquait la fraîcheur d'une pomme, mais à ses cheveux – roux. D'un roux flamboyant, que la brise du Grand Fleuve faisait scintiller en les ébouriffant.

Quelques-uns l'avaient reconnu. Pa-Ramessou, le fils cadet de Séthi et petit-fils du prochain maître du pays de Horus, Ramsès Meryamon Menpehtyrê, était donc roux.

Roux ? Oui, la couleur dangereuse du dieu Seth. Le symbole de la violence, l'incarnation de la redoutable crinière solaire qui asséchait la terre. C'était extraordinaire, aux franges de l'impensable. Il n'y avait pas dans tout l'Empire dix personnes rousses. Des gens à cheveux jaunes, sans doute, oui, là-bas, à l'est, au voisinage des épouvantables Hattous[1], mais roux, non. D'ailleurs, les ânes, les bœufs et les chiens roux étaient chassés des terres cultivées. Et les perruquiers avaient soigneusement dissimulé ce trait singulier : non seulement sa perruque était-elle de la couleur réglementaire, quasi noire, mais encore la mèche de l'enfance, qui dépassait tout aussi réglementairement du bandeau de tête, était-elle de la même couleur.

Et un jour, peut-être, ce garçon aux cheveux rouges régnerait sur l'Empire ?

Les marins aux voiles devinèrent bien qu'un incident agitait leurs sublimes passagers, car plusieurs d'entre ceux-ci avaient quitté l'ombre fraîche des cabines pour aller se poster à l'avant des navires et tenter d'apercevoir on ne savait quoi au juste. Mais entre-temps, l'une des dames de la cour s'était avisée de l'émoi déclenché par l'apparition du garçonnet sans perruque à la rambarde du navire de tête. Pa-Ramessou avait donc regagné la cabine et avait été dûment recoiffé de sa perruque noire, tout aussi dûment repeignée.

Les coiffeuses de la cour avaient d'ailleurs fort à faire depuis la mise au tombeau du sarcophage royal : dans

1. Les Hittites.

la poussière du Haut Pays, les perruques devenaient grises au bout d'une heure. Et elles y perdaient également leur lustre. Mais on le savait bien dans leur profession : enterrement signifie triple charge de travail. Et tandis que les pleureuses s'échevelaient la crinière en s'égosillant, les perruquières passaient leur temps à peigner et lustrer ces coiffures confectionnées avec du crin de queue de cheval.

La surprise ne céda pas à la disparition du garçonnet.

À vrai dire, la rumeur d'un rouquin dans la famille princière courait depuis quelque temps, propagée par les domestiques, garçons de bains, maîtres des Garde-robes, esclaves du premier rang, allez savoir ! Mais personne n'avait pu le vérifier, perruque obligeant ; en effet, les membres de la famille régnante ne se montraient en public que coiffés.

— Ce garçon incarne donc parfaitement l'esprit du nom de son père Séthi, observa solennellement un dignitaire de la cour, le chef des scribes, passager du troisième des quatorze navires du cortège.

L'observation valait admonestation. Le dignitaire ne tolérerait pas d'allusions déplacées. Le nom de Pa-Ramessou à lui seul inspirait le respect : *râ*, c'était le globe solaire, *mes*, l'enfant royal, et *sou*, la plante de l'avenir. Le fils Pa-Ramessou était un gamin, mais un gamin royal.

— Seth est le dieu qui a sauvé le monde en transperçant de sa lance le serpent Apopis, ajouta le chef des scribes d'un ton encore plus sentencieux. Et c'est lui qui fait surgir les oasis dans le désert.

Il espérait prévenir de la sorte les commentaires graveleux sur le fait que le dieu Horus avait coupé les couilles de Seth pour se venger d'avoir été éborgné, au cours d'une bagarre céleste. Nul doute qu'après avoir daubé sur l'infortune de ce dieu à la tête bizarre, mi-renard mi-ichneumon, certains imprudents soulèveraient la question de la généalogie du rouquin et du reste de sa famille.

Les femmes ravalèrent donc les insinuations plus ou moins bienveillantes sur les origines brumeuses de la mère du phénomène, Thouy, Première Épouse de Séthi : n'était-elle pas originaire d'une province de l'Est ? Les personnes d'âge et d'expérience savaient bien, elles, que le *ka* des ancêtres pouvait se transmettre à leur descendance, au-delà de plusieurs générations. Le petit prince portait sans doute le *ka* d'un Hattou ou d'un Hyksôs, c'est-à-dire de barbares.

A-t-on aussi idée d'être roux !

Les bavardages feutrés dérivèrent ensuite sur le détail des funérailles, magistralement organisées par le grand-prêtre d'Amon et le prochain héritier de la double couronne du Haut et du Bas Pays. On évoqua évidemment le malaise du prêtre-lecteur, qui s'était interrompu un long moment dans la récitation des formules sacrées. Une défaillance du cœur, suggérèrent certains, car ce prêtre était bien âgé.

— L'émotion, rectifia le chef des scribes.

Dans la barque royale, assis à l'arrière de la cabine, entre sa sœur Thiyi et son frère aîné Pa-Semossou, le garçonnet prodigieux se tenait coi, impatient de rentrer à Ouaset. Son visage pâle, à l'ovale délicat, reflétait sa contrariété.

— Je voulais voir les poissons, dit-il.

— Des rebelles des profondeurs, bons à manger pour le peuple, laissa tomber Pa-Semossou.

À l'avant de la cabine, Ramsès et son fils Séthi échangeaient des propos inaudibles. À un certain moment, le grand-père tourna la tête et Pa-Ramessou lui trouva l'air fatigué. Ces funérailles avaient décidément été une épreuve physique autant que morale pour tout le monde. Pa-Ramessou s'y était ennuyé autant qu'il avait été suffoqué de poussière.

Personne à bord ne se doutait cependant que la chevelure du prince Pa-Ramessou serait l'un des détails les plus mémorables des cérémonies célébrant le départ du précédent pharaon, maître divin de To-Méry[1], pour la place de Maât, dans le Grand Occident.

Les rames des esclaves, sous les ponts, continuèrent de battre les flots bruns en cadence, avec la régularité du sang dans les vaisseaux du corps.

Personne n'a donc jamais prévenu les adultes que leur manière de parler aux enfants est ridicule ? Même un chat comprendrait qu'ils tentent de dissimuler la vérité.

Quand, au terme de leurs voyages d'aller et de retour qui avaient duré deux jours, les passagers du cortège eurent enfin remis pied sur les quais de Ouaset, Pa-Ramessou put juger aux mines de chacun, au Palais royal, que les lamentations des pleureuses et l'affliction qui durait depuis près de trois mois étaient pure hypocrisie.

— Ils ont l'air contents, souffla-t-il à son frère aîné, Pa-Semossou, en observant la foule des dignitaires, chambellans, scribes et autres qui, sourires melliflus et yeux énamourés, s'empressaient auprès de son grand-père, Ramsès.

---

1. L'un des noms de l'Égypte à cette époque.

Pa-Semossou mit l'index sur les lèvres, pour enjoindre le silence.

Mais les faits demeuraient. Jusqu'alors corégent et vizir du défunt Horemheb, Ramsès, prince héritier de Tout le Pays, serait bientôt le nouveau roi. Ainsi en avait-il été décidé par le monarque dont la dépouille gisait pour les siècles des siècles au fond d'une chambre décorée dans les profondeurs d'une syringe du Haut Pays. L'ancien général d'Akhenaton, le pharaon dont on ne parlait qu'à mots couverts, quand d'ailleurs on l'évoquait, était mort au bel âge de soixante et onze ans, après quelque trente années de règne. N'ayant pas d'enfants, il avait désigné Ramsès pour sa succession.

Les familiers du prince régent se félicitaient donc de la proche accession au trône de leur protecteur, car elle présageait évidemment leur avancement.

— Horemheb n'était donc pas le descendant d'un pharaon ? avait jadis demandé Pa-Ramessou à son précepteur, l'aimable Thïa, fils d'Amonouahsou, le scribe de la table royale, maître des Approvisionnements du Palais depuis Horemheb.

Âgé de douze ans de plus que son pupille, Thïa était spontanément aimé de tous en raison de son visage doux et de son esprit vif et sans malice.

— Non, mais c'était un homme de grand mérite, lui avait répondu ce dernier. Il a rétabli l'ordre dans le pays, il a exterminé les brigands et supprimé la corruption et les milices privées. Il a aussi restauré et consolidé le culte d'Amon et les autres cultes traditionnels.

Quelques explications habiles avaient résumé l'égarement d'Amenhotep le Quatrième, qui avait attribué une place excessive au dieu Aton, représenté par le disque solaire, ce qui avait contrarié les clergés du Haut et du Bas Pays. Peut-être Thïa répugnait-il à expliquer à son pupille que l'auguste incarnation d'Amon que représentait Horemheb était un plébéien originaire de Hout-Nesoût, dans le Moyen Pays, et qu'il avait été fidèle aux clergés traditionnels de la région. Pa-Ramessou savait qu'il ne fait pas bon poser trop de questions, mais il découlait donc de la réponse de Thïa qu'avant Horemheb le désordre régnait dans le pays. Il connaissait la liste des rois, enseignée par le précepteur : avant Horemheb avait régné Aÿ. Avant Aÿ, Toutankhamon. Avant Toutankhamon, Semenkherê. Avant Semenkherê, Amenhotep IV…

Lequel d'entre eux avait été responsable du désordre ? Et pourquoi le culte d'Amon avait-il été affaibli ? Pa-Ramessou avait décidé d'attendre une autre occasion pour élucider ces questions. Il s'en était autorisé une seule de plus, à son père cette fois :

— Horemheb est-il notre aïeul ?

— Non. Il a désigné mon père comme successeur parce qu'il connaissait sa valeur.

Mais de qui donc Ramsès était-il alors le fils ? Séthi avait considéré son fils d'un œil amusé et avait ajouté ces mots énigmatiques :

— La grâce d'Amon peut s'incarner dans l'être qu'il choisit indépendamment de ses ancêtres. Mon père est d'une famille de fonctionnaires du Moyen Pays. Son rang lui a été conféré par la grâce de Horemheb, inspiré par la sagesse d'Amon.

Ramsès n'était donc pas le fils de Pharaon. Il en découlait que lui, Pa-Ramessou, n'était pas de royale lignée.

Il en demeura pantois. Comment peut-on être prince et roturier à la fois ?

— Pourquoi Horemheb n'a-t-il pas eu d'enfants ?

Thouy lâcha une exclamation scandalisée et Thiyi se retint de rire. Pa-Semossou fit une grimace. Séthi, interdit, se résigna à avouer qu'il n'en savait rien.

Un cheval de bois monté sur des roulettes fixait le mur d'un air buté. Mais Pa-Ramessou n'était guère d'humeur à le promener dans les couloirs au bout d'une ficelle. D'ailleurs, ce n'était pas le moment.

L'ombre de l'aiguille de bronze sur le cadran solaire dépassait la troisième heure après midi. L'heure à laquelle le Palais, mouches comprises, faisait sa sieste. Pa-Ramessou connaissait son monde. Séthi, son père, et Thouy, sa mère, se retiraient chacun dans ses appartements, au premier étage, faisaient déposer sa perruque sur la catin au chevet de son lit et s'assoupissaient jusqu'à la quatrième heure. Thïa faisait de même. Après quoi, suivi de ses trois scribes, Séthi allait s'entretenir, dans les bureaux de l'aile est du Palais, avec les chefs de l'armée et des gouverneurs de province. Thouy et Thiyi recevaient les dames de la cour, mangeaient un fruit de saison, puis se rendaient aux bains avec ces dames. Pa-Semossou et Pa-Ramessou, eux, attendaient en compagnie de Thïa le retour de leur père, vers la sixième heure, pour gagner les bains à leur tour, se faire savonner, raser, masser et huiler le corps, poncer la plante des pieds et limer les ongles. Le souper était servi après cela. Certains soirs, Séthi allait seul chez Ramsès prendre le vespéral repas. Parfois Ramsès et sa première femme, la Grande Épouse princière Sâtrê, s'invitaient chez Séthi, et, dans ce cas, les mets étaient particulièrement raffinés, quartiers d'oryx grillés ou filets d'oie macérés dans la bière et cuits dans du vinaigre doux.

S'il ne faisait pas toujours la sieste, Pa-Semossou, lui, allait s'entraîner au tir à l'arc dans les jardins du Palais. Avec un arc taillé à sa mesure, évidemment, et de petites flèches, mais non moins redoutables pour autant : il avait un jour failli éborgner un jardinier. Pa-Ramessou était invité par son précepteur à faire aussi sa méridienne, mais il en éprouvait rarement le besoin. Sa grande distraction pendant que les aînés, c'est-à-dire la quasi-totalité des habitants du monde, dormaient pour digérer – car il l'avait déjà compris, on ne peut faire deux choses à la fois, digérer et penser –, était d'explorer le Palais subrepticement. Des caves, des cuisines et de la brasserie aux guérites des archers sur les toits, il avait tout visité et, plus d'une fois, s'étant égaré, il avait été ramené aux appartements royaux par un domestique. Peu de gens prêtaient attention à ce garçonnet fureteur et furtif comme un rat et, comme il gardait sa perruque en place, il ne risquait pas de retenir les regards : probablement un fils de fonctionnaire cherchant son chemin.

Ces territoires n'étaient pas des lieux de délices ; les sous-sols en particulier empestaient par endroits l'urine, d'humain ou de rat, sinon pire, le personnel n'ayant pas toujours le temps ou la discipline nécessaire pour courir à l'une des fosses d'aisance. Qu'importait, le plaisir du garçon était la découverte.

Il connaissait tout du Palais, les archives et les remises de pots et marmites, la fonderie de pointes de flèches et les écuries, les ateliers des scribes et la buanderie où l'on blanchissait le linge royal, et pas si royal, des quartiers des esclaves aux mystérieux sous-sols où fermentait une vie clandestine, principalement fornicatoire. Les premières fois qu'il avait surpris des gémissements de femme dans un entrepôt d'orge, il avait été bouleversé : devait-il courir au secours de la malheureuse ? Alerter des gardes ? Mais un regard coulé derrière la porte l'avait à la fois rassuré et décontenancé : couchée nue sur des sacs d'orge, la victime ne semblait pas trop mal en point ; elle tenait entre ses cuisses un homme qui la besognait en cadence, tout en lui pétrissant les seins, et sur les épaules duquel elle avait posé ses pieds. Une esclave et un quelconque contremaître. Pas de meurtre ni de quoi fouetter un âne. Le rugissement de l'homme l'avait toutefois laissé perplexe. L'acte inspirait-il tant de rage ? Le type du quidam aussi : sa couleur de peau était bien pâle pour un naturel du pays. Sans doute un prisonnier de guerre, un homme de l'Est, engagé au Palais pour ses compétences. Le personnel du Palais, Pa-Ramessou l'avait entendu dire par son père, comptait bien deux mille personnes, dont trois cents femmes. De temps en temps, leur sang chauffait, comme disait Pa-Semossou, à qui il avait confié son expérience et, comme ces gens n'étaient pas tous mariés, leurs humeurs chauffaient encore plus.

Depuis cette découverte, Pa-Ramessou passait indifféremment les chambres et recoins où des ahans caractéristiques le prévenaient d'activités sexuelles clandestines. Il n'était pas d'âge, il le savait, mais n'ignorait désormais plus grand-chose des anatomies respectives de la femme et de l'homme. N'ayant pas l'usage de ses instruments, il considérait ces affaires comme une faiblesse, sinon une affliction de l'âge adulte.

Il avait cependant fait, lui aussi, une bonne rencontre dans les sous-sols : un gros chat roux et vigoureux, qui longeait un jour un couloir en quête de rats ou de souris. À sa vue, l'animal s'était arrêté et l'avait dévisagé. Le garçonnet s'était accroupi pour lui parler. Le chat s'était approché à pas comptés et, de fil en aiguille, l'entretien avait fini dans des ronronnements et des caresses généreuses ; à la visite suivante, Pa-Ramessou s'était muni d'un quartier de canard dérobé dans le plat du déjeuner. Les rouquins s'entraidaient, c'était bien naturel.

Mais parmi les découvertes qui intéressaient le plus Pa-Ramessou, les bribes de conversations surprises au passage tenaient la première place. Certaines lui avaient ainsi appris que c'était pour d'obscures raisons sentimentales que vingt-cinq coups de fouet avaient été épargnés au troisième lieutenant des Écuries royales, Horamès, puni pour un détournement de fonds bien improbable. Pa-Ramessou n'avait rien compris d'autre aux chuchotements interceptés. Il fut d'autant plus intrigué qu'il avait bien perçu le nom de Horemheb. Auprès de qui pourrait-il démêler ces mystères ? Il remit la question à plus tard.

Deux ou trois jours après le retour des funérailles, il perçut la conversation suivante, dans le cellier :

— … Maintenant, il faudra bien qu'ils prennent une décision en ce qui touche au petit prince.

— Mais où est-il, ce prince ?

— À Hetkaptah[1], à la garde des prêtres du temple de Ptah.

— Mais pourquoi ?

— Je te l'ai dit, ses parents sont morts. C'est la nourrice qui a été le confier aux prêtres en présentant les sceaux en possession de la mère quand elle est morte.

— Et personne n'en a rien su jusqu'ici ?

— Apparemment pas. J'ai entendu le directeur des Secrets des appartements du matin répondre au prêtre de Ouaset que le moment était mal choisi pour une pareille révélation et qu'il devrait attendre quelque temps avant de la communiquer au Premier chambellan de Sa Majesté.

— C'est une histoire incroyable ! Et comment s'appelle ce prince ?

— Ptahmose.

— Quel âge a-t-il ?

— Six ans, ai-je entendu.

— Surtout ne te mêle pas de le répéter à qui que ce soit. On te ferait fouetter ou on t'enverrait dans une garnison d'Asie ou au pays de Koush[2] !

— Je ne suis pas fou. Et toi non plus, ne répète pas un mot de ce que je t'ai dit.

Des bruits de pas firent fuir Pa-Ramessou. Il était déjà à vingt coudées[3], caché dans une encoignure, quand la porte s'ouvrit. D'ailleurs, les deux hommes dont il avait saisi la conversation étaient partis dans l'autre sens. Il regagna le rez-de-chaussée en

---

1 Memphis.

2. Nom égyptien de la Nubie.

3. Une coudée thébaine valait 52 cm

s'interrogeant sur cette étrange révélation : il y avait à Ouaset un petit prince du même âge que lui, qui s'appelait Ptahmose.

Un prince royal.

C'était bien plus intéressant que d'avoir vu fouetter un lieutenant des Écuries royales. Cependant l'information était contrariante : un prince royal serait un rival. Surtout s'il avait le même âge que lui.

3

L'incarnation et le fantôme du rival

Le huitième jour après le retour de la cour à Het-kaptah, un génie turbulent s'empara du Palais. Dès l'aube, une fièvre inconnue de Pa-Ramessou fit vibrer l'air. Des essieux de chariots grincèrent alentour, bien plus nombreux que d'habitude, et les gonds des lourdes portes gémirent à leur tour, les murs de pierre s'emplirent des échos d'ordres lancés par les officiers chargés des divers services de l'administration royale, écuries, greniers et magasins, celliers, bureaux des scribes et des archives, garde-robes, buanderie… À la troisième heure après le lever du jour, les couloirs des appartements princiers résonnèrent du claquement des sandales de chambellans, secrétaires, scribes et domestiques. Les visiteurs de province affluaient dans la capitale, et ceux dont la faveur auprès de Ramsès n'était pas assurée tentaient d'en arracher une à Séthi, dans l'espoir d'un avancement, d'une prébende ou, faute de mieux, d'affermir leur position.

Même les mouches semblaient plus énervées qu'à l'accoutumée. Le couronnement approchait.

Pendant la semaine qui suivit, Séthi n'assista qu'à un ou deux soupers de famille, où il montra un visage exténué. Ce n'était certainement pas le moment de lui poser des questions sur un petit prince qui s'appelait Ptahmose.

Imbu de componction, l'instituteur qui dirigeait la classe d'âge de Pa-Ramessou, au collège royal ou *kep*, près du palais des Femmes, consacra ses leçons à la signification du couronnement. Cela changeait des leçons d'arithmétique, de géométrie, de géographie et de religion. Il y avait là une vingtaine de fils de dignitaires de Ouaset, chambellans, premiers scribes, généraux et autres officiers de la Maison royale.

— Le pharaon Ramsès sera l'incarnation du dieu Amon sur la Terre. Il possédera l'éclat créateur de Rê, la force industrieuse de Ptah, la puissance protectrice de Horus et la vigilance combative de Seth. Comprenez-vous ?

Pa-Ramessou leva la main :

— Mais je croyais que Horus et Seth étaient ennemis ?

— Ils sont antagonistes, pas ennemis. Aucun des deux ne détruit l'autre. Leurs forces opposées s'équilibrent dans le ciel comme elles s'équilibreront dans la divinité du pharaon, sous l'égide du dieu Apep, Maître des Équilibres.

Pa-Ramessou songea alors que Horus avait sans doute vaincu Seth dans l'équilibre supposé de Horemheb, puisque celui-ci n'avait pas eu d'enfants. Une étincelle insolente alluma son regard. Le précepteur s'en avisa.

— As-tu une question à poser ?

— Oui. Si l'équilibre est rompu à l'avantage de Horus, la personne perd ses couilles[1] ?

L'instituteur fut pris de court par cette référence directe aux péripéties du panthéon. Dans la rumeur inquiète que le risque suscitait chez les gamins, assortie de suppositions goguenardes, il battit des paupières et chercha une explication convenable. Ce prince était décidément bien impertinent.

— L'équilibre ne peut pas être rompu. Apep y veille, répondit-il.

Mais son embarras n'était que trop visible. Et Pa-Ramessou n'en pensa pas moins.

Sur quoi, la perruque de l'élève princier glissa et, une fois de plus, l'instituteur vit les vrais cheveux de son pupille. Le souci assombrit son regard. Un garçon roux. Et prince. Nul doute, s'il parvenait jamais au trône, que son règne serait mémorable. Cependant, sur l'injonction de Thïa, qui assistait au cours, comme d'habitude, Pa-Ramessou rajusta promptement sa coiffure.

À l'heure de la sieste, ce jour-là, Pa-Ramessou renonça à ses explorations des entrailles du Palais. On se bousculait dans les quartiers de l'intendance et les sous-sols et, la veille encore, il avait failli être écrasé par un sac de froment qu'un esclave avait maladroitement laissé tomber. Il limita donc ses incursions aux toits et terrasses du Palais et des bâtiments attenants, d'où il avait observé la flagellation du lieutenant Horamès. Vaste domaine. Le seul inconvénient était que les terrasses ne communi-

1. Allusion à un épisode de la mythologie égyptienne où, après avoir déjoué une tentative indécente de son oncle Seth, Horus, fils d'Osiris, lui coupa les testicules.

quaient pas entre elles, non seulement en raison de leurs différents niveaux, mais encore pour des raisons de sécurité. Il eût été ainsi impensable qu'on pût, des toits de l'une des ailes latérales, accéder à celui des appartements royaux et princiers et que les pieds d'un mortel se trouvassent de la sorte au-dessus du pharaon. Seuls les maîtres et fonctionnaires de la Garde-robe étaient ainsi autorisés à s'y rendre, eux seuls sachant à quel moment le monarque était absent de ses habitations.

Pa-Ramessou l'avait entendu dire une fois, mais il avait maintes fois mesuré l'écart entre ce que disaient les adultes et la réalité. Aussi gagna-t-il d'un pas décidé les anciens appartements royaux, au premier étage (en vérité, ils eussent dû se trouver au deuxième, mais le podagre Horemheb les avait fait déplacer au premier, trouvant les escaliers bien trop raides). Un formidable remue-ménage y régnait : après l'inventaire des biens du monarque disparu, dûment dressé par les scribes, on y préparait l'emménagement de son successeur. De nouveaux lits, bien sûr, de nouveaux sièges, d'autres coffres et d'autres luminaires. Des nuages de poussière ! Preste comme une souris, Pa-Ramessou se faufila jusqu'à l'escalier abrupt et gagna le toit. Il fut émerveillé : de sa vie, il n'avait jamais été aussi haut. Cinquante coudées ? Cent ? Il n'aurait su dire. Il découvrit le vaste paysage, au-delà des limites de la ville, jusqu'aux villages voisins, jusqu'aux temples de l'Ouest.

C'était donc sur ces étendues que régnait un pharaon. Et encore, il le savait, le pays était beaucoup plus grand, infiniment plus grand que ce qu'il embrassait du regard. De ces hauteurs, les humains sur l'esplanade paraissaient petits comme des mouches. Peut-être étaient-ils des mouches, en effet, et, lui, un rapace divin. Pa-Ramessou s'enivra d'espace. Une joie sans limites l'envahit, comme s'il était roi de ce Pays de Horus[1]. Il courut d'un bord à l'autre du toit, éperdu, s'arrêtant juste au bord, car aucune balustrade ne le protégeait du vide.

Soudain, il devint songeur. Il ne serait jamais roi de ce pays. Le prochain serait son grand-père, Ramsès. Et, après lui, son père, Séthi. Et, après celui-ci, son frère aîné, Pa-Semossou. Cela faisait beaucoup de temps. Il devint triste. Il quitta la Terrasse des Ivresses en esprit avant de reprendre l'escalier, contrarié et presque furieux.

Il erra dans le Palais comme un roi dépossédé. Il était retombé dans la réalité et c'était lui maintenant qui était petit. Dans le quartier des scribes, une terrasse s'ouvrait à son regard, entre deux colonnes. Il s'y aventura et découvrit l'esplanade devant la façade, et les soldats qui faisaient les cent pas le long des murailles. Nul enchantement n'en jaillit. Seules les hauteurs étaient enivrantes.

— Réjouis-toi dans ta céleste demeure, Amon, car voici que tu as enfanté un héritier terrestre pour ton royaume des Deux Terres.

La voix du grand-prêtre Pinedjem, debout devant son souverain, résonna entre les colonnes du temple d'Amon. Les sujets de la nouvelle Majesté, pressés en foule compacte devant les portes, entendirent l'invocation rituelle psalmodiée du maître suprême des

1. L'un des noms de l'Égypte à cette époque.

dieux. Mais ils n'en virent rien : le sacre était une cérémonie secrète.

L'épaisse fumée d'encens montant des cassolettes bleuissait l'air.

Torse nu, le pagne blanc finement plissé ceignant ses reins jusqu'à mi-cuisse, la peau huilée lui prêtant les reflets du bronze, Ramsès semblait une statue. Son corps plébéien et charnu paraissait monumental, ses pieds massifs seraient désormais l'affirmation de la puissance royale, ancrée dans la terre des Deux Pays, et son masque large aux lèvres pulpeuses serait le visage de la divinité sur cette terre. À droite, à bonne distance du trône sur lequel le souverain investi monterait bientôt, Sâtrê, l'épouse de Ramsès, son fils Séthi, Thouy, Thiyi, Pa-Semossou et Pa-Ramessou, les lointains parents de Horemheb et de Ramsès, observaient le cérémonial dans une immobilité si parfaite qu'on les eût crus déjà momifiés. À l'exception de Pa-Ramessou, les sens aux aguets et le visage comparable à la tête d'une souris qui guette un chat.

Flanqué de deux assesseurs, le grand-prêtre gravit les trois marches qui menaient au niveau d'une chapelle close, située exactement dans l'axe de la grand-salle, derrière Ramsès, qui s'était alors retourné : la chapelle était le *naos*, le saint des saints, le Centre de l'Univers. De part et d'autre de ses cloisons se dressaient des porteurs de torches. Les deux battants en étaient scellés. De sa canne cérémonielle, Pinedjem brisa le sceau. Deux verrous restaient à pousser.

Pa-Ramessou brûlait de curiosité. Quel trésor contenait la petite chapelle ?

— Le doigt de Sit glisse, clama le grand-prêtre en poussant le premier verrou. Le doigt de Sit glisse, répéta-t-il en poussant le second verrou. Le lien est rompu, le sceau est délié. Les deux portes du ciel s'ouvrent. Les deux portes de la terre sont décloses…

Plus vite ! songea Pa-Ramessou.

— … Le cycle des dieux rayonne. Amon, le seigneur de Karnak, est élevé sur la grande place !

Les assesseurs ouvrirent chacun un battant. La statue en or du dieu suprême étincela dans sa chambre secrète, semblant frémir dans les palpitations des torches. Peut-être l'outrage de l'effraction déclencherait-il sa colère et le couronnement serait-il annulé, en dépit des discours conciliants du grand-prêtre. Le temple s'écroulerait, le monde serait annihilé…

Pa-Ramessou frémit aussi.

— Je suis celui qui monte vers les dieux, clama Pinedjem, presque pathétique. Je ne suis pas venu en ennemi du dieu. Je suis venu accomplir sa volonté.

Et il entra dans la chapelle. Nul ne perdait un seul de ses gestes. Il pérora, d'une voix qui monta vers l'aigu :

— La terre sigillaire est rompue, l'eau céleste est forcée, sois établi sur ta grande place, Amon-Rê, seigneur de Karnak ! Ta couronne resplendit dans la gloire de ta puissance ! Tes beautés sont à toi, seigneur de Karnak et de l'univers !

Pinedjem se tourna vers l'assistance, saisie : il avait revêtu le masque d'Amon.

Chacun de ses deux assesseurs ajusta alors un masque différent : celui de droite, le masque de Horus, celui de gauche, le masque de Seth. Ils attachèrent au cou de Ramsès les insignes royaux du faucon et de l'abeille et lui remirent quatre sceaux, deux au nom de Geb, les autres au nom de Neith et de Maât.

Mais qu'était ce lit derrière la statue d'Amon ? se demanda Pa-Ramessou.

Les prêtres remirent à Ramsès une galette de terre et une hirondelle et lui reprirent les sceptres. Il se coucha sur le lit et les prêtres placèrent alors les sceptres sous sa tête, en chantant des formules que l'on percevait mal à l'extérieur de la chapelle.

Pa-Ramessou devina confusément que Ramsès mimait la mort. Celui qui avait été jusqu'alors le vizir et maître des Écuries royales n'existait plus. Le pharaon qui recevait l'esprit divin ne pouvait plus être un simple mortel. Mais la mort ne fut pas longue : Ramsès se releva et, au moment de franchir le seuil du saint des saints, un prêtre apporta des bols contenant deux fois sept plantes. Ramsès les huma l'une après l'autre et les décapita à l'aide de sa dague. Il accomplissait ainsi la destruction des forces ténébreuses.

Revenu dans la Maison de Vie, il fut alors entouré par douze prêtres, dont Pinedjem, portant toujours le masque d'Amon et tenant sur le bras une robe de lin rouge. Les célébrants aidèrent l'Élu à revêtir ce vêtement écarlate et se rangèrent auprès de lui. D'autres prêtres vinrent en procession lui offrir neuf oiseaux différents.

Les incarnations de Horus et de Seth retournèrent alors vers le *naos*. Deux couronnes étaient posées sur une table, au pied de la statue, une blanche et une rouge : Horus saisit la blanche, celle du Haut Pays, et Seth, la rouge, celle du Bas Pays. Les tenant à bras tendus, ils descendirent les trois marches et se dirigèrent vers Ramsès.

— Reçois la succession de ton père Osiris Ankh-Kheperou-Rê, aimé de Néfer-Kheperou-Rê, clama Horus.

— J'accueille l'âme de mon père Amon-Rê, répondit Ramsès. Je reçois la succession de mon père Osiris, fils d'Amon. L'aile de Nekhbet me protège, les anneaux d'Ouadjyt me protègent, l'âme de mon père Amon-Rê descend en moi.

Pa-Ramessou était tellement pénétré par ces paroles qu'il sentit l'âme d'Amon-Rê s'infuser en lui. Son cœur se dilata. Il regarda, émerveillé, Horus poser la couronne du Haut Pays sur la tête de son grand-père, puis Seth y emboîter celle du Bas Pays. Horus tendit le sceptre à Ramsès et Seth lui remit le fléau. Deux insignes de la royauté, comme la double couronne.

Ramsès monta alors sur le trône.

Son petit-fils était en transe.

C'était lui qui avait été couronné. La puissance et la gloire l'emplissaient de félicité. Peu importait le moment où il serait investi, elles lui étaient promises. Il éprouva son initiation à la beauté éclatante du pouvoir. S'il l'avait voulu, il se serait envolé, comme le faucon Horus ou le vautour Nekhbet. Il en fut transfiguré.

Le pharaon Ramsès Ier descendit de son trône et se joignit au cortège que menait Pinedjem incarnant toujours Amon. La première image de lui que vit la foule amassée sur l'esplanade du temple fut celle d'un homme en robe rouge avançant d'un pas solennel entre les haies de soldats en armes. Suivaient son épouse et sa famille. L'on s'attendrit sur le petit garçon au visage grave encadré par les dames d'atour. Ensuite venaient les hauts fonctionnaires, le maître des Secrets des Deux Dames, les couronnes, le maître des Secrets du matin, le Premier scribe et ses adjoints, le maître de la Garde-robe, d'autres scribes, le général en chef des armées, des lieutenants… Le pharaon tout frais et son épouse montèrent sur un char doré, dont les chevaux allaient au pas. Plus d'une heure s'écoula avant que le défilé eût atteint les portes du Palais, pour participer au banquet quasi cosmique qui s'y tiendrait.

Il était alors deux heures après midi.

Recru d'émotions, ivre des parfums respirés pendant des heures, épuisé, Pa-Ramessou tombait visiblement de sommeil. Quelques échanges discrets entre sa mère et le maître adjoint de la Garde-robe permirent de négocier sa grâce et il monta discrètement à l'étage pour faire, de son plein gré cette fois, une sieste que n'interrompirent même pas les trompettes de la garde royale.

Quand il fut réveillé par l'un des scribes de la Garde-robe, afin de rejoindre son père et son frère aux bains, il eut l'impression d'être un autre.

Une détermination farouche, irrationnelle, envahit alors son esprit. Un jour, il le savait, il succéderait à Ramsès. Peu importait quand, il serait pharaon. Et il ne céderait jamais sa place à ce rival inconnu dont l'existence alimentait les conversations clandestines, ce prince qui avait le même âge que lui et qui s'appelait Ptahmose. À coup sûr un rejeton de l'ancienne dynastie.

Non, jamais !

Il serra les poings et les dents.

Aux bains, Pa-Semossou s'avisa de ses mauvaises dispositions. Et, tandis qu'il se faisait masser les jambes et le dos avec une huile camphrée, Séthi releva aussi la morosité butée de son fils cadet.

— Qu'est-ce que tu as ?

— Je veux savoir qui est mon rival.

— Quel rival ? Qu'est-ce que tu racontes ?

Pa-Ramessou soutint le regard pourtant intimidant de son père.

— Ptahmose, répondit-il.

À l'expression contrariée de son père, Pa-Ramessou devina qu'il avait touché un point sensible. Pa-Semossou paraissait ahuri ; à l'évidence, il ignorait tout du sujet. Séthi ne répondit pas. Les baigneurs achevèrent de le sécher, l'aidèrent à enfiler sa robe de lin et ses sandales, puis dispensèrent leurs soins à ses fils. Le maître de la Garde-robe surveilla le chef des perruques tandis qu'il recoiffait le futur vizir et ses fils, puis Séthi se dirigea vers la sortie et la salle des repas.

— Où as-tu entendu parler de Ptahmose ? demanda-t-il en chemin.

— Je l'ai entendu, répondit Pa-Ramessou.

— Où ?

— En allant chercher ma toupie, qui était tombée dans l'escalier.

Mensonge maladroit. Mais Séthi fut assez magnanime pour ne pas insister. Le fait était que Pa-Ramessou avait appris l'existence d'un rival et les circonstances importaient peu.

— Où est Ptahmose, père ?

— Je l'ignore, fils. J'ignore même s'il existe vraiment.

— Il existe, père, répliqua le garçonnet d'un ton résolu, frisant l'impertinence. Il est à Hetkaptah, à la garde des prêtres du temple de Ptah.

— Mais que sais-tu d'autre, petit démon ? grommela Séthi d'un ton excédé, mais assez bas pour que personne de la suite princière ne pût l'entendre.

— Sa nourrice l'a confié aux prêtres et elle a présenté les sceaux en possession de la mère quand elle est morte.

Séthi s'arrêta pour fixer son fils de son regard le plus sévère.

— Mais qui le sait ?

— Père, le directeur des Secrets des appartements du matin a répondu à un prêtre de Ouaset que le moment était mal choisi pour une pareille révélation et qu'il devrait attendre quelque temps avant de la communiquer au Premier chambellan de Sa Majesté.

À ces précisions, Séthi sembla bouleversé. Mais il n'eut pas le temps d'approfondir les informations de son fils. Ils parvenaient, en effet, à la salle des repas et, ce soir-là, Sa Majesté et le grand-prêtre Pinedjem, ainsi qu'une vingtaine de prêtres du temple d'Amon, participeraient au repas, et il devait donc se composer une mine réjouie.

Il se joignit aux fonctionnaires qui attendaient l'arrivée de Sa Majesté. Dans de tels moments, Pa-Ramessou le savait, les enfants ne comptaient que par leur présence. Il ravala donc son humeur. Il sourit même avec une feinte candeur quand son grand-père vint lui caresser le menton avec la solennité qui sied à un dieu incarné.

Pareille distinction ne fut accordée ni à Pa-Semossou ni à Thiyi, leur sœur aînée. Un benjamin,

Pa-Ramessou le savait, possédait le privilège de représenter la vigueur de la race ; il signifiait que la sève était toujours vigoureuse.

Dans une chapelle de la mémoire, comme il en existe tant au royaume de Ptah, enfouies sous les sables et vouées à l'oubli éternel, sinon à l'impiété des voleurs, les fresques sur les murs racontent une histoire ordinaire et pourtant touchante. Une jeune femme rencontra un jeune homme. Les fruits et la volaille sur les étals alentour indiquent que cela se passa dans un marché. L'artiste a représenté les dattes, les melons et le plumage des canards avec une fidélité minutieuse. La jeune femme est d'origine royale, comme en attestent son cartouche et la finesse extrême de ses attaches. Son buste est droit comme un jeune palmier et ses seins pareils aux melons, mais ô combien plus parfumés ! Elle est seule, son monde est tombé en poussière, à l'instar de sa dynastie, combattue par les prêtres, car son père voulut instaurer le disque solaire comme dieu unique. Impardonnable impiété, car dans son évidente unicité, la divinité est multiple. Toute créature qui prétendrait le nier se rabaisserait elle-même au rang excrémentiel de l'ignorance et à la condition criminelle d'une fiole de poison. Cette jeune femme, qui naquit dans le luxe le plus raffiné, vit désormais avec une dernière servante dans une maison de pauvre. Le jeune homme est un militaire, mais dans une formule subtile, son cartouche assure que, loin du champ de bataille, il est douceur et force, et son nom est « né de Horus »,

Horamès. L'artiste n'a pu représenter leurs échanges de regards, ni l'intimité nocturne, ni les caresses réciproques de leurs haleines ; il a simplement dépeint le geste qui les a rapprochés : le militaire a offert à l'inconnue une corbeille de pommes et c'est ainsi qu'elle a cessé d'être une inconnue. L'artiste n'a pas voulu imaginer les mots avec lesquels ils ont tissé et brodé le drap sur lequel ils se sont couchés. Il dit simplement que la jeune femme en a conçu un garçon et que son amant n'était pas au départ de la barque sur laquelle elle a prématurément gagné le Grand Occident.

4

Une conversation dans un souterrain

Le premier soin de Séthi, quand il eut accompli les servitudes physiques du lendemain matin, bu son bol de lait d'amandes et croqué sa galette au miel, fut d'informer le directeur des Secrets des appartements du matin du pharaon qu'il souhaitait s'entretenir avec lui. Il n'avait pas encore été intronisé vizir de son père ni reçu la bague et le collier au cours de la cérémonie qui se déroulerait plus tard dans la matinée. Mais son autorité virtuelle pesait déjà sur la cour, et le fonctionnaire Nahor ne pouvait se dérober au mandement.

De fait, il arriva promptement dans la salle des audiences du futur vizir.

— Mon maître exalté m'a convoqué, dit-il en s'inclinant.

— J'ai une question à te poser et elle est simple : es-tu au fait de l'existence d'un descendant de la famille régnante antérieure à notre vénéré Horemheb ?

Une lueur scintilla dans l'œil de Nahor.

— Je suis au fait, mon maître, de l'existence de quelqu'un dont on prétend qu'il descendrait de la famille d'Akhenaton.

— En as-tu parlé à mon père ?

— Je l'ai appris peu après le départ de notre vénéré Horemheb. À ce moment-là, le lumineux vizir, ton père, avait l'esprit occupé par la charge suprême qui l'attendait, et la mienne n'est pas d'encombrer les esprits célestes avec des ragots d'ichneumon comme il en court trop souvent dans les parages des demeures du ciel.

— Il serait soutenu par les prêtres de Hetkaptah, me dit-on.

Une autre lueur brilla dans l'œil de Nahor. À l'évidence, il était surpris que le futur vizir en sût autant, et Séthi, qui le comprit, s'amusa brièvement de ce qu'une rumeur dérobée par un gamin de cinq ans, Amon savait où, pût troubler un personnage aussi éminent. Il aurait été lui-même fort surpris s'il avait su qu'à cet instant Pa-Ramessou écoutait la conversation du fond du placard à rouleaux où il s'était caché. Une demi-heure plus tôt, en effet, il avait, de la terrasse des appartements princiers, entendu son père mander le directeur des Secrets ; devinant que Séthi essaierait de s'informer sur le mystérieux prince Ptahmose, il s'était dépêché de gagner cette cachette avant que la salle ne fût occupée.

— Je n'ai pu vérifier ce point, répondit Nahor, qui commençait à s'inquiéter. Mais je vais le faire avant d'évoquer cette rumeur devant mon céleste maître.

Façon de signifier qu'il en référerait d'abord à son maître direct, Ramsès. Séthi ravala une impatience.

— Je vais requérir du céleste roi que je sois informé de tes recherches en même temps, rétorqua-t-il.

Réponse du berger à la bergère : si Nahor s'imaginait qu'il mènerait l'enquête à sa guise et à son rythme, il se fourrait le doigt dans l'œil. Il s'agissait d'une affaire dynastique et elle intéressait Séthi encore plus que son père Ramsès.

— Sait-on à la garde de qui est ce Ptahmose ? reprit Séthi.

Nouveau tressaillement de Nahor : Séthi était décidément bien informé ; il connaissait même le nom de ce prince. Mais qui donc lui avait fourni ces renseignements ? Il s'alarma.

— Je l'ignore, maître exalté.

— Je vais prier mon céleste père de hâter cette enquête, conclut Séthi sur un ton aussi raide que possible, mais sans offenser Nahor. Tu peux disposer.

Sur quoi un scribe de la Maison royale vint annoncer que le divin monarque souhaitait recevoir son fils. Séthi quitta incontinent la salle, suivi de son secrétaire et de ses scribes. Pa-Ramessou entrouvrit imperceptiblement la porte du placard et s'avisa qu'il ne restait plus qu'un seul scribe dans la pièce, un adolescent occupé à remplir les encriers. Peste du fâcheux ! Pa-Ramessou étouffait dans son réduit. Mais enfin, le jeune homme acheva sa tâche et sortit à son tour. Pa-Ramessou gagna prestement la terrasse, haletant, mais fort satisfait. Il avait deviné juste. Son père prenait l'affaire au sérieux.

La frustration est un fruit immangeable qui mûrit dans des cavernes souterraines et donc infernales, sur des arbres crochus. Dédaigné des hyènes elles-mêmes, il finit par choir, toujours hors de saison, quand il est trop mûr. Il éclabousse alors les gens alentour de ses glaires fétides et les rend mystérieusement malgracieux. Pa-Ramessou en tâta.

La vie suivit le cours que les saisons et les cérémonials prescrits par les humains, toujours les mâles, avaient imposé. Une semaine après le couronnement de Ramsès, son fils avait été nommé vizir et corégent et avait reçu le collier d'investiture.

Séthi avait alors été absorbé par les innombrables cérémonies et banquets. Tous les gouverneurs et les grands-prêtres de province, du nome[1] de Khnoum[2] et des frontières de Koush aux nomes du Bas Pays et aux rivages de la Grande Verte, affluaient à Hetkaptah. Leur absence eût signifié qu'ils n'existaient pas. Mais leur présence offrait des chances d'avancement. Aussi n'y avait-il plus un lit de libre à Ouaset et, quand l'aube se levait, les temples et les quartiers des scribes semblaient changés en dortoirs.

Thouy et Thiyi passaient le plus clair de leur temps à s'occuper de leurs atours et en compagnie des épouses des visiteurs.

Pa-Semossou, enfin, était devenu invisible : dès que ses cours avec le précepteur étaient achevés, il courait rejoindre les fils des mêmes visiteurs pour se livrer à des compétitions de tir à l'arc et, comme l'un des jouvenceaux avait failli éborgner un garde, Séthi avait donné l'ordre que ces joutes se fissent à bonne distance des habitations.

Pa-Ramessou déjeunait seul la plupart du temps. Il n'avait personne d'autre à qui parler que son

---

1. District.

2. Nom égyptien de l'île d'Éléphantine.

précepteur Thïa et s'ennuyait ferme. Doté d'une nature prévenante, Thïa s'évertuait à arrondir les angles de la vie ordinaire, de crainte qu'ils ne blessent les gens et notamment son pupille. Autant dire qu'il était porté à mentir par devoir autant que par sollicitude. Chaque fois que Pa-Ramessou effleurait le sujet de Ptahmose, le précepteur trouvait un faux-fuyant pour éluder le sujet.

Sur quoi survint la fête d'Opet[1], célébrant la visite du dieu Amon à son Harem du Sud, et Séthi disparut de nouveau pendant plusieurs jours.

Tout cela était bel et bon, mais rien n'avait été fait pour tirer au clair le mystère du prince Ptahmose.

Et Pa-Ramessou replongea dans les mystères du Palais.

Nul autre ne lui était offert. Le Palais était son domaine, mais aussi sa prison. Il ne pouvait en sortir pour aller explorer la ville voisine. Une aussi longue absence déclencherait la plus folle inquiétude et le soumettrait à la surveillance ininterrompue d'une horde de scribes, sans un moment de répit.

Le premier jour, les ragots ne lui apprirent rien qui méritât d'être inscrit sur les rouleaux des scribes. La fille aînée du second prêtre du temple de Khnoum s'était éprise du premier lieutenant des archers et forniquait avec lui dans les jardins du Palais, le gouverneur du nome de Ouaouât passait le plus clair de ses nuits

1. Fête qui célébrait la crue du Nil, en septembre, et durait vingt-trois jours.

dans les maisons de danses de la ville en compagnie de filles à peine nubiles et y dépensait des fortunes, le Premier scribe du gouverneur du nome d'Ipet-Sout vivait en ménage avec le deuxième scribe…

Les adultes se doutent peu du caractère dérisoire, pour un enfant, des racontars dont ils font leurs délices, surtout quand ils ont trait à des incartades sexuelles. Un enfant sait mieux que ne le soupçonnent ses aînés, ou que lui-même ne s'en souviendra plus tard, ce qu'il en est des choses du sexe, même s'il n'en a pas l'emploi : ce sont pour lui des attifets de l'âge, et il en mesure les débordements d'un œil cruel et clair. S'ils y éprouvent des émois, grand bien leur fasse. Les minauderies de la donzelle et les airs farauds de l'énamouré lui paraissent aussi drôles que les poursuites frénétiques d'un chat après une souris, à cette différence près que les rôles y sont plus ambigus. Il avait assez observé, par exemple, les momeries d'une certaine servante du service des Perruques des princesses, sa mère et sa sœur, à l'égard d'un robuste commis de la Garde-robe paternelle, pour n'en rien ignorer. Donc les infractions à un code qu'on ne lui avait pas encore enseigné, mais dont il devinait instinctivement les injonctions, lui paraissaient ridicules. Ce qu'il voulait, lui, c'était savoir qui était vraiment Ptahmose et où il se trouvait.

Cette idée fixe lui avait aiguisé les sens. Mais il ne décelait pas la moindre mention du rival, réel ou imaginaire, dans les bribes de conversations qu'il piquait au hasard de ses pérégrinations dans les couloirs et de ses indiscrétions.

Le troisième jour, une découverte lui fit momentanément perdre le fil de ses recherches. S'étant aventuré dans les sous-sols de la caserne, qui communiquaient avec le Palais par un couloir unique, il tomba sur des bruits de conversation qui annonçaient une réunion de plusieurs hommes. Le rythme des échanges, un fumet de ragoût de viande à l'oignon et des glouglous indiquaient que la rencontre se faisait autour d'un repas. La porte de la salle où se tenaient ces agapes était entrouverte. Prudemment, Pa-Ramessou glissa un œil entre les gonds : six hommes assis par terre, en tailleur et torse nu, autour d'un plateau.

— Encore un peu de bière ?

— Je veux bien.

— Il faudra faire un sacrifice à Horus. Le vol du faucon a fichu une fameuse trouille au général.

— Oui, tu m'as dit.

— Il est ravi de te réintégrer.

— J'ai été innocenté.

— Innocenté ou pas, tu n'aurais pas été réintégré sans l'ordre du nouveau vizir, Séthi.

L'ouïe de Pa-Ramessou se fit plus fine que celle d'une souris dans son trou.

— Tu ne veux pas nous dire le secret de ta disgrâce ?

— Je vous le dirais bien, mais il n'y en a pas d'autre qu'une infâme délation.

Un silence.

Pa-Ramessou scruta les convives et l'évidence lui sauta aux yeux : le dos qu'il apercevait portait plusieurs balafres. Des cicatrices encore fraîches, qui s'atténueraient sans doute avec le temps, mais qui étaient pour le moment bien visibles. Cet homme était donc le lieutenant des Écuries qu'il avait vu fouetter plusieurs semaines auparavant.

— Horamès, il n'y a peut-être pas de secret, mais comme tu es notre collègue et que nous t'aimons, nous devons te dire qu'il y a des rumeurs.

— Au nom de notre amitié, je vous prie de les garder pour vous. Je ne veux pas les entendre, répliqua l'autre avec détermination. Si je les écoutais, Herou, ce serait comme si je les approuvais.

Un long silence suivit.

— Je vous remercie de ce repas et de votre accueil, reprit Horamès en se levant. Maintenant, j'ai à faire avec le dressage des poulains.

Il saisit son baudrier, se leva, gagna la porte et sortit sans voir le gamin qui l'avait épié ; en effet, un groupe de servantes venait en sens inverse, portant des paniers de linge à blanchir, et le lui déroba à la vue. Le couloir redevint désert et Pa-Ramessou se retrouva seul. Il coula un regard entre les gonds. Les cinq autres lieutenants des Écuries restaient assis, sirotant des fonds de bière d'un air morose.

— Il ne pourra pas nier éternellement ces rumeurs, dit l'un d'eux.

— Si, pourtant. On finira par les oublier avec le temps. Son attitude est sage.

— Crois-tu que le pharaon les connaisse ?

— C'est lui qui a décrété le pardon.

— Ça ne veut pas dire qu'il connaisse les rumeurs. Il a décrété le pardon parce qu'il a compris que Horamès avait été victime d'une délation calomnieuse. Mais il ne connaît peut-être pas la véritable raison de la délation.

— C'était la vindicte du général Péhor. Il était le confident de Horemheb et ne s'est jamais consolé que ce pharaon n'ait pas eu d'enfants.

— Tais-toi, Noussès, les murs ont des oreilles.

— Je peux me taire, moi, mais on ne peut pas faire taire la vérité. Horamès avait été chargé de donner des enfants à l'Épouse royale, Moûtnedjmet, la fille du pharaon Aÿ. Il ne l'a pas fait. La dynastie de Horemheb aurait conservé le trône. Péhor aurait été vizir. Il a perdu toutes ses chances. Et tout ça, parce que la semence de Horamès n'a pas fécondé l'épouse de Horemheb.

— Tais-toi, te dis-je !

— Serais-tu le serviteur du mensonge ? Ou bien la vérité serait-elle un crime ? Nous savons, nous, que pendant son séjour à Hetkaptah, Horamès s'est épris d'une petite-fille d'Akhenaton, Néferneferourê, et qu'il l'a fécondée…

— Par le dieu Thot, ferme ta bouche !

— … et qu'un garçon est né de leur union. Vous connaissez même le nom de ce garçon : Ptahmose.

— Si quelqu'un entendait jamais cette conversation, nous finirions en pâture d'Apopis !

Le cœur de Pa-Ramessou battit à se rompre dans sa poitrine. Horamès était donc le père de Ptahmose.

— Tout ça, reprit le lieutenant bavard, celui qui s'appelait Noussès, n'aurait pas grande importance si les prêtres du haut en bas de ce pays n'étaient mécontents de voir sur le trône un homme qui ne possède pas une goutte de sang royal et qui ne peut donc pas être divin. Ils s'intéressent donc à ce prince de sang qui s'appelle Ptahmose et rêvent peut-être de l'élever au trône. Si vous croyez que ces rumeurs vont s'éteindre d'elles-mêmes, vous vous trompez.

— Sans doute, sans doute, mon bon ami ! coupa un autre militaire. Tu oublies cependant que le pouvoir de Horemheb était basé sur notre soutien, comme l'est celui de Ramsès. Nous avons partie liée avec le présent pharaon et nous n'avons aucun intérêt à divulguer des histoires sur l'existence d'un prince de la précédente dynastie. C'est sous les règnes d'Akhenaton et du petit Toutankhamon que ce pays a failli se disloquer comme une vieille charrette. Voilà pourquoi nous te demandons de fermer ton clapet.

— De plus, observa le lieutenant qui s'appelait Herou, nous ne voudrions pas assister à ta flagellation dans la cour de la caserne des écuries.

— Voulez-vous que je vous dise quelque chose ? rétorqua l'indiscret Noussès. Si j'étais à votre place, je me demanderais si je ne cours pas le risque d'être puni parce que j'aurais manqué de révéler au vizir l'existence d'un prince de l'ancienne dynastie.

L'argument leur cloua le bec un moment.

— Mais que proposes-tu de faire ? demanda l'un des contradicteurs.

— Je ne propose rien pour le moment, je réfléchis. Et je ne me comporte pas comme une femme qui craint le bâton de son mari.

Il se versa un plein gobelet de bière.

— Moi, dit un autre militaire, je proposerais de garder la tête froide. Tu l'as toi-même reconnu, Herou, ce ne sont que des rumeurs. Les rumeurs sont dangereuses. Nous sommes comme des enfants qui jouent avec des scorpions.

Pa-Ramessou regarda instinctivement ses pieds.

— Ah ! Ah ! écoutez la sagesse incarnée ! ricana Noussès. N'est-ce pas le grand-prêtre du temple de Ptah qui a révélé lui-même à notre ami Herou l'existence du prince Ptahmose et qui a précisé sa paternité et l'identité de la mère ? Allons, mes amis, assez tourné au tour du pot, dit-il en se levant.

Il était déjà à la porte quand il s'arrêta pour lancer à ses camarades :

— À la place de Horamès, je m'inquiéterais d'une chose.

— Laquelle ? demanda un militaire.

— Que ces prétendues rumeurs ne se répandent en si haut lieu que l'existence même du prince Ptahmose soit menacée. Ne l'oubliez pas, il peut quand même devenir un prétendant au trône.

Pa-Ramessou n'en entendit pas davantage. Il décampa, fou de terreur. Sa course ne s'arrêta que dans un escalier qui le ramenait à la lumière, quand il fut à bout de souffle, les jambes flageolantes.

5

La visite de la dernière servante

Le royaume s'organisait enfin dans la lumière neuve du pharaon. Les potentats de province étaient retournés chez eux, après s'être gobergés et assurés de conserver leurs privilèges ou d'en avoir acquis de nouveaux ; les prêtres avaient consolidé leurs pouvoirs et obtenu de nouvelles terres ; les commandants des places fortes du Haut et du Bas Pays pouvaient regagner leurs casernes de Knoumsekhem ou de Ta Sny et dire qu'ils avaient vu le pharaon et baisé sa sandale, et qu'il avait, dans sa suprême sagesse, confirmé leur autorité.

La vie reprenait son rythme et Séthi, son rôle de père de famille.

Le premier soir qu'il dîna à la maison après son entrée en fonctions fut le surlendemain du jour où Pa-Ramessou avait surpris la conversation entre les lieutenants des Écuries. Il en était encore bouleversé. Lèvres scellées, mais regard de feu, il ne détachait pas ses yeux de son père. À la fin, celui-ci s'en avisa.

— Que me dit donc mon cadet ? demanda-t-il, paterne et souriant.

— Les semaines ont passé, père chéri.

— Ta sagesse a donc crû.

— C'est à toi d'en juger, père chéri.

Formules convenues, dûment enseignées par le précepteur. Séthi hocha la tête, satisfait. Mais il était trop fin pour ne pas comprendre que le regard de son cadet recelait une demande. Il l'interrogea du sien : pas de doute, Pa-Ramessou avait quelque chose à dire.

— As-tu un souci ?

— Je voudrais toujours savoir ce qu'il en est du prince Ptahmose.

Séthi perdit son expression bonhomme.

— Ah, mais oui. J'avais chargé le directeur des Secrets de s'en enquérir… Puis il y a eu tous ces événements. Je vais le relancer.

— Ptahmose pourrait être un prétendant au trône, père chéri.

Séthi ouvrit de grands yeux.

— Écoute, on n'est même pas sûr de son existence, on ne connaît ni son père ni sa mère…

— Le père est le lieutenant des Écuries Horamès, père, et la mère était la princesse Néferneferourê.

Une guêpe aurait piqué le vizir Séthi que son sursaut n'aurait pas été plus soudain.

— Horamès ? répéta-t-il. Horamès ? Lui ? Mais comment sais-tu tout cela, petit diable ?

— J'écoute, père chéri. Les gens parlent quand ils se croient seuls et je suis l'oreille des murs.

— Mais où écoutes-tu ?

— Partout.

Il leva un regard effronté vers son père :

— Et pourquoi l'épouse de Horemheb était-elle stérile ?

— Mais tu en sais plus que le chef de la police lui-même ! s'écria Séthi.

Les éclats de voix avaient attiré l'attention de Pa-Semossou et du Premier scribe, qui se tenaient à distance respectueuse. Ils observèrent le père et le fils, engagés dans une conversation apparemment importante. Mais sur quoi ?

— De même qu'il y a des yeux qui ne voient pas, dit Séthi, il y a des ventres qui ne conçoivent pas.

Séthi semblait pensif.

— Si ce que tu dis est vrai, fils, reprit-il, il faut le vérifier. Demain, nous irons à Hetkaptah.

Soudain content, Pa-Ramessou enleva sa perruque et se gratta le crâne. Admiratif et stupéfait, Séthi considéra ce brin d'homme aux cheveux flamboyants. Peut-être le dieu Seth avait-il été pareil, quand il avait eu son âge… Mais que sait-on de l'enfance des dieux ?

Excepté le voyage en bateau pour les funérailles de Horemheb, c'était la première fois que Pa-Ramessou sortait de Ouaset. S'efforçant de garder l'équilibre sur un cheval bai, suivant son père, encadrés par deux officiers des Écuries et escortés par le Premier scribe, deux assesseurs et un détachement de fantassins, ils venaient, Séthi et lui, de débarquer à Hetkaptah au terme d'une longue journée de voyage. Le directeur des Secrets du matin ne faisait pas partie de l'expédition, ce qui constituait un désaveu tacite : il avait trop traîné à élucider l'affaire dont il était chargé. Accueillis au son des trompettes par le gouverneur et le général de la garde royale de la ville et quatre officiers, père et fils prirent la direction de l'un des palais, qui avait été préparé pour la circonstance. Quand il en avait entendu parler à l'occasion, Pa-Ramessou avait appris que la ville était considérée comme la charnière des Deux Pays : celui qui la tenait commandait la vallée. Son père le lui confirma :

— C'est ici, mon fils, que l'on forge les armes de nos soldats, les sabres, les lances, les boucliers, c'est ici que l'on construit les chars.

Au loin, Pa-Ramessou distingua la pyramide de l'antique pharaon Pépi Ier, puis le cortège parvint au Palais. Un soldat joignit les deux mains pour inviter le petit prince à y poser le pied, cependant qu'un autre soutint le cavalier pour l'aider à poser pied sur un escabeau.

Une foule se forma pour assister à l'arrivée des visiteurs et capter une image de leur apparence. Elle en eut à peine le temps : ils disparurent prestement derrière une haie de fantassins, puis dans les bâtiments royaux. Le ciel d'Occident se teintait de rouge éclatant, où, telles des paillettes d'or, scintillaient les poussières venues du désert, et celui d'Orient s'était tendu d'indigo. Le père et le fils prirent leurs quartiers, les baigneurs avaient fait chauffer de l'eau dans la piscine des bains et, quand les voyageurs eurent été rafraîchis, le chambellan vint demander au vizir s'il souhaitait des danseuses et des chanteuses pour agrémenter son dîner.

— Non, répondit Séthi, nous nous lèverons tôt, ces artistes incitent à veiller. Fais prier le gouverneur de s'asseoir à ma table. Il sera mon seul invité. Et seul mon Premier scribe sera présent.

Le chambellan hocha la tête et se confondit en formules de révérence.

Une demi-heure plus tard, les quatre convives étaient assis. Pa-Ramessou ouvrit grand ses oreilles. Les domestiques vinrent présenter les bols, les aiguières d'eau parfumée et les serviettes de lin, et les dîneurs se lavèrent donc les mains.

Séthi avait choisi le menu : une salade de poireaux à l'huile, des filets de poisson de la Grande Verte, puisqu'on était à proximité, frits dans l'huile ; seuls les prêtres s'étant interdit le poisson, animal inférieur, il n'y avait pas lieu de s'en priver. Suivraient des quartiers de canard grillés, du blé cuit et des dattes fraîches. Comme boissons, du vin et de l'eau de puits filtrée au sable.

— Excellence, déclara Séthi quand le gouverneur se fut assis devant lui, ceci est une visite officieuse, et je ne souhaite pas qu'elle soit inscrite dans vos registres sous un autre motif qu'une visite à la forteresse du Mur blanc.

— Ainsi en sera-t-il, maître vénéré, répondit le gouverneur.

— Maintenant, dis-moi : es-tu au fait de l'existence d'un descendant de la dynastie des révérés Amenhotep qui serait à la garde des prêtres de Ptah ?

Le regard de Pa-Ramessou se plaqua sur le visage du gouverneur comme une sangsue sur le pied d'un homme.

— Bien sûr, mon maître. C'est un garçon de six ans qui se nomme Ptahmose. Il est le fils de Néferneferourê, la cinquième des filles du dernier des

Amenhotep, celui qui se faisait nommer Akhenaton, et d'un lieutenant des Écuries à Ouaset, Horamès.

Séthi en fut abasourdi : le gouverneur avait répondu d'emblée, comme si c'était la chose la plus connue du monde.

— Et tout le monde le sait ? reprit Séthi.

— Le garçon intéresse peu de monde, mon maître. N'avons-nous pas eu le glorieux Horemheb ? Et son choix inspiré de son successeur ne s'est-il pas porté sur ton divin père ? Qu'importe l'existence du rejeton d'une lignée dont le dernier représentant laissa le noble Pays de Horus en proie à la rapine et à la dissension ?

Le gouverneur essuya avec un linge ses lèvres, brillantes de l'huile des poireaux, et vida son gobelet de vin. Pa-Ramessou, lui, attendait la suite de la conversation : son père tolérerait-il un rival de son fils ?

Les serviteurs déposèrent sur la table un grand plat de filets de poisson et regarnirent les verres des adultes ; Pa-Ramessou n'avait que tâté du vin.

— Et pourquoi les prêtres de Ptah lui ont-ils accordé leur protection ? demanda Séthi.

— J'ignore leurs motifs exacts, mon maître. Je n'ai que des hypothèses. Ils ont recueilli l'enfant à sa naissance, il y a six ans. Le divin roi Aÿ était mort sans descendant mâle. Horemheb était également mort sans progéniture. Ils se sont peut-être dit que, dans le cas où le trône céleste resterait sans prétendant, il ne serait pas malvenu de proposer un héritier qu'ils auraient formé et qui régnerait un temps sous la tutelle de leur choix.

Un léger sourire accompagna ces propos. Pa-Ramessou frémit : il avait deviné juste : Ptahmose serait un rival. Les prêtres voulaient que le trône fût occupé par le membre d'une lignée royale.

Séthi semblait ruminer ces informations.

— Le divin Horemheb connaissait-il l'existence de ce garçon ?

Le gouverneur chercha ses mots.

— Puis-je me permettre de demander si mon maître connaît les faits ? demanda-t-il d'un ton confidentiel.

— Peut-être pas tous, répondit Séthi.

— Horamès fut le rival de ton divin père au commandement des Écuries. Horemheb y avait mis une condition : qu'il fécondât son épouse.

Exactement ce que Pa-Ramessou avait entendu dans les sous-sols du Palais de Ouaset. Il ne put retenir un geste d'impatience, qui n'échappa pas à son père.

Séthi sirota son vin d'un air méditatif.

— Le plus sage, me semble-t-il, est d'aller voir ce garçon demain.

— Sans prévenir les prêtres, j'imagine ? suggéra le gouverneur d'un air entendu.

— En effet, admit Séthi avec un rire bref.

Le dîner s'achevait. Séthi donna congé au gouverneur et rendez-vous pour le lendemain matin aux premières heures.

Pa-Ramessou eut les plus grandes peines à s'endormir.

La statue qui dominait le parvis, devant la colonnade du temple, mesurait bien trente coudées. Mais en réalité, elle n'avait pas de dimensions. Elle était aussi grande que l'humain peut s'imaginer le surhumain.

Elle représentait le dieu Ptah, créateur du monde par la pensée et par le verbe, gardien tutélaire de Hetkaptah et inventeur des techniques. Pa-Ramessou fut saisi, effrayé et séduit. Ptah était beau, il était la plénitude et la force. Les dieux représentaient le pinacle de la beauté.

Il ne put s'attarder dans sa contemplation : ayant contourné le temple, le cortège du vizir parvenait aux habitations du grand-prêtre qui, à Hetkaptah, s'appelait Doyen des maîtres artisans. Les fantassins aidèrent Séthi et les autres cavaliers à mettre pied à terre. Séthi avança le premier, tenant son fils par la main et flanqué du gouverneur. Sous les frondaisons du jardin, les scribes penchés sur leurs tablettes levèrent la tête et, devinant quelque événement important, glissèrent leurs calames derrière l'oreille. Le Premier scribe de l'équipage de Séthi alla prévenir la maison du grand-prêtre que le vizir, de passage à Hetkaptah, désirait s'entretenir avec le maître des lieux.

Celui-ci s'empressa à la rencontre de ses visiteurs, les bras levés au ciel ; il s'appelait Khouper Ptah et, s'il n'en avait été une vieille connaissance, il avait été néanmoins l'un des courtisans les plus assidus auprès de Ramsès et de Séthi lors de son passage à Ouaset, pour les fêtes du couronnement. Séthi lui donna l'accolade et lui présenta son fils.

Pa-Ramessou parcourait les parages de son œil inquisiteur, à la recherche de n'importe quel garçon d'à peu près son âge. En vain.

Séthi donna l'ordre d'offrir à Khouper Ptah les présents qu'il lui apportait : des sacs de froment, deux jarres de vin, un coffret d'encens… Le grand-prêtre se confondit en remerciements, pour la plupart adressés au dieu qui lui avait ménagé une aussi propice journée, puis à la munificence du vizir, qui reflétait l'infinie générosité du pharaon, son père. Il invita ses visiteurs à entrer dans sa maison. Des serviteurs apportèrent du vin et le versèrent dans les gobelets.

Pa-Ramessou s'impatientait.

Un silence annonça que le sujet de la visite ne tarderait pas à être abordé.

— Dans ta compassion, déclara Séthi, tu as accueilli le rejeton d'une dynastie disparue.

Khouper Ptah avait-il été prévenu de l'objet de la visite ?

— Il est exact, exalté vizir. Il y a un peu plus de cinq ans, une servante éplorée est venue nous supplier de prendre en charge le petit enfant qu'elle tenait dans les bras, dont la mère venait de mourir et qui n'avait plus de famille au monde. Sa détresse était évidente. Elle ne pouvait prononcer un mot qui ne fût baigné de larmes. Ma femme a spontanément déféré à ses vœux et confié l'orphelin à la nourrice de mes enfants. J'ai demandé à cette femme qui étaient les parents de l'orphelin. Elle m'a répondu à contrecœur : « J'étais la dernière servante de la princesse Néferneferourê. » Le nom m'a évidemment intrigué. Ç'avait été celui de la cinquième fille du pharaon Amenhotep le Quatrième, celui qui avait bouleversé notre céleste famille pendant tant d'années. J'ai alors demandé à cette femme si elle avait des preuves de ses dires. Elle a tiré d'une sacoche des sceaux royaux, un bracelet, une bague, un peigne et divers objets qui semblaient le prouver, car ils étaient inscrits du nom de cette princesse. « Je ne vous les confie pas, a-t-elle dit, c'est mon seul héritage et tout ce qui me reste comme bien. Ma maîtresse me les a donnés. J'en ai déjà vendu pour payer les embaumeurs. »

Khouper Ptah observa une pause. Pa-Ramessou ravala sa salive. Séthi, le gouverneur et le Premier scribe semblaient saisis par la révélation.

— Je me suis demandé si ces objets ne provenaient pas d'un vol. Les pilleurs de tombes, hélas, ne cessent jamais leurs maudites déprédations. Mais à quoi eût servi de revendiquer une origine royale pour cet enfant ? Cette servante avait parlé d'embaumeurs. Leur tâche n'était certes pas achevée et je leur ai rendu visite en compagnie de la servante. « Que vous a-t-elle donné en paiement ? », leur ai-je demandé. Ils m'ont indiqué un superbe coffret à parfums en ébène incrusté d'or et d'ivoire et portant le nom de la princesse. « Nous avons accepté le coffret, mais j'ai laissé sa bague à la défunte », m'a dit le maître embaumeur. Il m'a alors permis d'examiner la dépouille. Rien qu'au masque peint d'après les traits de l'infortunée au cours des premières heures suivant son trépas, j'ai compris que la servante disait vrai : la fille était le portrait craché de sa mère, Néfertiti, que j'avais vue aux côtés de son époux, aux cérémonies d'Akhet-Aton. La bague ornée d'un disque d'or sculpté était sans conteste un bijou royal.

— Mais le père ? demanda Séthi.

Khouper Ptah prit son temps pour répondre.

— La servante m'a confié qu'il était un lieutenant des Écuries royales, en poste à Hetkaptah, Horamès. Quand l'enfant est né, il était parti depuis six mois pour Ouaset.

— Personne ne lui aurait dit qu'il avait engendré un prince ? demanda Séthi.

— Ici, pas à ma connaissance, répondit Khouper Ptah. Nul, exalté vizir, ne s'y serait risqué. Associé à une princesse et père d'un prince, il serait en droit de revendiquer je ne sais quel rang dans le pouvoir. Seul un intrigant, ou un étourdi, se risquerait à de telles révélations.

— Le père n'a jamais vu le fils ?

— Jamais, à ma connaissance. Ptahmose passe ses journées avec les scribes et dort avec eux dans l'enceinte du temple.

Séthi hocha la tête. Pa-Ramessou connaissait son père : une certaine moue de la bouche signifiait qu'il n'était pas entièrement convaincu par ce qu'il entendait.

— La nourrice n'est jamais venue revoir le garçon qu'elle vous avait confié ?

— Si, deux ou trois fois, mais nous l'avons éconduite.

L'expression dédaigneuse de Séthi indiqua qu'il n'était toujours pas satisfait. Pourquoi ? se demanda Pa-Ramessou. Il scruta les expressions du grand-prêtre et du gouverneur : les deux bonshommes avaient l'air compassés, pas vraiment francs du collier.

— Et le garçon ? demanda Séthi en coulant un regard vers son fils.

Car il comprenait que Pa-Ramessou avait, le premier, saisi la situation : comme celui-ci l'avait craint, Ptahmose pourrait être, en effet, un prétendant au trône.

— Sa mère ne l'avait pas nommé. Je l'ai appelé Ptahmose et l'ai élevé comme un de mes enfants. Il apprend maintenant à écrire. Ni ma femme ni moi n'avons soufflé mot à quiconque de ses origines, et certainement pas à l'enfant.

— Mais beaucoup de gens le savent à Ouaset, déclara Pa-Ramessou, osant prendre la parole pour la première fois.

Khouper Ptah ouvrit de grands yeux, surpris par cette sortie. Ou bien ne disait-il pas la vérité, ou bien ne savait-il pas tout.

— Et moi, ici, à Hetkaptah, je le sais, renchérit le gouverneur.

— J'en suis informé, soupira Khouper Ptah. La servante a beaucoup bavardé. Elle prétend qu'on a rejeté ses demandes de pension et elle est aigrie.

— Il est trop tard pour la faire taire, conclut Séthi. Est-il certain que le garçon ignore le secret de sa naissance ?

— Oui, répondit Khouper Ptah. Les ragots de la servante ne peuvent pas être parvenus jusqu'au cercle des scribes.

Le grand-prêtre donna un ordre à l'un des scribes.

Quelques instants plus tard, un garçonnet apparut dans la salle, l'air intimidé et farouche.

6

La volonté de pouvoir

Mince, mais non chétif, les yeux ourlés de cils tellement épais qu'ils paraissaient fardés à l'antimoine, son regard parcourut l'assemblée et s'attarda sur Pa-Ramessou. Il se demandait sans doute lequel des visiteurs avait requis sa comparution, et la présence d'un garçon de son âge l'intriguait particulièrement. La mèche de jeunesse était sagement fixée à la perruque, sur l'oreille droite, mais les orteils frémissaient dans les sandales de cuir ordinaire, et la petite poitrine se soulevait à un rythme plus rapide que la normale.

— Approche, Ptahmose, dit Khouper Ptah, tu as une grande chance et un grand honneur en ce jour. L'illustre vizir du Pays de Horus, Séthi, fils de notre divin roi Ramsès, nous a fait la bonté de nous rendre visite. Salue-le comme il convient à son rang.

Ptahmose avança d'un pas vers la personne que lui désignait le grand-prêtre et s'inclina jusqu'à ce que son front touchât terre. Séthi voulut faire un geste pour interrompre cette prosternation, prématurée chez un garçon de cet âge, mais se ravisa.

— Salut, exalté vizir, déclama le garçon en se relevant. Que la lumière de Rê éclaire tes pas et les mène vers nous, puisque tu la répands autour de toi.

Après avoir récité la formule, il considéra Séthi d'un œil interrogateur. Celui-ci tendit la main et caressa la joue du garçon.

— Salue maintenant le gouverneur, ordonna Khouper Ptah.

Et la cérémonie recommença, mais la prosternation fut limitée à une génuflexion.

— Salue le fils du vizir.

Après une brève hésitation, Ptahmose s'inclina simplement devant le jeune visiteur.

— Salut, noble visiteur. Je loue Ptah d'avoir conduit tes pas vers sa céleste demeure, où je suis à son service.

Les yeux de Pa-Ramessou ne cillèrent pas ; il ne les avait pas détachés de Ptahmose, tentant de déchiffrer quels signes la récitation consciencieuse des formules pouvait dissimuler, mais en vain. Aucune chaleur, aucune curiosité n'avait percé la froide carapace des salutations. Pas un sourire n'avait illuminé son visage. Pour le jeune scribe, ces étrangers n'étaient que cela, des étrangers. Il était clos dans son monde.

Séthi hocha la tête ; ce geste signifiait qu'ils prenaient congé. Il remercia Khouper Ptah et reprit le chemin du Palais ; là, ce fut le gouverneur qu'il remercia et il reprit le bateau pour Ouaset avec son escorte.

— Es-tu satisfait ? demanda-t-il à Pa-Ramessou. Ptahmose ne peut être un rival pour toi.

— Il l'est quand même puisqu'il existe.

La phrase frappa Séthi par sa concision.

— Les ragots de la nourrice ont beaucoup circulé, ajouta Pa-Ramessou. Et je te l'assure, père, Ptahmose sait qui il est.

Ce garçon était décidément précoce. Et singulièrement conscient de ses privilèges.

— Assieds-toi sur mes genoux, dit-il.

Et quand Pa-Ramessou se fut exécuté, le père lui caressa la nuque. Pa-Ramessou enleva sa perruque.

— Tu n'avais pas l'air convaincu par ce que tu as entendu, lança-t-il.

— Tu es fin comme le moustique, convint Séthi. Non, il y avait un point douteux : je ne crois pas que la servante se soit laissé éconduire aussi facilement que le prétend Khouper Ptah. Aucune nourrice ne renoncerait aisément au garçon qu'elle a nourri, surtout s'il s'agit d'un garçon royal. Elle a dû revenir maintes fois jusqu'à ce qu'elle ait obtenu la permission de le revoir.

— Donc Khouper Ptah a menti.

Séthi ne releva pas l'énormité de l'accusation : aller dire qu'un grand-prêtre avait menti, comme un domestique indélicat, cela passait les bornes de la bienséance.

— Nous allons voir ce qu'en pense mon divin père, conclut Séthi.

Ces mots signifiaient que l'affaire ne faisait que commencer. Pa-Ramessou regarda les voiles gonflées de vent, puis il écouta les ahans des rameurs qui, sous le pont, labouraient le Grand Fleuve parce qu'ils étaient nés dans les souterrains de l'espèce humaine et que, là plus qu'ailleurs, la fatalité règne et les avait destinés à cette fonction. Le vent était le caprice des dieux, la rame, le symbole de la sujétion humaine.

Mais Pa-Ramessou ne savait pas encore ces choses-là.

Au dîner, la princesse mère Thouy fut informée des résultats du voyage à Hetkaptah.

— L'histoire est incomplète, déclara-t-elle.

Interloqué, son époux l'interrogea du regard.

— Le grand-prêtre Khouper Ptah prétend que la nourrice n'a jamais revu le garçon, s'écria-t-elle, mais il la laisse caqueter tant et si fort que même Pa-Ramessou perçoit les échos de ses récits à Ouaset. Et il raconte que le garçon Ptahmose ne serait pas informé du secret de sa naissance ? Il prend les gens pour des idiots ?

Séthi fit une grimace ; il ne s'était pas laissé vraiment berner, mais il avait été trop amène avec Khouper Ptah. Réflexion faite, toutefois, il se félicita de ne pas avoir éveillé la méfiance.

— Je l'ai bien dit à mon père chéri, dit alors Pa-Ramessou. Khouper Ptah est un menteur.

L'accusation scandalisa Pa-Semossou et fit pouffer Thiyi.

— Il l'a dit, en effet, convint Séthi.

— Il a essayé de vous endormir, pour que tu n'exiges pas de prendre la garde de ce petit prince, reprit Thouy. Amon seul sait ce qu'il mijote et quel usage il compte en faire plus tard. Et il est bien content des radotages de la nourrice, parce qu'ils répandent le bruit qu'il existe un petit prince à la garde du temple de Ptah.

Pa-Semossou semblait égaré par l'évocation de ces calculs et de ces intrigues autant que par la révélation de l'existence d'un prince de l'ancienne dynastie.

— Mais pourquoi faut-il attribuer tant d'importance à ce garçon ? demanda-t-il.

— Parce qu'il est un instrument dans la main des prêtres, répondit Séthi.

— Les prêtres sont donc nos ennemis ?

— Ils peuvent l'être quand nous faiblissons.

— Séthi, mon maître, il faut agir et rapidement, déclara Thouy.

Le vizir écouta sa femme, se demandant incidemment lequel des deux commandait l'autre.

— D'abord, fais venir la nourrice à Ouaset. Elle sera tout à fait en sécurité dans l'enceinte du palais des Concubines. J'y veillerai.

Séthi hocha la tête. La nourrice était, en effet, à l'origine des rumeurs envahissantes, et il faisait entièrement confiance aux talents de son épouse pour brider le caquet de la matrone.

— Ensuite, fais venir l'enfant.

— Ils ne se le laisseront pas arracher.

— Oseraient-ils résister à l'autorité de ton divin père ? lança-t-elle.

C'était un défi ; il se garda de le relever.

— Je vais voir avec lui.

Ramener Ptahmose à Ouaset ? s'inquiéta Pa-Ramessou. Pour quoi faire ? Mais il était contraint de se rendre à l'évidence : c'était lui qui avait insisté pour clarifier les choses et il serait mal venu d'y trouver à redire. Ptahmose aux mains des prêtres était une menace et la première mesure nécessaire pour le neutraliser était, en effet, de le placer sous le contrôle du Palais.

Trois jours plus tard, vers dix heures, un certain remue-ménage se fit au palais princier. La princesse Thouy fut prévenue par le directeur des Secrets du matin que « la femme » était arrivée, et elle s'empressa de descendre dans l'un des bureaux du vizir. Pa-Ramessou lui emboîta le pas, suivi de sa sœur Thiyi et de Pa-Semossou.

La femme, à l'évidence, était la nourrice de Ptahmose, et au fur et à mesure que Thouy approchait de la salle indiquée, une autre évidence s'imposait : la nourrice n'était pas venue de son plein gré, loin s'en fallait.

Quand Thouy et ses enfants pénétrèrent dans la salle, une quinquagénaire encore vigoureuse tempêtait en présence de quatre hommes et du deuxième scribe : elle avait, clamait-elle, été enlevée comme une ennemie en temps de guerre et elle s'en plaindrait au pharaon. Mais à la vue de Thouy, elle suspendit ses imprécations. Elle avait deviné qu'elle se trouvait en présence d'une femme d'importance et le Premier scribe le lui confirma en ces termes et d'un ton comminatoire :

— Lève-toi et salue comme il convient l'auguste épouse du noble vizir Séthi.

Les signes de la colère, théâtrale autant que réelle, mais encore plus théâtrale d'être sincère, désertèrent son visage massif, bien qu'affaissé aux mâchoires. Elle dévisagea Thouy, puis son regard se promena de Thiyi à Pa-Semossou et Pa-Ramessou, et revint enfin à Thouy. Comme toutes les servantes de tous les temps et de tous les pays, elle reconnut le pouvoir, dont elle venait d'expérimenter l'efficacité. Le Premier scribe fit avancer des sièges pour Thouy et ses enfants, qui s'assirent, cependant qu'elle, servante de la dernière princesse d'une dynastie déchue dans l'opprobre général, restait debout.

— Comment t'appelles-tu ? demanda Thouy.

— Neser Aton, pour te servir, maîtresse.

« Flamme d'Aton », c'était un nom qui ne correspondait pas à son âge ; il avait dû être ajouté quand la manie monolâtre d'Akhenaton avait imposé le nom du disque solaire à tous ceux de sa cour et du voisinage.

— Ton vrai nom, dit Thouy, avec le calme de l'autorité.

— Je m'appelais jadis Neser Moût, répondit-elle à regret.

« Flamme de la déesse Mère », c'était un nom plus vraisemblable. La nourrice devait être originaire des environs de Karnak, où Moût faisait l'objet d'un culte particulier. Pa-Ramessou, lui, observait les mains de la femme : de vraies griffes de rapace.

— Divine maîtresse, que signifie ce rapt ? reprit la commère. Quatre hommes arrivent à ma maison et me signifient que, sur ordre du vizir, je dois être transférée à Ouaset, ils entassent mes affaires dans un panier et m'entraînent vers un bateau sans me donner le temps de saluer mes amis…

— Demandes-en la raison à ta langue, femme, répondit Thouy. Voilà cinq ans que tu te répands en propos séditieux sur l'existence d'un prince qui devrait être, selon toi, le maître du Pays de Horus, alors que ce pays est béni par le règne du dieu incarné Ramsès…

— Mais ce prince existe ! interrompit l'autre. Le vizir ne l'a-t-il pas de ses yeux vu ?

L'information avait circulé bien vite, à Hetkaptah. Étaient-ce les prêtres qui avaient informé Neser Moût ? Ou bien le jeune Ptahmose lui-même ? En tout cas, la complicité entre la nourrice et le temple était prouvée.

— L'existence de ce garçon n'est pas un motif à bavardages inconsidérés, laissa tomber Thouy.

— Quels bavardages ? glapit Neser Moût. Ma divine maîtresse est morte dans l'indigence, son fils en était réduit à subsister de la charité des prêtres et, moi, je quémandais sur les marchés.

— Sois donc satisfaite. La situation est réglée. Ta demeure est désormais dans ces murs. Le silence sera ton meilleur allié.

Neser Moût comprit la sentence : elle était assignée à résidence et priée de clore son bec.

— Et Ptahmose ? s'écria-t-elle. Que deviendra le rejeton des dieux ?

— Nous aviserons, répondit Thouy. Conduisez cette femme à ses quartiers, au palais des Concubines, ordonna-t-elle en se levant.

Pa-Ramessou, lui, se demandait combien de temps s'écoulerait avant que la nourrice et Horamès ne prissent langue.

La question de Ptahmose n'était toujours pas réglée. Mais comment diable la réglerait-on ?

Plus de deux mois s'étaient écoulés depuis le couronnement de Ramsès Menpehtyrê. La gigantesque machine de l'administration royale se remit alors en route, avec l'efficacité restaurée depuis Horemheb. Après avoir appris les prémices de ces opérations, la famille de Séthi fut informée chaque soir de leurs détails, à l'extérieur et à l'intérieur. Hors des frontières, l'armée fut chargée de faire entendre raison aux populations turbulentes qui avaient sans doute cru que la mort du précédent pharaon leur laissait licence de se rebeller, de piller à qui mieux mieux et de s'abstenir de payer leurs redevances à la couronne, tous ces gens du Kharou, du Djahy, d'Oupi et du Fenkhou[1] de l'est et de l'ouest, sans parler des Tjéhénous, des Shardanes[2], des Shasous, des Apirous et des peuplades de Koush. Quelques expéditions militaires leur feraient entendre raison.

Séthi commença d'ailleurs à s'absenter pour des périodes de plusieurs jours, afin de veiller à la démolition ou à l'occupation de places fortes que ces impertinents s'étaient crus autorisés à construire.

— Quand tu auras atteint l'âge de sagesse, déclara-t-il à Pa-Semossou, je t'emmènerai avec moi. Nous verrons si tu es aussi bon archer que le disent tes maîtres.

Quant à Pa-Ramessou, il lui faudrait encore attendre cinq ans pour avoir droit aux honneurs de la guerre.

À l'intérieur, Ramsès avait fixé à son fils deux objectifs ; le premier consistait à prévenir la reconstitution des milices privées, grâce auxquelles les seigneurs provinciaux avaient cru pouvoir s'affranchir de la tutelle

1. Kharou, Djahy et Oupi désignent des provinces qui correspondent à peu près au nord de la Palestine et au sud de la Syrie. Le Fenkhou est la Phénicie, c'est-à-dire la côte de la Palestine.

2. Peuple de navigateurs originaire d'Asie Mineure ; il finit par se replier sur la Sardaigne, d'où le nom de cette île.

royale sous le règne d'Amenhotep le Quatrième, celui qui s'était fait appeler Akhenaton. Le second objectif était d'amplifier le temple d'Amon à Karnak, pour bien signifier au clergé que l'ordre éternel avait été rétabli et que tout soutien aux seigneurs de province serait particulièrement inopportun. Les deux objectifs étaient liés et, dans le cas où certains gouverneurs auraient témoigné de complaisances à l'égard de potentats du cru, rien ne valait la complicité des prêtres et de leurs scribes pour les dénoncer. Ces gens-là, en effet, étaient le plus souvent de mèche avec les magiciens et les comptables des gros propriétaires, et il n'était en fin de compte d'intrigues mineures qui ne parvinssent à la connaissance des clergés de grands et petits temples, querelles d'héritages ou rivalités de marchands, aussi bien que les grands délits, vols ou meurtres.

N'ayant plus guère l'occasion de s'entretenir avec son père, Pa-Ramessou s'en ouvrit à sa mère, un matin dans les appartements de celle-ci. Thiyi, dans la garde-robe voisine, discutait d'un certain plissé avec la faiseuse. La brise filtrait de la terrasse, enflant les draperies et dissipant les dernières traces de parfums qui se consumaient dans le brasero. Le champ était libre. Pa-Ramessou pouvait aborder le sujet.

— Et qu'advient-il de Ptahmose ? demanda-t-il à sa mère, sur un ton pathétique.

— En quoi le sort de ce garçon t'importe-t-il ?

— Mère, s'il faisait valoir ses droits, il me supplanterait !

— Il ne peut les faire valoir sans l'assentiment de ton divin grand-père. Et il est bien tôt, il me semble, répondit Thouy avec un sourire d'ironie, pour songer à tes droits.

— Mais pourquoi ne me dis-tu pas ce qu'il en est ?

Thouy soupira.

— Ton grand-père a demandé aux prêtres de remettre la garde du garçon à ton père. Le grand-prêtre Khouper Ptah a répondu qu'il s'était attaché à lui comme à l'un de ses propres fils et qu'il ne pouvait se soustraire de gaîté de cœur à l'engagement qu'il avait pris de l'élever. Seul le vrai père, a-t-il prétexté, pourrait revendiquer la garde de Ptahmose, mais comme c'est un militaire dont la vie est constamment en danger, il exposerait ainsi le garçon à être une fois de plus orphelin. Voilà, tu vois, c'est une affaire compliquée et ni toi, ni ton père, ni moi ne saurions mieux faire que le pharaon.

Pa-Ramessou se rembrunit. Ce mystérieux rival qu'il n'avait qu'entrevu à Hetkaptah prenait les dimensions d'un monstre.

— Mais alors, mère, ce garçon doit être important, puisque le grand-prêtre résiste même au pharaon ?

— Tu es bien jeune pour t'occuper de ces choses, observa Thouy avec une pointe d'étonnement, sinon d'admiration.

Une servante entra pour regarnir en parfums le brasero.

— Écoute-moi, essaie de comprendre : si nous donnons aux prêtres l'impression que nous accordons de l'importance à Ptahmose, ils lui en attribueront une qui sera encore plus grande.

— Mais qu'est-ce que veulent les prêtres, à la fin ?

— Le pouvoir, comme tous les hommes, Pa-Ramessou. Comme toi. Ils se servent de Ptahmose pour faire pression sur ton grand-père.

— Je suis sûr qu'ils veulent faire de lui un futur pharaon.

— Nous avons le temps de voir venir. Ce n'est pas demain la veille, répondit Thouy en caressant l'épaule de son fils. Pour le moment, ils essaient d'obtenir des avantages comparables à ceux des prêtres d'Amon.

Ce n'étaient pas de telles considérations qui auraient dissipé l'inquiétude et la frustration de Pa-Ramessou. Il l'avait bien pressenti, la situation qui fermentait autour de Ptahmose était dangereuse. Elle menaçait son pouvoir. Oui, son pouvoir.

Mais il ne se laisserait pas faire. Non, pas lui. Sa mère fut appelée à la garde-robe pour une question de repassage des plissés ; il demeura seul, pensif, et sortit sur la terrasse contempler le Grand Fleuve et les barques qui glissaient nonchalamment comme des cornes effilées.

Il trouverait un moyen d'agir. Comment ? Il l'ignorait.

7

Un message clandestin

La faiblesse de l'âge tendre est sa force : c'est l'ignorance du temps et des caprices des dieux.

Pendant les fêtes de l'Inondation, Pa-Semossou tomba malade. Qu'avait-il mangé de corrompu à l'un des banquets de village où il avait accompagné son père ? On l'ignorait. Ni Séthi ni Pa-Ramessou n'avaient été incommodés, mais Pa-Semossou, lui, dut s'aliter. Ses entrailles se vidèrent de façon irrépressible par le haut et par le bas. L'argile et autres remèdes prescrits par le médecin royal furent inopérants. En deux jours de fièvre ardente, son corps rejeta toute son eau et il s'émacia. Le troisième jour, son cœur cessa de battre. Le jeune archer ne lancerait plus ses flèches que vers les étoiles. L'événement affecta le Palais tout entier, à commencer par le dieu incarné Ramsès, dont la mine accablée ne disait que trop la sincérité de son chagrin. Il n'est pas de bon augure qu'un petit-fils s'en aille avant son aïeul.

Sa première expérience de la mort laissa Pa-Ramessou dans la stupeur. Était-ce parce qu'il était un garçon ou bien trop jeune ? Il l'ignorait, mais il n'avait pas le don des larmes, qui permettait à sa mère, à sa sœur et à sa grand-mère de se défaire de leur trop-plein de chagrin. D'ailleurs, ce n'était pas tant la privation qui l'éprouvait, son affection pour son frère ayant été modérée, que la soudaineté du départ et l'offense à son orgueil. Comment, en trois jours, un être humain s'étiolait, puis s'éteignait et sa dépouille était livrée aux embaumeurs ? Cela n'avait pas de sens, c'était insultant ! Cela équivalait à dire aux vivants qu'ils n'étaient, eux aussi, que des fétus de paille. L'incrédulité de Pa-Ramessou ne le céda qu'à l'indignation. Les dernières musiques de la fête s'étaient tues depuis six semaines quand le cortège fluvial qui accompagnait Pa-Semossou au Champ de Maât quitta donc les quais de Ouaset dans les cris des pleureuses.

Pa-Ramessou était dévasté. Il était cependant bien loin d'imaginer les conséquences de l'événement.

Au premier repas du soir qui suivit le retour de la famille au Palais, il éprouva un nouveau choc. Séthi se présenta accompagné de Ptahmose. Ptahmose, oui.

Thouy n'était pas dans le secret, car elle fit des yeux ronds.

— Femme, voici notre nouveau fils. Enfants, voici votre nouveau frère. Les ordres de mon divin père sont accomplis.

La référence aux ordres royaux interdisait aux convives la moindre contestation ou mauvaise grâce, et la présence du garçon excluait également toute interrogation sur les motifs de Ramsès. Ptahmose lui-même semblait effrayé par la soudaineté de cette adoption. Il balbutia des formules de soumission et d'affection à ses nouveaux parents et d'affection tout court à Thiyi et Pa-Ramessou, puis s'enfonça dans un mutisme noir comme le naphte. Séthi lui témoigna tous les signes d'une bienveillance sincère et, par compassion pour un gamin qui venait d'être arraché à son milieu autant que par déférence à l'égard de la volonté du pharaon, Thouy se joignit au jeu ; elle remplit elle-même le plat du nouveau venu et l'engagea à manger, accompagnant ses mots d'un sourire. Même Thiyi se montra enjouée. Pa-Ramessou, lui, était confondu. Le rival devenait donc son frère ? Son frère ? Il ne parvenait pas à détacher ses yeux du jeune prince, mais celui-ci ne lui accorda que deux ou trois coups d'œil à la dérobée.

Tout cela paraissait irréel. Même les domestiques semblaient conscients de l'étrangeté de la situation ; ils avaient eux aussi entendu l'adresse de Séthi arrivant avec le garçon. Nul doute que les bavardages iraient bon train à l'office.

Le souper s'acheva sans que la gêne qui pesait sur les convives se fût levée.

— Ptahmose t'accompagnera demain à l'école, déclara Séthi à Pa-Ramessou.

Sur quoi il donna l'ordre aux domestiques de mener le garçon à ses nouveaux appartements. Nouvelle surprise de Pa-Ramessou : ce seraient ceux du défunt Pa-Semossou. Ptahmose souhaita la bonne nuit à ses nouveaux parents et suivit le maître de la Garde-robe. Ce fut alors que Séthi fit un signe aux siens ; ils le suivirent dans son bureau.

— Hier, dit-il, mon divin père a envoyé deux lieutenants de sa garde à Hetkaptah avec l'ordre écrit de ramener Ptahmose à Ouaset, étant donné qu'il détient l'autorité suprême sur tous les sujets d'ascendance royale et que Ptahmose n'a aucun lien de parenté avec le grand-prêtre de Ptah qui l'a généreusement accueilli. Le grand-prêtre a tenté de tergiverser, mais il a préféré cette fois déférer à la volonté royale et éviter un conflit ouvert.

— Tu n'étais pas informé de son projet ? demanda Thouy.

— Il m'a prévenu sitôt après que ses émissaires sont partis pour Hetkaptah. Il m'a déclaré que nous avions assez discuté avec le clergé au sujet de ce garçon et qu'il ne voyait pas de raison de lui céder la tutelle d'un prince du sang. Il m'a dit : « Tu l'accueilleras dans ta famille comme s'il était votre fils. J'y compte. »

— Comment expliques-tu cette décision ?

— Il a été très affecté par la mort de Pa-Semossou. Il a songé à sa descendance. Il n'a pas oublié la contrariété de Horemheb, qui était mort sans enfants. Il ne lui restait plus qu'un seul petit-fils et il s'est dit que, s'il m'advenait quelque chose de malheureux, les prêtres de Hetkaptah seraient tentés de mettre sur le trône un garçon qu'ils auraient formé et qui serait donc sous leur sujétion.

— Et moi ? s'écria Pa-Ramessou.

— Tu es plus en sécurité avec Ptahmose parmi nous que s'il était encore à Hetkaptah. Quant à l'avenir, ne t'en inquiète pas trop tôt.

— Mais ce garçon n'est pas mon frère !

— Eh bien, fais en sorte qu'il se sente en confiance comme s'il l'était. Songe que son sort est bien triste. Sa mère est morte et son père ne s'est apparemment jamais occupé de lui. Il a été confié aux prêtres de Hetkaptah et, bien que ce ne soient pas en eux-mêmes de mauvaises gens, je ne suis pas sûr que son enfance ait été très heureuse parmi eux. Tu obtiendras davantage par la douceur que par la méfiance.

Pa-Ramessou médita le conseil, mais n'en sembla pas enthousiasmé. Sur quoi Thouy et Thiyi allèrent rejoindre les dames de la cour, comme elles le faisaient le plus souvent après le dîner, et Séthi rejoignit son petit cercle d'intimes pour jouer au *senet*[1] en sirotant du vin cuit aux épices. Peut-être y apprenait-il la ruse.

En passant devant la chambre de son nouveau frère, Pa-Ramessou s'arrêta et, incapable de résister à la curiosité, écarta la draperie et jeta un coup d'œil à l'intérieur. Une veilleuse éclairait la pièce. Le lit était vide. Pa-Ramessou explora les parages du regard. À la fin, il distingua une silhouette sur la terrasse et décida de la rejoindre.

Ptahmose était penché à la balustrade. Que regardait-il ? La nuit était sans lune et l'on ne distinguait çà et là que les lumignons des rares bateaux qui passaient. Guère de quoi tenir son garçon éveillé. Ptahmose tourna la tête vers son visiteur.

— Tu n'as pas sommeil ? demanda Pa-Ramessou.

— Là-bas, à Hetkaptah, je ne dormais jamais seul, consentit enfin à répondre Ptahmose. Je partageais le lit avec mes frères scribes. C'est effrayant de dormir seul.

— Tu as peur ?

— Non, je me sens abandonné.

— Mais nous sommes là…

---

1. Jeu comparable au jacquet et aux dames, qui devint en vogue sous le Nouvel Empire.

— Je ne connais pas ta famille et je ne vous ai vus qu'une fois, ton père et toi. Je ne sais pas pourquoi on m'a fait venir ici.

Pa-Ramessou fut troublé par la détresse du garçon, et plus encore par le fait qu'il en était ému, alors qu'une heure auparavant, il considérait Ptahmose comme un intrus.

— Tu veux dormir avec moi ?

Un silence passa.

— Oui, je préfère.

— Alors allons-y, j'ai sommeil.

Ils se défirent de leurs perruques, de leurs pagnes et de leurs sandales et s'allongèrent.

— Tu es roux ? demanda Ptahmose, comme s'il doutait de ce qu'il avait vu.

— Ne suis-je pas le fils de Seth ?

La réponse déconcerta probablement Ptahmose car il demeura muet. Au bout d'un moment, il se blottit contre son frère de circonstance, ignorant que ce dernier l'avait exécré pendant des mois. Pa-Ramessou, lui, recru d'émotions contradictoires et las de penser, s'était déjà endormi sur sa repartie. À l'aube, il se leva pour pisser et regagna sa chambre.

Au petit déjeuner, il lui sembla que Ptahmose s'était adouci et même qu'il lui avait adressé un petit sourire. Il ne sut plus ce qu'il en était de ses propres craintes. Une seule nuit partagée avait-elle donc suffi à métamorphoser un rival en un quasi-frère ? Il remâchait encore sa perplexité quand Ptahmose et lui se mirent ensemble en route pour le *kep*. Derechef il observa l'autre à la dérobée, guettant Amon seul savait quel signe de la vilenie foncière de celui qu'il avait, jusqu'à son arrivée au Palais, tenu pour un rival. En vain.

Le soir venu, Ptahmose bredouilla :

— Tu ne me laisserais pas dormir seul ce soir ?

— Non.

À la fin, songea Pa-Ramessou, Ptahmose pourrait bien prendre une place plus grande que celle du défunt Pa-Semossou. L'imprévisible glissement de la haine à un sentiment qui ressemblait à une véritable affection fraternelle s'exerçait d'autant plus facilement que Pa-Ramessou détenait le beau rôle dans cette adoption inattendue. N'était-ce pas grâce à sa générosité que Ptahmose s'acclimatait à son nouveau milieu familial ? De surcroît, il n'avait jamais exercé d'emprise sur Pa-Semossou, son aîné, alors qu'il dominait déjà le nouveau venu, à qui il servait de guide et de conseiller.

La preuve en fut que, le troisième soir, il enjoignit à Ptahmose de venir dormir dans sa chambre, c'est-à-dire dans son territoire.

Entre-temps, les gens de la Garde-robe s'étaient avisés que les gamins partageaient le même lit et, sur l'assentiment de Séthi, ils disposèrent un grand lit dans la chambre de Pa-Ramessou.

Le rival était devenu un sujet, si ce n'est un féal.

Cependant, guère enclin à partager la sieste avec Ptahmose, Pa-Ramessou avait repris ses excursions dans les entrailles des palais. Bien lui en prit, du moins le pensa-t-il.

Le premier jour, il se retrouva dans les sous-sols du palais des Concubines. Situé à l'opposé des quartiers de la garde et des écuries, le bâtiment lui avait toujours paru mystérieux et frappé d'inutilité. Bien qu'il ne sût pas grand-chose des femmes et à peine plus de l'administration des palais, son instinct ne l'avait qu'à peine trompé. Réservé en principe aux favorites du pharaon et des princes, le palais des Concubines servait aussi d'auberge aux chanteuses et danseuses de la cour, sous la juridiction des matrones alliées aux mères, belles-mères et sœurs des dignitaires, qui eussent encombré, voire importuné les couples dans leurs appartements de fonction.

Dans sa malveillance pointue à l'égard du monde des adultes, commune aux enfants, Pa-Ramessou ignorait cependant que le palais des Concubines était bien cela : le seul domaine du Pays de Horus où les femmes régnaient sans partage. Les occupantes de cette enclave traditionnelle y échappaient au pouvoir et aux lubies des mâles, engeance fragile autant que brutale, qui n'émergeait des naïvetés de l'adolescence que pour saccager le monde, puis choir dans les radotages désabusés de la sénilité.

La raison d'être officielle du palais des Concubines était d'héberger une douzaine et demie de donzelles en âge de procréer. Théoriquement destinées à fournir la dynastie en rejetons, de préférence mâles, elles se tenaient, nuit et jour, lavées et parfumées, à disposition du dieu incarné, au cas où sa Première Épouse se trouvât incommodée ou, plus prosaïquement, il aurait désiré changer d'ordinaire. À vrai dire, elles se languissaient d'ennui ; depuis des lustres, les monarques ne les visitaient que rarement. Toutankhamon, par exemple, ne semblait pas avoir éprouvé ces chaleurs des reins, pourtant ordinaires à son âge, qui poussent les hommes à se reproduire, fût-ce en dehors des liens supposés du couple ; aussi n'avait-il pas eu de descendance. Son successeur Aÿ avait sans doute été trop vieux pour se livrer à des exploits sexuels surnuméraires et le palais des Concubines n'avait guère résonné de ses pas. Passait encore.

Dans les campagnes, où l'on pratiquait un robuste bon sens, il se disait que la paresse du pénis était causée par un excès d'unions consanguines dans la lignée. Trop d'enfants royaux étaient nés d'un frère et de sa sœur, quand ce n'était pas d'un père et de sa fille, et on les reconnaissait à une apparence trop délicate, signe d'une nature chétive confirmée par les années ; le premier croup, ou la première varicelle, les emportait. Mais Horemheb, vaillant guerrier de souche plébéienne, ne s'était pas non plus illustré par sa fougue auprès de ses almées. Aucune d'elles n'avait l'ombre d'un souvenir de ses capacités amoureuses, et les anecdotes graveleuses à son sujet se limitaient aux ragots sur le fait qu'il aurait délégué un jeune et beau lieutenant des Écuries à la fécondation de sa Première Épouse, sans résultat comme on savait. Et les donzelles attendaient toujours la visite du nouveau pharaon, Ramsès.

Vingt vierges aux petits seins ronds et aux fesses rebondies, vingt créatures au sexe neuf et rose, et pas de rejetons ! Le dieu Mîn, à qui les sculpteurs et les peintres prêtaient une érection sacrée permanente et phénoménale, ne paraissait vraiment pas avoir comblé les maîtres du pays. Mais l'exactitude incitait à reconnaître que, de surcroît, ceux-ci se méfiaient des concubines : certaines histoires fâcheuses pour leur réputation circulaient, en effet, dans les couloirs du Palais. La plus célèbre était celle d'une concubine qui s'était fait engrosser par un officier de la Bouche – piquante coïncidence – et s'était ensuite vantée d'avoir été fécondée par le dieu vivant. Hélas, le monarque, en l'occurrence Toutankhamon, n'avait pas souvenir d'avoir jamais comblé la pécore. Aussi avait-elle été renvoyée dans ses provinces, sans jamais accéder au rang exalté de Deuxième Épouse royale.

Aussi l'inévitable s'était-il produit : désespérant de jamais recevoir la semence divine, les concubines se donnaient du plaisir entre elles, sous prétexte de s'entraîner à leur métier de donneuses de plaisir. Renonçant même à leur virginité, certaines recouraient à des faux-semblants d'ivoire ; des artisans complaisants leur avaient même confectionné des olisbos doubles, afin qu'elles pussent avoir des émois en couple. Déconcertante parodie où chacune pouvait tenir le rôle de l'amant céleste tout en étant l'aimée terrestre.

Pa-Ramessou n'était évidemment pas censé savoir ces choses, mais si énigmatiques qu'elles fussent, diverses allusions goguenardes de sa mère et de fonctionnaires de la Garde-robe l'avaient déniaisé avant l'heure, intellectuellement tout au moins. Il se représentait le palais des Concubines comme un repaire de dames qui se livraient à des parodies de fornication, autrement dit, comme une boutique de faux-semblants. Sur ce point, cependant, son dédain était mal fondé, sans quoi il n'eût pas eu le loisir d'accéder au bâtiment, fût-ce par les sous-sols. En d'autres temps interdit aux sujets du sexe mâle, en effet, ce palais était devenu une passoire, dans ses profondeurs tout au moins, et l'on n'y prêtait donc pas attention à un gamin fureteur.

Or, c'était dans ce bâtiment qu'était recluse Neser Moût, la nourrice de feu Néferneferourê, mère de Ptahmose. Et Pa-Ramessou avait son idée : en dépit des dénégations de Khouper Ptah, la matrone avait continué à voir le garçon. Elle lui avait certainement révélé son ascendance et, si c'était bien le cas, Ptahmose, en dépit de ses mines éplorées, nourrissait des idées ambitieuses et téméraires quant à son avenir. Mais comment le vérifier ?

Il rôdait depuis un moment. Des esclaves allaient et venaient dans les couloirs éclairés par des lumignons fuligineux ou bien des meurtrières percées au ras du sol, portant des paniers de linge, de petites amphores, des sacs d'objets indistincts. Elles allaient pieds nus sur la terre battue, un pagne de pudeur autour des reins, les seins nus ballottant de droite et de gauche, la tignasse à l'air ou bien quasi tondues, quelques-unes mâchant du *khat*. Grande fut l'émotion de Pa-Ramessou quand, au départ d'un escalier, il surprit l'échange suivant entre deux femmes :

— Où vas-tu ? J'ai besoin de toi ici.

— Je vais chez Neser Moût prendre son linge pour le porter à la buanderie. Ordre de la grande maîtresse.

— C'est pour le linge seulement, ou bien pour porter encore un message au petit prince ?

— Elle me donnera certainement un message, je pense.

La première esclave soupira.

— Fais attention que la grande maîtresse ne t'attrape pas ou, pis encore, le maître. Ils te feraient fouetter.

— Ne t'inquiète pas.

Caché derrière un des piliers des fondations, Pa-Ramessou se garda de quitter son repaire. Quelques instants plus tard, la route était libre. Il revint sur ses pas et gagna un autre escalier menant au grand jardin qui séparait le palais du Grand Fleuve. Il erra un moment entre les palmiers et les rosiers, jusqu'aux berges herbues. Une barque, *Le Bonheur d'Isis*, se balançait à l'extrémité d'un ponton, attendant le bon plaisir de la grande maîtresse, qui emmènerait en promenade ses administrées favorites.

Donc Ptahmose et la nourrice échangeaient des messages. Que se disaient-ils ?

Bouillonnant de colère à l'idée de l'intrigue et vexé de s'être laissé berner, il regagna le palais princier. À qui pourrait-il se confier ? Personne, puisqu'il n'avait pas de preuves. La réflexion le mena évidemment à la question suivante : quel était l'objet de leurs échanges ? La façon la plus directe de le savoir aurait été d'interroger la nourrice ou Ptahmose ; mais Pa-Ramessou devinait trop bien leurs dénégations. Une autre façon aurait été d'intercepter l'esclave et de lui arracher son message, probablement un fragment de poterie, un *ostracon*[1], sur lequel les correspondants auraient tracé des signes confidentiels. Mais l'esclave avait certainement livré son message à une autre esclave qui l'aurait ensuite transmis à l'un des cent domestiques qui hantaient

---

1. Le papyrus étant un support précieux, réservé aux documents officiels, les messages ordinaires, comptes d'épicier et instructions courantes, étaient inscrits sur des fragments de poteries, nommés *ostraca* par les égyptologues modernes.

le Palais. On ne pouvait quand même pas fouiller tout le monde.

Quand il fut arrivé à l'étage de ses appartements, une idée lui vint. Comment n'y avait-il pas pensé ? L'esclave espionnée une vingtaine de minutes auparavant n'avait pas encore remis le message puisqu'elle ne l'avait pas encore en sa possession ; une bonne heure s'écoulerait avant qu'elle l'eût reçu et transmis ; ce serait alors la fin de la sieste, où un domestique apportait aux princes un pichet d'hydromel et une coupe de fruits sur un plateau. Ah, c'était donc cela ! Les messages étaient délivrés à la fin de la sieste ! Et sur un plateau ! Pa-Ramessou serra les poings. Il comprenait pourquoi Ptahmose n'avait pas insisté pour qu'ils fissent la sieste ensemble.

Restait à intercepter le fameux message.

Il rumina dans sa chambre. Puis il sortit sur la terrasse pour épier Ptahmose dans la pièce voisine. Celui-ci dormait à poings fermés ; il n'entendit donc pas le domestique qui déposait le plateau à son chevet, devant la catin sur laquelle reposait sa perruque. Le domestique sorti, Pa-Ramessou se faufila dans la chambre et inspecta le plateau : sous les figues fraîches se cachait le fragment révélateur, grand comme une moitié de paume d'enfant. Il s'en empara et ressortit par la terrasse. Il déchiffra l'écriture démotique[1] : « Ton père est en campagne au Fenkhou. »

Il serra les mâchoires. Comment cette mégère pouvait-elle donc le savoir ? Par d'autres esclaves, sans doute !

1. L'écriture courante égyptienne.

Ah que n'était-elle piquée par les serpents venimeux Nik et Rik, les enfants d'Apopis ! Pourquoi l'autre génie du mal, Nehaher, n'allait-il pas lui arracher la perruque et lui griffer le visage !

8

Une paternité oubliée

T houy demeurait impassible. Mais son fils connaissait bien cette fausse placidité ; le sens en était : « Ah, c'est comme ça ? Eh bien, nous allons voir ce que nous allons voir ! »

Il avait pénétré dans la chambre maternelle à la fin de la sieste. Le sommeil avait alourdi les traits de la princesse. Ses paupières étaient encore gonflées et sa peau luisait un peu trop sous sa chevelure ébouriffée. Mais le bain, les maquilleuses et les coiffeuses, tout à l'heure, y remédieraient.

— Tu en as parlé à Ptahmose ? demanda-t-elle.

— Non.

— Ne lui en parle surtout pas.

— Et toi, tu vas en parler à mon père ?

— Je ne sais pas encore.

— Pourquoi pas ?

— Ton divin grand-père est décidé à maintenir Ptahmose dans notre maison. Il ne serait pas convenable de le contrarier. Il ne le serait pas non plus d'indisposer ton père à l'égard du garçon.

— Et alors ? On ne fait rien ?

— Nous ne savons encore pas tout. Si la nourrice adresse des messages à Ptahmose, il est probable qu'il lui en envoie aussi, sans doute par le même canal.

Cet aspect-là de l'intrigue avait échappé à Pa-Ramessou. Il rendit en lui-même hommage à la sagacité féminine.

Le visage de Thouy se crispa tout à coup.

— Je ne veux pas plus de ce garçon que toi dans la famille. Ton précepteur Thïa ne te l'a probablement pas dit, mais son ancêtre Akhenaton n'a apporté au pays que des malheurs. Ton grand-père et ton père se sont brûlé les sangs à rétablir l'ordre dans les Deux Pays. Et maintenant, il faudrait accueillir ce vagabond de mauvais augure !

Elle quitta son siège et fit les cent pas dans sa chambre, soufflant sa colère par les narines comme la lionne Sekhmet par les naseaux.

Pa-Ramessou était confondu, quoique secrètement ravi d'avoir une alliée telle que sa mère.

— Pourquoi ne le dis-tu pas à mon père ?

— Parce qu'il ne faut pas contrarier ton divin grand-père. Écoute : dans un moment, le domestique ira reprendre le plateau et je pense que ce rat de Ptahmose y aura placé un message. Celui-là sera plus difficile à intercepter.

— Je m'en charge, répondit spontanément Pa-Ramessou.

— Comment feras-tu ?

— Je te l'ai dit, je m'en charge.

— Ils ne doivent pas soupçonner que nous les épions, prévint-elle, alarmée.

— Laisse-moi faire. Attends-moi.

Il sortit prestement et regagna sa chambre. Il y attendit l'heure où le domestique revenait récupérer le plateau chez les deux garçons. Quand celui-ci reparut, Pa-Ramessou attendit qu'il fût ressorti et s'élança derrière lui en courant et le heurta violemment. Le domestique trébucha, les deux plateaux lui échappèrent des mains et leur contenu se dispersa sur le sol. Pa-Ramessou s'arrêta et feignit d'être désolé. Il aida le domestique à ramasser les fragments de gobelets cassés. Mais il avait repéré le tesson révélateur et s'en empara prestement, puis feignit de poursuivre sa course. Quelques moments plus tard, il était de retour dans la chambre de sa mère, l'air triomphant. Il desserra le poing et montra le tesson. Sa mère et lui le déchiffrèrent ensemble : « Je n'ai pas eu de tes nouvelles aujourd'hui. Je prie Aton que tu ne sois pas souffrante. »

— C'est bien ce que je soupçonnais, murmura Thouy. Je vais quand même devoir en parler à ton père. La nourrice et Ptahmose sont en correspondance régulière. Reste à savoir s'ils correspondent avec Horamès et ce que tout cela peut bien cacher. Maintenant, pour ne pas éveiller leurs soupçons, il faudrait que ce tesson parvienne à sa destinataire. Comment faire ?

— Je vais aller le jeter dans le couloir. Je suis sûr que le domestique reviendra le chercher.

Quand il sortit, les parages étaient déserts ; il déposa furtivement le tesson dans une encoignure et rentra rapidement dans sa chambre. Quelques moments plus tard, il entendit du bruit et souleva à peine la portière qui masquait sa porte : l'esclave qu'il avait aperçue dans le sous-sol du palais des Femmes balayait le sol ;

il rabattit la portière pour qu'elle ne le vît pas ; au petit cri qu'elle poussa, il comprit qu'elle avait trouvé le tesson qu'elle était venue chercher. L'instant d'après, elle avait disparu.

Pa-Ramessou alla en informer sa mère d'un air triomphant.

Aux bains, Ptahmose montra une mine soucieuse, mais Pa-Ramessou se garda de l'interroger.

Après le dîner, Thiyi proposa à Ptahmose une partie de jeu de serpent[1] et, bien qu'il fût morose, il se laissa convaincre. Profitant de la diversion, Thouy entraîna son époux et son fils sur la terrasse et exposa à Séthi les découvertes de Pa-Ramessou.

— Nous avons rassemblé les trois protagonistes dans la même enceinte, dit-elle. Nous ne pouvions espérer que la nourrice, Neser Moût, cesserait ses intrigues. Ces vieilles femmes n'ont rien d'autre à faire dans la vie que des manigances. Nous n'en savons pas l'objet, mais nous sommes certains qu'elles existent.

— Le seul moyen de connaître cet objet serait de lire les messages qu'ils ont échangés, répliqua Séthi, ce qui me paraît impossible. Et à quoi cela servirait-il ? Mon divin père estime que Ptahmose est moins dangereux au sein de notre famille et j'estime qu'il a raison.

— Mais une intrigue est cependant en cours et elle me semble être de caractère dynastique, observa Thouy. Tu ne veux pas la connaître ?

Séthi haussa les épaules.

— Je ne la devine que trop bien. Neser Moût essaie de faire valoir les droits de Ptahmose à la couronne.

---

1. Comparable au jeu de l'oie.

Elle est probablement soutenue par quelques prêtres de Hetkaptah, peut-être d'ailleurs. Elle essaie sans doute aussi de troubler Horamès, dans l'espoir qu'il crée une faction dans l'armée. Peine perdue. L'armée nous est acquise.

— Tu ne feras donc rien, père ? demanda Pa-Ramessou, surpris.

— Non, nous paraîtrions leur donner de l'importance, ce qui est exactement le but qu'ils recherchent. Horamès est en campagne au Fenkhou depuis deux semaines et il ne sera pas de retour avant trois autres. J'aviserai alors de la conduite à tenir à son égard. Je me limiterai à exiler Neser Moût, afin de mettre fin à son travail de taupe. Et toi, recommanda-t-il à son fils, fais mine de ne rien savoir de tout cela. Un prince ne doit jamais donner le sentiment qu'il s'inquiète d'un rival. Et rien ne peut humilier celui-ci autant que la bonne grâce et les sourires de celui qu'il voudrait supplanter. Sois digne de la grâce d'Amon qui t'a fait prince.

La leçon marqua Pa-Ramessou comme un sceau la cire molle d'un cachet. Il se garda de relever devant sa mère l'insolite formule du message de Ptahmose : « Je prie Aton. » Le petit-fils de l'adorateur du soleil avait-il repris à son compte la déplorable lubie d'Akhenaton ? Il y aurait eu là de quoi discréditer gravement Ptahmose, mais Pa-Ramessou décida de surseoir à une nouvelle offensive ; mieux valait éviter des soupçons de persécution.

Le lendemain soir, toutefois, Séthi entraîna son épouse et son fils dans son bureau et indiqua un coffret sur sa table, d'un air facétieux, et l'ouvrit. Thouy et Pa-Ramessou y plongèrent le regard. Une douzaine d'*ostraca* y gisaient.

— Lisez donc, dit-il.

« Ton divin fils a été recueilli dans la famille du vizir », annonçait l'un. « J'ai prévenu ton divin fils que tu es aux Écuries royales », révélait un autre. « Ton divin fils s'étonne de ne pas avoir de tes nouvelles. Tu peux correspondre avec lui par le relais du domestique qui t'apporte ce message », disait un troisième. « Es-tu indifférent au sort de ton divin fils ? Tu ne réponds jamais à mes messages », s'étonnait un autre.

Thouy leva les yeux vers son mari, surprise de son air facétieux.

— Tu as l'air de trouver ça drôle ?

— Ne l'est-ce pas ? Horamès a été assez avisé pour ne pas donner suite aux provocations de cette tricoteuse. Mais c'en est fini des manigances de Neser Moût. Elle a été, cet après-midi, expédiée sous escorte aux confins du Haut Pays.

Il rabattit dans un claquement le couvercle du coffret.

Pa-Ramessou considéra son père avec admiration. Il avait d'emblée absorbé l'exemple de la hauteur et de la détermination qui venait de lui être donné.

Cette nuit-là, Ptahmose dormit mal ; la cause en était sans doute qu'il n'avait pas reçu de message de Neser Moût. Il s'agita et remua à tel point que Pa-Ramessou alla dormir ailleurs.

Le lendemain matin, Ptahmose vint l'y rejoindre, le visage chiffonné. Pa-Ramessou l'accueillit avec un sourire exquis.

— Tu m'as laissé dormir seul.

— Tu t'es beaucoup débattu et tu m'as poussé hors du lit.

— J'ai fait de mauvais rêves.

— Je n'avais pas de raison de les partager.

Pa-Ramessou était plus jeune d'un peu moins d'un an, mais il perçut instinctivement le contraste entre les dérisoires tourments d'un jeune garçon et le destin d'une dynastie. Ils s'assirent pour partager le premier repas de la journée, le lait d'amandes, les fruits et les galettes au miel. Ptahmose levait de temps en temps un regard maussade sur Pa-Ramessou, comme s'il le tenait pour responsable de son infortune.

— Que sais-tu de moi ? demanda-t-il à la fin.

Prendre ainsi le taureau par les cornes témoignait d'un certain courage.

— Que devrais-je savoir ?

— Tu ne t'es jamais demandé pourquoi j'ai été ainsi introduit dans ta famille et pourquoi j'occupe la place de ton frère défunt ?

— Tu es un orphelin d'une ancienne famille royale. Ma famille t'a pris en compassion et t'a adopté. Qu'y aurait-il d'autre à savoir ?

Le sentiment de supériorité que résumait cette simple explication valait un rappel à l'ordre ; la réponse de Pa-Ramessou signifiait : « Tu n'as aucun droit et tu n'existes que par la pitié des miens. »

— Je suis un prince de vieille souche.

Cette vanité ! Pa-Ramessou goba une figue fraîche, puis une autre.

— J'en suis heureux, répondit-il à la fin. Mais c'est mon divin grand-père qui règne sur ce pays.

— Je régnerai un jour.

— Après mon père, peut-être, rétorqua Pa-Ramessou avec un sourire dont la candeur multipliait l'ironie, et si tu trouves une femme de ma lignée pour t'épouser.

Il se leva sans se départir de son aménité. Ptahmose dardait sur lui des regards furieux. Pa-Ramessou vérifia alors que la désinvolture était sa meilleure arme.

— Nous sommes attendus au *kep*, ajouta-t-il, alors que le précepteur Thïa venait d'apparaître à la porte.

Deuxième rappel à l'ordre. Les prétentions de Ptahmose ne l'affranchissaient pas de sa condition d'écolier. Pa-Ramessou le précéda sans l'attendre. La trêve était rompue.

Cet épisode marqua le début d'une détérioration caractérisée de l'humeur de Ptahmose. Il avait été timide, il devint brusque ; réservé, il devint maussade. Thiyi fut la première à s'en apercevoir : son enjouement se heurta à un mur d'indifférence morose et hautaine.

— Tu ne tisseras pas une longue pièce, lui lança-t-elle un soir après dîner, usant d'une expression populaire adressée à ceux qui préjugent de leurs moyens.

Quelques jours après le départ en exil de Neser Moût, cette mauvaise grâce culmina dans une scène déplaisante.

— Où est ma nourrice ? demanda Ptahmose tout à trac après dîner, alors qu'il venait de se laver et sécher les mains.

Le ton était arrogant.

— Faut-il donc te donner le sein ? rétorqua Thouy, qui avait évidemment remarqué la dégradation des manières de Ptahmose.

Il frémit sous l'insulte.

— Neser Moût est en province, où elle sert ses ragots aux corbeaux, déclara Séthi, d'un ton égal. Tu dois te préparer l'an prochain à l'entraînement militaire et je ne crois pas utile qu'elle t'accompagne à la caserne.

— Et mon père ?

— Il est devant toi, qui te parle.

Un silence de pierre tomba après cette repartie. Ptahmose comprit sans doute qu'il avait engagé un combat à armes inégales ; il était l'obligé de la famille royale. Son père était Séthi et nul autre, et il n'avait aucun recours. Thouy, Thiyi et Pa-Ramessou attendaient la suite de ce duel.

— Quel aïeul plus aimable et plus propice que le dieu incarné pourrait souhaiter un homme de bon sens ? demanda Séthi. Son aile protectrice garantit la sérénité et la prospérité. Et dans sa grâce infinie, il a daigné inclure l'enfant abandonné dans sa famille.

— C'est par Horamès que j'ai été engendré, marmonna Ptahmose.

— Horamès ne t'a pas donné un seul bout de pain de ta vie, Ptahmose. Il n'a pas une seule fois revendiqué sa paternité, même quand il en a été prévenu par Neser Moût. Tu n'as survécu depuis tes premiers jours que grâce à la charité des prêtres de Ptah, répondit Séthi d'une voix solennelle. Sans eux, tu ne serais à présent qu'une petite momie sans masque. Et sans la grâce de mon divin père, tu ne serais également qu'un scribe parmi d'autres. Sache reconnaître la source où se nourrit ta sève.

La face de Ptahmose se figea. Ses yeux brillèrent, puis des larmes en jaillirent. Il fut secoué de sanglots. Nul ne dit mot. Il avait cherché l'affrontement, il avait été vaincu. Il était désormais prisonnier de la famille royale. Il se leva et regagna sa chambre.

Le précepteur Thïa parut consterné.

— Ce n'est encore qu'un enfant, dit Thouy. Il s'est laissé bourrer le crâne par une nourrice sénile, remâchant des rêves de grandeur, et sans doute par quelques prêtres intrigants. Il ne faudra pas lui en tenir rigueur.

— La leçon ne lui en sera que plus utile, conclut Séthi.

Quand il se leva avec ses parents pour regagner sa chambre, Pa-Ramessou demeurait songeur. Il avait gagné, mais n'en éprouvait aucune joie. Le rival n'en était plus un, et les larmes avaient brûlé les joues de celui contre qui il avait intrigué.

Que deviendrait Ptahmose ?

Le Palais d'Ihy regorgeait de monde. Presque tous des militaires, archers, lanciers, cavaliers, conducteurs de chars, revenant de la dernière campagne à l'est, au pays de Kémi. La musique des sistres et des tambourins se répandait depuis le crépuscule sur les berges du Grand Fleuve et, l'établissement étant exigu, plusieurs clients étaient sortis dans les jardins, gobelets à la main, qui buvant de la bière, qui de l'hydromel, qui du vin. Prévenue du succès de la campagne, ayant prévu les festivités, dame Ianoufar présidait à la soirée avec vigilance et force sourires. L'escarcelle lestée de leur solde, les valeureux clients riaient enfin, nourrissant l'espoir de séduire tout à l'heure telle chanteuse ou telle danseuse et ravis de s'entretenir d'autres affaires que militaires.

— La petite au teint bistre et aux yeux en amande, celle qui joue du tambourin, m'adoucirait la nuit, murmura l'un d'eux, un gaillard athlétique de belle mine, épaules satinées, œil de velours et bouche en abricot, en considérant le quartier de lune serti dans le ciel indigo. Combien crois-tu qu'il faudrait la payer ?

— Ça dépendra des services et du temps qu'elle te consacrera, répondit un autre, qui paraissait familier de l'établissement. Trois anneaux de cuivre pour les caresses ordinaires, dix pour le grand congrès, deux anneaux d'argent pour la nuit...

— Deux anneaux d'argent ! À son âge ?

— Ce n'est pas elle qui fixe les tarifs, c'est dame Ianoufar.

Le premier militaire soupira.

— Je n'ai pas envie de tant écorner ma solde.

— Ce n'est pas tous les jours que tu trouveras une jolie princesse pour s'amouracher de toi, Horamès.

— Ah, tu ne vas pas reprendre cette scie, Dimeha ! C'est du passé !

Ce dernier lui lança un regard goguenard.

— Bon, je n'en reparlerai pas. Mais je crois quand même utile de t'informer qu'en ton absence, sur ordre du pharaon, le vizir Séthi a inclus un nouveau membre dans sa descendance.

— Ah bon ?

— C'est le prince Ptahmose. Il remplace le défunt Pa-Semossou.

Horamès en demeura interdit.

— Voilà, ajouta Dimeha, maintenant tu es débarrassé de ces histoires de paternité. Viens, rentrons et allons voir ta petite. Crois-moi, trois anneaux de cuivre, ce n'est pas cher payé pour les caresses ordinaires. On ne vit qu'une fois !

Les deux hommes rentrèrent dans la grand-salle. Horamès semblait encore sous le coup de la révélation que lui avait faite son collègue. Son fils appartenait donc désormais à la famille royale. Il songea qu'il avait été bien avisé de ne pas revendiquer sa paternité, comme l'en avait pressé cette vieille femme ; il aurait sans doute contrarié les desseins royaux une fois de plus ; il suffisait ; il avait assez longtemps souffert des traces du fouet sur son dos. Il se serait trouvé embarrassé d'un garçon à sa charge. Un fils que, de surcroît, il n'avait jamais vu. Il soupçonna aussi que sa discrétion autant que sa vaillance au combat lui avaient valu sa promotion au rang de premier lieutenant des Écuries. Tout était pour le mieux : il resterait libre de courir la gueuse.

Il dirigea de nouveau ses regards vers la musicienne aux yeux en amande. Non, décidément, trois anneaux de cuivre, ce ne serait pas si cher payé pour le plaisir de caresser les petits seins, les fesses et le ventre poli de la donzelle et de recevoir en échange quelques gourmandises.

Le vin, le désir et l'excitation ambiante lui firent oublier qu'il avait laissé filer une paternité. Une de plus. Qu'importait ? La vie d'un militaire est celle d'un nomade, et son butin souvent supérieur à sa solde. Certains dans la vie préfèrent voler des fruits que de cultiver leur verger. Mais aussi, comme disent les chenapans, la pomme volée a plus de goût.

9

« Assassin d'Osiris ! »

Sauf s'il est l'incarnation du dieu suprême sur terre, un homme n'est jamais le centre que de sa propre vie, et l'intérêt de la famille du vizir Séthi pour les états d'âme de Ptahmose s'effilocha au cours des jours. À la vérité, le garçon ne faisait rien pour l'entretenir ; il était devenu impersonnel, lisse, incolore, fermé et passablement hautain. La fausse amitié qui s'était tissée quelque temps entre Pa-Ramessou et lui s'était volatilisée ; ils n'échangeaient plus que des propos occasionnels et laconiques sur des sujets aussi indifférents que le goût des œufs d'oie par rapport à ceux de canard, ou l'intérêt de se limer les ongles des orteils au lieu de les couper. Lui avait-on volé son âme ? Thïa rejeta l'idée d'un revers de main. À moins qu'un magicien n'eût réussi une sorcellerie de haut vol, le *ka* d'un être humain était inaliénable, inexpugnable, immarcescible.

— Il s'est fait une carapace, suggéra le précepteur, un soir que Thouy le pressait de donner son interprétation du nouveau comportement de Ptahmose.

Il avait devancé Pa-Ramessou à l'entraînement militaire et tendait à fanfaronner depuis que son instructeur lui avait reconnu quelque mérite dans le corps à corps. En équitation, toutefois, ses cuisses trop minces ne lui permettaient pas de tenir trop longtemps l'exercice. Néanmoins, Séthi lui avait accordé le titre honorifique de lieutenant général des armées.

L'inquiétude pointa de nouveau son nez dans l'esprit de Pa-Ramessou : ce godelureau s'inscrivait-il pour de bon dans la liste des héritiers à la succession au trône ? Ah non ! Il n'était pas du bon sang. Et de toute façon, personne d'autre que lui, Pa-Ramessou, n'accéderait au trône quand l'heure sonnerait. Personne d'autre ne serait investi de la présence divine dans sa chair. L'occasion se présenterait bien un jour ou l'autre de mettre ce parasite en échec. Il suffisait d'ouvrir l'œil.

L'ombre des grandes aiguilles fit maintes fois le tour des cadrans solaires et les gouttes s'écoulant des clepsydres comptèrent bien des nuits.

La septième année de son existence arriva et Pa-Ramessou prit enfin ses premiers cours de formation militaire. Il apprit le combat au corps à corps et s'entraîna à la course. Des instructeurs lui enseignèrent le vrai tir à l'arc et le lancer du javelot. Il se familiarisa avec le port d'un bouclier et assimila ses premiers éléments d'équitation.

Les compliments que lui valut sa vaillance furent mérités.

Ptahmose n'avait qu'à bien se tenir.

Et Ramsès Menpehtyrê, le premier du nom, quitta l'Orient pour l'Occident. Dans la deuxième année de son règne et la soixante et onzième de sa vie, il monta vers les étoiles et la splendeur où s'épanouissent les dieux.

Son successeur désigné serait son fils et vizir, Séthi, au zénith de sa vingt-neuvième année, qui avait d'ailleurs assumé la charge du royaume dans les derniers mois de vie de son père.

Pendant les dix semaines réglementaires, les embaumeurs œuvrèrent à garantir l'éternité à la dépouille que le défunt laissait ici-bas, tandis que les ébénistes, sculpteurs et joailliers assuraient le faste de son ultime demeure, sans oublier les représentations de ses plaisirs virtuels, corbeilles de fruits peints, effigies de concubines et parfums. Ironie involontaire des rites, ils disposeraient des aiguières de vin à côté des vases canopes où gisaient les viscères censés digérer fruits et vin, le membre viril supposé satisfaire le double désir du défunt et des concubines de bois était préalablement coupé avant d'être fixé en place.

Puis le cortège d'installation se mit en route vers la place de Maât. Là, au fond d'une syringe sculptée dans le roc, l'installation du souverain disparu s'effectuerait selon le cérémonial ancestral. Cela avait été prévu du vivant du monarque car, au Pays de Horus, les pharaons étaient à peine installés dans leurs palais terrestres qu'ils faisaient préparer leur dernière demeure. Loin de les porter à la mélancolie, la conscience de l'au-delà imminent assurait leur gouvernement des affaires temporelles.

C'étaient les deuxièmes funérailles royales auxquelles Pa-Ramessou assistait, mais les premières pour

Ptahmose. Il dévorait des yeux ce rituel inconnu, aussi fantastique que somptueux. Chaque fois que l'étiquette le permettait, il interrogeait le précepteur Thïa sur tel ou tel détail de la cérémonie. Il commit aussi un mémorable impair ; en arrivant dans les parages des tombes, il demanda :

— Est-ce là qu'est enterré mon grand-père Akhenaton ?

Séthi, à ce moment-là éloigné de sa famille, ne l'entendit pas, mais Thouy, Thiyi et Pa-Ramessou, si. Le précepteur tourna vers Ptahmose un regard sévère et posa l'index sur sa bouche.

— C'est ton grand-père Ramsès qu'on porte à sa dernière demeure, rectifia-t-il à mi-voix.

Mauvaise volonté ou esprit obtus, Ptahmose mit un certain temps à comprendre sa bévue. Il n'avait pas d'autre grand-père que Ramsès, c'était dit. Ses questions se firent plus rares.

Au retour à Ouaset, Thouy ne jugea pas nécessaire de revenir sur l'incident et le signifia à Thiyi et Pa-Ramessou ; il eût probablement justifié une semonce de son époux et le moment eût été mal choisi. Séthi avait bien assez à faire avec les préparatifs du couronnement. Les siens devaient veiller à sa sérénité d'esprit.

Une fièvre nouvelle s'empara alors de Pa-Ramessou : l'intronisation prochaine de son père, Séthi Menmaâtrê de son nom royal, constituait la deuxième étape qui le rapprochait du trône. Et la préséance de Ptahmose distillait en lui des poisons de plus en plus violents. Il songea même à lui glisser une vipère dans le lit, fille de Nik ou Rik, eux-mêmes enfants de l'abominable Apopis. Mais l'on ne succombe pas toujours à la morsure de ce reptile et, d'ailleurs, comment se procurer une vipère ? Tout prince qu'on soit, des animaux aussi ordinaires ne sont pas toujours faciles à obtenir.

Lors des cérémonies portant au pouvoir Séthi, fils charnel d'Amon, Pa-Ramessou dut supporter la présence de l'intrus à la place qu'avait occupée Pa-Semossou lors du couronnement de Ramsès le Premier, tout près de lui. Il ne lui adressa pas une seule fois la parole. Les regards des dignitaires de la cour et de la province, gouverneurs, prêtres, commandants militaires, fixaient la nouvelle famille royale, s'efforçant de détecter le moindre indice qui eût pu les informer sur la galaxie installée au firmament du Pays de Horus. Les deux frères de circonstance leur opposaient un masque impénétrable, et les amateurs d'anecdotes en furent réduits à épier la Première Épouse royale, Thouy, et sa fille, Thiyi, qui récompensaient davantage leur curiosité ; elles resplendissaient, en effet, et ne comptaient pas leurs sourires.

Quand Séthi, virtuellement ressuscité, revint s'asseoir sur son trône, ceux qui avaient assisté au sacre de son père ne purent s'empêcher de faire la comparaison entre les deux. L'homme ne possédait pas la même force massive que son père et prédécesseur, mais une impression de vigueur vigilante émanait de lui. En termes ordinaires, le corps royal avait minci, mais le cerveau avait grossi. Pareil homme se fierait plus à l'exercice de son esprit qu'à celui de son poing.

Lors du banquet suivant le sacre, un épisode de quelques secondes retint cependant l'attention de

Pa-Ramessou ; ce fut le temps que dura le face-à-face de Ptahmose et de son ancien protecteur, le grand-prêtre Khouper Ptah, de Hetkaptah. Celui-ci attarda sur le jeune prince un regard interrogateur ; l'autre répondit par un sourire avantageux. Si les yeux avaient une voix, on eût sans doute entendu ceci, à peu près :

— Te voilà donc prince.

— Mes mérites ont été reconnus.

— N'as-tu point de gratitude à notre égard ?

— Vous ne m'avez cédé à mes nouveaux tuteurs que forcés et contraints.

Et Khouper Ptah s'éloigna.

Ni les harmonies des orchestres, ni les louanges des chanteuses et ni les mouvements des danseuses au repas inaugural n'effacèrent l'impression de Pa-Ramessou : Ptahmose entretenait un dessein secret. Lequel ? L'animal présent en chaque être humain en nourrit la conscience de ses intuitions. Le plus subtil philosophe doit une bonne part de ses idées les plus élevées au chacal, au chat, au crocodile ou à l'épervier qu'il porte en lui.

Oui, Ptahmose avait un projet.

Le temps fila, cristallisant les méfiances et calcifiant les attitudes, mais affirmant aussi la position du fils adoptif et la hargne sans défaut de Pa-Ramessou. Ptahmose parvint au seuil de sa dixième année et nul, à la caserne aussi bien que dans l'administration, n'ignora plus que Séthi entendait le nommer chef général des armées. Le titre n'était évidemment qu'honorifique, mais il renforçait la légitimité de Ptahmose à la succession de Séthi.

Le sang de Pa-Ramessou n'en fit qu'un tour. Même Thïa partagea secrètement sa révolte.

Le pharaon était-il aveugle ? Ou bien avait-il cédé à cette maladie de l'esprit qui fait que l'on demeure fidèle aux idées que l'on s'est forgées, parce que, dans l'illusion d'avoir raison, l'on ne s'aperçoit pas que la raison ignore la réalité ?

Pa-Ramessou décida alors d'user de son arme secrète.

Depuis plusieurs mois, Ptahmose disparaissait épisodiquement deux ou trois jours, prétextant des missions militaires sur ordre du commandant de la caserne. Séthi lui-même n'en savait rien et, quand un soir il s'étonna de ne pas voir Ptahmose au dîner et que le directeur des Secrets du soir lui répondit que l'honorable prince était en mission en province, il se félicita bruyamment de la conscience professionnelle de celui qu'il appelait désormais son « fils ».

Et pis que tout, les sculpteurs préparaient un nouveau bas-relief sur le temple d'Amon à Karnak qui représenterait Ptahmose suivant le char de son père.

À la caserne, Pa-Ramessou s'informa par la bande de ces mystérieuses missions et découvrit que le commandant n'en savait rien. Donc Ptahmose mentait. Pa-Ramessou s'en ouvrit à Thïa.

— Comment te proposes-tu d'y remédier ? demanda celui-ci.

— Le mensonge indique un dessein secret et condamnable. Ptahmose ment parce qu'il sait qu'il serait blâmé si l'on savait où il va.

— Exact.

— Je veux que quelqu'un le suive à sa destination réelle. Tu as plus de pouvoir que moi. Trouve-moi cette personne.

Thïa réfléchit.

— Je connais un jeune scribe, futé et dévoué. Garantis-lui sa protection s'il venait à être découvert.

— Je la lui garantis.

— Peux-tu aussi le payer ?

— Je peux emprunter des anneaux à ma mère. Combien ?

— Pas beaucoup. Une dizaine d'anneaux de cuivre. Je te le présenterai cet après-midi.

Un scribe ? Un gamin à l'air rigolard et madré, le calame à l'oreille pour attester qu'il savait lire et écrire. Il se nommait Imenemipet. Pa-Ramessou lui expliqua sa mission : établir où se rendait le prince Ptahmose lors de ses absences.

— Il faudra louer un âne, dit Imenemipet.

— Combien ça coûte ?

— Je peux me débrouiller. Cinq ou six anneaux de cuivre.

Pa-Ramessou lui en donna dix. Imenemipet lui baisa les mains.

— Ton silence doit être égal à celui de la pierre, lui enjoignit Pa-Ramessou.

— Ta confiance, prince exalté, en est l'infrangible sceau.

Trois jours plus tard, Imenemipet se présenta au rapport.

— J'ai suivi le prince Ptahmose, ton frère, pendant plus de deux heures jusqu'au village des Dix-Chacals, au nord de Ouaset. Il ne m'a pas remarqué ou, s'il l'a fait, il m'a pris pour un paysan. Il s'installe chez un vieillard, Sedjem-Aton, qui est un ancien prêtre d'Aton et qui occupe une modeste maison. Il y passe la nuit. Deux ou trois personnes les rejoignent.

— Sedjem-Aton ?

— C'est son nom.

« Oreille d'Aton » ; guère un nom récent ni de bon aloi. La question de Ptahmose aux funérailles de Ramsès revint à la mémoire de Pa-Ramessou : « Est-ce là qu'est enterré mon grand-père Akhenaton ? » Ptahmose restait-il donc fidèle au culte de son aïeul ? Mais comment le connaissait-il ? Ou bien nourrissait-il un projet plus ténébreux ?

— Tu n'as pas pu savoir ce qu'ils se disent ?

— Non, prince exalté. Mais je pourrais le savoir.

— Comment ?

— Sedjem-Aton vit de la charité publique. Si je lui faisais un cadeau, je serais certainement invité à passer la journée chez lui.

Pa-Ramessou réfléchit un instant. Puis il convoqua le chef de la Bouche royale et lui ordonna de faire remettre à Imenemipet un sac de méteil et une jarre de vin. Sur quoi il donna dix anneaux de plus au jeune scribe et lui déclara :

— J'attends de tes nouvelles.

Il échangea un regard avec Thïa ; ils n'avaient plus qu'à s'armer de patience.

— Nous connaissons l'objet de la dissimulation, dit Thïa. Reste à en obtenir une preuve.

Dix jours s'écoulèrent avant que Imenemipet ne revînt au rapport.

— Sedjem-Aton s'est répandu en bénédictions et m'a assuré que j'étais la réincarnation du dieu Aton qui venait chauffer sa vieillesse. Il m'a prié de partager le pain et le vin. J'ai vu que le prince Ptahmose lui avait apporté d'abondantes victuailles, dont des quartiers d'oryx et des galettes au miel. Trois autres jeunes gens étaient présents, parmi lesquels deux scribes de villages du nord, âgés de quinze à dix-sept ans. Mais c'était le prince ton frère qui exerçait, en dépit de son jeune âge, la plus grande autorité. Sedjem-Aton lui marque une grande déférence. Après les repas de midi et du soir, ce prêtre dispense un enseignement sur la prééminence du dieu Aton, qui est la lumière et la vie, ainsi que la source de toutes choses, y compris des dieux secondaires. À l'évidence, il identifie Aton et Atoum[1].

Pa-Ramessou et Thïa écoutèrent consternés.

— Le prince ton frère se rend chez Sedjem-Aton le troisième, le douzième et le vingt et unième jour de chaque mois, ajouta Imenemipet.

— As-tu entendu quelque chose de particulier concernant le prince Ptahmose ? demanda Pa-Ramessou.

L'autre parut embarrassé.

— Que ton indulgence suprême veuille bien me le pardonner, prince exalté. J'ai entendu Sedjem-Aton annoncer que lorsque le prince Ptahmose accéderait au trône, sa sagesse restaurerait l'ordre ancien et la prééminence d'Aton l'Incommensurable et l'Informel.

Pa-Ramessou s'adossa à son siège.

— Il est possible que tu doives en témoigner sous serment, dit-il.

— Je suis ton esclave dévoué.

Pa-Ramessou lui donna encore dix anneaux de cuivre et le congédia après lui avoir recommandé de

1. Dieu créateur de l'univers.

se tenir hors de la vue de Ptahmose jusqu'à plus ample informé. Quand le scribe fut sorti, Pa-Ramessou et Thïa se regardèrent un moment sans mot dire.

— Que vas-tu faire ?

— Je ne peux plus cacher ces choses à mon divin père. Je serais complice de Ptahmose.

Le divin Séthi Menmaâtrê avait été absent près de quatre semaines ; il était allé réduire à résipiscence les tribus du pays d'Irem[1], à l'ouest. Il en revint précédé des fanfares de la renommée : l'expédition avait été un triomphe et il avait écrasé ces ignorants turbulents qui se refusaient à reconnaître la suprématie naturelle du Pays de Horus. Lors de sa première journée au Palais, à son retour, il eut fort à faire jusqu'après dîner : il reçut un gouverneur de province pour des questions pressantes concernant un vol commis en bande organisée dans les greniers de l'État. Aussi pria-t-il son fils de remettre à plus tard l'entrevue que ce dernier avait demandée en aparté.

— Divin et glorieux père, je ne me serais pas permis de te demander audience ce soir s'il ne s'agissait d'une affaire urgente.

Séthi retint un mouvement d'impatience.

— Je ne vois guère ce que tu pourrais avoir de si urgent à me soumettre. Bon, allons-y rapidement.

— Je demande également, divin père, la présence de Thïa.

1. Région correspondant au sud-est du désert libyen.

Séthi leva des sourcils étonnés.

— Soit.

Sous les regards soucieux de Thouy et de Ptahmose, les trois hommes se dirigèrent vers une chambre attenante à la salle des repas. Pa-Ramessou fit alors un signe du menton à Imenemipet, qui se tenait discrètement dans le groupe des domestiques attachés à la table royale et qui hocha imperceptiblement la tête.

— Je t'écoute, dit le pharaon, quand il se fut assis.

— Père, voici des semaines que Ptahmose se rend clandestinement au village des Dix-Chacals pour y suivre l'enseignement d'un prêtre d'Aton. Ce prêtre annonce que, lorsqu'il t'aura succédé, Ptahmose restaurera le culte unique d'Aton.

Séthi fronça les sourcils.

— Je ne peux pas prêter foi à des accusations aussi graves et aussi extravagantes contre un garçon qui m'a donné jusqu'ici toutes les preuves de sa parfaite soumission, s'écria-t-il avec une soudaine colère. Il doit s'agir de ragots d'intrigants et de jaloux. Est-ce là l'affaire urgente dont tu voulais m'entretenir ?

— Père divin, je suis personnellement sûr de ce que je te dis.

Séthi parut décontenancé. Il interrogea Thïa du regard. Ce dernier hocha la tête.

— Majesté, ton fils a un témoin.

— Un témoin ? cria Séthi. Ces choses sont donc publiques ? Je veux voir ce témoin !

Pa-Ramessou sortit et fit un signe à Imenemipet. Celui-ci se dirigea vers lui. La distance à franchir était d'une trentaine de pas. Mais à mi-chemin, et à la surprise générale, Ptahmose s'élança vers le scribe et, le saisissant par le bras, le souffleta en l'injuriant :

— Misérable traître ! Espion ! Ichneumon ! Tu n'atteindras jamais la présence de mon divin père !

Il tira sa dague. Pa-Ramessou était déjà accouru. Il maîtrisa Ptahmose et Imenemipet s'arracha à l'emprise de ce dernier. Ptahmose assena un coup de poing à Pa-Ramessou. Il avait sous-estimé son adversaire. Entraîné à la lutte, Pa-Ramessou tira violemment le bras qui tenait la dague, puis le tordit. Ptahmose poussa un cri de douleur et l'arme tomba par terre. D'un coup de sandale, Pa-Ramessou l'envoya à distance. Une rumeur s'éleva dans la salle des repas. Ptahmose cria. Thouy cria aussi.

— Saisissez-le ! ordonna-t-elle.

La garde accourut et maintint Ptahmose. Alerté par le tohu-bohu, Séthi était sorti de la chambre voisine et observait la scène, bouleversé.

— Amenez-le ! ordonna-t-il à la garde.

Il se rassit, le visage convulsé de colère. Quatre personnes se tenaient devant lui.

— Père divin, voici le témoin, le scribe…, commença à dire Pa-Ramessou.

— Crapule ! Crotte de rat ! hurla Ptahmose.

— Silence ! tonna Séthi.

Ptahmose ne tint pas compte de l'ordre :

— … Et toi, toi mon prétendu frère, traître à la solde d'Apopis !

Séthi, au comble de la colère, se leva et souffleta Ptahmose.

— Si tu ne te tais pas, je te fais mettre aux fers !

Il se rassit et reprit son souffle.

— Ton comportement indigne est le plus flagrant des aveux. Ainsi, tu préparais la restauration du culte d'Aton ?

Ptahmose, tête basse, ne disait mot.

— Et cependant, tu t'étais insinué dans ma confiance. Je t'ai conféré le rôle de l'aîné. Et tu m'as trahi !

Ptahmose semblait pis que défait, détruit.

— Thïa, appelle la garde, commanda Séthi.

Et quand celle-ci, qui se tenait à la porte, fut entrée dans la salle :

— Gardes, faites mettre le lieutenant Ptahmose aux arrêts jusqu'à ce que je prenne une décision le concernant.

Ptahmose, encadré par les gardes, se retourna pour lancer rageusement à Pa-Ramessou :

— Tu es vraiment le fils de Seth. L'assassin d'Osiris !

— Mais toi, tu n'es pas Osiris, je te le dis ! Même pas Horus[1] !

Les gardes emmenèrent le prince. Séthi, blême et muet, se leva et quitta la salle à son tour. D'autres gardes l'escortèrent.

Pa-Ramessou, Thïa et Imenemipet, accablés, restèrent seuls. Ils se regardèrent un long moment, sans mot dire, puis quittèrent les lieux à leur tour.

Pa-Ramessou alla ramasser la dague de celui qui eût dû être son frère. Geste symbolique : il lui avait pris son arme.

1. Fils d'Osiris, également persécuté par Seth.

10

L'onction du sang

L'incident fut mis au compte du fait que Ptahmose avait, ce soir-là, bu plus de vin que de coutume. Ordre fut donné par Séthi en personne que rien n'en transpirât. Tous les témoins de la scène au cours de laquelle les deux princes en étaient venus aux mains et où Ptahmose avait essayé de trucider un scribe délateur furent sommés par le directeur de la Bouche et le commandant de la garde de n'en pas souffler mot. Selon la version officielle, Ptahmose et Pa-Ramessou avaient échangé quelques plaisanteries un peu plus sonores que d'habitude. Des imaginations enfiévrées par le vin avaient mal interprété l'épisode. Même la reine mère Sâtrê, qui dînait ce soir-là dans ses appartements, en compagnie de dames de son ancienne cour, n'eut d'abord droit qu'à un récit édulcoré de l'algarade ; seul un interrogatoire de sa bru, la Première Épouse Thouy, lui permit d'obtenir la vérité ; son commentaire fut bref :

— Ce Ptahmose a sucé du mauvais lait.

La cour ne crut évidemment pas un mot de l'histoire anodine qu'on lui servit. Le fait le plus révélateur fut que les sculpteurs qui achevaient au temple de Karnak le nouveau bas-relief furent chargés de marteler en urgence l'effigie du prince suivant le char du pharaon et de la remplacer par celle du prince Pa-Ramessou. Une décision aussi formidable ne pouvait passer inaperçue. Mais ce ne fut pas le seul fait révélateur : le prince Ptahmose fut absent de la cour et de la caserne pendant trois semaines. L'explication officielle était qu'il était parti surveiller l'application des mesures décrétées par Séthi Menmaâtrê à l'ouest, après sa victoire au pays d'Irem.

Le secret était décidément exigé de beaucoup de monde : des officiers de la Bouche et des échansons, des militaires de la garde royale, des sculpteurs et de tous les intermédiaires de ces différentes charges. Ces gens-là avaient des épouses et des amis à la curiosité de qui l'héroïsme seul eût permis de résister. Le seul point dont on pouvait être sûr était que le directeur des Secrets interdirait toute allusion à l'épisode dans les minutes du royaume que tenaient les scribes.

L'on se perdit en conjectures sur la cause de l'évidente disgrâce de Ptahmose. Nul n'eût osé interroger les témoins directs, Pa-Ramessou et Thïa, encore moins Thouy et sa fille Thiyi. L'évidence s'imposa cependant à tous : Pa-Ramessou supplantait Ptahmose dans les fonctions de la cour où la présence du prince héritier était requise. Mieux : ce dernier fut officiellement nommé prince héritier du Pays Entier.

La caserne et les écuries, elles, furent rapidement informées du changement dans la hiérarchie royale. Ce fut alors que le général Per Thoût requit une audience au pharaon. Il n'en avait pas spécifié le motif, mais avait précisé que sa démarche n'exigeait pas la présence des scribes, façon de dire qu'elle était officieuse. Quand il se présenta devant le monarque, Pa-Ramessou siégeait au côté de son père. Petit et râblé, le militaire baisa la sandale royale et s'inclina devant le fils.

— Divin roi, déclara-t-il, je suis mandé par mes collègues pour saluer et célébrer ta sagesse.

— Comment faut-il l'entendre ? demanda Séthi.

— L'armée, qui t'est dévouée corps et âme, comme elle le fut à ton divin père et au divin Horemheb, expliqua le général, se réjouit de voir ton soleil chasser enfin son souci.

Séthi commençait à comprendre.

— Dans ta divine bonté, tu avais accueilli l'enfant orphelin d'une dynastie déchue. Cependant, les derniers maîtres de celle-ci n'évoquaient plus pour tes serviteurs que des souvenirs fâcheux et les menaces de démembrement du royaume. Quelques prêtres égarés dans les songes du passé soutenaient même ce garçon. Et dans sa bienveillance suprême, ton divin père voulut apaiser leurs inquiétudes. Mais le scorpion se tapit souvent sous la pierre chaude.

— Tu veux parler des prêtres de Ptah ? dit Séthi.

Le militaire rassembla son courage. Visage crispé, Pa-Ramessou écoutait chaque syllabe de l'échange.

— Pas seulement, divin maître. Ceux d'Amon également.

— Nebneterou ? s'écria Séthi, d'une voix qui avait atteint l'aigu.

Le général Per Thoût hocha la tête.

— C'est lui, le scorpion ? demanda Pa-Ramessou.

Le général darda son regard de fer sur le prince héritier.

— Oui, grand prince.

La chaleur parut soudain insoutenable. Séthi s'éventa.

— Pourquoi n'en avez-vous rien dit ? reprit-il.

— Majesté, nous n'étions pas habilités à nous mêler des affaires suprêmes du royaume. Nous n'avions que des soupçons. Ils ont été confirmés hier. Nous avons appris la grande consternation de Nebneterou quand il a été informé que Ptahmose n'était plus l'héritier du trône de Horus. Il a poussé des cris retentissants.

— Comment l'avez-vous appris ?

— Majesté, nos scribes militaires ont les oreilles longues. Ils ont appris que les imprécations du grand-prêtre ont effrayé les prêtres mineurs et les scribes.

L'armée aussi avait ses espions.

Séthi remercia le général Per Thoût et, après les phrases de circonstance, ce dernier s'en alla donc. Pa-Ramessou demeura seul avec son père.

— Et tout ça, c'est parce que nous ne sommes pas de sang royal ? demanda-t-il.

Séthi soupira et hocha la tête.

Quelques jours après l'incident, le lieutenant Horamès fut surpris, en arrivant un soir au Palais d'Ihy, de s'y voir accueilli par les vivats de ses collègues :

— Nous connaissions les vertus militaires de notre compagnon, déclara l'un d'eux, nous célébrerons désormais son don de clairvoyance !

— De quoi vous moquez-vous encore ? demanda-t-il en prenant le gobelet de vin qu'on lui tendait.

— Nous ne nous moquons pas, nous rendons sincèrement hommage à ta prescience. Le fils que tu n'as pas voulu reconnaître a été officiellement disgracié.

Horamès écarquilla les yeux ; il avait à peine prêté attention au récit chuchoté d'un barouf qui aurait eu lieu au Palais. On le lui refit. Il poussa un soupir.

— Voyez donc, observa-t-il, à son tour goguenard, les bienfaits du manque d'ambition. Si j'avais suivi vos conseils, je serais, moi aussi, disgracié.

Ce fut donc le cœur plus léger que de coutume qu'il reprit ses œillades à sa musicienne favorite.

Quand Ptahmose reparut à la cour, à l'occasion d'une promotion officielle de fonctionnaires, l'accueil qu'on lui réserva fut bien moins gai. Sa présence fut brève et son attitude, fuyante. Pa-Ramessou, pour sa part, se composa une expression détachée et observa un comportement neutre ; il devait sauvegarder l'amour-propre de son père et l'honneur du jugement royal, par lequel les tenants du pouvoir avaient tenté d'insérer dans leur famille l'héritier d'une dynastie disparue dans la déchéance. Ce fut avec une parfaite impassibilité, en présence du directeur des Secrets du matin, qu'il rendit à Ptahmose la dague avec laquelle celui-ci avait tenté de trucider Imenemipet et, qui sait, lui-même.

La vérité fut connue de peu de gens. Le premier fut le commandant en chef de la caserne royale : à l'aube, il avait été chargé de libérer Ptahmose, alors dégrisé, et de le conduire en personne au cabinet royal. Séthi avait visiblement peu dormi. Une fois le coupable amené devant lui, le monarque lui avait signifié sa déchéance de fait.

— Je ne te désavouerai pas publiquement, car cela serait me dédire, lui déclara Séthi. Mais tu ne fais plus partie de ma famille. Tu as levé la main sur ton frère et tu as tenté de poignarder un étranger devant la table royale. Tu partiras au pays d'Irem, où le commandant en chef te trouvera quelque tâche. J'aviserai sur ce qu'il conviendra de faire par la suite.

Ptahmose avait écouté sans mot dire. Il était conscient que l'abus de vin d'un soir avait fait éclater la carapace qu'il s'était fabriquée depuis trois ans ; son accès de violence contre Imenemipet avait confirmé les accusations de forfaiture portées contre lui. Il pouvait espérer la clémence royale, mais aucun pardon. Son nom disparaîtrait des cartouches. Il serait un mort vivant.

Conseillé par Thïa, Pa-Ramessou se garda de tout triomphalisme. Il eût été imprudent de montrer qu'il avait gagné contre Ptahmose une partie engagée depuis plusieurs années ; car c'était aussi contre son père qu'il avait gagné une manche. Il devait au contraire redoubler de révérence à l'égard de ce dernier. Il était payé de ses efforts par le fait que son effigie avait remplacé celle de Ptahmose sur le bas-relief de Karnak. L'amour-propre était sauf ; il eût dû exulter intérieurement. Point. Cet épisode l'avait attristé.

— Tu aurais voulu triompher pacifiquement, grâces t'en soient rendues, lui expliqua Thïa. Mais au lieu de cela, tu as assisté à un spectacle de dissimulation et de violence qui a engendré de la haine. Il est normal que tu en gardes un goût amer.

Pa-Ramessou dévisagea Thïa :

— Comment se fait-il que, toi, tu m'aies soutenu sans esprit de retour, avec ton intelligence et ton cœur, alors qu'un garçon comme Ptahmose n'a manifesté à mon égard que l'esprit de ruse pour me voler mes prérogatives ? Y a-t-il donc des gens qui sont congénitalement bons et d'autres, mauvais ?

— Ma mission auprès de toi est de t'enseigner tout ce que je sais et de te fortifier. Mon bonheur et mon honneur sont de m'acquitter de cette tâche aussi bien que je le puis. Je te suis donc dévoué jusque dans mon sommeil, tu es la meilleure partie de moi. Ptahmose, lui, s'est d'abord jugé frustré de son rang princier, et d'autant plus que ton divin grand-père et ton divin père avaient reconnu ce rang. Une fois élevé au rang d'héritier, il aura ressenti une dette à l'égard de sa dynastie. À l'évidence, il aura nourri le projet de relever l'héritage d'Akhenaton. Il n'est pas mauvais, mon prince, il est irréfléchi.

— Comment dois-je le comprendre ?

Thïa chercha ses mots.

— C'est à un prêtre et non pas à un simple scribe tel que moi qu'il reviendrait de t'expliquer ces choses. Mais puisque tu me fais l'honneur de m'interroger, je te dirai ce que je pense. Akhenaton avait voulu supplanter les cultes de nos dieux par celui d'un dieu unique, une puissance sans nom qui se manifestait dans le disque solaire, Rê, qu'il a nommé Aton. Il a négligé une vérité profonde : la divinité suprême est immense. Elle est universelle et inconcevable. Tous nos dieux n'en représentent chacun qu'une manifestation. Ptah et Horakhty, Sekhmet et Khnoum[1] et tous les *netjers*[2] sont des expressions de la divinité suprême. Akhenaton a voulu faire oublier qu'elle est présente partout et pas seulement dans le ciel. C'était une erreur, à mon avis, mais Ptahmose n'était pas assez instruit pour le comprendre.

Pa-Ramessou hocha la tête et posa sa main sur le bras de son précepteur.

— Tu es vraiment ma lumière. Et quel serait selon toi le dieu de Ptahmose ?

Thïa se retint de rire.

— Son nom même signifierait qu'il est protégé de Ptah, mais ce sont les prêtres de Hetkaptah qui le lui ont donné. À mon avis, Khonsou est son dieu tutélaire.

— Khonsou ? répéta Pa-Ramessou, qui ne connaissait pas ce dieu.

— C'est le fils d'Amon et de Moût, mais son destin est ambigu. Il ne peut agir, en effet, qu'à la pleine lune et il est impuissant le reste du temps.

— Il reparaîtra donc ?

— Je le crois, mon prince, je le crois.

Pa-Ramessou fut surpris.

— Il a pris le goût du pouvoir, mon prince, et c'est un nectar enivrant, reprit Thïa. Il l'a pris jeune, il le

1. Ptah, dieu des arts et métiers, protecteur de Memphis ; Horakhty, Horus de l'horizon ; Sekhmet, à tête de lionne, déesse de la vengeance et des maladies, mais aussi des médecins et vétérinaires, maîtresse des démons et protectrice de l'année ; Khnoum, à tête de bélier à double corne, protecteur des sources du Nil. Telle était du moins l'interprétation en vigueur à Thèbes, car les attributs divins changeaient selon la ville et même le quartier.

2. Nom générique de toutes les divinités.

gardera donc. Et nous savons que Ptahmose est amateur de boissons grisantes. C'est même sous l'empire du vin qu'il a levé la main sur toi et tenté de tuer Imenemipet. À ce propos, je crois que ta générosité pourrait s'étendre à ce pauvre garçon, qui a failli perdre la vie à ton service.

— Volontiers. Que dois-je faire ?

— Engage-le au Palais comme secrétaire personnel.

— C'est comme fait. Mais dis-moi, de quelle façon crois-tu que Ptahmose reparaîtra ?

— Je ne suis pas devin, mon prince. Il sera impuissant contre toi, n'en doute pas. Mais où qu'il soit, il se distinguera, j'en suis sûr.

Imenemipet fut donc engagé dès le lendemain. Tremblant de gratitude quand Pa-Ramessou le lui annonça, il se prosterna et lui baisa les pieds. Pa-Ramessou le fit habiller de frais et, comble d'honneur, lui assigna l'ancienne chambre de Ptahmose, demeurée vide. C'était le premier homme qu'il était certain d'avoir acquis corps et âme. En fait, son premier sujet.

Pa-Ramessou avait alors renoncé à son habitude de fureter dans les sous-sols ; il était désormais reconnaissable de tous, non seulement des gens de la cour, mais également du personnel. Il découvrit ainsi que la notoriété réduit la liberté. L'avenir lui apprendrait que le pouvoir l'écorne encore plus.

L'intérêt pour la péripétie du prince disgracié dura ce que durent de telles curiosités. Il céda à celui que suscita le brusque départ de Séthi pour une expédition militaire dans les pays de l'Est. Ces insupportables nomades qu'étaient les Shasous s'étaient emparés des citadelles qui garantissaient la sécurité des routes royales, et le pharaon était bien décidé à les leur reprendre. Dix jours plus tard, les messagers militaires rapportèrent à la cour des nouvelles alarmantes : les forces royales avaient bien récupéré les citadelles, mais elles se heurtaient à présent à une coalition de princes encouragés par les Hattous. La cour vécut dans l'angoisse. Mais deux semaines plus tard, des nouvelles fraîches parvinrent peu avant le retour du pharaon lui-même et de ses troupes. Victoire ! Le char royal porta le vainqueur en tête de ses troupes jusqu'aux portes du Palais, à travers la grande avenue de Ouaset. Le cortège des prisonniers suivait piteusement, comme toujours, et les chariots de butin fermaient la marche. Les divisions d'Amon, de Rê, de Ptah et de Seth avaient défait les ennemis. L'Est était gagné et les Hattous n'avaient qu'à bien se tenir.

Mais à peine rentré, Séthi, décidément saisi par la fureur guerrière, prépara une nouvelle expédition, à l'ouest cette fois. Juste le temps de préparer les troupes, et les trompes sonnaient le départ. Mais cette fois, et comme pour affirmer le rang de son héritier véritable, il décida que son fils mènerait l'expédition, et sans lui.

Pa-Ramessou fut content de s'arracher à l'atmosphère confinée du Palais et d'entrer vraiment dans le monde adulte, fût-ce au titre de chef tout virtuel de l'armée.

Au terme de cinq jours de traversée du désert, à l'allure d'un cheval au trot, dans le fracas des chars de bronze, et de nuits froides sous la tente, il découvrit un matin la vérité militaire du métier de roi.

Les éclaireurs à cheval, qui galopaient en tête, poussèrent un cri. L'armée s'arrêta. Pa-Ramessou se tenait sur le char du général Per Thoût. Ce matin-là, on lui avait conseillé d'enfiler sa cuirasse de corps. L'action était donc proche.

La ligne ennemie frémissait à l'horizon, devant les contreforts d'une colline sur laquelle s'élevait une place forte. Les lances scintillaient au soleil, comme un mirage marin. Mais c'était bien une réalité : près de deux mille soldats tjéhénous[1], à quelque trois mille coudées de distance, décidés à défendre l'un de leurs derniers remparts contre les assauts du maître de Horus. Séthi, ce chacal enragé, avait eu raison de leurs voisins, les Mashaouashs[2], mais il ne les vaincrait pas, eux. Le désert leur appartenait, à eux et à personne d'autre.

La main en visière au-dessus des yeux, le général Per Thoût détailla les parages. De petits groupes de quinze ou vingt lanciers ennemis étaient disposés à distance, à gauche et à droite de la citadelle.

— Ils s'attendent à une attaque frontale, déclara-t-il à ses deux lieutenants généraux et à l'intention du jeune prince près de lui. Ils comptent nous harceler de droite et de gauche. À cinq cents coudées du départ, divisez l'armée en deux, les archers à cheval, les lanciers et les chars ensuite. Transmettez les ordres, que cela soit fait promptement.

Ruisselant de sueur sous sa cuirasse de corps, lance à la main, Pa-Ramessou demanda :

— C'est aux petits groupes de part et d'autre que tu as compris cela, mon général ?

1. Peuplade de Libye.

2. Autre peuplade de Libye.

— Bien observé, répondit Per Thoût.

Un instant plus tard, le général criait à pleine voix :

— *Is*[1] !

Le cri fut répercuté par les lieutenants. Pa-Ramessou but une grande lampée d'eau de sa gourde.

Deux corps de trois cents archers à cheval s'élancèrent et se séparèrent rapidement, comme deux branches. À trois cents coudées de distance du corps central des lanciers ennemis, ils décochèrent alors leurs flèches, en tir haut, puis de moins en moins haut et enfin horizontal. Désemparés par le changement imprévu, les petits groupes de fantassins ennemis postés à droite et à gauche détalèrent pour n'être pas écrasés par la cavalerie de Horus, puis s'égaillèrent dans les sables. Du char aux poignées duquel il s'accrochait énergiquement, Pa-Ramessou vit bien le désarroi des soldats d'Irem : attaqués sur leurs flancs, ils se regroupèrent en un corps central, tout en ripostant aux flèches qui pleuvaient sur eux. Mais ce faisant, ils abandonnaient leur ligne de défense de la citadelle. L'assaut des lanciers les prit encore plus au dépourvu : harcelés de tous côtés, ils formaient désormais un corps trop compact et, quand leurs premiers rangs reculèrent, ils se heurtèrent aux arrières. Une mêlée s'ensuivit. Les soldats perdaient l'équilibre et offraient des cibles trop faciles aux soldats de Horus. Une montagne sanglante de cadavres transpercés eût pu servir de rempart aux lignes de l'arrière. Un corps de cinq ou six cents hommes l'escalada et tenta une percée vers l'avant. Las ! Ils se trouvèrent pris à revers par les chars, à bord desquels des hommes armés les

1. Allons !

sabraient à qui mieux mieux. Suivant l'exemple de son général, Pa-Ramessou fit des moulinets ravageurs, tranchant des bras jusqu'à l'os, décapitant un homme à demi et le repoussant de la pointe de son arme. Sa cuirasse tinta, une pointe de lance glissa dessus, une autre y fit une entaille. La sueur l'aveuglait, il n'était plus qu'un démon furieux... Les chevaux piétinaient des corps à moitié vifs. Un mouvement brusque manqua de lui faire perdre l'équilibre : le cocher avait soudain viré, pour dégager son char d'un parterre de cadavres ou quasi. Pa-Ramessou s'avisa alors que le combat avait cessé. Isolés de leurs lignes, espérant garder au moins la vie sauve, les soldats qui avaient tenté l'échappée jetaient leurs armes à terre ; ils se rendaient. Les combats se poursuivaient plus loin, pour la plupart des corps à corps, mais ils s'étiolèrent rapidement. Moins d'une demi-heure plus tard, l'affrontement avait pris fin. Pa-Ramessou examina ses bras et ses jambes : une longue entaille saignait sur son avant-bras et une contusion sur sa cuisse virait au pourpre. Il ne se souvenait pourtant pas d'avoir reçu de coups. Comme ivre, il avala ce qui restait d'eau dans sa gourde et rabattit son casque. Sa chevelure mouillée par la sueur flamboya sous le soleil du désert. Son regard croisa celui de Per Thoût.

— Tu t'es battu comme Seth en personne, dit le général admiratif, le regard magnétisé par ce casque de cuivre rutilant sur le crâne de l'héritier du trône.

Un médecin accourut sur l'ordre d'un lieutenant pour nettoyer et panser les blessures de celui qui était nominalement tout au moins le chef de l'armée de Horus et celles de Per Thoût. L'excitation du combat avait comme insensibilisé Pa-Ramessou. Il eut conscience qu'on appliquait un produit brûlant sur ses plaies, mais ne broncha pas. Il parcourut des yeux le paysage.

Les survivants de l'armée tjéhénoue s'écartèrent pour laisser passer un homme, sans doute leur chef, suivi de deux de ses officiers. Avançant à pas lents, comme s'il traînait des semelles de plomb, il cherchait à l'évidence le chef de l'armée du Pays de Horus. Per Thoût le fit amener devant lui, pendant que ses lieutenants liaient les mains des prisonniers. Pa-Ramessou dévisagea le chef ennemi et ses officiers. Tous maigres, et leurs masques pâles ornés de barbes courtes, exprimant un seul état : l'amertume. Leurs regards parcoururent les rangs des vainqueurs et les chars, puis s'arrêtèrent sur les chefs des vainqueurs, étonnés par la présence d'un garçon aussi jeune que Pa-Ramessou, ou peut-être surpris par sa chevelure rouge et son air sauvage. Per Thoût appela son interprète et fit dire aux vaincus qu'il s'emparait de la citadelle et qu'il leur demandait de l'y suivre.

Le trajet jusqu'à ce fortin qui commandait la route côtière fut le plus lugubre que Pa-Ramessou eût jamais fait. Des cadavres et des agonisants des deux camps parsemaient le terrain et la brise venue de la mer charriait sous les narines l'odeur écœurante du sang chauffé par le sol brûlant. Les blessures étaient atroces : là, un soldat de Horus avait perdu un bras et son sang se répandait dans le sable qui le buvait avidement, ailleurs un soldat tjéhénou tentait de retenir ses entrailles, qui s'échappaient de son ventre ouvert par un coup de sabre. Un homme nu, éborgné, le visage rouge de sang, courait comme s'il avait perdu l'esprit, mais personne ne faisait attention à lui. Des soldats tentaient de soutenir ceux en qui palpitait encore le souffle de la vie. Les médecins des deux camps épuisaient les dernières réserves de leurs coffrets de pharmacie.

Quelle heure était-il ? Les vivants pissaient sous eux une tache noire aussi réduite qu'elle pouvait l'être, leur ombre. Midi donc. Pa-Ramessou se demanda s'il avait soif ou faim, car il éprouvait un besoin indéfinissable.

Le petit cortège du commandement de l'armée de Horus franchit enfin la porte du fortin. Pa-Ramessou comprit que le besoin qu'il ressentait était celui de sommeil. Il assista comme un somnambule aux pourparlers entre les chefs tjéhénous et Per Thoût. Les vainqueurs avaient trouvé des vivres dans la citadelle et fait confectionner un repas de fortune par des esclaves terrorisées. Pa-Ramessou ne put manger que du pain, mais il but presque deux gourdes entières d'eau. Il n'avait presque plus de salive. Il parvenait à peine à garder les yeux ouverts : ils étaient à la fois desséchés et éblouis par le désert.

La lumière pouvait donc être un enfer.

Il observa néanmoins les deux camps procéder au décompte des morts et des prisonniers. Les scribes de l'armée couchèrent les chiffres sur le papyrus qu'ils avaient soigneusement enroulés dans des étuis, avec l'encre qu'ils avaient tout aussi soigneusement préservée de l'évaporation. Quatre mille deux cents hommes s'étaient affrontés. Ils laissaient sur le terrain six cent dix-sept cadavres. Les vainqueurs ne voulurent pas des blessés ; ils avaient assez des leurs. Trois ou quatre centaines de soldats tjéhénous avaient ainsi acquis leur liberté au prix de leur sang. Nul ne s'inquiéta de leur sort. Les vaincus invalides n'entraient pas dans la comptabilité militaire.

Les sapeurs creusèrent une fosse dans laquelle les morts furent jetés sans distinction de camp, après avoir été dépouillés de leurs armes. Leurs ombres feraient la paix au Champ de Maât.

Le retour au camp de Horus parut interminable. Quand il y parvint, Pa-Ramessou suivit l'exemple du disque solaire : il se coucha. Il s'endormit d'un coup. Une pression sur l'épaule le réveilla. Une nuit était passée. L'on rentrait à Ouaset.

Les sergents rassemblaient les prisonniers pour le voyage. Le butin des armes fut chargé sur deux chariots. Quant à celui qui avait été trouvé dans la citadelle, il ne pesait pas lourd : quelques centaines d'anneaux de cuivre. Les vainqueurs ne trouvèrent non plus ni femmes ni enfants à emmener en esclavage : ceux-là avaient fui vers la côte dès que les combats avaient mal tourné, et l'on avait assez à faire sans se lancer à leur poursuite. Le dépit de l'armée fut vif : qu'était donc une guerre sans butin ? Leur amour-propre fut traité par des mouches en or : c'étaient les récompenses décernées aux officiers valeureux pour leurs faits de guerre, car ils s'étaient comportés comme des mouches, harcelant l'ennemi.

Pour Pa-Ramessou, une saison de la vie était aussi passée. Il avait reçu l'onction du sang.

11

« Le Taureau s'est levé dans la vigueur de sa jeunesse »

Le compte rendu du général Per Thoût à Séthi fut dithyrambique. Comment eût-il pu en être autrement ? Bien qu'il fût trop jeune pour avoir exploré les délices du cynisme, Pa-Ramessou frôla alors le mépris pour le général en chef effectif des armées de Horus. Per Thoût ne faisait que cultiver sa propre promotion par ses flagorneries sur les exploits du prince. Pa-Ramessou, lui, n'avait aucunement conscience d'avoir été héroïque ni d'avoir mis sa vie en péril, comme le prétendait ce traîneur de sabre, il n'avait fait que ce qu'il avait à faire. Décidé à relever le défi que constituait sa participation à son âge à un vrai combat, il avait guerroyé comme un ivrogne qui sort à l'aube d'un débit de vin, enragé de n'être que cela, un ivrogne dans la nuit. La vision des cadavres et des blessés avait considérablement tempéré tout appétit de gloriole à bon marché. Il n'avait encore rien connu de la souffrance pour en évaluer la réalité, mais il devinait confusément qu'il n'y avait pas de quoi se vanter. Il avait été un acteur protégé dans une lutte bestiale. Il ne serait pas dupe des fariboles de mirliflores enivrés de fracas et de vanité.

— … Et face à la horde des lanciers qui assiégeait notre char, en dépit des blessures qu'il avait reçues des féroces Tjéhénous, le courage du prince ne faillit pas un instant dans le service du dieu incarné, son père, Taureau de Ptah, pérorait le général devant la cour et l'état-major assemblés.

Les regards insistants de Séthi sur les pansements à l'avant-bras et à la cuisse de son fils finirent même par impatienter Pa-Ramessou ; ils reflétaient, en effet, la fierté paternelle bien plus que l'estime pour un combattant valeureux. Le monarque ne pouvait être assez crédule pour ignorer que les blessures reçues ne prouvaient par elles-mêmes aucune bravoure et qu'un pleutre ordinaire eût pu en exhiber bien d'autres. Il y déchiffra sans doute la preuve que son fils était de bon sang :

— J'avais sept ans, moi, quand mon divin père m'emmena dans une expédition contre les Fenkhous, déclara-t-il sentencieusement.

Et sur ordre royal, le général Per Thoût présenta alors au jeune guerrier, en plus de la mouche d'or, le collier d'or émaillé réservé à ceux qui s'étaient illustrés au combat.

Pa-Ramessou afficha un sourire de gratitude dûment relevée de confusion, comme il se devait à une personne modeste. Mais il n'en pensa pas moins.

— Mon père est fier de moi, confia-t-il plus tard à Thïa, mais se souvient-il que c'est moi qui ai conquis ma place ? Si je n'avais éliminé Ptahmose, ç'aurait été lui qu'on fêterait à ma place.

Pris de court par ces réflexions, Thïa ne trouva rien à répondre. Il découvrait que l'orgueil de son pupille ne laissait plus de place à la vanité. Pa-Ramessou était imbu de l'idée qu'il s'était créée de lui-même.

En dépit de son dédain pour le faste et les compliments, Pa-Ramessou supporta patiemment les déférences redoublées des fonctionnaires, et notamment du vizir du Nord, Nebamon. Par décision du pharaon, ce dernier devenait, en effet, le mentor de son fils et son initiateur à la conduite des affaires de l'État. Chaque matin, Pa-Ramessou assistait aux délibérations du vizir concernant le Trésor, les contributions des nomes au budget des Deux Pays ou *taouy*, le système de contrôle de leurs revenus, leurs inscriptions par les scribes, le tout assorti à l'occasion de commentaires du vizir ou de son Premier scribe.

Qu'était donc le pharaon ? Une incarnation de la divinité dont la seule présence entretenait les populations des Deux Pays dans le respect de l'autorité. L'idée laissa Pa-Ramessou songeur ; il s'en ouvrit à Thïa.

— Si l'homme n'a pas peur des dieux, il devient une bête nuisible, expliqua le précepteur. Car, à la différence des animaux, il tue et vole ses semblables. S'il n'y a pas d'autorité, il n'y a pas de Pays de Horus. La personne du roi divin est l'essence même de son pays.

L'enfance de Pa-Ramessou disparut aussi d'une autre façon.

Sur ordre royal, le directeur des Secrets du soir vint un matin le prévenir que Sa Majesté avait décidé d'élever son fils au niveau supérieur de son humanité. Propos énigmatiques. Le mystère s'accrut au cours du dîner, du fait des mines entendues de Thouy et de Thiyi. Pa-Ramessou, toutefois, n'en fut pas excessivement intrigué : Thïa l'avait prévenu que, son douzième anniversaire étant proche, l'heure avait sonné de le préparer à ses augustes fonctions de continuateur de la dynastie.

De retour dans sa chambre, Pa-Ramessou y trouva deux charmantes créatures choisies par Thouy elle-même dans la cohorte du palais des Femmes. Elles étaient nues, parfumées et huilées de la tête aux pieds, ou à peu près : elles avaient, en effet, conservé perruques et sandales. L'une se nommait Hernefer, « Visage parfait », l'autre Imaneser, « Douce flamme ». Étaient-ce vraiment leurs noms ? Qu'importait, le programme était affiché. Pa-Ramessou estima leur âge entre seize et dix-huit ans. Amon seul savait avec qui elles avaient fait leurs classes d'initiatrices. La première ôta délicatement la perruque du jeune homme et délia le pagne qui lui ceignait les reins, l'autre le défit de ses sandales en caressant ses pieds et l'invita à s'allonger sur le lit. Il se retrouva ainsi nu entre ces deux donzelles et la situation lui parut légèrement comique. Elles le caressaient, en effet, chacune de son côté, en veillant à ce que leurs mains ne se rencontrassent pas. L'une flattait les épaules, l'autre les cuisses, par exemple, et toutes deux l'encourageaient à les caresser aussi. L'invite était superflue : leurs petits seins pommés et leurs fesses en melons doubles appelaient la paume, leurs ventres lisses au triangle soigneusement épilé excitaient le regard. Il s'avisa bientôt, à leurs massages insistants de son membre, que leur but était plus précis que ces compliments épidermiques ne le laissaient supposer : elles voulaient obtenir une érection et cet examen de virilité était humiliant. L'idée même le vexa. Ni le rôle de candidat ni celui de proie ne lui convenaient. Il repoussa leurs mains, excédé, et, se redressant, les chassa toutes deux.

— Dehors !

Raté. Elles le considérèrent un moment, déconcertées, quasi scandalisées.

— Laissez-moi dormir.

Le ton était proche de la colère. Elles enfilèrent leurs sandales et attachèrent leurs jupons en hâte, puis gagnèrent la porte avec des halètements affolés.

Il devinait les rumeurs, le lendemain ; il s'en amusa d'avance et s'endormit avec un sourire malicieux. Le pressentiment s'avéra. Après la séance d'instruction politique chez Nebamon et le déjeuner, le directeur des Secrets se présenta, la mine embarrassée. L'échec de Hernefer et d'Imaneser avait dû confondre les autorités concernées et déclencher des caquetages fébriles.

— Son Altesse a-t-elle été satisfaite de sa compagnie nocturne ?

— Non.

La franchise de la réponse fit sursauter le fonctionnaire. Il battit des cils.

— Je ne suis pas un étalon qu'on mène à la jument.

— Nul n'aurait osé, Altesse… Les concubines n'étaient-elles pas au goût de Son Altesse ?

— Elles étaient ravissantes. Mais je ne suis pas un sujet d'examen.

Autres battements de cils.

— Je déciderai moi-même de celle que je veux honorer.

— Certainement, Altesse.

— J'irai moi-même ce soir au palais des Concubines. Et je verrai.

— Certainement, Altesse.

Comme les murs avaient cent oreilles, Thïa entendit les commentaires et les rapporta à Pa-Ramessou ; selon certaines, les donzelles, étant inexpérimentées, avaient été maladroites ; selon d'autres, le prince n'était pas prêt pour l'épreuve et quelques langues imprudentes avancèrent en termes feutrés qu'Imenemipet suffisait à ses ardeurs séminales.

Bon, on ne pouvait pas plus empêcher ces borborygmes de l'ignorance que faire taire les corbeaux.

Après le dîner, qui se déroula sous l'œil soucieux de Séthi et de Thouy, Pa-Ramessou annonça au directeur de la Maison royale qu'il se rendrait au palais des Concubines, et l'ordre fut répercuté de chambellan en assesseur jusqu'à sa destinataire, la maîtresse dudit palais.

Pa-Ramessou se fit escorter d'Imenemipet, qui sembla marcher sur des œufs.

Quand ils pénétrèrent dans la deuxième salle, où les concubines étaient rassemblées, l'air était à peine respirable ; non seulement les brûle-parfums étaient chargés à ras bord, mais encore les impétrantes s'étaient-elles enduites d'huiles odorantes diverses. Les phalènes en tombaient ivres et les moustiques avaient renoncé à souper. Allongées sur leurs divans brodés, les candidates au coït princier concentraient sur les visiteurs un essaim de regards noirs et fardés. Cela faisait tant de lunes qu'elles n'avaient pas reçu une visite royale qu'elles ne savaient comment se comporter, partagées entre la raideur de fonctionnaires de la fornication et les postures outrancières de prostituées. Pa-Ramessou reconnut Hernefer et Imaneser, figées d'épouvante, les ignora et promena son regard sur les autres. Celle-ci était trop grasse, celle-là, pas assez ; l'une était trop âgée, l'autre trop jeune. Il s'arrêta enfin devant une donzelle de quatorze ou quinze ans, au visage plein et doux. Pourquoi elle ? Parce que le sourire résidait non dans l'étirement de ses lèvres, mais dans son regard.

— Comment t'appelles-tu ?

— Ouniah, grand prince.

Quel nom ! « Fleur de Lune » !

— Veux-tu me suivre ?

— Je suis la servante du grand prince.

Il hocha la tête et se tourna vers Imenemipet.

— As-tu choisi ta compagne ?

L'autre balbutia. Comment, lui, le modeste scribe avait accès aux demoiselles du palais des Concubines ? C'était contraire aux usages, mais les incidents de la nuit précédente et l'audace du prince bouleversaient le protocole. De toute façon, il ne pouvait différer sa réponse, sous peine d'impertinence.

— Celle-là, bredouilla-t-il en indiquant une almée rondelette, sans plus.

— Voilà qui est fait, conclut Pa-Ramessou en souhaitant une douce nuit à la maîtresse du palais, interdite par ces péripéties.

Et il sortit, suivi d'Imenemipet.

Quelques moments plus tard, le rideau qui masquait la porte de la chambre de Pa-Ramessou se souleva. Ouniah apparut.

— Entre.

Sa robe de lin finement plissée prêtait à ses mouvements la fluidité d'un frisson sur l'eau. Elle s'arrêta au pied du lit.

— Assieds-toi.

Elle s'exécuta et regarda son prince. Il lui caressa le visage. Elle avait été instruite de la mésaventure de ses consœurs, car elle ne fit pas un geste. Du moins jusqu'au moment où il lui releva le menton pour l'embrasser. Car elle lui rendit son baiser avec chaleur et posa sa main sur la nuque princière. Le baiser se prolongea en une caresse de Pa-Ramessou sur les pointes des seins qui dardaient sous la robe.

— Déshabille-toi.

Elle se releva et dénoua sa ceinture ; il l'aida à se défaire de ce vêtement unique. Il l'étreignit alors, plaquant sa poitrine contre le dos de l'élue, et son ventre contre les fesses. Ce fut seulement alors qu'il se défit de son pagne. Il entraîna Ouniah vers le lit. L'effet recherché par les deux tripoteuses de la veille s'était produit de lui-même, cette fois sans manigance. Et Pa-Ramessou ne fut plus que deux paumes qui couvraient le corps de la jeune fille de caresses, des oreilles aux orteils. Il était le conquérant, mais aussi le bienvenu, car les caresses qui lui étaient prodiguées se multiplièrent et les bouches succédèrent aux mains. La cible ondoya et l'arc se détendit. Ouniah était vierge. Elle poussa un cri. Puis elle s'alanguit, puis encore ressuscita et ses mains enserrèrent les épaules de Pa-Ramessou avec une force insoupçonnée. Et elle gémit. Il n'était plus en lui. Son essence vivante filait dans le corps d'Ouniah et, bouches soudées, ils avalèrent chacun les gémissements de l'autre.

Ils demeurèrent ainsi un temps indéterminé, puis se divisèrent.

— J'ignorais..., dit-elle. J'ignorais ce que c'était.

Elle tenait la main sur sa fente, comme si elle craignait que ce qu'elle avait reçu s'en échappât. Il écarta sa main et la remplaça par la sienne. Elle sursauta.

Lui aussi avait ignoré ce que cela serait pour lui.

Il s'allongea près d'elle et, tout à coup, elle l'enlaça et l'embrassa. Mais leurs caresses étaient maintenant destinées à l'apaisement. Il tira le drap sur eux. L'instant suivant, il dérivait sur un fleuve immense.

Quand il s'éveilla, il était seul. Il huma ses mains et aspira lentement les odeurs d'huile de santal et de jasmin. Il alla dans la chambre d'Imenemipet. Celui-ci, qui avait déjà commandé son petit déjeuner, s'élança vers son maître, s'agenouilla devant lui et lui baisa les mains.

— Mon prince ! s'écria-t-il. C'est à toi que je dois chacun de mes bonheurs ! C'est à toi que je dois cette nuit...

Pa-Ramessou lui caressa le crâne, sans perruque, couvert d'un pelage ras et rude.

— Et, moi, je te dois mon amitié, répondit-il.

Il se promit d'intercéder auprès des autorités compétentes pour que la concubine de la veille fût assignée au scribe et désormais ami. Il aurait ainsi la satisfaction de régner jusque sur les nuits de celui qui l'avait aidé à évincer Ptahmose et avait failli y laisser la vie.

Il songeait encore à Ouniah quand Thïa, peu après, lui rendit sa première visite de la journée. L'expression du précepteur valait un long discours, et Pa-Ramessou comprit que sa nuit avec la concubine avait fait l'objet d'un rapport circonstancié. Elle aurait été soumise à un interrogatoire rigoureux par la maîtresse du palais des Concubines, qui aurait ensuite transmis le compte rendu au directeur des Secrets de la nuit, afin qu'il fût soumis au dieu incarné et à sa Première Épouse.

Nulle surprise. Le premier coït de l'héritier du trône ne pouvait être traité qu'avec la plus grande considération : l'avenir de la dynastie pendait donc au bout de son nœud.

Thïa s'assit en souriant.

— La conclusion du rapport, annonça-t-il, est que le Taureau s'est levé dans toute la vigueur de sa jeunesse. L'événement est de si bon augure que, sur le conseil du surintendant du palais des Concubines, Hormin, la maîtresse dudit palais, a décidé de donner une fête pour la circonstance.

Pa-Ramessou se passa instinctivement la main sur les parties, par-dessus le pagne.

— Elles auront des danseuses et des chanteuses en spectacle ?

— Non, repartit Thïa, cédant enfin à son envie de rire : des danseurs et des chanteurs.

— Je voudrais bien y assister.

— À la dérobée, alors.

12

Un astre nouveau dans le ciel

La soirée fut observée par Pa-Ramessou, Thïa et Imenemipet à travers une paroi à claire-voie depuis un balcon de la grand-salle du palais des Plaisirs. Pendant le festin servi aux concubines, parmi lesquelles trônait Ouniah, un chanteur accompagné d'un harpiste vint inciter ses auditrices aux plaisirs de l'existence éphémère :

Il n'est personne qui n'aille là-bas,
La durée du séjour terrestre,
C'est le temps d'un songe.
Fais donc un jour heureux,
Offre à ton nez le parfum
Et le baume les meilleurs,
Enfile à tes bras et au cou de ta femme
Des guirlandes de lotus.
Assieds ton aimée à tes côtés,
Que chants et musique te réjouissent,
Écarte les soucis et recherche la félicité,
Jusqu'au jour où tu aborderas
La terre qui aime le silence…

Pa-Ramessou connaissait l'air pour l'avoir entendu chantonner par les esclaves et les domestiques autant que par les écuyers tandis qu'ils pansaient les chevaux ; c'était une scie. Mais la voix de l'interprète, haut perchée, poussant des modulations jusqu'à des aigus périlleux et presque asexués, lui prêtait un relief nouveau.

Là-haut sur le balcon, on servait aussi un repas aux observateurs clandestins. Dégustant à la cuiller une salade de concombre au lait caillé, Pa-Ramessou s'interrogea sur les plaisirs des filles qu'il épiait. Écoutaient-elles, d'ailleurs, cette leçon de sagesse facile ? Il en douta : elles ne cessèrent de pépier durant cette mélopée et la suivante. Ce ne fut qu'au dessert qu'elles prêtèrent attention au divertissement. Trois danseurs aussi jeunes que leurs spectatrices et quasi nus vinrent se tortiller au son d'un orchestrion moins suave que la harpe précédente : en plus des bracelets de clochettes attachés à leurs chevilles, un sistre et un tambourin scandaient énergiquement les mélodies obsédantes d'une flûte. Souples comme des lianes et vifs comme des guêpes, les danseurs électrisèrent visiblement les concubines par leurs tournoiements à perdre le souffle.

— C'est un supplice qu'on leur inflige, observa Thïa.

— On leur fouette l'imagination, commenta Imenemipet, amusé.

À leur teint pâle et à leurs cheveux clairs, Pa-Ramessou reconnut des prisonniers hattous qui, grâce à leurs talents, avaient échappé aux labeurs de force auxquels leurs compagnons moins souples étaient astreints.

— Il conviendrait peut-être de les installer définitivement au palais des Concubines, proposa Imenemipet, farceur.

— L'ennui est qu'ils ne peuvent pas enfanter, observa Pa-Ramessou.

Les trois convives pouffèrent de rire.

Hormin, surintendant des lieux, vint s'enquérir du confort de ses hôtes. La discrétion n'était sans doute pas son fort, car lorsque le premier chanteur revint devant son auditoire, il entonna, cette fois, une chanson nettement plus gaillarde que la précédente, rythmée par les déhanchements et les coups de talon des jouvenceaux :

Le Taureau s'est levé,
Le taureau vigoureux qui tue les ennemis,
Beau sur le champ de bataille, éclatant comme le soleil,
Qui dissipe le nuage menaçant le Pays de Horus,
Qui, de la nuque du peuple, fait rouler la montagne d'airain,
Qui donne l'air aux hommes qui étaient prisonniers,
Qui venge Hikouptah de ses adversaires...

C'était un air ancien et sauvage, qui contrastait avec l'atmosphère alanguie et voluptueuse. Plus d'une concubine en déduisit sans doute que le prince Pa-Ramessou ne devait pas être très loin.

À la fin de la séance, Pa-Ramessou envoya Imenemipet prier la maîtresse des lieux de bien vouloir envoyer Ouniah à son maître. Quant au messager lui-même, il obtint également de passer une nouvelle nuit avec son aimée, qui portait le nom inattendu de Di Tait, « Don de Tait », déesse du tissage.

Le Taureau qui s'était levé n'était pas disposé à se coucher. Il avait appris la conquête ; il s'initia à la délectation.

Ces friandises s'interrompirent : informé que les Hattous avaient de nouveau envahi des provinces de l'Est, en Canaan, au Kharou, au Djahy et en Oupi, Séthi décida de leur faire tâter du fer avant qu'ils n'y prissent goût.

— Ils sont une nation puissante et c'est pourquoi je crois utile de les tenir à distance, expliqua le monarque à son fils. S'ils venaient trop près de nos frontières, ils seraient à la fin tentés de les franchir. De toute façon, nous ne pouvons leur abandonner des contrées aussi fertiles dont les habitants, les Shasous et les Apirous, sont incapables de leur résister. Me comprends-tu ?

Pa-Ramessou hocha énergiquement la tête ; il avait bien appris sa géographie ; il connaissait les noms et les emplacements de ces régions où les maîtres du Pays de Horus étaient maintes fois intervenus depuis Thoutmôsis le Troisième.

— Les Hattous nous ont repris Qadesh, dit-il pour prouver son savoir.

— Juste. Qadesh nous appartenait depuis Thoutmôsis Menkheperê. Les Hattous ont profité d'un moment de faiblesse pour nous la reprendre. Le prince de Khatti s'imagine sans doute que l'affaire est close. Nous devons lui montrer qu'il se trompe, déclara Séthi d'un ton vengeur.

Le vizir Nebamon et le général Per Thoût opinèrent.

— Nous ne pouvons leur abandonner les richesses et le pouvoir, renchérit le vizir.

— La saison qui vient est la plus propice, observa le général : le temps est sec et nous ne serons donc pas retardés par la pluie et la boue. Les jours sont plus longs et nous pouvons donc couvrir plus de chemin.

— C'est mon avis, approuva Séthi.

Pa-Ramessou adressa à son père un regard extatique. L'énergie et la fierté émanaient de lui comme la chaleur d'une flamme.

— J'attends tes ordres, père divin, dit-il.

Séthi posa une main sur l'épaule de son cadet. Lui aussi était fier de son fils.

Pa-Ramessou devina que l'armée aurait affaire à bien plus forte partie que les Tjéhénous et les Mashaouashs. Intuition vérifiée par la mobilisation décidée par Séthi et dont il fut informé en tant que chef virtuel de l'armée : vingt mille hommes et trois cents chars, suivis par les chariots de l'intendance.

Une décision de Séthi laissa Pa-Ramessou perplexe : aucune cohorte féminine ne suivrait le commandement. Première question : les concubines suivaient-elles donc les chefs dans les autres campagnes ? Oui, parce que les délassements physiques étaient utiles dans les longues campagnes (mais, précisa Séthi, les élues étaient généralement des filles de second ordre). Deuxième question : pourquoi cette campagne-ci y faisait-elle exception ? Parce que ces filles risqueraient d'embarrasser le plan de bataille. Réponse douteuse, à laquelle Pa-Ramessou soupçonna une autre raison. Bref.

Ils partirent à l'aube une semaine plus tard, dans les embrassades de Thouy et de Thiyi.

Pa-Ramessou était désormais familier du grondement sourd de ces marches, du fracas des chars et de l'odeur de poussière et de sueur qui l'accompagnerait jusqu'au retour.

Le voyage, qui suivit la route côtière, fut long, plus long que ne l'avait imaginé Pa-Ramessou. Les nuits étant courtes et douces, l'on ne dressait de tentes que pour le souverain, son fils et les généraux, les soldats dormant sans peine à la belle étoile. Le jour, Pa-Ramessou laissait traîner son regard sur la Grande Verte, la nuit, quand les campements en étaient proches, il se laissait bercer par la rumeur des vagues et il écoutait son père dormir, à un bras de distance. Car Séthi ne dormait pas passivement, il émettait un bruit comparable à celui d'une eau qui bout lentement. Pa-Ramessou, rassuré par le souffle de cette existence parallèle, s'endormait alors. À l'aube, un petit déjeuner de lait et de pain devait suffire jusqu'au repas du soir, à la halte.

Le chef de l'intendance profita des étapes aux places fortes occupées par le pharaon pour regarnir les chariots de farine, de fromage, de viande et de poisson, mais aussi de quelques jarres de vin et de bière pour les dîners de l'état-major. Les populations des villages sur le parcours prenaient d'abord la fuite, croyant que ces masses d'hommes, de chevaux et de chars venaient les exterminer. Quelques porte-parole parvinrent cependant à les rassurer.

Le vingt-sixième jour, l'armée quitta la route côtière et suivit celle qui longeait le fleuve Amourrou[1].

— Nous approchons, dit Séthi.

---

1. L'Oronte.

Une halte fut décidée pour permettre à l'armée de se baigner, et les gourdes furent regarnies.

Le vingt-neuvième jour, à la dixième heure après minuit, la formidable expédition militaire était en vue de Qadesh. Séthi et Pa-Ramessou, ainsi que les chefs de l'état-major, partirent au-devant pour examiner le site.

Prévenus par des espions et des marchands, les Hattous avaient envoyé des forces de Simyna et d'ailleurs pour les rassembler et les disposer au sud et à l'ouest de la ville et de la citadelle.

— Trois mille hommes au plus, estima Séthi. Ils n'ont pas été bien renseignés. Ou bien ils n'ont pas fait venir assez de forces.

Il tint alors une réunion avec l'état-major. Pa-Ramessou eut l'impression d'avoir soudain deux paires d'oreilles. Les plans d'attaque furent arrêtés en une heure à peine : un bataillon attaquerait par l'ouest, dans la plaine, chars en tête, et les trois autres donneraient l'impression qu'ils se préparaient à courir à son renfort. Mais, pendant le combat, ils attaqueraient par l'est et isoleraient l'armée hattoue de la citadelle. L'ayant ainsi prise à revers, ils se diviseraient : deux d'entre eux attaqueraient alors la citadelle et le troisième courrait au renfort du premier et s'efforcerait de repousser l'ennemi vers l'Amourrou.

— Tout cela doit être accompli si rapidement que l'ennemi n'aura pas le temps de comprendre notre plan de bataille ni de se regrouper, dit Séthi aux généraux.

Les combats commencèrent vers midi. Voyant arriver les chars de Séthi, les cavaliers hattous s'élancèrent vers eux, suivis par leurs propres chars. Erreur : dans la violence du choc, des chars et des chevaux furent renversés, ralentissant l'assaut des Hattous. Des corps à corps s'engagèrent, qu'observait Séthi à distance. Quelques minutes plus tard, le deuxième acte de l'offensive commença. Les chars de Horus foncèrent vers l'ouest et les généraux hattous s'en aperçurent, mais trop tard : quand ils lancèrent leur cavalerie et leurs chars à la poursuite des trois bataillons de Séthi, ceux-ci s'étaient déjà infiltrés entre eux et la citadelle. La force de riposte des Hattous était déjà amoindrie : un bataillon lui fit face. Il fut rapidement mis en déroute. Pa-Ramessou tremblait d'impatience, mais ne savait duquel des deux derniers bataillons son père prendrait le commandement.

— Accroche-toi, lui dit Séthi.

Agrippé au char de la main gauche, la droite tenant la lance pointée vers l'extérieur, il se trouva emporté à une vitesse folle vers la citadelle. Des cavaliers hattous accoururent vers le char royal. Pa-Ramessou embrocha de sa lance le premier d'entre eux et, dans un effort surhumain, le projeta vers un autre, qui perdit l'équilibre. Les chevaux, affolés par le vacarme et la mêlée, fonçaient toujours. Séthi fit signe aux chars qui le suivaient et ils partirent à l'assaut de la citadelle, sur un chemin montant. Les archers, du haut des murailles, lâchèrent une pluie de flèches sur les assaillants. L'une d'elles glissa sur l'épaule de Séthi. Pa-Ramessou cria. Une autre heurta son casque. Les sapeurs arrivèrent portant un bélier long de quinze coudées et assenèrent un coup tonitruant aux portes de la citadelle. Elles résistèrent. Au quatrième coup, cependant, une brèche fut ouverte. Au cinquième, elle était assez grande pour que des hommes pussent s'y glisser ; ils furent dix. Par l'ouverture, sans cesse élargie, Pa-Ramessou observait les combats à l'intérieur. D'autres soldats accoururent et se faufilèrent aussi dans ce qui restait de la porte. Quelques instants plus tard, les deux battants étaient grands ouverts et Séthi s'y engouffra, suivi des chars, des cavaliers et des lanciers, pêle-mêle. La vaste esplanade au centre de la citadelle fut ainsi occupée. Les archers hattous, là-haut, étaient débordés. Des soldats trouvèrent l'escalier menant aux créneaux et, quelques minutes plus tard, un archer fut projeté dans le vide et s'écrasa, vingt coudées plus bas, à trois pas du char de Séthi ; il explosa dans le choc. Trois ou quatre autres subirent son sort. Huit cavaliers entourèrent le pharaon, pour lui faire une garde. Nul, en effet, ne savait quels effectifs constituaient la garnison de la citadelle, dans quel bâtiment elle se trouvait ni l'initiative qu'elle prendrait. Séthi, Pa-Ramessou et les officiers parcouraient les murailles du regard, tentant d'y déceler un indice.

Une confusion totale régna à l'intérieur de la place forte. Une vieille femme accourut, en proie au plus violent désarroi : elle agita les bras et se jeta par terre devant les cavaliers, en proférant des cris incompréhensibles. D'autres cris retentirent et, l'instant suivant, un soldat hattou en armes fut défenestré du deuxième étage.

— Où sont-ils, ces pleutres ? Nous perdons notre temps ! s'impatienta Séthi.

Pendant ce temps, en effet, la bataille faisait rage à l'extérieur.

— Leur bannière flotte toujours là-haut, observa Pa-Ramessou.

Séthi leva les yeux. Deux grands drapeaux rouges flottaient au-dessus de deux des quatre donjons, l'un à l'est, l'autre à l'ouest, l'enseigne à tête de lion noir, emblème des Hattous, ondulant au vent.

— Allez hisser nos couleurs ! ordonna Séthi.

Deux groupes de dix ou douze soldats chacun s'emparèrent des oriflammes nationales et coururent vers les donjons. Dès qu'ils en eurent ouvert les portes, des combats éclatèrent. Les Hattous, qui s'étaient claquemurés, Baâl seul savait dans quelle expectative, se trouvaient ainsi débusqués. Des soldats à pied coururent à la rescousse des leurs et tirèrent les Hattous de leur repaire par les cheveux ; quasi paralysés par la mêlée et surtout débordés, ceux-ci n'eurent ni le temps ni le loisir de se servir de leurs armes, sabre ou dague ; à peine avaient-ils franchi la porte du donjon qu'ils se trouvaient maîtrisés par les assiégeants. Un lieutenant des fantassins jeta l'un d'eux à terre et, pour l'exemple, le décapita sans tarder. La tête roula sur le sol qui s'ensanglantait. Les autres Hattous regardèrent la scène, horrifiés. L'instant d'après, le commandant de la place apparut, reconnaissable à sa barbe et au plumet de son casque. Il leva le bras : c'était la reddition. Il donna des ordres : quelque cinq cents Hattous sortirent par les portes des quatre donjons et d'autres bâtiments. Ils furent promptement désarmés et les mains liées derrière le dos.

Un son de trompe profond et puissant comme un mugissement du dieu Apis lui-même fit se lever tous les regards. La bannière triangulaire jaune à tête de faucon noir claqua sur le poteau du donjon est. Une clameur de triomphe fit vibrer les murs de la citadelle.

Quelques instants plus tard, un autre son de trompe salua la montée des couleurs au mât du donjon ouest.

— Viens, montons voir, dit Séthi à Pa-Ramessou en descendant de son char.

Précédés de quatre officiers, ils se rendirent au donjon est et entreprirent l'escalade des marches qui menaient à la plateforme. Elles étaient abruptes et, de surcroît, des flaques de sang les rendaient glissantes. Mais enfin, ils y parvinrent, haletants. De là-haut, le regard embrassait la plaine jusqu'à la mer. À part des escarmouches çà et là, les combats avaient cessé quelques minutes auparavant. Le spectacle de la bannière de Horus au-dessus de la citadelle de Qadesh signifiait pour les Hattous que la partie était perdue. À quoi bon continuer de se battre ? Là-bas, près de la rivière, le premier bataillon de Horus désarmait les vaincus ; plus près, à l'est et au sud, les deuxième et troisième bataillons isolaient l'armée ennemie de la citadelle et venaient de faire la jonction avec le quatrième, celui qui avait emporté la place forte.

Séthi posa la main sur l'épaule de son fils.

— C'est toi qui m'as donné l'idée des bannières, dit-il en souriant. Je te félicite.

Les deux généraux qui venaient de rejoindre le monarque et son fils se réjouirent bruyamment de les retrouver indemnes. Ils semblaient fascinés par un détail : Pa-Ramessou avait perdu sa perruque dans le feu du combat. Ses cheveux roux, coupés court, étincelaient comme un astre nouveau dans le ciel bleu. Un astre qu'on pouvait voir en plein jour. L'excitation et la fierté avaient transfiguré le visage du prince ; il revêtait une beauté qu'ils ne lui connaissaient pas. L'emphase les aurait portés à la qualifier de divine, mais sur-le-champ, elle n'était pas de mise. Ils devaient redescendre, vaquer aux mesures à prendre après cette victoire et s'occuper de leurs troupes. Ils se ressaisirent enfin et se répandirent de nouveau en compliments sur le génie du monarque et sa nature héréditaire.

Une fois redescendus, les généraux ordonnèrent le décompte et l'inhumation des morts qu'assiégeaient déjà des essaims de mouches. Les médecins soignaient les blessés, ceux de leur camp pour commencer, la citadelle ne comptant que deux praticiens qui furent autorisés à soigner les victimes hattoues. Avec l'autorisation des chefs de l'armée, le pillage de la citadelle commença. Le butin ne fut pas mirifique, mais enfin, il contenta les hommes. Les chefs du village vinrent supplier le pharaon qu'il les épargnât, puisqu'ils étaient déjà ses sujets et qu'ils n'avaient fait que subir le joug des Hattous ; il leur accorda sa grâce ; par reconnaissance, ils apportèrent des vivres et des cadeaux. Un festin fut préparé au pied de la citadelle. Il s'acheva dans des chants.

Qadesh avait été la propriété de Horus depuis Thoutmôsis le Troisième. Il lui revenait enfin. « Pour toujours ! », jurèrent les officiers.

Le vin aida Pa-Ramessou à trouver un prompt sommeil. Il put dormir jusqu'au lever du jour. Séthi et les généraux organisèrent l'occupation de Qadesh ; cela prit trois jours ; en plus de la garnison, vingt mille hommes resteraient sur place, en attendant des renforts. Le camp ne fut levé que le quatrième jour. Les armées de Horus ne seraient pas de retour au pays avant quatre semaines.

Un officier vint offrir sa perruque à Pa-Ramessou.

— Tu n'as pas plus de raison que moi d'aller tête nue, lui répondit Pa-Ramessou en le remerciant.

En réalité, il était las de cacher sa rousseur dont il était même fier.

13

Les larmes de Thïa et d'Imenemipet

Des estafettes ayant couru au-devant annoncer la bonne nouvelle, le retour fut évidemment triomphal. Sur quoi, le vizir Nebamon dépêcha des messagers dans tout le pays.

Tant il est vrai qu'en forêt le marin se prend à penser aux arbres et qu'en mer le bûcheron ne songe qu'aux vagues : absent près de neuf semaines, Pa-Ramessou retrouva le fil des idées interrompu par l'expédition. Il buta sur le souvenir de Ptahmose comme un caillou qui roule sous les pieds sur le chemin.

L'ancien prétendant n'était pas reparu, du moins au sens où l'avait prédit Thïa. Après sa mission au pays d'Irem, il était revenu à Ouaset, mais n'avait pas été admis à un repas de famille ; la fiction du nid royal où gîterait le prince orphelin était tombée en déshérence depuis belle lurette, et certains fonctionnaires n'en conservaient plus qu'un souvenir pâli. Ptahmose soupa et dormit à la caserne. Deux jours plus tard, le vizir l'avait assigné au gouvernorat de

Bouhen[1], dans le Haut Pays, où il assisterait l'intendant des mines d'or. Séthi avait engagé de grands frais dans la construction de son temple d'Abydos, et l'exploitation des mines d'or avait été considérablement étendue.

Après son retour de Qadesh, Pa-Ramessou ne revit plus son ancien rival qu'au festival de Khoïak, dans la dixième année du règne de son père ; il avait alors une quinzaine d'années et Ptahmose comptait huit mois de plus ; l'un et l'autre mirent quelques instants à se reconnaître ; ils avaient grandi et forci. Le soleil et la gloire des campagnes militaires avaient prêté à Pa-Ramessou un teint éclatant et cuivré ; celui du désert avait bronzé et comme terni Ptahmose. La ressemblance avec son père s'affirmait chez le premier : même plénitude du visage, même bouche gourmande et même nez busqué, mais on n'aurait su en dire autant pour le second : l'étroitesse du visage, les pommettes saillantes et ces yeux globuleux étaient-ils hérités du père ou de la mère ?

Ils échangèrent, sous les yeux des dignitaires, quelques propos insipides et froids comme les reliefs d'un repas de la veille. Leur antagonisme s'était délité ; ils ne pouvaient plus être ennemis, ils seraient irrémédiablement étrangers, à jamais. Ptahmose savait-il que son effigie sur le bas-relief du temple de Karnak avait été martelée ? La décision équivalait à une mise à mort, elle le réduisait au rang de fantôme, mais la désuétude même du souvenir de son grand-père rendait cette sanction virtuelle : on ne peut être le fantôme d'un fantôme. Était-il vierge ? Ou bien avait-il conquis les

1. L'actuel Wadi Halfa.

faveurs d'une donzelle d'Irem ? Professait-il encore les idées excessives d'Akhenaton ? Était-il informé de la renommée militaire de l'héritier du trône ? Tout ce que Pa-Ramessou savait de lui était que l'ancien prétendant bénéficiait d'une solde généreuse ; cette faveur atténuait peut-être sa rancœur à l'égard d'une famille qui l'avait rejeté parce qu'il avait été trop fidèle à son grand-père.

De toute façon, Pa-Ramessou était trop absorbé par les événements qui se profilaient à l'horizon pour s'attarder sur ce prince perdu. Ses tendresses pour Ouniah en avaient même pâti ; il ne la convoquait plus qu'épisodiquement.

— Comment se fait-il que tu n'aies pas encore conçu ? lui avait-il demandé un soir.

— Mon prince sait à coup sûr qu'il est des moyens de prévenir la grossesse.

Il ne les connaissait pas.

— De la résine d'acacia pétrie avec des dattes, par exemple, expliqua-t-elle, détruit la semence.

— Et pourquoi fais-tu cela ?

— La maîtresse m'en a donné l'ordre. Je ne dois concevoir qu'avec ton approbation.

Elle l'avait considéré d'un air chagrin et il avait compris la raison de cette interdiction : mère d'un premier rejeton du prince héritier, elle deviendrait de fait sa Première Épouse.

— Si tu me donnes l'ordre de concevoir, il faudra le signifier à ma maîtresse.

— J'y songerai.

Cette brève conversation avait mystérieusement affaibli ses ardeurs. À quoi tenait le charme d'une femme ? Pourquoi s'évaporait-il ? Pourquoi, lui, l'amant, repoussait-il la perspective d'une union durable avec Ouniah ? Ne l'avait-elle pas ému à la folie le premier soir ? Ou bien était-ce sa propre folie qui l'avait ému ? Son inexpérience ? Il songea instinctivement au couple de ses parents. Par quelle vertu perceptible de Séthi seul Thouy était-elle donc devenue Première Épouse ? Il ne pouvait y répondre. Toujours était-il que les regards éplorés d'Ouniah le lassaient et l'impatientaient même : ils exprimaient bien plus l'espoir de sa promotion au rang de Première Épouse que l'attachement véritable à sa personne. Une fois de plus, il se trouvait dans le rôle de la proie. Quand il s'en ouvrit à Thïa, celui-ci devint pensif.

C'était après un déjeuner, par un après-midi clément avant la saison sèche et froide, sur une terrasse où l'on pouvait savourer une heure ou deux de repos, en grappillant du raisin devant le paysage de Ouaset. Si l'on s'endormait, l'on ne courait pas le risque d'être calciné par le soleil. Pa-Ramessou et Thïa, allongés sur des lits, avaient déposé leurs perruques et laissé tomber leurs sandales. Les vrais cheveux du premier flamboyaient librement au seul bénéfice de son précepteur.

— Je comprends ce que tu dis, déclara Thïa, mais je ne peux te donner aucun conseil, car je ne sais pas mesurer chez les autres la différence entre le désir et la volonté de possession. L'un et l'autre flattent évidemment l'objet aimé, car on ne désire aussi bien qu'on n'aspire à posséder que ce qui est beau et bon. Les deux sentiments se ressemblent donc étroitement. Mais en fait, la volonté de possession me semble injurieuse.

— Injurieuse ?

— Oui, car elle ne vise pas la personne, mais ce que celle-ci possède. C'est ainsi que je le comprends.

Ces finesses émerveillèrent Pa-Ramessou. Que le langage était donc magique ! Les armes conquéraient des pays, mais les mots permettaient de comprendre les mystères du monde !

— Tu fondes certainement ta science sur ta propre expérience, Thïa, dit-il. Alors, qui as-tu désiré et qui as-tu voulu posséder ?

— Je ne crois pas que j'aie jamais voulu posséder quiconque. Je pense que c'est un travail de dompteur au-dessus de mes moyens. Il est déjà assez difficile de dompter un animal, mais un être humain alors ! C'est un combat de toutes les heures. On ne vit plus sa propre vie.

— Donc tu ne fais que désirer. Et qui ?

La question était perverse, car Pa-Ramessou avait déjà deviné la réponse. D'ailleurs, Thïa tourna vers son pupille un regard énigmatique et eut une réponse évasive :

— Je désire une femme qu'il me suffit de regarder pour être satisfait.

— La regardes-tu souvent ?

— Tous les jours.

— Quelles sont ses qualités ?

— Elle est vive comme un oiseau et fine comme un renard, gracieuse comme une gazelle et forte comme un cheval. Elle est claire comme l'eau de source, mais profonde comme la nuit.

— Sait-elle que tu la désires ?

— Je l'ignore.

— C'est de ma sœur que tu parles, n'est-ce pas ?

Un sourire inquiet précéda la réponse de Thïa.

— L'esprit de mon prince est clairvoyant. Mes mots seraient impertinents.

— Mon divin père et ma mère t'observent aussi, Thïa. Je te le confie avant qu'ils ne te le déclarent eux-mêmes : ils t'ont trouvé toutes les qualités d'un gendre.

Thïa fut saisi. Il s'assit sur le lit.

— Moi ?

— Tes exploits de dompteur les ont satisfaits, répondit Pa-Ramessou d'un ton facétieux.

— Mon prince…

— Oui, tu as dompté un animal sauvage à leur satisfaction. Un animal à la crinière rouge.

Le précepteur parut confondu. Il saisit la main de Pa-Ramessou et la baisa. Celui-ci lui retint la main un instant et la posa sur son cœur.

— Je comprends maintenant ce que je te dois, Thïa. Ta main a été légère et ta parole, sereine. Tu n'as assis ton autorité que sur ton dévouement. Tu m'as fait comprendre que tu ne cherchais que mon bien. Un dieu ne m'aurait pas aussi bien guidé. Ma sœur sera heureuse avec toi.

Il n'était pas difficile de déduire de ces mots que Pa-Ramessou avait ardemment plaidé la cause de son tuteur.

Deux jours plus tard furent annoncés le mariage de Thiyi et Thïa et l'intronisation de Pa-Ramessou. Les gouverneurs des quarante-deux nomes des Deux Pays furent convoqués à Ouaset et tous les hauts fonctionnaires de la cour furent prévenus de l'approche des cérémonies.

— Regarde donc devant toi, âne aveugle ! cria un dignitaire offensé qu'un esclave chargé sur l'épaule d'un sac de méteil eût osé le bousculer et délogé ainsi sa perruque.

— Eh, regarde toi-même où tu mets le pied ! riposta une dame de la cour que le dignitaire avait lui-même heurtée.

Ouaset devenait invivable, comme aux grands jours. Trois jours avant le début des cérémonies, il n'y avait plus en ville un lit à louer et il advint plusieurs fois que les marchands de boissons se trouvèrent à court de bière, de vin et d'hydromel : les clients en furent réduits à boire du jus de tamarin à l'eau de puits et autres rafraîchissements anodins. Dans la journée, le port de Ouaset était inabordable ; le trafic d'ânes et de chariots de ravitaillement congestionnait les deux portes de la ville, à telle enseigne qu'on les tenait ouvertes deux heures de plus.

L'encombrement n'était pas seulement dû à l'arrivée des gouverneurs de province et des grands-prêtres ; certes, ceux-ci et ceux-là estimaient au-dessous de leur condition de se déplacer avec une suite de moins d'une bonne douzaine de personnes. Non, c'étaient les bonnes gens des villes et villages voisins qui affluaient en ville pour recueillir quelques miettes de l'éclat attaché à la cérémonie. Riches cultivateurs, vignerons, chefs artisans et, bien sûr, voleurs accouraient de leurs provinces dans l'espoir d'une information qui ferait avancer leurs affaires ou d'un beau larcin.

À neuf heures du matin, au jour dit, un fracas de trompettes éclata, d'autant plus retentissant que les hérauts avaient été postés au sommet des murs d'enceinte du Palais, à quelque trente coudées de haut.

La foule se figea un moment. Et l'on se pressa aux parages des bâtiments royaux, car ce serait là qu'aurait lieu l'intronisation de Pa-Ramessou et non au temple de Karnak. La cérémonie serait, en effet, civile et non religieuse, la descente du dieu dans la personne du mortel n'advenant qu'à son accession au trône comme monarque suprême.

Une estrade avait été dressée dans la grand-salle du Palais. Trois trônes dorés s'élevaient au centre ; deux étaient occupés par Séthi et sa Première Épouse, Thouy ; le troisième, à la droite du pharaon, était vide. Trois porteurs d'éventails aux bracelets d'or se tenaient derrière, agitant savamment leurs vastes accessoires en plumes d'autruche pour tenir les mouches en respect. Sur un trône plus modeste, à gauche, près de Thouy, était assise Thiyi, parée de son plus beau pectoral, constitué de perles, de corail et de turquoises. À droite, légèrement en retrait et sur trois rangées, siégeaient les dignitaires, les vizirs du Haut et du Bas Pays, le vice-roi de Koush, le maître du Trésor, les grands-prêtres des temples d'Amon, de Rê et de Ptah, les trois directeurs des Secrets, le général en chef Ourhiya et maints autres hauts fonctionnaires et militaires de haut rang. À gauche, pareillement disposés, avaient pris place le chef des scribes royaux, puis Didia, chef des peintres du temple de Karnak, Hormin, le surintendant du palais des Concubines, la maîtresse de celui-ci, et, côte à côte, Thïa et Imenemipet.

Seul le Premier chambellan, Pasar, gardien des Deux Dames, c'est-à-dire les couronnes royales, restait debout, tenant dans la main un papyrus roulé.

Face à l'estrade, jouissant de cette auguste vue d'ensemble, étaient assis les gouverneurs des quarante-deux nomes, les prêtres et les fonctionnaires, ceux du Palais et ceux du royaume, de second ordre, ainsi que les scribes. Sur le sol dallé de l'espace central avait été déroulé un tapis blanc et rouge, les couleurs respectives du Haut et du Bas Pays.

Un bref appel de trompe imposa le silence.

Alors, Pa-Ramessou fit son entrée par la porte de l'Orient et avança vers l'estrade royale. Escorté de deux seuls écuyers, l'un portant une lance dorée et l'autre un arc à double courbure et un baudrier.

Vêtu d'un simple pagne et chaussé de sandales dorées, il suspendit les souffles par son assurance à la fois naturelle et solennelle. Ce n'était pas seulement qu'il était beau, car son corps couleur de bronze pâle resplendissait de jeunesse, mais que la majesté émanait de sa personne. Il s'arrêta devant le trône de son père et baisa l'extrémité de la sandale royale droite.

— Père divin, je suis ta créature, ton fils et ton soldat, dit-il d'une voix sonore.

Séthi s'inclina et lui toucha la tête, puis fit un signe à Pasar, debout près du trône ; le chambellan s'avança et déroula le papyrus qu'il tenait dans la main :

— Moi, Séthi, maître des Deux Pays par la puissance d'Amon, de Rê, de Ptah et des puissances cosmiques, je nomme en ce jour mon fils, Pa-Ramessou Ousermaâtrê, corégent et prince du Pays Tout Entier.

Suivi d'un scribe portant sur un plateau le *pschent*, ou double couronne des Deux Pays, Pasar descendit alors de l'estrade et proclama :

— Par la volonté royale, Pa-Ramessou Ousermaâtrê, tu es couronné.

Il posa le *pschent* sur la tête du prince. Puis le pectoral d'or émaillé sur la poitrine, qu'un scribe attacha derrière la nuque. Le nouveau régent parcourut du regard les personnages assis sur l'estrade, puis ceux qui leur faisaient face et, enfin, son père.

— Monte et prends place à ma droite, corégent Ousermaâtrê, dit alors Séthi.

Pa-Ramessou monta et s'assit sur le troisième trône. Les écuyers attachèrent le baudrier à son torse et lui remirent la lance et l'arc.

À quinze ans, il était le maître conjoint du Pays de Horus. Il avait gagné contre son rival.

Le grand-prêtre d'Amon s'avança et appela sur lui la protection des dieux.

Les larmes coulèrent des yeux de Thïa et d'Imenemipet.

14

Almées et armées

Si l'esprit humain ne s'attachait qu'à une seule image de sa vie, il sombrerait rapidement dans la démence. Miséricordieusement, les soucis et les joies, les souvenirs anciens et récents, les espérances et les déceptions s'y enchevêtrent sans cesse, comme les poissons dans les algues des profondeurs marines. L'inconstance est sa sauvegarde.

Pa-Ramessou avait pris soin de ne boire qu'à peine un gobelet de vin durant le banquet suivant son intronisation, et encore l'avait-il fait remplir d'eau au fur et à mesure qu'il y étanchait sa soif. Mais quand il s'éveilla le lendemain dans sa chambre habituelle – car il avait demandé à la conserver en attendant que son Palais fût achevé –, sa première idée fut qu'il avait trop bu. Il ignorait encore que les émotions sont pareilles à l'alcool, et que leur abus embrume ou dévoie l'esprit. Car celle qui l'avait habité pendant la cérémonie de la veille avait été intense : il avait capté la force divine de la royauté. Corégent, il accédait à la porte du pouvoir suprême.

Une autre idée surgit alors et le figea pendant près d'une minute, pieds nus sur la pierre froide, mâchoire molle, regard perdu : Ptahmose avait-il assisté à la cérémonie ? Ptahmose ? Il avait disparu du paysage, mais son effigie était restée gravée intacte dans l'esprit de Pa-Ramessou. Comme l'ombre de quelqu'un, qui demeurerait peinte sur le sol alors que son propriétaire est parti.

Les images suivantes furent plus gaies : les expressions de Thïa et de Thiyi quand, avant le dîner, le chambellan Pasar avait proclamé le consentement royal à leurs noces, puis l'expression de Pasar quand il avait été promu vizir du Nord. Les visages réjouis de Séthi et de Thouy quand Thïa était venu s'agenouiller et avait baisé la sandale de son futur beau-père et les mains de sa future belle-mère, les yeux mouillés du précepteur levant son visage vers Pa-Ramessou, la joie rayonnante d'Imenemipet...

Le domestique entra, portant le plateau du premier repas, et, peu après, Thïa apparut sur le seuil :

— Puis-je ?

— Bienvenue, mon nouveau frère, répondit Pa-Ramessou avec un vaste geste de la main. As-tu pris ton petit déjeuner ? Non ? Fais-le porter sur la terrasse.

Le temps avait fraîchi, mais les tentes montées pour la saison froide ne laissaient filtrer qu'un vent coulis. Ils s'installèrent sur les lits de repos et sirotèrent leurs gobelets de lait chaud.

— C'est le plus grand bonheur que d'être récompensé pour une tâche accomplie avec dévotion, déclara Thïa d'une voix lente, sur un ton réfléchi, comme si ses mots se gravaient sur la pierre. Mais c'est être comblé par les dieux que d'entrer dans la famille de celui qu'on a servi.

— Cela est dans l'ordre des choses, répondit Pa-Ramessou. Tu es à ta place. Maintenant, dis-moi, Ptahmose a-t-il assisté à la cérémonie d'hier ?

— Je ne l'ai pas vu, mon prince.

— Mon divin père l'a assigné au service du gouverneur de Bouhen. Je serais étonné qu'il n'ait pas fait partie de sa suite.

— Je vais m'en informer…

— Non, attends.

Pa-Ramessou alla prier Imenemipet de s'enquérir des quartiers du gouverneur en question, qui logeait sans doute dans l'aile des hôtes du Palais, et de l'inviter à se rendre chez le corégent.

Une demi-heure plus tard, le gouverneur, un petit homme replet, au visage aimable, qui répondait au beau nom de Sebakhepri, « Étoile du scarabée », fut annoncé par le Premier chambellan. Il commença par se répandre en formules fleuries sur l'honneur qui lui était ainsi fait et par se féliciter des grâces de Rê qui s'étendaient sur le Pays de Horus. Pa-Ramessou le laissa débiter ses compliments et lui posa enfin les questions qui lui tenaient à cœur.

— Dis-moi, gouverneur, mon divin père n'a-t-il pas assigné à ton service un jeune homme nommé Ptahmose ?

— En effet, grand prince.

La mine de Sebakhepri avait soudain perdu sa rondeur melliflue. Son petit œil de belette se plissa.

— Ne figure-t-il pas dans ta suite ?

— Non, grand prince, il s'est abstenu.

— Abstenu ?

L'embarras lia la langue du gouverneur.

— Parle franchement, tu n'as rien à craindre.

Sebakhepri chercha ses mots.

— Il a dit que les devoirs de sa tâche ne lui laissaient pas de temps pour la… frivolité.

L'explication eût mérité la colère princière. Thïa et Imenemipet parurent consternés. Sebakhepri leva un œil inquiet vers le corégent.

Mais celui-ci demeurait froid, sinon serein.

— Tant d'impertinence méritait une sanction, reprit le gouverneur, mais Ptahmose m'ayant été adressé par notre divin roi, que Rê éternise ses jours, je n'ai pas sévi.

— Comment expliques-tu cette impertinence ?

— Mon prince, je ne suis pas assez savant pour expliquer l'indécence, et moins encore pour juger un obligé de notre divin roi. Ptahmose semble nourrir des lubies sur lesquelles les scribes et moi-même avons décidé de baisser les paupières.

— Quelles lubies ?

— Le district de Bouhen n'est pas si grand, mon prince, que l'écho n'y répète ce qui s'y dit. L'on sait ainsi que Ptahmose a déclaré au père de sa concubine qu'il était l'esprit incarné de la divinité unique, Aton, illustrée par son grand-père. Et que tous les couronnements de cette terre ne sauraient le priver de sa royauté immanente.

Un silence suivit ces informations.

— La liberté, que mon prince m'a consentie, de répéter ces propos, reprit Sebakhepri, me disculpe, je l'espère, de leur inconvenance. J'ai fait signifier aux rares personnes qui lui sont proches que de tels propos pourraient être considérés comme une insulte à la royauté.

— Mais autrement ?

— Aux autres égards, Ptahmose est un fonctionnaire efficace et scrupuleux. Sa surveillance est rigoureuse et il a réprimé bien des petits larcins que son prédécesseur n'avait pas su détecter.

— Quels larcins ?

— Des pépites que les ouvriers cachaient dans leurs parties intimes, par exemple. Et des erreurs dans la comptabilité de l'or extrait.

Un mouvement inachevé de ses lèvres signalait que le gouverneur Sebakhepri avait quelque chose à ajouter ; en effet :

— Ce Ptahmose a même fait quelque chose de remarquable. Tu te rappelles le puits que notre divin roi avait fait forer près de Bouhen, pour alimenter les ouvriers en eau potable ?

Pa-Ramessou hocha la tête : le forage en question avait été une fameuse aventure et s'était achevé sur un échec. Quarante coudées de profondeur, et rien !

— Eh bien, Ptahmose a estimé qu'il n'y avait pas assez de points d'eau sur le chemin de Ouaset et que les provisions des ouvriers risquaient de ne pas leur suffire, à eux et à leurs ânes jusqu'à Ouaset. D'importantes quantités d'or risquaient donc d'être perdues. Il a donc fait forer un autre puits ! Et il a trouvé de l'eau !

Une pointe d'admiration perçait dans les propos du gouverneur.

— Mon divin père en a-t-il été informé ?

— Incidemment, mon prince, incidemment…

Pa-Ramessou poussa un petit soupir et remercia le gouverneur de ses informations.

— Étrange, cette royauté imaginaire et obstinée, observa-t-il après le départ de Sebakhepri.

— La solitude et son éviction de ta famille entretiennent ses illusions, répondit Thïa. Voudrais-tu sévir ? Cela ne servirait à rien. Il faudrait l'exiler. Il serait alors capable de prendre le commandement de nos ennemis.

— Tu l'en crois capable ?

— Il est obsédé par le pouvoir, mon prince. Mieux vaut le garder à l'intérieur du pays, sous surveillance. Je vais essayer de trouver un scribe qui se charge de cette tâche pour toi.

Le Premier scribe du nouveau vizir Pasar vint alors annoncer que son maître se tenait à la disposition du prince, ce qui signifiait qu'ils avaient à débattre de problèmes. Pa-Ramessou se rendit alors chez Pasar, suivi d'Imenemipet ; celui-ci releva son air pensif ; le prince avait toujours à l'esprit les informations du gouverneur de Bouhen.

La preuve lui en fut donnée peu de temps après, lors d'une entrevue avec le maître des Inscriptions des Deux Pays. Pa-Ramessou envisageait de faire ériger une stèle à Bouhen et s'en était fait soumettre le texte. Cette stèle monumentale serait censée avoir été dressée par les dignitaires de la cour en l'honneur du prince régent. Un passage frappa particulièrement Imenemipet ; en effet, les courtisans y déclaraient :

> *Lorsque tu étais dans l'œuf, tu formais déjà des projets en ta qualité de prince héritier. Tu étais informé des questions des Deux Pays alors que tu étais très jeune, portant encore la mèche de l'enfance sur le côté. Tu étais chef de l'armée alors que tu étais un adolescent de dix ans…*

La raison en était évidente : là-bas, à Bouhen, Ptahmose ne pourrait manquer de voir la stèle ; elle affirmerait sans conteste la prédestination de celui qu'il avait cru un temps pouvoir supplanter. Ses prétentions deviendraient insoutenables devant la population.

Seule la volonté d'écraser les aspirations de Ptahmose pouvait expliquer l'étonnante, voire délirante emphase du texte. Ni Imenemipet ni Thïa n'y firent cependant allusion devant Pa-Ramessou. La stèle était sans doute en cours de gravure et il serait donc trop tard pour y changer quoi que ce fût. Pour Thïa en particulier, une critique serait inopportune : ses noces avec Thiyi approchaient et, aussi délicatement formulée qu'elle pût l'être, une observation ne ferait que ternir la joie de cette union qui était un cadeau de Pa-Ramessou ; l'ancien précepteur était sagement disposé à passer l'éponge sur une outrance de son pupille.

L'éclat des noces et plus encore un retournement imprévu justifièrent cette prudence. Deux jours plus tard, en effet, et sur un ton indifférent, Pa-Ramessou informa Thïa et Imenemipet qu'il remettait son projet de stèle à plus tard. Leur étonnement fut lisible.

— J'ai vu vos expressions, expliqua-t-il sur le même ton. Vous n'étiez pas enthousiastes. Vous n'avez pas fait un seul commentaire. J'en ai déduit que vous me trouviez vain.

— Mon prince ! protesta Thïa. Je ne...

— Je te connais assez, Thïa, et je sais ton goût de la modestie. Sois franc : tu désapprouvais cette stèle. Et toi aussi, Imenemipet.

— J'ai pensé qu'un personnage aussi insignifiant que Ptahmose ne méritait pas une proclamation aussi éclatante.

— Il est vrai.

L'affaire fut close. Enfin, à peu près. Car l'après-midi même, tandis qu'il s'entretenait avec les scribes du cabinet royal, Imenemipet surprit un fragment de conversation entre leur chef et le premier archiviste :

— Et le texte de la stèle ?

— À classer. Sa Majesté en a abandonné l'idée.

Cela en disait assez.

Construits en trois mois à peine, les deux palais proches des bâtiments de la résidence et des services royaux furent enfin prêts à recevoir leurs hôtes. Le premier, le plus grand, était destiné à Pa-Ramessou, le second, à sa sœur, Thiyi, qui serait bientôt l'épouse de Thïa.

Pour son emménagement, le prince donna une fête. Vingt convives y furent priés, à commencer évidemment par le pharaon et sa Première Épouse. C'était peu, en regard des banquets royaux, mais c'était la façon dont Pa-Ramessou signifiait que la demeure serait réservée à sa vie privée. Il surprit ses parents par sa fantaisie : au lieu d'un spectacle traditionnel de chanteuses et de danseuses, il en fit donner un de trois acrobates venus du pays de Koush ; ils se produisirent avec deux singes danseurs, dont les gambades et les facéties divertirent Séthi à n'en plus finir : il hoquetait de rire. À l'évidence, un tel intermède ne conviendrait pas aux banquets officiels.

— Et vivras-tu seul dans cette demeure ? demanda Thouy.

— Non, mère chérie. Dès que le service diurne de mon père divin m'en laissera le loisir, je songerai à mon service de nuit.

« Service de nuit » : c'était le nom convenu pour la tâche de tout homme digne de ce nom : assurer sa descendance et, pour un prince, la survie de sa dynastie.

Quand la fête fut finie et que le couple royal regagna son Palais, Imenemipet, promu chambellan du nouveau Palais, vint annoncer à son maître que, sur ordre royal, Hormin, surintendant du palais des Concubines, lui avait envoyé deux jeunes femmes ; vraisemblablement, le maître des Plaisirs ne s'était pas résigné à l'échec. Pa-Ramessou somnolait alors, aspirant à une longue nuit, car la journée avait été éprouvante :

— Nous avons un quartier prévu pour les visiteuses, n'est-ce pas ?

— Oui, grand prince.

— Est-il meublé ?

— Oui, grand prince.

— Fais-les installer, marmonna-t-il. Ou renvoie-les chez elles. Je les verrai demain. Ou après-demain. Maintenant, je dors.

Imenemipet tira la portière. Il savait que le vigoureux jeune homme qu'était son maître éprouvait parfois le besoin impérieux, tyrannique, d'un sommeil immédiat. Pa-Ramessou pouvait disparaître pendant des heures, comme assommé, gisant sur son lit et possédé d'une autre vie, celle des songes.

Bien lui en avait pris, d'ailleurs, de préférer la solitude aux ébats amoureux, car la matinée fut intense. Trois généraux assistèrent à la conférence avec les vizirs des Haut et Bas Pays, Nebamon et Pasar ; et pour cause : une révolte couvait aux confins du Haut Pays et le vice-roi de Koush multipliait les demandes de troupes. Une expédition s'annonçait nécessaire. Mais quelle résolution soumettrait-on au pharaon ? Séthi, en effet, avait délégué à son fils les responsabilités de l'affaire. Il semblait ne plus penser qu'à son temple de Horus, à Abydos. Pa-Ramessou répugnait à prendre l'initiative d'une opération militaire sans l'approbation de son père et sa décision était nécessaire pour la rédaction du mémoire.

— Quelle est l'origine de cette agitation ? demanda Pa-Ramessou.

— Certains seigneurs locaux se sont mis en tête de rétablir la situation qui prévalait à la fin du règne d'Akhenaton, répondit Pasar, c'est-à-dire de s'affranchir de l'autorité centrale du royaume, de ne plus payer d'impôts ni fournir de main-d'œuvre aux travaux du pharaon. Comme ils sont éloignés de Ouaset et de Hetkaptah, ils estiment qu'ils n'ont pas à subir notre tutelle.

— Et les gouverneurs locaux ?

— Les garnisons dont ils disposent ne suffisent pas à rétablir l'ordre, et certaines d'entre elles sont favorables aux insurgés. Leurs soldats sont, en effet, recrutés dans les populations de la région. Les rapports familiaux et les alliances de clans alimentent la sédition plus fortement encore que la corruption.

— Comment ces gens sont-ils équipés ?

— Une partie d'entre eux est constituée des soldats de certaines de nos garnisons du Sud qui sont entrées en rébellion, répondit l'un des généraux. Ceux-là sont donc armés comme nos soldats. Mais ils ne représentent pas plus de deux ou trois mille hommes, à mon avis. Les autres possèdent quelques armes volées et surtout des arcs et des lances de fortune et n'ont aucune formation militaire.

— Ils ne devraient pas être trop dangereux ?

— Si, parce qu'ils contrôlent les routes, dressent des embuscades, s'emparent des entrepôts, menacent même les mines d'or..., expliqua le général. Si nous allons là-bas, nous ne pourrons pas les affronter dans un conflit direct, mais dans plusieurs conflits isolés.

— Prince, intervint Per Thoût, chaque heure qui passe augmente les chances des insurgés.

La vérité que Pa-Ramessou se refusait à reconnaître était que, ces derniers temps, son père se montrait parfois étrangement indécis. Était-ce causé par une maladie ? Parfois, pendant une conversation par exemple, il blêmissait et portait la main à son cœur. Pa-Ramessou avait-il été le seul à le remarquer ? Il eût voulu en être sûr. La perspective du départ de son père l'effleura, puis l'effraya.

Le silence des autres ne signifiait que trop bien leur désapprobation de ses réticences.

— Très bien, dit-il à la fin. Nous irons.

Le texte rédigé par le Premier scribe fut bref : les troupes de Horus devaient partir sans tarder, et en nombre suffisant, pour mater les insurgés du Sud.

— Si tu en juges ainsi, tu dois donc agir en conséquence, déclara Séthi quand son fils lui soumit la résolution.

Le soir même, le corégent Pa-Ramessou donna l'ordre de monter l'expédition. Cinq jours plus tard, trois cents chars et trois divisions d'infanterie, celles d'Amon, de Rê et de Ptah, soit quinze mille fantassins, archers et lanciers à cheval partaient pour le Sud, dans un nuage de poussière.

Comme son père l'avait décidé pour l'expédition de Qadesh, Pa-Ramessou décida qu'aucune cohorte de femmes ne les escorterait. Il avait compris le raisonnement paternel : un homme frustré est plus énergique.

Les concubines envoyées par Hormin durent se résigner à attendre le retour du beau prince. Il ne leur avait même pas consenti une visite. Il est ainsi des jours où l'on n'a pas la tête au sexe.

15

« C'était une vraie guerre, mon prince »

Il ne connaissait pas son pays. Ni ses sujets. Telle fut la première impression de Pa-Ramessou quand il aborda les populations du Sud. Le voyage en bateau vers les dernières demeures de ses présumés ancêtres ne lui avait rien appris ; il n'avait alors vu que des gens de la cour et les labyrinthes creusés dans le roc pour déjouer les astuces des pilleurs de tombes. Or, les gens de ces régions étaient différents de ceux de Ouaset et de Hetkaptah. Ils ne voulaient pas de l'autorité royale parce qu'ils voulaient eux-mêmes être rois. Mais qu'est-ce qui faisait un roi ? La force et l'intelligence ; les dieux ne s'incarnent pas dans des andouilles. Ramsès Ier n'avait pas plus été d'ascendance royale que Horemheb, mais il avait prouvé sa supériorité.

L'expédition consisterait ainsi à démontrer à ces rebelles qu'ils n'étaient que des andouilles.

Déjà hachées par les saccades de la course sur la route, ces réflexions furent interrompues par des clameurs. Pa-Ramessou tira sur la bride de son cheval et les lieutenants qui le flanquaient à droite et à gauche firent de même. À l'arrière, les grincements aigus, caractéristiques des roues de char quand elles ralentissent et que le moyeu frotte sur l'axe, puis s'arrêtent dans un bruit de cochon égorgé, signalèrent qu'on s'était avisé d'un incident. Un incident ? Le terme était bien faible. Des flèches pleuvaient du côté droit de la route ; l'une d'elles s'était fichée dans le harnais d'un cheval de char, une autre dans sa croupe, plusieurs avaient blessé des fantassins… Les clameurs s'enflèrent.

Les flèches partaient des plantations de chanvre à droite. Plusieurs soldats s'étaient approchés du canal d'irrigation qui en marquait les limites et faisaient donc des cibles faciles. Les flèches filaient toujours en direction des troupes. Leur trajectoire indiquait que les arcs n'étaient pas très puissants. Un des aides de camp de Pa-Ramessou en ramassa une et l'examina. La tige en roseau était trop légère et la pointe, en silex taillé, était acérée, mais mal équilibrée par l'empennage. Une telle flèche n'allait pas au-delà de cent coudées. Pas du travail de professionnel.

Entre-temps, le corps entier de l'armée s'était arrêté. Un des fantassins en tête avait été blessé à la jambe. Pendant que l'on mandait le médecin, Pa-Ramessou examina le paysage. Les champs s'étendaient jusqu'à une vaste bâtisse : un riche fermier, sans doute. Peut-être l'un des chefs de la rébellion.

— Appelez les généraux Imenir et Aâmedou ! ordonna-t-il.

Une flèche vint s'abattre au pied de son cheval, qui hennit de peur. La colère monta dans la gorge de Pa-Ramessou. Ainsi, quelques archers isolés dans des plantations de chanvre avaient réussi à arrêter une puissante armée. Et que serait-ce après ! Du harcèlement sans fin. Ces gens-là pensaient peut-être qu'une guerre d'usure forcerait l'armée du royaume au repli.

La conférence entre les trois chefs fut brève.

— Mettez le feu aux champs ! ordonna Pa-Ramessou.

En moins d'une demi-heure, des fagots d'herbes sèches et des branches enduites de poix furent enflammés et jetés les uns après les autres dans les champs. Comme ils avaient été lancés à bout de bras, ils n'allèrent pas bien loin. Mais il suffisait d'attendre. Le premier résultat fut d'ériger un mur de fumée entre la bordure des champs et l'avant de l'armée. De la sorte, une bonne partie de celle-ci échappait à la vue des rebelles. La fumée monta vers le ciel et l'air devint rapidement irrespirable. Les troupes s'éloignèrent et se replièrent de l'autre côté de la route. Observant les champs de chanvre desséché en feu et jugeant qu'ils ne brûlaient pas assez vite, Pa-Ramessou ordonna de tremper des flèches dans la poix, de les enflammer et de les décocher aussi loin que possible en tirant haut.

Comme un essaim d'étoiles filantes, des flèches de feu filèrent en une course parabolique pour porter le désastre dans les cultures indemnes. Un quart d'heure plus tard, le résultat fut visible de tous : le domaine entier commençait à s'embraser.

Les premiers à évacuer la fournaise ne furent pas ceux qu'on attendait, mais des rats ! Des rats en feu, qui s'élancèrent affolés hors de leur repaire, traversèrent la route et semèrent la pagaille parmi les chevaux et les hommes. Entre-temps, le feu gagnait du terrain. À demi asphyxiés, cruellement mordus par les flammes et totalement nus, leurs pagnes ayant évidemment été calcinés, les francs-tireurs s'enfuirent à leur tour, les yeux révulsés de terreur. Ils furent appréhendés sans peine et ligotés, non sans avoir été rudement malmenés. Une heure plus tard, le feu s'était encore propagé et menaçait les plantations voisines de la grande bâtisse.

L'ennemi ainsi traqué fut alors contraint de se dévoiler. Une troupe qu'on pouvait estimer à un millier d'hommes déboula sur la route. Armés de lances et de boucliers, ils arrivaient au pas de course en poussant des cris.

Les généraux ordonnèrent aux fantassins de s'écarter et de laisser la voie libre aux chars. Les fantassins, eux, repliés dans les terres à gauche, qui n'avaient pas été incendiées, empêcheraient tout repli des rebelles. Quelques minutes plus tard, la terre résonnait du fracas des sabots et des roues de bronze. Les rebelles furent pris de court par l'apparition des chars ; ils tentèrent d'abord de résister, mais le choc des chevaux et le déluge de coups de lances décimèrent leurs premiers rangs. Des corps tombés furent déchiquetés par les sabots et les roues. Les lignes centrales et arrière des rebelles tentèrent alors de se replier dans les champs indemnes ; ils y furent accueillis par les fantassins, cependant que les chars, qui poursuivaient leur assaut, les prenaient en étau et continuaient le massacre. Les combats s'arrêtèrent bien plus vite que le commandement de Horus l'avait prévu : près de six cents rebelles avaient été taillés en pièces et le restant s'était rendu ou bien avait pris la fuite. La terre de la route était tapissée de rouge sombre et les cultures des champs mouchetées de sang qui attira bientôt des nuages d'insectes. Des cadavres gisaient partout.

Les officiers questionnèrent quelques survivants, égarés et à demi asphyxiés :

— Qui sont vos chefs ?

— *Haty* Serachebès... *Haty* Sebakhepri..., finirent-ils par répondre.

Haty signifiait « chef ».

Pa-Ramessou reconnut le premier des noms, car il l'avait lu sur la liste des meneurs adressée à Nebamon. Mais le second le stupéfia : c'était celui du gouverneur de Bouhen, qu'il avait reçu quelques jours plus tôt, à Ouaset, pour l'interroger sur Ptahmose !

— Maintenant, à l'assaut de cette bâtisse là-bas ! C'est sans doute un centre de commandement, déclara-t-il aux généraux.

Sans prendre le temps de compter les morts, l'armée royale contourna donc les champs qui achevaient de se consumer et fonça vers la bâtisse. Les fantassins et les archers en firent le siège. Pendant un long moment, les occupants ne donnèrent pas le moindre signe de vie. Le bâtiment avait-il été abandonné ? Mais enfin, une porte s'ouvrit et un homme d'un certain âge apparut, escorté de deux autres. Il jeta un coup d'œil alentour, puis avança vers le groupe de cavaliers parmi lesquels se trouvaient Pa-Ramessou et les généraux.

— Vous avez incendié mes champs, dit-il d'un ton réprobateur.

— Ils étaient infestés de vermine, répondit Pa-Ramessou.

— Et vous, vous êtes comme les sauterelles.

— Qui es-tu ?

— Serachebès.

— Tu es l'un de ces propriétaires qui sont aussi des chefs rebelles, dit le général Imenir.

— Je ne sais pas ce que vous entendez par là. Nous sommes des hommes libres et n'acceptons pas de nous laisser asservir et gruger par d'autres qui n'ont pas plus de mérite que nous.

— Tu parles ici au prince Pa-Ramessou, corégent de Tout le Pays, repartit le général d'un ton sévère.

Serachebès regarda Pa-Ramessou d'un air dédaigneux.

— La profession d'un fils de tyran ne peut être que la tyrannie.

— Liez-lui les mains ! ordonna le général Aâmedou, en colère.

— Vous pouvez me lier les mains, vous ne lierez pas celles de tout le pays, répliqua Serachebès, décidément obstiné.

— Qu'on fouille sa maison ! Ses propriétés seront confisquées, déclara Pa-Ramessou, mécontent autant que troublé par l'irrédentisme du bonhomme.

L'incendie s'était éteint à l'abord de terres non plantées. Des milans et des vautours planaient déjà dans le ciel, évidemment attirés par les cadavres dans les champs. Le général Aâmedou délégua alors quatre officiers pour s'occuper du décompte et de l'enterrement des morts avant le coucher du soleil.

— Et les prisonniers ?

— On ne peut pas emmener en esclavage des sujets du roi divin, répondit Pa-Ramessou.

En outre, il n'y aurait jamais assez de prisons pour tous ces gens ; force était donc de les libérer.

Les militaires chargés de la saisie de la maison de Serachebès y trouvèrent une trentaine d'hommes en armes, qui avaient assisté par une fenêtre à l'arrestation de leur chef et qui se laissèrent capturer sans résistance, voire avec abandon ; ils avaient aussi vu certains de leurs frères d'armes brûler vifs dans les champs. Pa-Ramessou examina leurs arcs, leurs flèches et leurs lances :

— D'où viennent-ils ? demanda-t-il.

— De la caserne, répondit avec accablement celui qui semblait être leur meneur.

C'était bien ce qu'il soupçonnait.

On confisqua donc leurs armes.

Serachebès, sous la garde de geôliers, fut enfermé dans une chambre de sa forteresse ; il y resterait jusqu'à plus ample informé.

Comme l'après-midi s'avançait, Pa-Ramessou décida de prendre ses quartiers dans la maison, bien qu'elle fût envahie, comme tous les parages, par une tenace et nauséeuse odeur de brûlé ; il recommanda de doubler le nombre des sentinelles. Il se sentait, en effet, en pays ennemi.

L'intendance prépara un repas de campagne pour le commandement et un autre pour les hommes en puisant dans les réserves de la maison, assez vastes pour tenir un siège de plusieurs jours.

— Voilà, mon prince, l'héritage d'Akhenaton, dit le général Imenir, en se servant d'un plat de fèves à la graisse de buffle et aux œufs d'oie durs. Ces gens ne se sont pas encore résignés à subir l'autorité du pharaon.

— Mais je croyais que Horemheb les avait ramenés à la raison ? observa Pa-Ramessou.

— Ils ont cru que le rétablissement de l'autorité royale ne durerait pas, parce que leurs provinces sont trop éloignées de la capitale. Ton divin grand-père avait même cru, dans sa générosité, qu'ils s'y pliaient de bonne volonté. Il n'en est rien, comme nous venons de le voir. Et Baâl seul sait ce qui nous attend plus au sud.

La nuit fut courte. S'étant couchés tôt, Pa-Ramessou et le commandement se levèrent de même, expédièrent leurs ablutions et se remirent en route. La maison de Serachebès fut déclarée propriété royale et confiée à la garde d'une dizaine de soldats. Puis Pa-Ramessou et les généraux décidèrent de se rendre à la caserne pour enquêter sur le fait que des rebelles eussent eu accès à des armes de qualité.

Le commandant de la caserne du Vautour avait évidemment appris les événements de la veille ; il se présenta à la porte et rendit à ses visiteurs les honneurs les plus solennels qu'il pût. À l'évidence, il ne disposait pas de beaucoup plus qu'une cinquantaine d'hommes, rangés pour la circonstance dans la cour de la caserne. Pa-Ramessou compta vingt archers, vingt fantassins et douze lanciers, dont quatre à cheval. Les rebelles, eux, avaient réuni près de trois mille hommes.

— J'ai appris la victoire du glorieux corégent sur les insurgés, déclara-t-il. Elle emplit de félicité mon cœur et celui de mes hommes.

Pa-Ramessou hocha la tête ; il avait déjà pris en pitié le piteux militaire.

— Et toi, tu ne pouvais évidemment rien, constata-t-il.

— Mon prince voit bien le déséquilibre entre nos forces et celles des insurgés. Envoyer mes hommes au combat serait les dépêcher à la mort sans aucun bénéfice pour le royaume.

— As-tu prévenu Ouaset ?

— Il y a plus d'un an, mon prince. En dépit des remontrances du gouverneur de ce nome.

— Le gouverneur t'a fait des remontrances parce que tu as prévenu Ouaset ?

Le commandant adressa à Pa-Ramessou un regard désolé. Les deux généraux écoutaient en contenant leur colère.

— Parle ! ordonna Pa-Ramessou.

— Le gouverneur Osekhrou est de mèche avec les insurgés, mon prince. Il a laissé Serachebès et plusieurs autres gruger le fisc et piller les réserves du royaume. Je sais qu'il a lui-même volé quinze mille boisseaux de méteil dans les entrepôts royaux pour les revendre à son compte. J'en ai les preuves, mais je ne peux rien contre lui. Mille hommes viendraient exterminer ma pauvre garnison et incendier la caserne.

— D'où viennent les armes que nous avons saisies sur ceux de Serachebès ?

— Il en est qui proviennent de cette caserne, mais d'autres ont sans doute été prises dans les armureries d'autres casernes. L'inventaire sera difficile à établir.

— Tu les as laissé voler ?

— Que pouvais-je faire, mon prince, quand mille hommes, dont la moitié déjà armés, encerclaient la caserne ?

Pa-Ramessou aussi ravala sa colère ; elle ne servirait à rien dans ces circonstances.

— Et les prêtres des temples ?

— Certains sont terrorisés par l'insurrection, mon prince. D'autres y voient une chance d'augmenter leurs prébendes et, même, qui sait, de créer une nouvelle dynastie.

— Une nouvelle dynastie ? répéta Pa-Ramessou, stupéfait.

— Mon prince, je ne pourrais rien dire d'exact, car je suis un militaire et je ne prête pas attention aux rumeurs impies.

— Mais qu'as-tu entendu ?

— Qu'il y aurait, à Bouhen, un prétendant au trône. Mon prince, pardonne-moi l'offense de rapporter des propos aussi absurdes.

Pa-Ramessou en demeura sans voix un moment. Un prétendant au trône ? Ptahmose ? Il était en poste à Bouhen, en effet. Ce va-nu-pieds caressait toujours ses fantasmes royaux ? Et il trouvait des gens pour lui faire crédit ?

— Mon prince, dit le général Imenir, qui se souvenait de l'affaire, le temps travaille pour le plus rapide. Il nous faut maintenant interroger le gouverneur au plus vite.

Pa-Ramessou acquiesça. Ils levèrent le camp, non sans avoir laissé deux cents hommes sur place pour renforcer la garnison du Vautour. Bien leur avait pris d'emmener une armée aussi importante, puisqu'elle leur permettait de consolider, fût-ce de peu, les places conquises.

Ils foulèrent la poussière des chemins. Une bonne heure plus tard, ils arrivèrent devant le palais du gouverneur du nome du Vautour, le nommé Osekhrou.

Les rapaces tournoyaient dans le ciel du matin.

— On a bien enterré les morts ? demanda Pa-Ramessou.

— Oui, mon prince.

— Mais qu'est-ce qui attire donc ces oiseaux ?

— Des rats qui auront grillé dans les champs et des humains que nous n'avons pas pu récupérer, sans doute. La terre était trop chaude.

Une question déplaisante effleura l'esprit de Pa-Ramessou : le noble Horus se repaissait-il donc de cadavres ?

Vêtu de sa vaste robe blanche garnie du collier de sa charge, le gouverneur était sorti de son Palais et, entouré de ses scribes, attendait sur le perron le corégent Pa-Ramessou et le commandement militaire de Horus. Ventripotent, la face épanouie, la perruque lustrée et l'orteil dodu dans des sandales dorées, il écarta les bras à l'entrée de Pa-Ramessou, des généraux et de leurs lieutenants à cheval.

Les chevaux caracolèrent dans la cour du Palais. Des écuyers s'empressèrent de joindre les mains pour aider les visiteurs à y poser le pied et descendre de selle.

— Je salue le jour le plus faste dans l'histoire de ce nome, déclama le gouverneur Osekhrou d'une voix sonore. Rê lui-même a guidé tes pas lumineux pour écraser les rebelles…

Peut-être la mine maussade de Pa-Ramessou et de sa suite le déconcerta-t-elle. Il s'empêtra dans une série de boniments, puis s'interrompit tout à fait.

Vingt cavaliers de plus pénétrèrent dans la cour. On voyait bien les lanciers qui s'amassaient sur la place et l'on entendait le vacarme des chars arrivant.

Pa-Ramessou fixa le gouverneur.

— Qu'on arrête cet homme ! ordonna-t-il.

Des soldats s'avancèrent vers le gouverneur effaré.

— Mon prince…

— Tu es complice des insurgés de ce nome et des nomes voisins, gouverneur. Tes turpitudes s'achèvent ici.

— Comment ? hurla le gouverneur, tandis que les soldats lui saisissaient les poignets.

Désirant à la fois faire un exemple et donner libre cours à sa colère, Pa-Ramessou le souffleta avec tant de force que l'autre vacilla.

— Voleur et prévaricateur ! N'est-ce pas toi qui es venu me lécher les sandales lors de mon investiture, vermine, pour obtenir le contrôle du fisc et te faire payer pour cela ? Escroc !

— Le pharaon divin me rendra justice ! beugla l'autre.

— Elle est toute rendue : nous allons te faire dégorger les quinze mille boisseaux de méteil que tu as volés dans les entrepôts royaux, entre autres rapines.

L'autre blêmit. Les soldats l'emmenèrent vers le gouvernorat, sous les regards ahuris de ses scribes.

Cela ne ressemblait pas du tout à la guerre franche de la campagne contre les Hattous ; toute sédition dégage un relent de traîtrise, et celle-ci puait la corruption en plus.

— Mon prince, les insurgés comptent bien plus d'hommes que nous n'en avons vu jusqu'ici, déclara le général Imenir. Les deux opérations que nous venons de mener ne sont, je le crains, que des escarmouches en regard des combats qui nous attendent. Je propose que nous poursuivions sans tarder jusqu'au cœur de la région en rébellion.

Pa-Ramessou hocha la tête. L'on se remit en marche.

La première journée s'acheva sans incident. Comme elle l'avait fait depuis le départ de Ouaset, l'armée suivit la route qui longeait le Grand Fleuve ; elle approchait de la deuxième cataracte et pénétrait dans le nome de Bouhen. La journée suivante commença de même. À midi, lors d'une halte pour faire boire les chevaux, le général Aâmedou plissa les yeux, le visage tourné vers la route, et fronça les sourcils :

— Là-bas, mon prince, dit-il en pointant le doigt vers la route.

Pa-Ramessou, le général Imenir et quelques lieutenants qui l'avaient entendu portèrent leur regard dans la direction indiquée. Un nuage noir barrait le chemin.

— Je distingue des flammes, dit Pa-Ramessou.

— Un barrage de fumée dégagée par des broussailles enflammées, dit le général Imenir. Ils auront mis à profit notre stratagème du nome du Vautour.

— Ils nous barrent la route en tout cas, dit un lieutenant.

— Bien, conclut Pa-Ramessou au bout d'un moment. Qu'on coupe les branches les plus longues de ces arbres, ordonna-t-il en indiquant des sycomores et des banyans.

— Combien en veut mon prince ? demanda le général Aâmedou, qui avait compris le projet de manœuvre.

— Je pense qu'une dizaine suffira. Choisissez les moins tordues possible. Espérons que le vent d'ouest soufflera toujours dans la même direction.

Un corps d'une trentaine de fantassins avança jusqu'à la barrière de feu, tenant à deux ou trois chacune des branches coupées ; celles-ci mesuraient entre six et huit coudées de long et elles étaient toujours garnies de leurs feuilles et rameaux. Le feu était visiblement alimenté en permanence, de l'autre côté, car la barrière eût déjà dû être consumée. Sous le commandement de quatre lieutenants à qui Pa-Ramessou avait expliqué son plan, les soldats s'efforcèrent d'abord de percer une trouée dans ce mur haut comme un homme. Ils repoussèrent ensuite les bottes de broussailles sèches de part et d'autre et jusque dans les champs avoisinants. Une demi-heure suffit à ménager la percée, large de cinq à six coudées, mais suffisante pour mener à bien la suite de l'opération. Cela fait, lieutenants et soldats s'écartèrent rapidement.

La trouée révéla des visages stupéfaits, roulant des yeux jaunes dans des visages noirs. Ils semblaient frappés de démence, mais Pa-Ramessou avait appris qu'ils mâchaient du *khat* avant le combat, pour exciter leur énergie. Ils béèrent devant ce trou qui leur sembla ménagé de façon surnaturelle. Leur surprise fut de courte durée. Sur un ordre du commandant des archers de Horus, postés à brève distance, une giclée de flèches décochées par des arcs à double courbe, qui portaient cent coudées plus loin que les autres, décima leurs premiers rangs. Le sang rouge coula sur les peaux noires, frappées en pleine poitrine ou au ventre. Ils ripostèrent, mais leurs arcs étaient plus faibles, et leurs flèches se heurtèrent aux cuirasses de corps de leurs ennemis. Un monceau d'agonisants et de cadavres s'élevait déjà dans la perspective de la trouée. Une nouvelle volée de flèches fit reculer les Nubiens. Le stratagème de Pa-Ramessou avait fait échouer le blocage de la route, mais l'effet en était plus psychologique que tactique, et l'affrontement n'était que différé. En effet, faute d'être regarnies, les broussailles sur la route se consumaient rapidement ; il n'en resterait bientôt plus que des cendres et il faudrait donner l'assaut.

— Lançons tout de suite les chars ! conseilla le général Aâmedou.

Pa-Ramessou n'était pas certain que ce fût la meilleure tactique, car la région étant enfumée, on ne distinguait pas bien l'ennemi ; mais toujours partisan de prendre l'initiative, il acquiesça. Comme lors de la précédente bataille, ordre fut donc donné aux archers de se replier pour laisser passer les chars.

— Et les autres corps ? demanda Pa-Ramessou.

— Les insurgés se sont probablement concentrés sur la route. Les lanciers à pied se diviseront en deux bataillons à droite et à gauche et prendront ainsi les ennemis en étau.

Pa-Ramessou fit observer que la bande de terre entre la route et le Grand Fleuve ne permettrait pas un grand déploiement et que le bataillon serait forcé de s'étirer en longueur. Néanmoins, il n'avait pas de plan de rechange.

— Allons à l'arrière, mon prince, conseilla le général Imenir. Je ne voudrais pas que vous vous trouviez dans les parages du choc.

Les officiers à cheval, Pa-Ramessou et les généraux se replièrent vers l'arrière en passant par les champs, cependant que les lanciers prenaient leur position et que les chars s'avançaient. Cette mise en place n'était pas achevée qu'une clameur formidable monta à distance. Des cris d'alarme retentirent dans les rangs de Horus. Du fait que le terrain était plat, Pa-Ramessou ne comprit pas tout de suite ce qui s'était passé, mais il le devina : la prise de position des différents corps avait été trop lente et les Nubiens avaient foncé les premiers sur les cendres de leur barrage. Du haut de son cheval, il vit que les chars avaient à peine pu prendre leur élan. Les lanciers debout sur les plateformes de bronze enfoncèrent leurs pointes acérées dans une marée de Nubiens. Mais à leur horreur, Pa-Ramessou, les généraux et les lieutenants s'avisèrent que ce n'étaient pas deux ou trois mille hommes qui donnaient ainsi l'assaut : des milliers accouraient derrière eux. Les chars ne résisteraient pas à leur déferlement. Deux lieutenants partirent à bride abattue donner aux lanciers l'ordre d'attaquer.

Ceux-ci avaient déjà saisi la situation et pris l'initiative. À une dizaine de rangs en arrière des premières lignes d'assaillants noirs, la bataille faisait déjà rage. Un char se trouva retourné dans la direction opposée, tandis que les chevaux ruaient, et un autre fut renversé. Les soldats des troupes royales, protégés par leurs cuirasses de corps, étaient moins vulnérables que leurs assaillants, qui combattaient quasi nus. Peut-être aussi étaient-ils mieux nourris. Un Nubien fut projeté par deux hommes contre ses frères et se trouva immédiatement piétiné. Une tête décapitée vola à six coudées au-dessus de la mêlée, la langue pendante et les yeux exorbités. L'élan des insurgés avait été brisé. Bientôt leurs arrières furent isolés de leurs premières lignes. Ils avaient choisi de se battre sur la route : ils s'en trouvèrent prisonniers. Les chars reprirent le mouvement : le même choc se préparait plus loin.

C'était du moins ce qu'avait calculé le commandement. Mais l'imprévu s'en mêla.

Alors que les archers se divisaient en deux bataillons eux aussi, pour concentrer leurs tirs sur les derniers rangs des Nubiens, un spectacle glaça le sang de Pa-Ramessou : des rebelles apparurent sur des bêtes monstrueuses qui chargeaient furieusement. Des éléphants ! Leurs masses défiaient flèches et lances et, de leurs perchoirs, des archers tiraient avantageusement sur les troupes royales ! Or, ces animaux renverseraient les chars comme des jouets ! Mais les archers royaux, eux, réagirent différemment. Cédant à un réflexe instinctif, ils visèrent les archers ennemis, qui faisaient de trop belles cibles sur le dos des pachydermes. Quelques indépendants avaient même pris l'initiative de tremper leurs projectiles dans la poix et de les enflammer. L'effet fut dévastateur. Une simple flèche pouvait porter la mort, une flèche enflammée portait la peur ancestrale du feu. Dans des barrissements assourdissants, les éléphants s'affolèrent, se cabrèrent et déstabilisèrent leurs maîtres. En moins d'un quart d'heure, les tireurs nubiens furent décimés et jetés à bas des pachydermes, dont la panique était entretenue par les flèches de feu. Ceux-ci s'élancèrent à hue et à dia, ruèrent et semèrent la confusion dans les rangs mêmes des rebelles ; ils en écrasèrent aussi un bon nombre dans leur fuite hors de l'enfer avant de se perdre dans les champs. Son stratagème s'était retourné contre l'ennemi.

Deux heures après le début des combats, il ne restait plus que deux milliers d'insurgés qui se battaient encore. Empli de rage froide, et contre l'avis des généraux, Pa-Ramessou se lança dans la bataille, sabre au clair, tel un démon sorti des enfers. Il tailla comme un fou, sabrant des bras et, une fois, décapitant un Nubien d'un seul coup. Nul n'osait l'approcher. Deux lieutenants vinrent cependant se ranger à ses côtés et l'un d'eux prévint le coup de lance d'un blessé nubien qui, dans sa colère, tenta de plonger son arme dans le ventre de Pa-Ramessou. Celui-ci s'en tira avec une estafilade sur la cuisse. Le Nubien fut achevé sur-le-champ d'un coup de dague en travers de la gorge, car il était tombé sur le dos. Sa tête roula sur un sol déjà rougi et poisseux de sang. Pa-Ramessou, haletant, dévisagea ses sauveurs.

— Qui vous a envoyés ?

— Le chef de la cavalerie, mon prince.

— Comment t'appelles-tu ? demanda-t-il à celui qui avait détourné la lance.

— Je suis le lieutenant Horamès, grand prince.

Ruisselant de sang, Pa-Ramessou éclata de rire. Il devait camper un personnage étrange, avec ses cheveux rouges et son corps ensanglanté. Les lieutenants en furent interdits, sinon effrayés, et escortèrent leur chef hors du champ de bataille. Le corégent Pa-Ramessou avait-il perdu la raison ?

Une heure avant le coucher du soleil, le nome de Bouhen était semé de cadavres. Pa-Ramessou alla se laver. Les médecins s'empressèrent de panser sa plaie, qui cuisait et le faisait boiter.

Le soir, les chefs des corps d'armée estimèrent que les troupes rebelles s'élevaient à quelque vingt mille hommes. Près de quatre mille d'entre eux avaient trouvé la mort dans les affrontements, et l'on ne comptait pas les blessés. L'armée royale, elle, avait perdu trois mille soldats et plus de trente chevaux.

— C'était une vraie guerre, mon prince, conclut le général Imenir, tandis que Pa-Ramessou s'essayait à marcher.

Une guerre contre ses propres sujets, cela n'avait pas de sens.

Un spectacle inattendu s'offrit alors aux vainqueurs : les éléphants revenaient d'un pas tranquille vers eux. Une fois le calme rétabli, ils rejoignaient les humains.

Un soldat s'avança vers le meneur de la troupe, lui parla, lui caressa la trompe, lui offrit une banane pelée et se fit suivre par lui, presque triomphant. Les autres, alléchés par les bananes, suivirent l'exemple.

Ces sujets-là seraient décidément plus commodes.

Ce fut ainsi que l'armée royale arriva au gouvernorat de Bouhen : suivie de six éléphants.

16

Un mystère drapé de lin souple

L'épouvante du gouverneur de Bouhen, Sebakhepri, à l'arrivée des troupes royales en dit long : il ne s'était pas attendu à la raclée des insurgés ni à la puissance de la répression. Quinze mille hommes ! Parvenu au gouvernorat, Pa-Ramessou en franchit le seuil sans tenir compte des salutations du dignitaire, qu'il laissa pantois sur le seuil ; pis : il se retourna pour lui lancer un crachat. L'instant suivant, le général Imenir fit arrêter Sebakhepri. Ce dernier, au moins, ne feignit pas l'indignation. L'armée prit possession des bâtiments sans autre procès : ils étaient d'ailleurs propriété de l'État.

Sans leur donner le temps de digérer le choc, Pa-Ramessou fit rassembler les scribes, éberlués, dans la grande salle qui servait de bureau à Sebakhepri.

— Lequel de vous est responsable du Trésor de ce gouvernorat ? demanda-t-il d'un ton volontairement brusque.

— C'est moi, prince, bredouilla l'un d'eux, le plus âgé.

On eût dit qu'un créateur distrait lui avait mal attaché les mains au bout des bras ; elles pendaient et s'agitaient comme dotées d'une vie indépendante.

— Montre-moi les coffres, ordonna Pa-Ramessou. Et fais-toi accompagner de deux comptables. Général Aâmedou, viens avec moi, je te prie.

Ils longèrent un couloir et parvinrent dans la chambre forte du gouvernorat. Le vieux scribe désigna une rangée de six coffres cubiques, d'environ deux coudées de haut. Pa-Ramessou souleva le couvercle du premier : il était plein de petits lingots d'or, de la taille d'un doigt, et de sachets de poudre. Le deuxième contenait des anneaux d'or. Les quatre autres étaient emplis d'anneaux d'argent et de cuivre. Le général Aâmedou écarquilla les yeux. Pa-Ramessou, lui, songea que la vigilance de Ptahmose ne s'était donc exercée que sur les mineurs et pas sur les gros voleurs ; ou bien elle avait été déjouée par Sebakhepri, ou bien Ptahmose était de mèche avec ce dernier. Mais la dénonciation des illusions monarchiques de Ptahmose donnait plutôt à penser que le gouverneur aurait été content de se débarrasser de ce gêneur vétilleux.

— Je veux que tu me fasses le décompte de ces coffres d'ici ce soir, ordonna Pa-Ramessou au trésorier. Général, dès maintenant, ces trésors seront sous contrôle militaire et seront rapatriés à Ouaset. Je veux aussi qu'ils soient gardés jour et nuit jusqu'au départ.

Sur quoi il fit un tour des jardins du gouvernorat. Même ceux du palais de Ouaset ne comportaient pas autant d'essences odorantes et rares. Mais l'ornement le plus inattendu consistait en des félins mouchetés, aux yeux fardés et aux allures nonchalantes. Point farouches, ils s'approchèrent de Pa-Ramessou et se laissèrent flatter la tête.

— Des guépards, mon prince, expliqua le maître jardinier.

— À quoi servent-ils ?

— Ils suivaient le gouverneur à la chasse. Mais ils servaient surtout d'animaux de compagnie.

Deux autres animaux, moins familiers, attirèrent alors l'attention de Pa-Ramessou : des lions !

— Et eux ?

Le maître jardinier expliqua timidement :

— Eux, mon prince, ils étaient censés garder la propriété contre les voleurs.

— Et ils n'ont pas attaqué leur maître ?

L'autre pouffa. Là-bas, les éléphants observaient la scène d'un œil philosophique ; les soldats, qui s'étaient décidément pris d'affection pour eux, les nourrissaient de bananes et de pain.

Désireux de prendre enfin du repos, Pa-Ramessou s'installa dans les appartements du prévaricateur. Leur luxe l'époustoufla : ce n'étaient que meubles d'ébène incrustés d'or et d'ivoire, peaux de bêtes, une orfèvrerie et une profusion de serviteurs dignes d'un roi. Il donna l'ordre de préparer un repas pour les membres du commandement.

Le faste de la table qui les attendait, lui et ses convives, dans la grand-salle du gouvernorat, face aux jardins, lui inspira une mimique obscène ; les militaires s'esclaffèrent. Il prit place et l'échanson lui servit un vin pâle et délectable dans un gobelet d'argent relevé de motifs en or. Quand il s'enquit de la provenance du vin, il apprit que les jarres arrivaient par bateau des vignobles du Bas Pays. Le gouverneur Sebakhepri appréciait décidément la bonne chère.

— Nous nous régalons donc avec les dépouilles de la corruption, déclara-t-il aux militaires, en tâtant d'une salade de poisson froid à l'okra.

— Le pire, mon prince, est que cette opulence a aussi financé l'armée que tu as défaite.

— Que *nous* avons défaite, rectifia Pa-Ramessou.

— Mon prince est généreux.

— Nous sommes tous au service de mon divin père. Veillez à ce que les soldes aussi soient généreuses. Mais je ne veux pas de pillage. Tous les biens de ce pays appartiennent aux sujets du pharaon, et ceux qu'ils auront volés seront restitués au Trésor. Je veux que, demain, les scribes établissent exactement le montant des rapines de Serachebès, d'Osekhrou, de Sebakhepri et de tous les autres grands voleurs de ce pays. Ce rapport devra être adressé par courrier rapide aux vizirs Pasar et Nebamon. Je veux, par ailleurs, que vous choisissiez tout de suite les hommes qui vous paraissent les plus dignes de remplacer les gouverneurs et les commandants des garnisons du Vautour et de Bouhen. Épargnez cependant le malheureux commandant à qui nous avons rendu visite, il m'a paru de bonne foi, et il ne faut pas qu'il soit puni de nouveau parce qu'il était victime. Cela doit être fait avant notre retour à Ouaset.

— Mon prince a décidé d'arrêter ici les opérations ?

— Oui. Je pense que la défaite qu'ils ont subie aura maintenant calmé les ardeurs des rebelles. Les nouvelles sont en train de se répandre jusqu'au pays de Koush. Inutile de nous exposer à de nouvelles pertes. Mais je veux aussi que nous déléguions à chacun des commandants de garnison une force armée d'environ mille hommes pour décourager toute reprise de la rébellion. Nous avons assez de troupes pour cela.

— Oui, mon prince, répondirent de concert les généraux Imenir et Aâmedou, impressionnés par la maîtrise de la situation d'un corégent qui n'avait après tout que quinze ans.

— Je veux enfin que les gouverneurs que vous aurez nommés enquêtent sur les complicités des gros propriétaires de la région qui auront financé l'insurrection. Il n'y a pas que ceux que nous avons arrêtés, j'en suis sûr.

Les généraux Aâmedou et Imenir hochèrent la tête.

— Enfin, conclut Pa-Ramessou, je veux que les nouveaux gouverneurs établissent la part de responsabilité des grands-prêtres des temples locaux dans les désordres de ces derniers temps. Et qu'ils vérifient que d'autres influences détestables ne se sont pas exercées.

Il chercha le regard du lieutenant Horamès et le trouva. Le père de Ptahmose avait-il compris à quelle influence se référait son maître ? Il demeura cependant impassible.

— N'oubliez pas d'envoyer un message au vice-roi, pour le prévenir que l'ordre est rétabli. Et de promouvoir les deux lieutenants qui sont venus me secourir à la fin des combats, ajouta Pa-Ramessou.

Quand les maîtres du commandement se furent retirés dans leurs chambres, le majordome de l'ancien gouverneur vint demander à Pa-Ramessou, en susurrant avec obséquiosité, si le prince souhaitait la compagnie de l'une des almées de la maison.

Le gredin Sebakhepri avait donc poussé la folie des grandeurs jusqu'à entretenir un pavillon de concubines dans sa demeure.

— Non, répondit-il. Mais va de ma part offrir leurs services aux deux lieutenants qui m'ont sauvé la vie aujourd'hui.

Et quand le majordome fut sorti, Pa-Ramessou sourit dans sa barbe. Un sentiment inconnu pointait en lui. Il ne parvenait pas à savoir s'il en tirait de l'agrément ou du souci.

Le matin, les généraux vinrent lui demander ce qu'il fallait faire des prisonniers. Il y en avait près de cinq mille.

— Relâchez-les, ordonna-t-il.

Ils n'en crurent pas leurs oreilles.

— Je l'ai déjà dit, ce sont des sujets de Sa Divine Majesté. Vous n'allez tout de même pas les vendre en esclavage ? On ne peut même pas les fouetter. Et d'ailleurs, ils nous coûteraient trop cher à nourrir.

Ils parurent ébranlés.

— Ce sont eux qui cultivent les terres de ce pays. Si vous les en arrachiez, c'est nous que vous appauvririez.

Ce dernier argument les convainquit. Pa-Ramessou consentit toutefois à ce qu'un millier de mercenaires étrangers, venus de l'extrême sud, au-delà de la cinquième cataracte, fussent emmenés à Ouaset comme prisonniers ; il savait que cela flatterait l'amour-propre des troupes, car que sont des vainqueurs qui reviennent sans captifs ?

Pour un jeune homme de quinze ans, le fils de Sa Majesté montrait décidément autant de sagesse que d'autorité. Il ne s'alloua comme butin que l'argenterie du gouverneur et les quatre guépards qui peuplaient les jardins ; les félins n'étaient pas aussi farouches qu'on eût pu le craindre, et ils se laissèrent glisser des colliers et mener en laisse. Quant aux éléphants et aux lions, il proposa de les laisser sur place ; aucun volontaire, d'ailleurs, ne s'était offert à placer un collier au cou des fauves. Mais il en alla autrement des éléphants. À la fin, l'avis du général Aâmedou prévalut : le spectacle de ces géants inconnus ne pourrait que flatter le prestige de l'armée, revenue de son combat contre les rebelles du Koush mystérieux.

— Si vous prenez les guépards et les éléphants, observa alors l'intendant des jardins, pourquoi ne prenez-vous pas aussi les chimpanzés ?

— Les quoi ?

— Les chimpanzés. Venez, je vais vous les montrer.

Pa-Ramessou et l'état-major suivirent l'intendant aux jardins ; celui-ci se fit apporter un sac de fruits secs et des bananes, puis sortit sur le perron et frappa trois fois des mains. Soudain une demi-douzaine de créatures velues bondirent des arbres et accoururent vers lui. Il leur lança des fruits secs et distribua les bananes. Pa-Ramessou était fasciné :

— Ils sont apprivoisés ?

— La nourriture apprivoise tous les êtres vivants, mon prince.

Il lança un cri modulé et les trois chimpanzés du premier rang vinrent lui baiser les pieds. Les officiers éclatèrent de rire. La leçon était un peu subversive, mais personne ne s'y attarda.

— Bon, conclut Pa-Ramessou, on emporte aussi les chimpanzés. Et toi de même.

Ce fut au tour de l'intendant de sourire.

— Tu commandes aussi aux lions ? demanda le général Imenir.

— Oui, seigneur. Je les ferai monter dans un chariot et les garderai sous ma surveillance, ils iront jusqu'à Ouaset sans problème.

— Alors on emporte aussi les lions.

Ces aspects frivoles des campagnes militaires déconcertèrent Pa-Ramessou, mais il se garda de le montrer.

Avant le départ, le lieutenant Horamès l'approcha et lui dit avec un sourire entendu :

— L'autorité de mon prince et général est le joug le plus doux qu'un militaire puisse rêver. Elle dispense à ses soldats des lotus comme butin.

Pa-Ramessou apprécia la tournure du remerciement pour la nuit de volupté offerte au père de son rival. Il posa simplement la main sur l'épaule du lieutenant. Le geste public valait une promotion.

Et dire qu'il avait jadis vu fouetter cet homme !

Le retour à Ouaset fut exactement comme l'avait prévu Pa-Ramessou : le défilé de l'armée dans la grande rue et jusqu'à l'esplanade menant au Palais rameuta toute la population de la ville. Les enfants couraient pour admirer le jeune corégent debout sur son char, dans la fanfare des trompes, et entouré de quatre animaux fabuleux, que la plupart n'avaient jamais vus. Le défilé des éléphants, chacun chevauché par un chimpanzé, les deux lions allant au pas sous la conduite de l'intendant, puis le millier de prisonniers exotiques, noirs et luisants de sueur, sans doute des esclaves d'Apopis, fouettèrent l'enthousiasme jusqu'à la frénésie. Le fracas des chars et les mines triomphantes des cavaliers exaltèrent le délire. Si l'on n'était ce jour-là citoyen de Ouaset, on n'était rien.

De l'arrivée dans la cour du Palais à la réception des vainqueurs par Séthi, but ultime de tout militaire, le cérémonial fut à l'égal : éloges et discours, évidemment démesurés, fêtes et redoublement de servilité des fonctionnaires subalternes.

Outre ses parents, Thïa et Imenemipet furent les seuls auprès de qui Pa-Ramessou trouva un accueil dicté par la seule affection. Dès qu'il pénétra dans le palais de son père, il reconnut Imenemipet au premier rang de la haie des courtisans ; son visage s'éclaira. Contrevenant au protocole, le secrétaire s'élança vers son maître ; proche des larmes, il le serra dans ses bras avec une force qu'on eût dit amoureuse, puis lui baisa les mains. Pa-Ramessou en fut ému ; devant la petite foule assemblée, il lui rendit son étreinte. Les yeux de Thïa aussi étaient humides. Mais l'ancien précepteur était désormais son beau-frère, et ses effusions étaient plus conformes aux usages.

Ces deux-là n'attendaient aucune récompense ; ils étaient simplement comblés de voir revenir leur prince, de surcroît couvert de gloire.

Escorté de Thïa et d'Imenemipet, Pa-Ramessou se rendit ensuite à la salle du Conseil royal, au premier étage. Nebamon, vizir du Sud, Pasar, récemment promu vizir du Nord, le maître du Trésor, les généraux Imenir, Aâmedou et d'autres militaires de haut rang qui, eux, n'avaient pas participé à l'expédition, attendaient sur des sièges, face aux deux trônes sur une estrade, l'un plus petit que l'autre, comme l'exigeait le protocole ; ils se levèrent pour l'accueillir, puis Séthi entra et la séance commença. Ce fut le retour à la réalité : la campagne dans le Haut Pays avait été un moment héroïque et, maintenant, Pa-Ramessou le savait, il devait affronter des gens qui se demandaient si le corégent était vraiment aussi précoce et prodigieux qu'on se plaisait à le répéter dans les cercles du pouvoir. Beaucoup d'entre eux, il le savait, s'emploieraient à débusquer la vérité dans les récits des généraux. Il laissa donc Imenir et Aâmedou faire les exposés.

Il fut satisfait :

— Lors du premier affrontement, la ruse imaginée par le corégent consistant à mettre le feu aux champs d'où les archers embusqués tiraient sur nous fut décisive, déclara Imenir. Dans le second affrontement, où les insurgés avaient tiré la leçon de l'emploi du feu et dressé une barricade de broussailles enflammées pour nous barrer la route, l'autre ruse fut également décisive. Elle consista à repousser ce mur de flammes à l'aide de branches très longues, pour y ménager une trouée où nos chars pourraient foncer.

— Dans le premier cas, observa l'un des chefs du commandement, vous n'aviez affaire qu'à de faibles forces, n'est-ce pas ?

— Oui.

— Deux ou trois milliers d'hommes auraient-ils pu ralentir une armée aussi puissante que la nôtre ?

— Oui, car ils étaient embusqués. Mais la ruse du prince nous a permis d'en avoir raison en quelques heures, quasiment sans perte d'hommes. Nous avons gagné un temps considérable.

L'autre ne parut pas satisfait.

— Dans le second cas, quel avantage vous a offert la trouée ?

— Elle nous a également fait gagner un temps précieux. Elle a précipité les événements et encouragé les Nubiens à foncer à travers cette trouée. C'est alors que nos plans tactiques nous ont permis de les prendre en tenailles et de les décimer.

— Ces plans étaient-ils ceux du prince ?

— Non, c'étaient ceux du haut commandement, approuvés par lui. Le succès des archers qui avaient repris l'idée du prince, celle d'envoyer des flèches enflammées sur les ennemis, a sans nul doute accéléré notre victoire.

— Mais vous n'avez pas participé aux combats ?

La question frisait l'insolence.

— Le prince en personne a combattu les insurgés et il y a subi une grave estafilade à la cuisse, entre autres blessures, répliqua le général Aâmedou excédé, pointant le doigt vers le pansement sur la cuisse du corégent.

— Il suffit, nous sommes satisfaits, coupa Nebamon. Majesté, avec votre consentement, nous serions heureux d'entendre l'opinion du corégent sur la situation du Haut Pays.

Pa-Ramessou se pencha vers l'audience :

— Le gouvernement de mon divin père a été affaibli dans la région par la faute d'hommes enivrés par le pouvoir et enrichis par le vol. Je veux parler des gouverneurs. Ces gens-là puisaient dans les ressources de l'État pour payer des milices privées et affaiblissaient les garnisons. La caserne du Vautour ne comptait ainsi que cinquante hommes mal équipés, alors que la première milice que nous avons défaite comptait, elle, trois mille hommes et la seconde, à Bouhen, douze mille. Douze mille hommes armés ! tonna Pa-Ramessou.

Il fit une pause, pour laisser à ses mots le temps de se graver dans les esprits.

— Le gouverneur Sebakhepri, qui vivait dans un palais et un luxe inouïs, avec un pavillon de femmes, reprit-il, a volé quinze mille boisseaux de méteil dans les entrepôts royaux, et ce n'est certainement pas la seule de ses rapines. Les autres gouverneurs en font de même. Je ne serais pas étonné que certains gros propriétaires, tel Serachebès, que nous avons arrêté…

— Pourquoi l'avez-vous arrêté ? interrompit Séthi.

— Il est l'un de ceux qui finançaient les milices privées, intervint le général Imenir. Il a déclaré qu'il ne reconnaissait pas le pouvoir royal, il a insulté le prince corégent et il nous a traités de sauterelles.

Une rumeur scandalisée s'éleva.

— Et que proposes-tu pour remédier à cette situation ? demanda Séthi.

— J'ai destitué les gouverneurs et les commandants de garnisons coupables, répondit Pa-Ramessou d'un ton ferme. Notre autorité là-bas ne sera garantie que par notre présence militaire. Je propose de porter le nombre de soldats à mille par garnison.

— Cela coûtera cher, observa le maître du Trésor.

— Non : les frais seront, à mon avis, entièrement couverts par les richesses que nous avons récupérées.

Le maître du Trésor ne parut pas convaincu ; c'était exactement la réaction qu'espérait Pa-Ramessou : il fit signe au Premier chambellan. Quelques instants plus tard, des esclaves apportèrent les coffres saisis au gouvernorat de Bouhen.

— Qu'est cela ? demanda Nebamon, intrigué.

Quand les six coffres eurent été déposés devant l'estrade, aux pieds du pharaon, Pa-Ramessou descendit et en souleva les couvercles l'un après l'autre. Séthi tendit le cou, incrédule. Le vizir et les autres se levèrent de leurs sièges pour plonger leur regard dans ces fortunes.

— Par Baâl ! s'écria Séthi en donnant un coup sur l'accoudoir de son trône.

— Cela, père divin, dit Pa-Ramessou, est l'argent qui a été volé au Trésor pour financer la sédition contre ton règne solaire !

Il referma les coffres dans un claquement sec.

— Êtes-vous convaincus ? demanda-t-il à ses auditeurs.

Et il remonta s'asseoir sur son trône.

— C'est grâce à mon fils bien-aimé que le scandale a été découvert et que nos ennemis ont été vaincus, déclara Séthi. Je le charge de rétablir l'ordre dans les provinces minées par la sédition.

Et il se leva. L'estrade ne comptait que trois marches, mais les chambellans durent le soutenir sous les coudes pour l'aider à les descendre. Séthi semblait fatigué ces derniers temps.

Demeuré seul avec les membres du cabinet et les militaires, Pa-Ramessou annonça que ses décisions intéressaient d'abord le vizir du Sud, Nebamon ; il ordonna l'envoi immédiat de trois commissions : l'une de scribes du Trésor pour faire l'inventaire des détournements et récupérer les fonds illicites, l'autre d'enquêteurs pour désigner les meneurs de la sédition et la troisième de juges pour renforcer la Grande Maison, c'est-à-dire le tribunal, de la région et sanctionner les coupables.

— Cela sera fait, grand prince, promit Nebamon.

Enfin, Pa-Ramessou ordonna que les deux lieutenants qui lui avaient sauvé la vie fussent élevés au rang de lieutenants généraux adjoints. Belle promotion : l'un des deux s'élèverait au rang supérieur, celui de maître des Écuries, l'un des plus prestigieux de l'armée. Les critiques et les sceptiques avaient été réduits au silence.

La séance fut levée.

— Nul ne doute plus, mon prince, que tu ne détiennes la réalité du pouvoir dans ce pays, lui murmura Thïa alors qu'ils se dirigeaient vers la sortie.

— Toi aussi tu as trouvé mon père fatigué, dit Pa-Ramessou en élidant les étapes entre ces propos.

Thïa ne répondit d'abord que par un soupir.

— Je voulais parler de ton énergie et de ton sens de l'organisation, dit-il enfin.

— Mais, moi, j'ai entendu aussi ce que tu n'as pas dit.

Le luxe et le calme du nouveau palais semblèrent irréels après les tumultes des derniers jours, la boue ensanglantée, la folie du massacre, le spectacle de l'humiliation et de la haine, l'omniprésence de la mort et l'ombre écrasante du pouvoir royal. Le premier soir, Pa-Ramessou retrouva cependant le sentiment déroutant qu'il avait éprouvé à Bouhen au soir de la victoire sur l'insurrection. Il tenta de le définir et lui trouva un goût à la fois amer et vivifiant. L'amertume émanait d'un certain désenchantement et l'effet vivifiant, d'une confiance nouvelle en soi.

La première nuance l'étonna : il revenait à Ouaset couronné de gloire, et il aurait pu en escompter une douce ivresse. Mais il n'était pas grisé. La gloire dessinait trop bien les limites de son pouvoir. Il se vit comme s'il se considérait de l'extérieur, jeune héritier d'un royaume qui était l'objet de convoitises, au nord, au sud, à l'est et à l'ouest, et soumis à la volonté d'un père qui déclinait.

Un domestique chamarré.

Il se souvint alors des almées oubliées dans les préparatifs de la campagne dans le Haut Pays. Après le dîner avec Thiyi, son époux Thïa et Imenemipet, l'euphorie procurée par le vin ne le disposa pas au sommeil ; au contraire, elle le repoussa. Peut-être la pleine lune contrariait-elle ses cycles ordinaires : ne disait-on pas qu'elle commandait la fécondité des femmes ? Il appela Imenemipet :

— Ces almées que m'avait adressées Hormin sont-elles toujours au Palais ?

— Oui, grand prince.

— Tu les as donc vues ?

— Oui, grand prince.

— Comment sont-elles ?

— Exquises, grand prince. Des dattes à peine mûres sous les branches.

— Comment s'appellent-elles ?

— Néfertari et Isinofret.

— Des noms de dattes, en effet.

Imenemipet retint un gloussement.

— Je ne suis pas d'humeur patiente.

— Je le regrette, grand prince.

— La nature humaine est misérable.

— Mon prince est bien jeune pour le savoir.

Pa-Ramessou venait de trouver la clé de son mystérieux désenchantement.

— Elle manque de richesse, d'imagination... On a parfois envie d'offrir à leur *ka* un plat de fèves pour les nourrir.

Imenemipet ne rit pas ; il devint grave.

— J'ai vu des milliers d'hommes s'affronter, Imenemipet. J'ai eu parfois l'impression de deux armées de rats qui s'affrontaient.

— Les sujets de mon prince ne peuvent pas tous avoir sa vigueur ni sa hauteur de *ka*.

— Pourquoi suis-je différent ? Le sais-tu ?

— Je ne peux pas tout savoir, mon prince. Ma science se borne à constater les évidences. Peut-être l'esprit de Horus est-il descendu en toi en même temps que celui de Rê à ton couronnement. Il lui aura donné des ailes.

Pa-Ramessou se rappela l'extase extraordinaire qui l'avait transporté lors du couronnement de son grand-père et de celui de son père.

— Et serai-je toujours mécontent comme je le suis ?

— Non, ta déception provient de ta bonté. Tu avais espéré que tes sujets te seraient semblables. Tu te retrouves seul. Tu domineras ce sentiment.

— Comment sais-tu ces choses-là ? Tu n'étais qu'un petit scribe aux pieds terreux quand je t'ai connu et, maintenant, tu as la lumière.

— C'est l'amour que je porte à mon prince. À l'observer, j'ai appris à l'aimer, c'est-à-dire à le connaître.

— La connaissance est-elle l'amour ?

— Elle le guide.

Pa-Ramessou demeura songeur un instant.

— Prie l'une de ces almées de me rejoindre.

Quelques moments plus tard, une forme féminine presque immatérielle se glissa dans la chambre. Un mystère drapé de lin souple et plissé, qui s'immobilisa à la porte.

— Bienvenue, dit Pa-Ramessou. Comment t'appelles-tu ?

— Néfertari, mon prince.

Elle entra.

17

L'éveil des orteils princiers

La beauté confère-t-elle une autorité ? Ou bien la rend-elle évidente ? Ou bien encore n'y a-t-il de beauté qu'associée à l'emprise immédiate et naturelle qu'elle exerce sur les esprits ?

Ces questions se bousculèrent dans la tête de Pa-Ramessou en l'espace d'un souffle. Elles cédèrent promptement à l'évidence : Néfertari n'était pas une femme pareille à celles qui s'évertuaient à meubler leur ennui au palais des Concubines. À son entrée, il se leva et l'invita à s'asseoir.

— Pas tant que mon prince est debout.

Il s'assit donc et la détailla des yeux : la sveltesse juvénile du corps et le charme lisse du visage – une amande fraîche – eussent retenu le regard le plus jauni d'amertume, laquelle n'affligeait pas celui du jeune prince : Néfertari se distinguait par son port et son expression. Elle était à la fois altière et amène. Elle aussi le détaillait.

Elle ne parlerait pas la première, il le savait.

— Je suis heureux de te connaître.

— Je suis heureuse que les armes aient enfin laissé à mon prince le loisir de m'accorder son attention.

Il admira la finesse de ses attaches. Puis il se dit qu'elle était son égale. C'était la première jeune fille dont il le pensait.

— Veux-tu un verre de vin ?

— Si mon prince en boit, je le partagerai avec lui.

Il emplit deux gobelets – de ceux qu'il avait confisqués dans le mobilier du gouverneur de Bouhen.

— La soirée est douce. Veux-tu que nous allions sur la terrasse ?

— Je suivrai mon prince où il le veut.

Ils prirent leurs gobelets et sortirent s'accouder à la balustrade de la terrasse. Leurs regards, baignés de nuit, se perdirent dans la perspective des jardins et au-delà du Grand Fleuve, puis revinrent l'un vers l'autre. Ils ne se distinguaient que dans la lueur des torches accrochées aux murs du rez-de-chaussée.

— J'apprécie l'étiquette, dit-il, car elle permet à chacun de garder sa place sans effort. Mais je déplorerais qu'elle me prive de tes pensées.

— Je le comprends, répondit-elle avec un brin d'enjouement, car la présence de mon prince ne me donne que des pensées aimables.

Elle avait donc de la repartie.

— Que vois-tu ?

— Je vois un jeune homme comblé par les dieux et qui, dans sa gratitude, les comble en retour. Son génie militaire chasse le désordre dans le royaume de son divin père, son esprit civil s'inquiète sans doute de ne régner que sur son peuple.

— Que veux-tu dire ?

— Que la gloire est solitaire.

— Comment le sais-tu ?

— J'ai observé mon père.

— Qui est-ce ?

— Il était un de nos vaillants lieutenants dans les campagnes contre les Hattous.

— Il était seul ? Mais ta mère ?

— Elle est morte dans ma jeunesse. Il avait pris une autre épouse, mais il m'a dit un jour : « Elle est douce et dévouée, mais elle ne m'a pas connu dans ma jeunesse. Elle ne voit qu'un mari, pas un ami. »

— Mais qui donc a consenti à ta venue à Ouaset ?

— Mon oncle, qui était dans le même corps que lui.

Il lui demanda son âge : elle était d'un an au moins plus jeune que lui et née dans le Haut Pays. L'idée vint à Pa-Ramessou de caresser les seins petits et ronds qui pointaient sous la robe, mais la conversation les avait placés sur un autre registre que celui qu'il avait d'abord imaginé. Un tel geste aurait manifesté une faiblesse concupiscente. Le désir de parler avec Néfertari prit le pas sur l'autre et il s'en trouva une fois de plus surpris.

— Viens dîner demain, dit-il, conscient qu'il ne maîtrisait pas la situation.

L'invitation équivalait à un congé, mais elle l'accueillit avec une expression égale. Elle prit son gobelet et le reposa sur le guéridon, près de l'aiguière. Geste singulier : elle n'avait replacé que son gobelet à elle ; sans doute signifiait-il qu'elle ne voulait pas présumer des intentions de son hôte ; peut-être désirait-il boire son vin en solitaire sur la terrasse. Quand elle fut sortie, il s'interrogea sur sa propre retenue et y reconnut de la fierté. Il aspirait à ne plus être celui-qui-désire, mais à être désiré.

Il finit par s'endormir en rêvant à elle, sans savoir si c'était à son corps ou à elle-même, au plaisir ou bien à une relation.

Au réveil, comme chaque matin depuis son retour du Haut Pays, les domestiques lui amenèrent les guépards et les écuelles contenant leur pâtée. Il tenait, en effet, à les nourrir lui-même. C'étaient des êtres parfaits : ils se suffisaient de leur condition d'animaux sauvages, ils concédaient leur fidélité et leur affection à qui les nourrissait et les traitait avec douceur. Leur majesté souple et dédaigneuse le confondait, et il comprit pourquoi tant de dieux dans le panthéon de son pays portaient des têtes d'animaux.

La journée du lendemain fut absorbée par un long entretien de Séthi avec les architectes du temple en construction à Abydos, puis avec Didia, maître des artistes qui graveraient et peindraient les bas-reliefs. Une ultime révision des textes avec les scribes fut faite. Entre-temps étaient parvenus à Ouaset les premiers rapports des comptables sur les prévarications commises par les meneurs de la sédition.

— Quelle peine le divin roi prévoit-il de leur appliquer ? demanda Pasar.

Séthi se tourna vers son fils :

— Quel est ton sentiment ?

— La mort serait la peine convenue dans leur cas. C'est à coup sûr celle à laquelle s'attendent les populations et les coupables eux-mêmes. Je serais, moi, partisan d'une peine plus cruelle : les condamner à finir leurs vies dans l'indignité.

Séthi, Pasar, Nebamon et les scribes levèrent la tête, décontenancés.

— L'indignité ? répéta Séthi.

— Les gouverneurs et les propriétaires infidèles avaient aspiré à la royauté. Mets-les au travail de la terre. La mort est brève. L'humiliation est longue. Le souvenir des cailles farcies les hantera quand ils seront réduits à des repas de fèves et d'oignons, et que le seul parfum qu'ils humeront jusqu'à leur dernier jour sera celui de leur propre sueur. Ils ne pourront même pas médire de toi qui leur auras accordé ta grâce.

Séthi sourit, puis éclata de rire. Les deux vizirs se trouvèrent de ce fait invités à en faire autant.

— Par Baâl ! Ta vengeance est pire que celle de Seth ! s'esclaffa le pharaon.

Quand le pharaon jurait, c'était toujours, en effet, par le nom du dieu hattou.

La décision fut donc inscrite par les scribes : les coupables auraient la vie sauve, mais seulement la vie.

La séance ayant été levée, Pa-Ramessou, dans la seule compagnie d'Imenemipet, convoqua l'un des scribes militaires, porteur d'un message spécial pour lui. En quittant Bouhen, il avait, en effet, chargé les militaires nouvellement affectés sur place d'enquêter sur Ptahmose. La réponse fut aussi claire et nette que celle du gouverneur Sebakhepri : le comportement de l'ancien rival avait été irréprochable. Il avait bien été approché par quelques séditieux de la région, pour leur céder une partie de l'or extrait en échange d'une commission et d'un poste influent quand ils emporteraient la partie. Mais il les avait rudement éconduits et avait même alerté la police du gouvernorat et renforcé les contrôles de la poudre d'or lavée et de celle qui était fondue.

— Cet homme est craint et respecté de tous, ajouta le scribe.

Le rapport laissa Pa-Ramessou dubitatif. La vigilance de Ptahmose n'avait pas empêché les folles rapines d'un Sebakhepri. Dans le meilleur des cas, ce prétendant évincé avait été un songe-creux.

Vint l'heure de la sieste et Pa-Ramessou songea avec nostalgie à ses excursions d'enfant dans les entrailles du monstre qu'était le palais paternel. Il avait alors eu soif de savoir. Maintenant, il en savait assez. Vient-il un temps où l'on en sait trop ?

La présence de Néfertari au dîner surprit à peine Imenemipet. Thiyi et Thïa étaient absents, recevant chez eux ce soir-là. Pa-Ramessou s'enquit des loisirs de Néfertari.

— Celles qui le désirent peuvent prendre des leçons de musique ou de religion, répondit-elle.

— Lesquelles as-tu choisies ?

— Les deux, mon prince.

L'étonnement de Pa-Ramessou appelait une explication.

— Ce sont des aspects différents du même exercice, mon prince. La musique exalte le cœur et l'étude de la religion enrichit l'esprit. L'une et l'autre exaltent le *ka* et le libèrent des tourments ordinaires.

Même Imenemipet fut surpris de la réponse.

— Que sais-tu des tourments ordinaires ? demanda Pa-Ramessou.

— Je craindrais que leur description ennuie mon prince.

— Non. Parle.

— Le plus fréquent de ces tourments est causé par le temps qui passe, dit-elle en surveillant l'expression de Pa-Ramessou. Les fruits mûrissent, certains sont mangés, d'autres tombent au sol. Nul ne mangera ceux-là, sinon les oiseaux, les scarabées ou les vers.

Elle observa une pause.

— Chaque être est une maison. La solitude est une maison vide. Pourquoi l'est-elle ? Quel est son défaut ? Avec le temps, elle se change en sépulcre.

Pa-Ramessou avait écouté avec un étonnement grandissant ces réflexions sur l'angoisse de la mort et de la solitude. Non seulement Néfertari n'était pas une concubine, mais encore était-elle une femme comme il n'en avait jamais vu. Il évoqua brièvement ces almées qui se fanaient lentement dans le palais des Concubines, mais Néfertari avait repris :

— La musique et l'étude des religions apprennent à s'élever au-dessus de ces inquiétudes, mon prince. On apprend que le *ka* trouvera toujours sa demeure céleste, dans la lumière de Rê.

Elle leva les yeux vers Pa-Ramessou et il y lut un défi calme et une interrogation, comme si elle avait dit : « Voilà ma vie. Es-tu satisfait ? » Il soutint le regard et adoucit le sien. Il l'invita à goûter des figues confites dans du vin avec des pétales de rose. Elle en saisit une du bout des doigts, la savoura et dit :

— Elles sont exquises, mais moins que la présence de mon prince.

Il rit et la gaîté générale dissipa la gravité qui avait jusqu'alors prévalu. Intuitif comme toujours,

Imenemipet requit la permission de s'absenter. Pa-Ramessou et Néfertari demeurèrent tête à tête.

— Si tu désires poser des questions, je serai heureux de les entendre, dit-il.

— Mon prince est généreux. Les questions sont pareilles à des abeilles. Ta présence est une fleur au soleil. L'abeille a suspendu sa recherche.

Pa-Ramessou eut le sentiment que ces échanges de courtoisies et de paraboles de soir en soir augmentaient la distance entre eux.

— Les mots sont pareils à des voiles, dit-il. Plus nous parlons, plus nous sommes enveloppés. Bientôt, nous serons pareils à des momies et nous ne verrons plus que nos yeux l'un de l'autre.

L'image amusa Néfertari et suscita un long sourire.

— Je n'ai pas l'intention de laisser ce fruit aux oiseaux, ni aux scarabées ni aux vers, dit-il.

Elle baissa les yeux.

— L'heure te convient-elle ?

— Elle est désirée, répondit-elle simplement.

Depuis sa première expérience d'un autre corps, Pa-Ramessou n'avait fait que prendre, comme un paysan qui ramasse à pleines mains les pommes, les melons et les raisins sur un étal, les mange et passe à d'autres tâches. Il fut surpris : pour la première fois, une femme, enfin, pas encore, explorait son corps. De la poitrine aux pieds, elle le découvrait en même temps qu'il caressait et léchait celui qui lui était donc offert. Elle était évidemment vierge ; il appréhenda la déchirure. Mais les gestes de Néfertari l'informèrent qu'elle connaissait la suite du rituel. Un cri, longuement ravalé, un raidissement du corps et de l'expression, puis l'abandon. À court de souffle, elle lui vola le sien. Les lèvres plaquées contre celles de son amant, elle but l'air qui lui manquait. Un corps d'homme était en elle, là où sans doute naîtrait un enfant. Cela ressemblait à un meurtre, c'était un labour. Il l'explorait ardemment, rythmiquement. Et tout à coup, elle détacha ses lèvres, un séisme accompagné d'un orage intérieur la dévasta. Elle s'accrocha aux épaules de l'homme. Un moment plus tard, elle retomba, inerte.

Le sang s'était mélangé au sperme, songea Pa-Ramessou.

Il la libéra.

Ils n'avaient pas échangé un mot. Ils avaient ainsi préservé leur nudité.

Dans la pénombre que diluait la clarté rousse d'une lampe à huile, elle posa la main sur le visage de son amant. Il en baisa le creux et la posa sur sa poitrine.

— Les *ka* ont donné une fête, murmura-t-elle.

Et elle s'endormit.

Elle dormait encore quand il se leva, partit aux ablutions et gagna l'autre palais pour assister au conseil du matin. Il avait donné des ordres à Imenemipet pour que son personnel fût au service de l'élue qui occupait ses chambres.

Il savait qu'avant midi, les trois palais seraient informés du nom de la future épouse princière.

Le lendemain soir, Néfertari fut priée à dîner à la table de Séthi. Singulièrement, ce fut Thouy qui rayonnait le plus. L'invitation en elle-même scellait le choix du corégent, mais la reine officialisa l'événement en offrant à la jeune femme un collier de turquoises et de corail au centre desquels trônait un grand péridot sculpté en forme de scarabée ; surnommé « émeraude du soir », le péridot possédait la propriété de protéger et de purifier le corps, et le scarabée était signe d'éternité ; Thouy ne pouvait mieux exprimer l'hommage et l'intérêt qu'elle rendait à la jeune fille. Et quand le corégent et sa compagne regagnèrent leur palais, un porteur d'éventail escorta Néfertari, privilège qui consacrait son rang. Tout était dit.

Ils ne furent pas plutôt dans leur chambre que Pa-Ramessou déshabilla celle qui était désormais sa femme et la prit dans ses bras. Elle feignit d'être surprise par ses caresses et ses baisers :

— Tu veux déjà du lait ? Tu embrasses déjà ton enfant ?

Mais elle ne put en dire beaucoup plus, car il chauffait comme un tison. Et elle était, il le découvrit, aussi prompte que lui à s'embraser. Il s'était délié de sa réserve. Il se jetait dans la première conquête amoureuse de sa vie comme dans une campagne, d'autant plus ardente qu'il se découvrait, lui, objet désiré. L'immatérialité de Néfertari n'était, elle aussi, qu'un voile. Sans doute avait-elle beaucoup rêvé au corps de son amant, car elle se l'appropriait avec fougue et finesse. Il frémit ainsi comme une femme quand elle lécha sa blessure à la cuisse, qui cicatrisait depuis peu, mais restait sensible.

— C'est un vagin provisoire, lui expliqua-t-elle, faussement savante.

L'image valut à Pa-Ramessou une crise d'hilarité.

— Tu es fier de ta virilité, reprit-elle, mais ta beauté est aussi dans sa féminité.

Le rire s'éteignit :

— Moi ?

— Tu es comme la déesse Neith. Les livres sacrés disent qu'elle est une femme agissant comme un homme et un homme agissant comme une femme.

Le moment ne se prêtait pas à l'approfondissement d'une question aussi mystérieuse. Les choses se passèrent d'ailleurs selon les lois du corps. Mais Pa-Ramessou n'était pas au terme de ses surprises.

— Pourquoi baises-tu mes pieds ? demanda-t-il au déclin de leurs étreintes. Tu n'es pas mon esclave.

— Je les baise pour les éveiller, car tu les négliges. Ton corps n'est pas un tronc et ton *ka* habite jusqu'au bout de tes orteils. Aime-les comme tu aimes tes mains.

À l'aube, ils se retrouvèrent comme neufs.

— Je pense que seul notre enfant te tiendra hors de mon ventre, lui dit-elle.

Néfertari fut donc la première femme qui le fit rire. Elle l'instruisit aussi. Car Pa-Ramessou prit un plus grand soin de ses orteils. Il en fit minutieusement limer et polir les ongles par les domestiques des bains et racler et parfumer les plantes. De temps à autre, il repliait une jambe sous lui et se caressait songeusement le pied. Cela, constata-t-il, aidait à la réflexion. Néfertari avait raison : finalement, le rang des pieds était le même que celui des mains : ils permettaient de prendre possession du sol.

Comment Néfertari savait-elle donc ces choses ?

La maison de l'Épouse princière fut organisée sans tarder avec le concours des maîtres de la Garde-robe de la reine Thouy et du pavillon des Femmes. Pa-Ramessou s'y intéressa les premiers jours, mais les pépiements de ces dames et demoiselles et le remue-ménage du mobilier finirent par l'incommoder et il déjeuna le plus souvent avec les vizirs Nebamon et Pasar.

Cela ne changeait rien, le soir, au statut de ses orteils princiers auprès de Néfertari.

18

Tout homme est une citadelle

À force de joutes nocturnes, l'inévitable fut obtenu. Néfertari l'annonça à son mari dès la fin du deuxième mois, et ils affrontèrent ensemble une question : pouvaient-ils persévérer dans leurs activités amoureuses ?

Une conférence des médecins royaux fut organisée ; elle fut longue et aboutit, en premier lieu, à une querelle passablement hargneuse entre ces augustes autorités et, en second lieu, au fait que les jeunes époux se retrouvèrent savamment ignorants de la conduite à tenir. C'est ordinairement ce qui advient quand des gens débattent de sujets simples.

Un groupe de médecins, en effet, soutint que le commerce sexuel entretenait les esprits vitaux de la femme, nécessaires au développement du fœtus ; un autre objecta que l'intrusion d'un corps étranger dans le vagin exposait le fœtus à des chocs susceptibles d'entraîner une infirmité. Pa-Ramessou se demanda si les hommes de l'art se représentaient le membre mâle comme un manche à balai, mais ravala prudemment son commentaire. À la fin, ce fut l'avis de la nourrice de Thiyi qui prévalut ; il fut bref :

— Tant que cela va, cela va.

L'oracle pouvait, au pis, paraître idiot et, au mieux, énigmatique ; c'est souvent le cas des choses claires. Eu égard au rang des nouveaux mariés, la nourrice délabyrintha sa sentence :

— Au quatrième mois, le repos est plus agréable à la femme que l'agitation.

Un anneau d'or récompensa ses conseils.

Parallèlement, Séthi, assuré de sa descendance, semblait envahi d'un surcroît d'énergie. Non content d'ériger des monuments dans ce monde-ci, il préparait allégrement sa demeure dans l'autre. Depuis des semaines, les Conseils royaux portaient essentiellement, en effet, sur l'achèvement de son propre tombeau et du temple d'Amon. Il était alors dans la dixième année de son règne. Le temple fut doté de la plus grande salle hypostyle de la vallée du Grand Fleuve et somptueusement décoré et meublé. Séthi, Thouy, Pa-Ramessou, Néfertari et la cour descendirent l'inaugurer en grande pompe, et l'enchantement du pharaon frisa l'extase. Une fois rentré à Ouaset, il ordonna aux architectes d'en faire construire un autre à Napata, au pays de Koush.

Le quatrième mois de la grossesse de Néfertari touchait à son terme, et la future mère passa désormais le plus clair de ses journées allongée, en compagnie de ses dames de cour. Son ardeur nocturne ne fut bientôt plus qu'un souvenir et la tendresse se substitua à la fièvre de la passion. Elle souhaita même dormir seule, la soif ou la faim l'éveillant parfois en pleine nuit, interrompant ainsi le sommeil de son époux.

— Comment vivras-tu les cinq mois à venir ? demanda-t-elle un soir à Pa-Ramessou.

La question le prit de court. Était-ce bien à elle de la poser, et d'un ton aussi désinvolte ?

— Je serais contente que mon amie Isinofret me supplée, poursuivit-elle.

Il fut presque déçu ; il espérait au moins une pointe de jalousie.

— Je ne vois ni pour toi ni pour moi aucun bénéfice à ce jeûne-là, ajouta-t-elle.

Cela était vrai. Il se rappela que Néfertari était une femme de bon sens. La maîtresse des paraboles pouvait aussi être étonnamment directe.

— Si tu veux bien, conclut-elle, je la prierai à dîner ce soir avec nous.

Il se pencha pour déposer un baiser sur les lèvres de Néfertari. Elle lui avait enseigné l'art d'être économe de ses mots. Elle lui enseignait aussi la complexité du monde. Les gens n'étaient pas des soldats aux ordres, et il n'était pas tout-puissant. Il ne savait pas tout et ne pouvait pas tout prévoir. Être un mâle était bien beau, mais un homme, c'était une tout autre histoire.

L'entrée d'Isinofret dans sa vie inaugura donc une deuxième maturité.

L'arrangement fut évidemment connu des trois palais avant le dîner. Contrairement à ce qu'elle avait annoncé, Néfertari n'y assista pas. Étrangement, ce fut Thiyi qui présida moralement le repas, symbolisant de la sorte le consentement de ses parents à cette seconde union, d'ailleurs prévue de longue date.

Isinofret était aussi différente de Néfertari qu'un chat d'un chien. Sa sveltesse était celle de sa jeunesse, non de sa nature. Et son sourire, celui de la gaîté naturelle et non de la réflexion. Elle n'avait pris ni leçons de musique ni cours de religion : ses loisirs avaient été consacrés aux ateliers de tissage du Palais, où l'on confectionnait ces tissus de lin diaphane dont les cours étrangères raffolaient, mais qu'elles ne parvenaient pas à égaler. Elle aimait le vin et la plaisanterie, comme en témoignèrent ses rires argentins quand Pa-Ramessou déclara que les gens ne connaissaient pas leurs vrais dieux tutélaires et que celui de Hormin, par exemple, était le taureau Apis et, pour Pasar, le chien Oupouaout.

— Et moi, mon prince ? minauda Isinofret.

— Hathor dans sa jeunesse.

L'allusion était hardie, la jeune Hathor étant aussi lubrique que le dieu Mîn, mais Isinofret n'avait pas étudié la religion. Thiyi donna le signal des rires. Et puis celui du départ.

Les premières heures de la nuit confirmèrent la première impression de Pa-Ramessou. Néfertari était une caille rôtie, alliant le parfum éthéré de la sauge au tendre et troublant goût sauvagin du gibier. Isinofret était simplement un plat de fèves aux oignons. La muflerie de la comparaison ne lui enlevait rien de sa justesse. Pa-Ramessou tâta de la rouerie de Néfertari : elle avait deviné que son amie relèverait son charme. Il en sourit dans sa barbe. Toujours est-il que les plats plébéiens satisfont plus vite l'appétit que les mets raffinés, qui freinent la faim animale en flattant le palais.

Telle est d'ailleurs la fonction éternelle des vêtements féminins, qui titillent l'imagination masculine jusqu'à la consommation des actes, alors que des corps nus assouviraient rapidement les besoins. Pa-Ramessou se réveilla donc repu et content. Fille d'un dignitaire de l'Est, vassal de Séthi, sa compagne n'avait pas boudé son double plaisir d'une nuit avec un vaillant jeune homme et d'un ou deux coïts avec l'héritier du trône de Horus.

Était-elle vraiment vierge ? Question inepte : on l'est ou pas. Mais Pa-Ramessou s'était laissé dire dans des conversations de caserne que certaines distractions solitaires nuançaient la notion. Et bien que son expérience en la matière fût trop courte, le cri d'Isinofret lui avait paru quelque peu contraint. De toute façon, on n'arrête pas sur place un char en plein élan, et Pa-Ramessou avait donc passé outre à ses doutes.

Son premier souci, le lendemain matin, fut toutefois de rendre visite à Néfertari.

— Comment se porte ma princesse ? demanda-t-il, alors que deux dames d'atour ajustaient la perruque de sa Première Épouse.

Elle mesura sa finesse. La visite signifiait à la cour qu'elle conservait son rang, et cela même en disait long.

— Ta vue l'emplit de joie. Et quelle est la disposition de mon prince ?

— Il savoure depuis la veille le vin de ton esprit.

Les dames d'atour n'y comprirent évidemment rien. Mais les deux époux, eux, s'étaient tout dit. Néfertari sourit, le regard baissé.

— Les soldats, ajouta-t-il, apprécient la bière, mais les lieutenants préfèrent le vin.

Elle pouffa. Comparer Isinofret à la bière ! Il lui baisa la main avec un sourire entendu et s'en fut.

Au fil des jours, et surtout des nuits, l'assurance de la nouvelle élue s'affirma ; elle demanda ses appartements, ses dames d'atour et sa propre perruquière. Elle n'allait quand même pas partager celle-ci avec l'autre épouse. Pa-Ramessou chargea Thiyi et Imenemipet de satisfaire ces désirs féminins, mais exigea que les appartements requis se trouvassent à l'opposé de ceux de Néfertari.

Les voyages se multipliaient pour Pa-Ramessou.

En effet, Séthi commençait à les trouver fatigants. Ces longues heures de chevauchée mettaient le dos à rude épreuve, et les trajets en char étaient assourdissants. Bien qu'il avançât toujours en tête, la poussière et le soleil impitoyable l'incommodaient. Il avait donc commencé par en abréger un ou deux, puis il s'était entièrement déchargé sur son fils des entretiens avec les architectes et les sculpteurs, ainsi qu'avec les trésoriers chargés de payer les tailleurs de pierre et les ouvriers.

Pa-Ramessou fut donc absent des semaines entières.

Au retour de l'un de ses déplacements, il trouva les appartements de Néfertari fort agités : deux médecins et trois sages-femmes y gouvernaient un petit monde de domestiques. Thiyi l'accueillit à la porte :

— Elle est près d'accoucher.

Il alla caresser le front de son épouse ; quand il retira sa main, elle était moite.

Mais ce ne fut qu'en fin d'après-midi qu'elle cria. Ce fut déchirant. Une défloration de l'intérieur. Pa-Ramessou ne pouvait songer à autre chose. La terreur se peignit sur le visage d'Isinofret, accourue de sa chambre.

À la septième heure de l'après-midi, Pa-Ramessou fut appelé d'urgence au chevet de l'accouchée. D'un même regard, il embrassa le visage livide de Néfertari et le petit être que l'une des sages-femmes brandissait à bout de bras et qui vagissait à pleins poumons.

— Un garçon ! clama l'un des médecins, qui venait de couper le cordon ombilical.

Pa-Ramessou s'accroupit pour contempler son premier enfant, que les sages-femmes lavaient dans un baquet. Par Amon, cette créature était vraiment laide, mais il fut attendri. Thiyi, Thïa et Imenemipet l'entraînèrent hors de la chambre et croisèrent Isinofret, hagarde, qui leur demanda si Néfertari était vivante et fondit en larmes quand cela lui fut confirmé.

Le lendemain, la reine mère Thouy vint rendre visite à Néfertari et lui offrit un deuxième collier d'or, orné d'un Horus épervier aux yeux rouges.

— As-tu songé au nom que tu donneras à ton premier fils ? demanda-t-elle à Pa-Ramessou, après qu'on lui eut présenté le nouveau-né langé.

Et comme elle n'obtenait pas de réponse assez prompte, elle déclara :

— Je te propose Imenherounemef.

Cela signifiait « Amon est à sa droite ». Néfertari ayant acquiescé, Pa-Ramessou s'en remit à la décision des femmes. La nourrice déposa l'enfant dans ses bras ; les yeux du père et du fils se croisèrent – le corégent de l'un des royaumes les plus puissants et l'être le plus désarmé du monde. Pa-Ramessou fut troublé sans en deviner la cause. L'enfant bava, hoqueta et cria ; le père le rendit à la nourrice.

On ne peut pas tout le temps réfléchir à tout.

Cinq semaines s'écoulèrent cependant avant que Néfertari ne regagnât la couche princière. L'accouchement d'une épouse dicte une pause dans la vie d'un homme ; il lui signifie que les choses ne sont pas aussi simples qu'il l'avait cru. Non, il n'est pas le maître de son corps ni de celui de son épouse et encore moins de leurs corps conjugués ; cela va plus loin. C'était pour Pa-Ramessou un autre rappel des limites de sa puissance. Il ne pourrait être infiniment roi et puissant qu'allié à la divinité, non, fondu en elle. Seuls les éternels sont vraiment rois. Il songea une fois de plus à son nom royal, Ousermaâtrê.

Ce fut Isinofret qui fut donc dévolue à l'apaisement de sa soif génésique.

Quand elle se retrouva nue devant lui, elle fit beaucoup de manières. Elle se recula imperceptiblement quand il la prit dans ses bras, hésita à se laisser embrasser et à répliquer, se trémoussa un peu trop, esquissa une mine boudeuse et prit les airs de celle qui a quelque chose à dire. Il lui en fit l'observation.

— Je suis enceinte ! s'écria-t-elle, éplorée.

— Mais c'est une excellente nouvelle ! Depuis quand ?

— Plus d'un mois.

— Voilà qui devrait te réjouir.

— Je vais être comme Néfertari… Tu as vu comme elle a souffert !

— Elle n'a souffert qu'une heure. Et elle m'a donné son premier fils.

De toute façon, les dés étaient jetés. L'évocation du rang auquel elle accéderait par sa grossesse rendit quelques dispositions amoureuses à Isinofret. Pa-Ramessou, lui, se dit que Néfertari se serait rétablie quand il serait contraint de déserter la couche d'Isinofret. Il irait ainsi de l'une à l'autre selon les grossesses.

La condescendance humaine à l'égard de l'animal est éternelle : il ne sait ni écrire ni façonner des images, cela devrait suffire à la justifier. Depuis son enfance, Pa-Ramessou avait cependant recueilli assez de preuves que l'animal perçoit des signes imperceptibles à l'homme, qui lui permettent d'adapter son comportement. Quand il apprenait l'équitation, par exemple, il avait remarqué que son cheval était mystérieusement sensible à ses humeurs. Pendant le deuil de Pa-Semossou, l'animal avait été bien plus docile que d'habitude, mais quand son cavalier était joyeux, il se montrait vif et nerveux. Quels signes captait-il donc qui lui permettaient de juger d'une situation ? Pa-Ramessou l'ignorait. Mais il se prit à y songer plus longtemps que de coutume, un matin que le domestique lui avait amené les guépards et que ceux-ci, repus, s'étaient allongés à ses pieds. Il les observa et vérifia qu'ils percevaient l'approche d'un humain bien avant lui. Ils décelaient même l'arrivée d'Imenemipet, le seul familier de Pa-Ramessou avec qui ils eussent noué des liens de sympathie.

Lui aussi percevait des signaux, sans bien les définir. Quelque chose clochait dans son monde. Mais quoi donc ?

Certains messages des ambassadeurs en Asie et notamment de celui qui était en poste chez les Hattous lui semblaient refléter un souci. Ainsi, le roi des Hattous, Moursil le Deuxième, menait depuis quelque temps une politique d'alliances avec ses voisins, les pays de Lukka, Keshkesh, Kizzouwadna, Mitanni, bien que ses rapports avec eux eussent été longtemps tièdes ou hostiles. Que cela signifiait-il, sinon la volonté de construire une coalition contre le Pays de Horus ? En outre, le commandant de la citadelle de Qadesh se plaignait que les incursions des Shasous se faisaient de plus en plus fréquentes et audacieuses ; or, les Shasous étaient traditionnellement soutenus par les Hattous, qui s'en servaient pour des manœuvres de harcèlement. Autant de signes que les Hattous préparaient une offensive destinée à reprendre Qadesh et étendre leur présence jusqu'aux frontières du Pays de Horus.

Il s'en ouvrit d'abord aux généraux. Ceux-ci admirent que la situation était plus tendue qu'au cours des trois ou quatre années qui avaient suivi la prise de Qadesh.

— La vallée du Grand Fleuve est fertile, déclara le général Aâmedou. Elle a toujours excité la convoitise de l'Asie, comme nous l'avons vu il y a un siècle, sous le règne de ta glorieuse aïeule Hatchepsout, celle qui les chassa du pays. La puissance militaire de Horus agace les rois d'Asie, car ils y voient une limite à leurs conquêtes et surtout à celle de ce pays. Ils se souviennent de nos faiblesses passées et ils sont donc portés à vérifier sans cesse que nous sommes en état de les repousser.

— N'avez-vous pas alerté mon divin père ?

Là, Pa-Ramessou perçut l'embarras de ses interlocuteurs.

— Le sentiment de Sa Majesté est qu'il n'y a pas d'urgence, répondit à la fin le général Aâmedou.

Il eût été inconvenant d'insister.

Quelques jours plus tard, un message du commandant de Qadesh fit état de mouvements des troupes du pays de Noukashtché[1], au nord de la cité. Comme toujours, ce fut Pa-Ramessou qui en prit connaissance le premier, son père prétextant qu'il n'avait pas le temps de lire tous les messages du royaume. Désormais, il se déchargeait sur son fils de l'ensemble de l'administration militaire aussi bien que civile. Sur un ton qui reflétait plus le corégent que le fils docile, Pa-Ramessou aborda enfin le problème au Conseil du matin, en présence de Nebamon et des généraux, convoqués pour la circonstance.

— Divin père, voilà plusieurs semaines que nos ambassadeurs font état du rapprochement du roi des Hattous avec les pays voisins. Maintenant, le commandant de Qadesh s'inquiète de mouvements de troupes dans les parages de la citadelle. Un danger se profile à l'Est.

Séthi chassa des mouches réelles ou imaginaires d'un geste sec de son chasse-mouche en queue de cheval.

— Le chat ne se lève pas chaque fois que les souris s'agitent, répondit-il, d'un ton las et sous lequel perçait l'impatience. Les petits princes de Lukka, de Keshkesh, de Kizzouwadna et même de Mitanni ne seront jamais que des souris. Quant aux

1. Région de Syrie, entre Homs et Alep.

Shasous qui inquiètent le commandant de Qadesh, ce sont des guêpes. Il suffirait que nous apparaissions là-bas pour qu'ils courent chercher refuge. Il n'y a qu'une puissance réelle dans la région, c'est Moursil le Deuxième, le roi des Hattous. Nos ambassadeurs nous l'ont bien décrit : c'est un garçon intelligent et réfléchi. Il a retenu la leçon que nous avons donnée à son père Souppilouliouma : il est imprudent de nous chercher noise. Quand nous avons voulu reprendre Qadesh, nous l'avons fait, vous en êtes témoins. Ils le savent tous. Le harcèlement des souris vise seulement à savoir si nous sommes éveillés. Nous le sommes.

Le bon sens apparent de ce résumé ne rassura guère Pa-Ramessou :

— Il me semble, père divin, que les alliances de Moursil avec ses voisins n'augurent rien de bon.

— Je l'ai dit, Moursil est avisé, il me paraît préférer la paix avec ses voisins aux escarmouches perpétuelles. Tout événement, vois-tu, peut être considéré de deux façons opposées, répliqua Séthi, sur le ton du sage. Le cultivateur qui fait une récolte abondante peut se féliciter des bénéfices escomptés ; il peut toutefois s'alarmer et se dire que cette abondance de grain attirera les souris et les rats. L'homme expérimenté, lui, se dira que les rongeurs ont toujours été une menace, mais que les belles récoltes n'adviennent pas chaque année, et il se réjouira.

Un autre coup de chasse-mouche signala que la question était réglée : on n'envisagerait aucune mesure pour parer aux alliances de Moursil. Les généraux demeurèrent impassibles. Pa-Ramessou, lui, ne parvenait pas à effacer son expression soucieuse ;

peut-être ne le voulait-il pas ; il entendait ainsi signifier publiquement son inquiétude.

Le chef des scribes demanda si la séance devait faire l'objet d'un compte rendu. Pa-Ramessou secoua la tête : les informations résidaient dans les messages des ambassadeurs et des espions.

Soutenu par ses chambellans, Séthi descendit de son trône et tenta d'affermir son pas avant de quitter la salle.

L'évidence se présentait dans sa cruauté : l'âge affaiblissait la finesse des perceptions. Qadesh était sans doute en péril, mais une autre citadelle l'était aussi : l'intelligence infaillible de Séthi.

Tout homme est une citadelle.

19

L'ombre du prétendant

Quelque trois semaines plus tard, des messagers hagards vinrent annoncer que Qadesh était tombée sous les coups de la coalition montée par Moursil le Deuxième, roi des Hattous.

Ce fut Pa-Ramessou qui les reçut, en présence des généraux et des vizirs Nebamon et Pasar, atterrés, à la quatrième heure après midi. À peine prévenu, il s'était arraché à la quiétude familiale, en compagnie de Néfertari et du jeune Imenherounemef, Imy comme on le surnommait. Il avait immédiatement envoyé les messagers à la salle du Conseil et fait prévenir en urgence Nebamon, Pasar et les généraux.

La garnison de Qadesh, racontèrent les messagers, s'était vaillamment défendue mais, privée de ravitaillement, elle avait dû se rendre au bout de sept jours. Elle avait subi de grandes pertes en hommes.

— Nous ne pouvons attendre jusqu'au Conseil de demain, dit le général Aâmedou. Il faut prévenir tout de suite Sa Majesté.

— Demain matin ou tout de suite, c'est la même chose, observa son collègue Imenir. Nous n'allons pas lever des troupes dans la nuit.

— Sa Majesté doit être informée sur-le-champ, conclut Pa-Ramessou. Je ne veux pas qu'on nous reproche d'avoir retardé les nouvelles.

Il s'avoua qu'il ne voulait pas différer sa vengeance : son père n'avait pas écouté ses avertissements et il ne voyait pas de raison de le ménager.

Quand il rejoignit Séthi, celui-ci se rendait aux bains après une longue sieste, escorté de ses courtisans ordinaires, parmi lesquels Thïa. Celui-ci devina d'emblée qu'une violente contrariété agitait le corégent, mais Séthi, lui, ne remarqua rien ; aussi sa vue s'était-elle affaiblie ces derniers temps.

— Père divin…

— Ah, tu te joins à nous, aujourd'hui. J'apprécie l'honneur…

— Père divin, j'ai une nouvelle à t'annoncer…

— Attends que nous soyons installés, tu pourras me conter cela à loisir.

Les domestiques aidèrent le pharaon à se dévêtir. Tandis que les uns dénouaient son pagne, d'autres lui ôtaient sa perruque et l'aidaient à se défaire de ses sandales. Le corps du pharaon apparut, dans sa vérité : la peau plissait sur les épaules, le ventre et les genoux, les pieds étaient déformés par l'arthrose et la toison rase sur le crâne était uniformément grise. Les barbiers affûtaient leurs rasoirs, les épileurs tenaient leur cire en fusion. À l'autre bout de la salle des bains, le perruquier huilait la perruque royale et la peignait avec une petite brosse souple. Toujours soutenu, Séthi descendit le premier dans la piscine d'eau chaude et parfumée, où les baigneurs lui savonnèrent le dos, puis le rincèrent, l'enveloppèrent dans un vaste drap de gros lin et l'accompagnèrent à son trône, puisque, même là, il était censé régner.

Pa-Ramessou descendit ensuite dans la piscine et fit signe à Thïa de l'y suivre.

— Que se passe-t-il ? demanda l'ancien précepteur.

— Qadesh est tombée.

— Par Amon ! Tu l'avais prévu. Et c'est ce que tu es venu lui annoncer ?

— Oui.

Thïa leva les yeux au ciel.

Pendant ce temps, les courtisans qui attendaient leur tour dans la piscine entouraient le monarque, l'entretenant d'anecdotes ou de fariboles. Enfin, Pa-Ramessou remonta et s'installa près de son père.

— Comment va ton fils ? demanda celui-ci.

— Il apprend à marcher.

Le sourire de Séthi découvrit ses dents jaunes : trois manquaient à l'appel.

— Et ta fille ?

— Elle s'y prépare.

— Bien, bien, dit le pharaon, tendant ses joues au barbier, qui les enduisit d'une émulsion d'huile et de savon, puis tira la peau, passablement flasque, pour couper le poil blanc.

Pa-Ramessou se garda d'annoncer la nouvelle pendant que la lame courait sur les joues et le cou de son père, craignant qu'un mouvement brusque n'eût des conséquences sanglantes. Mais quand le rasage eut été achevé et que le royal visage eut été rafraîchi par une lotion d'eau de rose et de benjoin, Pa-Ramessou n'y tint plus.

— Père divin, j'ai une mauvaise nouvelle.

— Toutes les nouvelles ne peuvent être bonnes, je le sais.

— Père divin, Qadesh est tombée.

Un mouvement brusque du bras, tendu à l'épileur, signala que le coup avait porté.

— Quand ?

— Il y a quatre jours.

Le visage de Séthi se crispa.

— Les généraux le savent-ils ?

— Oui, je les ai convoqués, ainsi que Nebamon et Pasar, dès que les messagers sont arrivés, il y a près de deux heures.

— Tu es venu me dire que tu avais vu clair ?

Le ressentiment qui perçait dans la question mit Pa-Ramessou sur ses gardes.

— Non, père divin, je suis seulement venu faire mon devoir, qui est de t'informer.

Un silence tomba. L'épileur retira la cire des bras et des jambes du pharaon et examina les poils gris arrachés. Thïa, qui écoutait la conversation, semblait retenir son souffle.

— Moursil aura écouté un mauvais conseiller, dit enfin Séthi. Comme je l'ai dit, cette opération militaire est dénuée de sens.

— Ne vas-tu pas réagir ?

— Non, pas pour le moment. Cela ne ferait qu'envenimer la situation. Je ne veux pas la mort de Moursil. La seule façon de mettre fin à ces provocations serait de lancer une campagne contre les Hattous, et elle serait disproportionnée.

Le perruquier vint rajuster la coiffure sur le crâne du pharaon. Les habilleurs l'aidèrent ensuite à se lever, puis nouèrent un pagne frais autour de ses reins, enfilèrent à ses pieds des sandales sèches et le maître de la Cassette vint attacher le pectoral royal sur la poitrine du souverain. Séthi caressa l'épaule de son fils et quitta alors les bains. Pa-Ramessou et Thïa se regardèrent sans mot dire ; qualifier de provocation la prise de Qadesh se passait de commentaire. Aucun des deux hommes n'osait articuler les questions qui lui brûlaient les lèvres : le souverain jouissait-il encore de toutes ses facultés ? Ou bien était-ce une logique supérieure qui dictait sa passivité ? Mais laquelle ?

Il ne fut en tout cas pas question de la chute de Qadesh au Conseil du lendemain.

Était-ce la fréquentation des guépards ? Le caractère de Pa-Ramessou se modifia et s'enrichit imperceptiblement après la chute de Qadesh. Il eût dû s'estimer heureux. Quelque huit mois après la naissance d'Imenherounemef, il avait fêté celle de sa fille Bent Anât, « Fille d'Anât », le premier enfant que lui donna Isinofret. Le nom avait suscité quelques réserves dans la famille : Anât, en effet, était une déesse des Noukashtchés, pays originaire de la mère et, quand le père avait suggéré un nom inspiré du panthéon de Horus, Isinofret avait menacé de faire un caprice. Va donc pour Bent Anât !

— Un garçon et une fille, commenta Thouy, tu as engendré le couple idéal.

Il se retint d'évoquer les minauderies et chantages d'Isinofret sur les privilèges qu'elle exigeait pour officialiser son rang de Deuxième Épouse, et exclure toutes prétendantes au rang de Troisième ou, pis, de Quatrième Épouse. Sans doute devinait-elle que Néfertari détenait quelque préséance sur elle ; aussi évitait-elle de se mettre en rivalité ouverte avec elle ; elle partagerait donc les nuits du prince héritier avec son ancienne amie, mais rien de plus. Elle avait même prétendu en organiser une comptabilité, mais là, Pa-Ramessou l'avait envoyée sur les roses, épines comprises.

— Je ne suis pas un domestique, avait-il répliqué. Je passerai mes nuits dans le lit que je veux.

Elle avait donc fermé son caquet.

Pa-Ramessou avait alors d'autres chats à fouetter.

Secondé par le grand architecte Sennedjem, Séthi portait désormais ses efforts sur la restauration d'un palais que son père avait jadis construit près du lac Mi-Our[1] ; la bâtisse, en fait une grande maison de campagne, avait jusqu'alors peu servi ; séduit par la douceur du climat, l'été, qui le soulagerait des rigueurs ardentes de Ouaset, Séthi voulait en faire une résidence digne d'un dieu incarné. Il souhaitait, en outre, en étendre les jardins. Pa-Ramessou et les architectes furent soumis au feu des exigences royales.

— Je veux de la couleur, beaucoup de couleur. J'aime le bleu turquoise, déclara-t-il.

Deux grandes ailes, érigées en un temps record, doublèrent quasiment la surface de ce lieu de délices, et il fut donc décidé d'encadrer les portes et les fenêtres de corniches vernissées rouge, jaune et bleu.

Les meilleurs décorateurs résidaient à Hetkaptah, et Pa-Ramessou se rendit fréquemment dans leurs

1. Le lac Moeris, actuel lac Karoun.

ateliers pour surveiller l'exécution des commandes. Les jardiniers firent des prodiges pour réunir les plantes les plus odorantes et les plus colorées. Seth et Sekhmet eux-mêmes eussent été séduits. Le jour et la nuit, les parfums de l'intérieur rivalisaient avec ceux que la brise charriait de l'extérieur.

Le dieu incarné Séthi y passait de plus en plus de temps, davantage incarnation que dieu, à dire vrai. Aussi les courtisans se firent-ils ériger des résidences à brève distance, pour que leurs faveurs ne s'évaporassent pas dans les senteurs des jardins royaux.

De Qadesh, il ne fut plus question.

Ravalant sa frustration, Pa-Ramessou, lui, rejoignait parfois ses parents à Mi-Our, où il retrouvait aussi ses deux épouses et ses enfants, enchantés de ce nouveau séjour. Mais il demeurait le plus souvent à Ouaset, vaquant aux affaires du royaume, traitant avec les deux vizirs et feignant de croire que tout allait pour le mieux dans le meilleur des mondes. Corégent ? se demandait-il parfois. Intendant, plutôt. Depuis qu'il avait aperçu, un jour, son père marchant à petits pas en compagnie de deux courtisans, le long de l'étang aux nénuphars – image du déclin humain –, il fuyait l'évidence : le dieu incarné se délabrait. Nul n'aime le spectacle de la décrépitude, encore moins quand c'est celle d'un géniteur et qu'elle afflige un roi : non seulement elle lui rappelle le destin inéluctable du corps, mais encore elle rabaisse sa propre splendeur. Pa-Ramessou avait déjà vu décliner son grand-père Ramsès, le tour du fils était venu. Il se raccrocha donc aux convenances et au respect filial pour dissimuler son désarroi. Il ne pouvait s'en ouvrir à sa mère, et à ses épouses encore moins : il craignait leurs caquetages, surtout ceux d'Isinofret, recrue d'assurance depuis qu'elle se trouvait de nouveau enceinte et qu'elle était entrée dans le cercle royal.

Il ravalait donc ses sentiments. Ne restaient qu'Imenemipet et Thïa, témoins discrets de l'inquiétude de leur ami dans une fin de règne qui ne disait pas son nom. Mais ils étaient eux aussi captifs de la grande cage dorée.

Un roi ne doit pas avoir d'amis, le Livre de Sagesse le lui déconseille, et un futur roi doit apprendre à s'en défaire. Mais rien n'interdit à un sujet d'éprouver de la dévotion pour son maître. Tel fut le cas du petit scribe militaire désigné par Thïa et jadis chargé par Pa-Ramessou de surveiller Ptahmose et de faire des rapports au corégent, et à lui seul. Iminedj était son nom, « Amon le protège », bien que sa mère eût été une Apiroue, de ces gens d'Asie qui tantôt amenaient leurs troupeaux paître dans le Delta, quand la sécheresse sévissait chez eux, et tantôt se mêlaient de politique et enrichissaient les masses de prisonniers promis à l'esclavage. Ils avaient une autre religion, dont Pa-Ramessou n'avait cure, mais dont Amon n'était certainement pas le dieu.

Les rapports d'Iminedj s'étaient régulièrement succédé au cours des années, sans qu'aucun d'eux présentât de relief particulier. Demeuré en place après la disgrâce de Sebakhepri, Ptahmose professait toujours le culte principal d'Aton, mais assez discrètement pour ne pas susciter le mécontentement des temples locaux. À vrai dire, Pa-Ramessou parcourait à peine ou pas du tout ces rapports. La nuit de l'oubli buvait lentement l'image de son rival.

Un point cependant démangeait toujours Pa-Ramessou : que Ptahmose eût réussi à forer un puits dans le désert de Bouhen, là où son père avait échoué, ce qui défiait le sens. Une nuit, une initiative germa soudain dans son esprit, comme une colique dans le ventre d'un glouton. Le lendemain, il partit pour Bouhen, accompagné d'une suite réduite. Là, il convoqua le nouveau gouverneur ébahi et commanda une équipe de terrassiers.

— Menez-moi au puits qui a été creusé l'an dernier, ordonna-t-il.

Ils y arrivèrent quelque deux heures plus tard. Il examina le paysage. Une galette sans fin, en cours de cuisson. Au loin, à l'est, s'étendait une bande rougeâtre sur laquelle serpentait l'ancienne route des convoyeurs d'or ; plus commode pour les caravanes, parce qu'elle était rocheuse et dure, et évidemment aride ; on n'y distinguait pas trace de végétation, car s'il pleuvait, l'eau ruisselait sur les roches et s'écoulait ailleurs. Devant, la terre grise, où le puits fertile avait été foré, était meuble, piquée de broussailles et de quelques arbustes tordus ; leurs racines devaient donc tirer quelque humidité des profondeurs.

Pa-Ramessou alla examiner le puits stérile, qui n'avait pas été comblé ; ce n'était plus qu'une vaste cuvette au bord de la bande rocheuse, le plus près possible de la piste ; pas étonnant qu'on n'y eût pas trouvé d'eau.

— Je veux qu'on creuse là, ordonna-t-il, indiquant au gouverneur de plus en plus ahuri une dépression d'un *setshât*[1] environ.

Les ordres furent répercutés. Pa-Ramessou s'assit avec le gouverneur à l'ombre d'un petit dais. Le successeur de Sebakhepri avait vu la poigne du corégent à l'œuvre et suait d'appréhension. Toutefois, l'aisance et l'aménité de son maître finirent par le rassurer ; il bredouilla moins. Pa-Ramessou put donc s'informer de la situation dans le pays après l'insurrection, des noms des grands propriétaires, de leurs nouvelles dispositions à l'égard de la couronne, des garnisons ; bref, il tira les vers du nez au gouverneur.

Quatre heures plus tard, des éclats de voix attirèrent leur attention. Le contremaître arriva, bouleversé et bafouillant :

— Majesté ! Majesté ! On a trouvé de l'eau !

Pa-Ramessou et le gouverneur allèrent voir ; ils trouvèrent les ouvriers hilares et pataugeant au fond d'un entonnoir qui devait mesurer une quarantaine de coudées de profondeur. Le gouverneur, lui, agitait les bras comme s'il essayait de s'envoler.

— Les dieux t'ont guidé ! s'écria-t-il.

Pa-Ramessou se contenta de sourire avec assurance.

— Fais-le donc savoir dans le pays, gouverneur. Quand vous l'aurez consolidé, ce puits s'appellera Puits de Ramessou, déclara-t-il. Je veux que, désormais, les caravanes s'y ravitaillent.

Et il ordonna que les ouvriers fussent payés le double de leur solde ordinaire.

---

1. Mesure de surface valant 2 735 mètres carrés.

De retour en ville, il fit convoquer Iminedj, pour mieux connaître cet informateur qu'il n'avait vu qu'une fois, dans les jours suivant son accession à la corégence. L'entrevue eut lieu dans une salle du gouvernorat.

Le regard filant par les fenêtres embrassait, au-delà des palmiers, la campagne argentée et verdoyante du Haut Pays ; la sérénité en émanait, mais Pa-Ramessou avait appris à sonder les apparences ; le scorpion véloce et la vipère furtive menaçaient dans les champs fertiles, la rose recelait souvent une guêpe en son sein, le miasme s'élevait de l'eau paisible des canaux.

Iminedj présenta un visage épanoui par l'honneur de revoir son maître. Peut-être aussi son regard reflétait-il un plaisir de plus.

— Depuis que tu as comblé ma vue, mon prince, une seule nuit s'est écoulée.

C'était une formule inédite pour un compliment, et Pa-Ramessou la salua d'un sourire appuyé.

— Que me contes-tu de nouveau ?

Le regard du scribe sembla se ternir.

— L'homme que tu as eu la bonté de confier à ma surveillance est toujours présent à Bouhen, et son influence se révèle chaque mois plus pernicieuse.

— Comment cela ?

— Ainsi que j'ai eu l'honneur de te l'écrire, il s'est fait reconnaître par les populations de la région comme un homme juste et rigoureux, mais aussi comme le descendant légitime de la dynastie qui précéda ton glorieux ancêtre. Il a confié à quelques intimes, dont le prêtre Nedj-Aton, que son rang et son destin avaient été admis, puisqu'il figurait à la suite du pharaon dans un bas-relief du temple d'Amon, mais qu'à cause d'une intrigue, on lui avait volé sa place et fait marteler son effigie. Je t'ai écrit tout cela, mon prince.

Pa-Ramessou se reprocha de n'avoir pas vraiment pris connaissance des derniers messages d'Iminedj.

— Cela a-t-il eu une influence sur la rébellion que j'étais venu étouffer ?

— Je ne peux faire la différence, mon prince, car je n'avais pas encore reçu la charge que tu m'as confiée, mais je peux supposer que cet homme a matérialisé l'aspiration des rebelles à l'indépendance.

— De quelle façon ?

— Pardonne-moi, mon prince, de te révéler de telles sottises et vilenies, mais ceux de ces rebelles qui aspirent à la sécession pensent qu'un héritier présumé du trône leur conférerait une légitimité.

— Une sécession ? s'écria Pa-Ramessou, alarmé. Cette folie de rébellion sévit donc encore ?

— La déconfiture que tu leur as infligée, mon prince, interdit aux séditieux de recommencer leur infâme machination. Mais l'humiliation les brûle encore. Ils songent qu'un jour viendra où tu monteras sur le trône de tes ancêtres et que l'armée sera alors distraite.

La consternation priva Pa-Ramessou de parole pendant quelques instants. Le Haut Pays rêvait donc de s'affranchir de la tutelle du pharaon. Le danger n'avait pas été dissipé par la victoire des armes ; il avait seulement été retardé. La joie causée par le creusement fructueux du puits en fut ternie.

— Mais comment expliques-tu l'ascendant de Ptahmose sur eux ?

— Ils lui prêtent des dons de prophète depuis qu'il a réussi à trouver de l'eau là où ton divin père a échoué.

— Cela est révolu. J'ai fait creuser un nouveau puits ce matin. Le sien sera comblé.

Iminedj, stupéfait par cet abus d'autorité, tendit le cou et ne dit rien.

— Es-tu certain de tout ce que tu rapportes ? reprit Pa-Ramessou.

— Mon prince, je t'ai voué ma vie et je n'oserais proférer un seul son ni tracer un seul signe à ton intention que je n'aie vérifiés aussi soigneusement que Thot pèse les actions d'un *ka* dans l'au-delà.

— Tu m'as voué ta vie ? s'étonna Pa-Ramessou.

— Mon prince, tu es beau comme Rê et courageux comme Seth défiant Apopis. Ta seule vue conquiert les cœurs. Mais tu es aussi bon et droit, et plus d'un homme le sait. Il en est un qui me l'a révélé. J'étais un simple scribe militaire quand cet officier m'a dit, lors de ton expédition dans ce pays : « Celui-là sera notre plus grand roi. Son cœur est aussi grand que son cerveau est perspicace. Sois heureux de vivre sous son règne. » Je t'ai alors vu et je t'ai aimé. Pardonne-moi, mon prince, de te dévoiler mon cœur.

Pa-Ramessou sourit.

— Je voudrais que tous les cœurs fussent pareils au tien, Iminedj. Te souviens-tu du nom de cet officier ?

— Oui, mon prince, c'est le lieutenant des Écuries Horamès.

Pa-Ramessou fut abasourdi. Il devait le dévouement, non, la dévotion d'Iminedj au propre père de son rival. La coïncidence défiait le sens.

Mais cela ne changeait rien à la situation. Ptahmose entretenait sans doute son rêve de royauté. Sous quel nom prétendrait-il donc régner ? Amenhotep le Cinquième ? Que fallait-il faire ? L'arrêter ? Le juger ? Cela serait périlleux et risquerait d'embraser une fois de plus les nomes du Haut Pays qui avaient adhéré aux racontars de ce hâbleur.

Et, pendant ce temps, le détenteur du pouvoir se promenait sans doute dans les jardins de son palais de Mi-Our.

Il invita Iminedj à dîner à sa table et, à la surprise du gouverneur, l'assit à sa gauche, faveur extraordinaire.

20

Mort et transfiguration

De retour à Ouaset, par bateau, Pa-Ramessou trouva une belle occasion de donner libre cours à la sourde colère qui l'emplissait depuis les révélations d'Iminedj. Des guerriers de la mer, les Shardanes, alliés aux populations de l'Ouest, Tjéhénous et Mashaouashs, avaient débarqué en grand nombre dans le delta du Grand Fleuve ; ils étaient remontés par le bras occidental de la grande artère de la vallée, déjouant la vigilance des fortins militaires, et prétendaient maintenant occuper ces terres fertiles. Ils étaient encore loin de Mi-Our, mais, pestant par Baâl et les treize démons, Séthi avait cédé aux pressions de ses proches, regagné Ouaset et donné blanc-seing à son fils pour bouter dehors ces insolents.

Combien étaient-ils ? Deux ou trois mille selon les éclaireurs et les espions, mais ils terrorisaient les villages conquis, pillaient et violaient à qui mieux mieux. Pa-Ramessou monta en deux jours une expédition de quinze mille hommes, chars et lanciers inclus, et courut sus à ces intrus dans les territoires qu'infestaient les poux d'Apopis. Il déboucha au petit matin dans les premiers villages occupés et les Shardanes, réveillés par le fracas des chars et les cris des assaillants, ne purent opposer qu'une piètre résistance. On les reconnaissait à leur peau pâle et leurs colliers de barbe, ce qui rendit l'attaque plus facile.

Le diable rouge, comme le surnommèrent les villageois, fut en première ligne, effrayant de fureur. Bien que les Shardanes ne fussent pas moins courageux que d'autres, deux jours suffirent à maîtriser la situation. Les navires qui les avaient amenés furent saisis ou incendiés. Les crocodiles, qui s'aventuraient rarement si haut dans le fleuve, firent bombance des cadavres des victimes. Pa-Ramessou fit un millier de prisonniers. La plupart avaient du bon sens : ils acceptèrent de servir comme mercenaires dans les armées ou la main-d'œuvre royales. On leur fit, à leur horreur, raser la barbe et le crâne.

Une fois de plus, Pa-Ramessou et l'armée défilèrent triomphalement à Ouaset. Séthi put ensuite regagner Mi-Our en toute sécurité.

Guère disposé à ronger son frein tranquillement ni à passer ses soirées à jouer avec son père au jeu du serpent, Pa-Ramessou partit ensuite faire une tournée des garnisons de l'Est, celles qui étaient les plus exposées aux attaques et incursions des Shasous, surtout depuis la chute de Qadesh. L'armée le soutint avec chaleur, contente de retrouver dans l'héritier l'énergie qui avait déserté le pharaon, et donc le meilleur allié d'une suprématie compromise par l'amollissement de Séthi.

L'été vint, fêté par les mouches. Le temps parut se ralentir. Une hargne sourde emplissait Pa-Ramessou contre un ennemi fantomatique comme un miasme : le clergé qui se refusait à le reconnaître comme le vrai futur chef du pays, parce qu'il n'était pas de sang royal.

— Que veulent-ils ? Une momie qu'ils puissent promener lors de leurs cérémonies ? s'indigna-t-il un soir, devant sa mère.

— Calme-toi. Ils se sont inclinés devant ton père, ils s'inclineront devant toi quand l'heure viendra, répondit-elle.

Et l'heure vint.

La dernière parole que Pa-Ramessou entendit de son père, un soir à Mi-Our, fut une récrimination contre les moustiques, qualifiés de « mouches de Baâl ». Le lendemain, il fut réveillé par les cris de sa mère, puis des clameurs et d'autres cris de femmes. Il en comprit la cause d'emblée : ce vingt-septième jour du mois de Shemou[1], Séthi était mort[2].

La mort d'un père est toujours un séisme ; il fut, pour le fils, aggravé par l'orage d'émotions qui déferla dans le palais de Mi-Our. Pa-Ramessou donna des ordres pour que la dépouille fût ramenée à Ouaset par bateau et lui-même partit immédiatement pour la capitale. Il arriva le soir, convoqua les deux vizirs et le chef des scribes, ordonna que, le lendemain matin à l'aube, son avènement fût proclamé par messagers dans toutes les villes et tous les temples des Deux Pays. Son nouveau nom serait Ramsès, comme son grand-père.

Séthi Menmaâtrê avait régné quatorze ans et demi.

---

1. Shemou était l'été, qui commençait fin mai.
2. Séthi Ier mourut en 1279 avant notre ère.

Sa Grande Demeure était prête, là-bas, dans la Grande Prairie, ornée du chef-d'œuvre de Didia, une fresque représentant Noût, déesse de la voûte céleste, soutenue par son père Chou, maître de l'espace. Son père Ramsès et sa mère Sâtrê l'y attendaient, sans doute souriants.

Il laissait un vaillant héritier, Ramsès Ousermaâtrê, âgé de vingt et un ans.

La veillée commença.

L'une des conséquences immédiates fut que les épileurs et les barbiers chômèrent : durant un deuil, les hommes de la Maison royale laissaient pousser leurs poils. À la couleur de sa barbe, toute la cour, cette fois, apprit que le nouveau maître du pays de Horus était, en effet, pareil à Seth, comme on le murmurait depuis longtemps. Et le monarque à venir se fit confectionner des perruques rousses. Il montrerait désormais au monde sa nature vraie et divine.

L'accompagnement d'un roi au Grand Occident fut le troisième de sa vie. Pour la troisième fois, un monarque devenait invisible au monde, il ne laissait derrière lui qu'une dépouille censée l'accompagner dans l'au-delà, mais dont le symbolisme n'était que trop évident. Chacun savait que le cadavre sur lequel les embaumeurs avaient œuvré soixante-dix jours ne sortirait jamais de son sarcophage pour rejoindre les vivants. Thot ne rendait pas ses sujets.

Mais lui était là, attendant le couronnement. Les rois précédents lui avaient cédé la place. Il était à la fois l'artisan et l'instrument de la volonté cosmique. Il était le centre du monde. Les prêtres n'y changeraient rien, ni eux ni personne n'y pourraient rien.

Il regarda longuement les convoyeurs décharger le sarcophage du bateau et le déposer sur un chariot tiré par six bœufs. La poussière, les milliers de spectateurs assemblés, les cris des pleureuses et le cortège des prêtres vers la syringe se diluèrent dans la lumière. Sa mère, Thouy, Thiyi, Néfertari, Isinofret, ses propres enfants, tout devint comme transparent. Il n'y avait plus de réalité. Lui seul était réel.

Il prit place en tête du cortège.

Il ne marchait plus vers un tombeau, mais un trône, son trône.

Il avait fait déployer l'armée dans les parages du temple, afin de bien marquer la présence de la force sur le site du couronnement. Il la regarda longuement tandis qu'il était transporté en chaise à porteurs jusque devant la porte du pylône. Il connaissait chaque étape de la cérémonie : là, il serait d'abord purifié par les quatre prêtres aux masques de dieux, chacun placé à un point cardinal. Puis il recevrait neuf fois, de la tête aux pieds, l'onction des huiles saintes. Même son pagne en serait enduit. Désormais, Isis le protégeait.

Il fut ensuite porté loin des regards du peuple, dans le saint des saints du temple, gravit une estrade et s'assit sur un trône ancien. Le grand-prêtre drapa autour de son cou une longue étole rouge, garnie des images de trente couronnes rouges et de trente couronnes blanches, la noua, puis plaça dans ses mains les deux sceptres *ankh* et *ouas* et accrocha des amulettes à l'étole. Ramsès fut coiffé du diadème et du bandeau *seched.* Ses pieds furent glissés dans des sandales blanches et il saisit le Bâton des pays étrangers qu'on lui tendait.

Les prêtres masqués apportèrent alors le *pschent,* composé de la couronne blanche du Sud et de la rouge du Nord et l'en coiffèrent ; c'était la deuxième fois qu'il le revêtait. Le prêtre d'Amon se plaça derrière Ramsès, le *pschent* fut ôté et le prêtre posa la main sur la nuque du jeune homme. Cette fois il le coiffa du *kheperesh* en peau d'autruche, qui symbolisait la fonction du dieu créateur Atoum et conférait à Ramsès l'essence royale. Le grand-prêtre Nebneterou clama :

— La terre t'est donnée dans sa longueur et dans sa largeur. Nul ne la partage avec toi.

Ramsès lui lança un regard qu'il voulut perçant comme une dague. Ce prêtre, il le savait, était l'un de ceux qui remâchaient les mêmes vieilles rengaines sur le fait que la dynastie de Ramsès n'était pas d'origine royale. Peut-être était-il de ceux qui avaient considéré Ptahmose comme un héritier légitime du trône. Dans ce cas, ces mots devaient maintenant lui brûler la gorge.

La famille et la cour suivaient chaque geste du cérémonial. Ramsès, lui, ne les voyait pas. Il écoutait, en transe, le grand-prêtre annoncer les cinq noms du roi : son nom de lumière, son titre de protecteur du pays et celui de Horus d'or, riche en années et grand de victoires. Le quatrième nom était déjà établi : Ousermaâtrê, « Puissante est Maât », déesse de l'ordre universel, et Setepenrê, « Choisi par le Soleil Rê ». Le cinquième nom était le sien, Ramsès Meryamon.

Comme son grand-père et son père, maintes années auparavant, il récita :

— J'accueille l'âme de mon père Amon-Rê. Je reçois la succession de mon père Osiris, fils d'Amon. L'aile de Nekhbet me protège, les anneaux d'Ouadjyt me protègent, l'âme de mon père Amon-Rê descend en moi.

Oui, l'âme d'Amon-Rê était en lui. Elle lui gonflait le cœur, dilatait ses poumons, emplissait ses entrailles de félicité, chauffait la trinité de son sexe et flattait jusqu'à ses orteils.

Vint la communion : il avala une effigie en mie de pain symbolisant l'essence de sa royauté.

Les présents symboliques défilèrent devant lui et, comme son grand-père et son père lors de leur couronnement, il passa par le stade de la mort et de la résurrection... Il devait feindre de dormir et les prêtres au seuil de la chambre dorée feindre de l'éveiller.

Mais il était loin du sommeil.

Il fut habillé de la robe de lin rouge et revint dans la Maison de Vie s'asseoir sur son trône.

Les forces du Mal furent détruites.

Le grand-prêtre l'aida à se défaire de sa robe et ôta le *kheperesh*. Seuls demeuraient le pectoral sur le torse du nouveau souverain et le diadème au-dessus duquel se dressait le cobra royal. Les rites étaient accomplis. Le pharaon allait ressortir dans la réalité.

Un sourire émanait, non des traits, mais de l'intérieur de Ramsès, comme une flamme dans une lampe d'albâtre. Un jour nouveau se levait. Le pharaon rentra au Palais, précédé d'un détachement de fantassins mené par six soldats sonnant de la trompe et suivi d'un long cortège : la reine mère, Thouy, la sœur du monarque, Thiyi, les deux épouses royales, les trois enfants, dont le dernier-né, Ramsès, puis les dignitaires de la cour.

À son retour à Ouaset, toute la population était dans les rues ou sur les toits. Prévenus par quarante-deux messagers, un par nome, les Deux Pays tout entiers étaient en liesse. Mais, pour lui, ils ne seraient jamais plus les mêmes ; ils étaient devenus le cosmos et l'on y voyait désormais, par-dessus la foule, les dieux s'étreindre ou se battre dans les étoiles. Ramsès tressaillit : il venait d'apercevoir un objet étrange posé sur l'accoudoir de sa chaise. Puis il sourit : c'était sa main. Il étendit les doigts, pour vérifier qu'il en possédait toujours le commandement. Il avait sans doute quitté son corps, il le réintégrait.

Un homme à qui nul ne prêtait attention parcourait les rues avec un compagnon. C'était Ptahmose. Il avait dédaigné l'intronisation du corégent, il n'avait pu résister à l'envie d'être là pour le couronnement.

Il n'avait pu qu'apercevoir de loin ce frère virtuel à qui, dans le grand jadis, quand ils étaient enfants, il avait demandé sa compagnie pendant la nuit. Une lointaine silhouette protégée par le cobra dressé sur le diadème et suivie de porteurs d'éventails. C'était désormais le roi.

Mais nul n'enlèverait jamais sa royauté à Ptahmose. Elle coulait dans son sang.

Il caressa le menton, puis les joues, retrouva le frémissement délicat des narines et le regard pareil à une clé qui déverrouille l'autre. Il caressa les seins, à peine mûris par les années, le ventre enrichi par les deux grossesses, le sexe et puis les cuisses fuselées. Certaines femmes demeurent jeunes filles bien au-delà de la saison ordinaire. C'était le cas de Néfertari.

Seulement, il perçut qu'elle avait changé pour lui, parce que lui-même avait changé. Il n'était plus Pa-Ramessou, mais la divinité incarnée Ramsès Ousermaâtrê Setepenrê, le deuxième du nom ; et, elle, elle était une mortelle.

Après le couronnement et le festin qui avait suivi, il avait dormi si longtemps que le chambellan s'en était alarmé et avait alerté la Première Épouse. Il avait alors été réveillé d'un effleurement sur l'épaule et n'avait vraiment émergé à la réalité qu'après une longue séance aux bains. La tendresse était demeurée, la sensualité aussi et enfin l'animalité.

Quand il eut, de sa clé de Mîn, déverrouillé le coffret secret de sa Première Épouse, après le double orage du plaisir, quand les corps moites furent retombés sur le lit et qu'ils ne furent plus unis que par les mains, une inquiétude s'infiltra en lui : il n'était plus relié à la réalité que par elle ; elle, Néfertari. Était-ce possible ? Il évoqua ses enfants, sa mère, sa sœur, ses amis, mais seule Néfertari lui apparut comme vraiment réelle. Avait-il été envoûté ? Son esprit erra, désorienté, et ne s'arrêta que lorsqu'il se rappela l'épisode de sa mort, durant les cérémonies du couronnement. Oui, il était mort quand on avait glissé sous sa tête les quatre sceaux de bois au nom de Geb, de Noût, de Neith et de Maât, les dieux qui représentaient les forces de l'univers.

Pa-Ramessou n'était alors plus. Ramsès, imprégné de ces forces infinies, s'était substitué à lui.

Un désarroi le balaya. « Et moi ? Moi ?… » Mais le petit garçon qui furetait dans les sous-sols du Palais, le jeune homme qui grinçait des dents à l'évocation de Ptahmose, renvoyait les concubines professionnelles et guerroyait comme un fou contre les ennemis de son père, ceux-là étaient disparus.

Il avait échangé sa vie contre l'éternité.

Elle baisa ses pieds et disparut.

Demain aurait lieu le premier Conseil royal.

SECONDE PARTIE

COMBATS ET MÉTAMORPHOSE

21

La stèle de Baki

Ramsès fit claquer sa langue, tâtant du vin que venait de lui verser l'échanson, après lui en avoir expliqué l'origine : il avait trouvé les domestiques s'en gobergeant aux cuisines, parce qu'ils l'avaient jugé indigne de la table royale ; la boisson avait, en effet, fermenté une seconde fois et fait sauter les opercules scellés à la cire des jarres.

— Je l'ai goûté, Majesté, et je me suis demandé si sa légèreté ne séduirait pas le palais de Sa Majesté.

Le vin en question pétillait de bulles qui crevaient à la surface et picotaient délicatement le nez.

— Il rafraîchit la bouche, déclara Ramsès.

Thouy demanda à en tâter aussi et le trouva délectable par temps chaud. Sur quoi la table entière en réclama et la jarre se trouva bientôt vide.

— Pour une fois, l'erreur est bienvenue, dit Ramsès à l'échanson. Tâche de voir en quoi elle a consisté, afin qu'elle soit répétée.

Ce fut sur de pareils épisodes que se dissipa l'atmosphère compassée qui régnait au Palais depuis le couronnement, plus de deux ans auparavant. Deux fois le renouvellement annuel du couronnement avait été accompli, deux inondations étaient venues et passées, les récoltes avaient été faites et le pharaon commençait à ressembler un peu trop à Horus : il planait. Les Conseils royaux s'achevaient toujours sur des délégations de pouvoir aux vizirs Nebamon et Pasar. Aussi la situation politique était-elle calme ; à l'ouest, à l'est, au sud : les expéditions punitives des dernières années du règne de Séthi avaient engagé les populations belliqueuses à ne pas se frotter à son « diable flamboyant » de fils, comme le surnommaient désormais, eux aussi, certains chefs étrangers.

Une plaisanterie de Thïa ou d'Imenemipet, une discussion frivole sur les mérites comparés des perdrix rôties ou cuites en sauce, du vin jaune et du rouge, le choix des cadeaux pour la naissance du deuxième enfant de Thiyi et de Thïa, à force de péripéties négligeables, l'humain reprit lentement ses droits. Le dieu vivant s'incarnait progressivement par la frivolité. Chacun respira plus aisément.

Sans doute aussi une remontrance de Thouy avait-elle joué son rôle :

— Mon divin fils, tu bois et tu urines comme avant. Tu dors, tu laves le matin les crottes nocturnes de tes yeux et tu te fais raser la barbe, avait-elle observé en aparté, au terme d'un dîner particulièrement morose. Il est temps que tu descendes des sphères célestes et que tu t'occupes des affaires quotidiennes du royaume. On commence à s'inquiéter de tes absences.

Seule sa mère pouvait lui faire pareilles réflexions. Il hocha la tête et lui baisa les mains. Il savait trop bien qu'elle avait été pendant le règne de Séthi la véritable corégente du royaume et que, pendant que feu son mari et son fils guerroyaient, c'était elle qui avait vaqué à l'ordre. Il avait tant aspiré au pouvoir royal que, l'ayant conquis, il lui avait semblé qu'il n'y avait plus rien à faire au monde. Il s'en avisa. Il fit des efforts pour se ressaisir.

Il consentit même à ménager les humeurs d'Isinofret qui, selon Thouy, s'estimait négligée en regard de Néfertari et demandait une cérémonie pour célébrer la protection que le Grand Sphinx de Houroun avait accordée à son divin époux.

— Comme Houroun est un dieu de son pays, expliqua Thouy, toujours soucieuse de préserver la paix conjugale, elle estime que ce sera un hommage indirect que tu lui rendras.

Ramsès fit la moue. Allait-on maintenant célébrer des rites étrangers ? Les clergés traditionnels y trouveraient encore à redire.

— Où trouverais-je des prêtres de Houroun ?

— Je m'en occuperai, répondit Thouy. De toute façon, ce seront des prêtres de Horus.

La cérémonie eut donc lieu trois semaines plus tard, aux soins des prêtres de Horus, puisque Houroun était le dieu-faucon de Canaan. De temps à autre, durant les récitations rituelles, Ramsès regardait au loin. À l'est se dressait le temple du Soleil, dernière folie d'Akhenaton, pointu comme un sommet d'obélisque, et sous lequel chaque soir une barque splendide emmenait le dieu à l'Occident ; à l'ouest, les trois grandes pyramides, tombeaux monumentaux de rois anciens, Khéops, Khéphren et Mykérinos. Ramsès se demanda pourquoi ses prédécesseurs avaient renoncé à ces demeures fabuleuses. N'était-ce pas le meilleur moyen d'affirmer aux humains qu'un pharaon est éternel ? Et pourquoi ne s'en ferait-il pas construire une, pour renouer avec cette glorieuse tradition ?

Mais il n'en souffla mot à personne. Il se contenta d'observer du coin de l'œil le visage épanoui d'Isinofret ; désormais, elle pourrait affirmer publiquement son rang d'Épouse royale, fût-elle la deuxième en titre. Elle jabota d'ailleurs assez au banquet qui suivit la cérémonie.

Puis un matin, quelques semaines plus tard, arriva un rapport d'Iminedj. Ramsès retrouva un souci qui s'était évaporé dans les semaines du deuil et du couronnement et qu'il avait espéré enseveli à jamais dans les sables des déserts : Ptahmose. Le scribe militaire, qui lui avait fait une modeste, mais inoubliable, déclaration d'amour, annonçait que le conseiller du prince déchu, le prêtre Nedjem-Aton, était mort et que, bizarrement, Ptahmose, la semaine suivante, avait longuement rendu visite au grand-prêtre du temple d'Amon, Nebneterou. Qu'allait donc faire cet hérétique chez le grand-prêtre ? Et pourquoi celui-ci l'avait-il reçu ?

Le mécontentement s'empara de nouveau de Ramsès. Nebneterou était, en effet, le père du vizir du Nord, Pasar. Amon seul savait ce que père et fils pouvaient tramer ensemble. Comme par un fait exprès, un message du vice-roi de Koush, Hekanakht, invitait le monarque, à travers des circonlocutions ampoulées, à affirmer sa glorieuse présence dans le Haut Pays. Que cela signifiait-il ? Que sa présence n'y était pas assez forte ? Cette invitation était-elle liée aux activités néfastes de Ptahmose ? Faudrait-il éternellement faire campagne dans le Sud ?

Ramsès entamait alors sa troisième année de règne. Il ranima le projet de stèle à sa gloire, envisagé quelques années plus tôt et abandonné parce que présomptueux. Il eût voulu en dicter le texte, mais ses idées étaient confuses, et il ne souhaitait s'en ouvrir à personne, même aux fidèles Thïa et Imenemipet, de crainte de paraître inquiet ou pusillanime. Il traça quelques mots en guise d'aide-mémoire au dos d'un message sur papyrus, le plia et le glissa dans son bracelet.

Pour l'immédiat, il décida d'affirmer aux yeux de Ouaset, capitale et siège du pouvoir royal, l'immanence de sa famille. Dans les derniers mois de sa vie, et parmi ses nombreux projets de construction, Séthi avait choisi un site sur la rive occidentale du Grand Fleuve pour y élever un temple dont sa dynastie serait la fondatrice. L'avait-il oublié ? Ou plutôt, n'avait-il pas vécu assez longtemps ? Seul était demeuré le tracé de ce monument. Il convoqua les architectes et s'y rendit.

Ils arpentèrent le tracé, marqué par de simples briques crues qui s'étaient désagrégées sous les pluies d'hiver.

— Je veux que la construction commence immédiatement, décréta-t-il. Le temple sera consacré à Amon. Mais vous y inscrirez, bien en vue : « Il a construit ce monument pour sa mère. »

Il contempla le paysage bleuté, les champs qui chauffaient sous le soleil et les milans qui effectuaient leurs rondes de guet. Il tendit le bras, la main et l'index :

— Et sur cette aile, vous inscrirez : « Et il a construit ce monument pour sa Première Épouse. »

L'idée s'était inscrite dans son esprit aussi sûrement que les hiéroglyphes sur la pierre : quelle que fût sa splendeur virile, il n'existait que par une femme et ne se prolongerait que par une femme.

De retour à Ouaset, il convoqua le vizir du Nord, Pasar, et lui tendit le message du vice-roi de Koush. C'était un piège : le fils trahirait-il les manigances du père ?

— La région n'est pas de ta compétence, mais tu la connais. Dis-moi ce que signifie ce message.

Pasar parcourut le papyrus.

— Cela signifie bien des choses, Majesté. D'abord, que les prêtres des temples du Haut Pays sont inquiets. Ouaset est pour eux lointaine et ils craignent de ne plus être sous ton regard. Les rivalités entre les cultes qu'ils dirigent s'exacerbent. Par exemple, le temple de Mîn, qui est le dieu du cinquième nome du Haut Pays, donc le protecteur des richesses du sol et particulièrement de l'or, se délabre alors qu'on n'a jamais extrait autant d'or des parages. Oupouaout[1] l'Éclaireur, lui, n'a pas de temple du tout, et ses fidèles de Koush s'en désolent. Je peux énumérer d'autres cas similaires.

— Je croyais avoir rétabli l'ordre dans ce foutu pays.

— Ta Majesté a rétabli l'autorité. Ce n'est pas la même chose que l'ordre. Et Hekanakht réclame ta présence.

La nuance frappa Ramsès.

— C'est-à-dire ?

— Qu'il faut apaiser les clergés. Tu incarnes l'autorité divine, Majesté.

---

1. Dieu-chien de la Haute-Égypte d'alors, parfois assimilé à Anubis.

— Mon père n'a-t-il pas remédié à ces questions de temples ?

— C'est un travail de longue haleine, Majesté, et ton divin père est parti alors qu'il commençait à l'envisager.

Ramsès perçut là un reproche indirect : quand il avait été corégent, il aurait dû s'intéresser à ces questions, mais il s'était laissé absorber par l'érection des grands temples proches de Ouaset et de Hetkaptah. L'idée que Ptahmose travaillait à Baki, dans le cinquième nome, l'importuna. Cet aventurier avait-il, une fois de plus, exploité la situation à son profit ?

— Tu as, tout à l'heure, commencé l'interprétation de la missive du vice-roi en disant « d'abord ». Et ensuite ?

Pasar parut embarrassé. Ses lèvres bougèrent sans qu'un son en sortît.

— Je t'écoute, insista Ramsès.

— Je prie Ta Majesté de ne pas me tenir rigueur de ce que je pourrais dire.

— C'est assuré.

— Ta Majesté passe pour l'incarnation de Seth, et certains prêtres ont la faiblesse de penser que ce serait la raison pour laquelle tu les tiendrais en défaveur et laisserais leurs temples se délabrer.

— C'est une sottise !

— Assurément, Majesté.

Mais Ramsès connaissait le soupçon depuis son enfance. Seth était un dieu étranger, tout comme le sphinx Houroun, qui passait pour son protecteur personnel depuis la cérémonie demandée par Isinofret. Amon seul savait quelles idées fuligineuses avaient pu germer dans les ombrageuses cervelles du clergé.

— C'est la raison pour laquelle ils se seraient prêtés aux projets de sécession ?

— Je connais les soupçons de Ta Majesté et leurs motifs, mais je ne les alourdirai pas. Ptahmose n'aurait aucune chance de rallier des mécontents, d'autant plus qu'il est rigoureusement hostile à la corruption des seigneurs du Sud, que tu as si glorieusement enrayée.

— Pourquoi ton père l'a-t-il reçu ?

— Mieux vaut savoir ce que veut le chacal qui aboie à la porte de l'enclos.

— Et que veut ce chacal ?

— Se faire valoir.

— Et que lui a dit ton père ?

Un tressaillement infime parcourut l'expression de Pasar.

— Qu'Amon est le premier dieu, Majesté.

Ramsès se rasséréna. Peut-être tendait-il à voir des trahisons partout, et même là où il n'y en avait pas.

— Que proposes-tu de faire ?

— Descends là-bas en majesté. Va jusqu'à Ouaouât[1]. Témoigne à tes sujets et notamment aux prêtres du Sud que tu t'occupes d'eux. Fais un don pour le temple de Mîn et d'autres qui sont en difficulté. Fais construire un temple pour Oupouaout. Rends-toi là-bas. Ils seront flattés et assagis. L'animal caressé est plus docile.

C'était en tout cas vrai pour les guépards : ils s'apaisaient quand Ramsès leur passait la main sur le dos.

Mais les conseils de Pasar ne le satisfaisaient qu'à moitié. Le vizir du Sud était malgré tout le fils de Nebneterou, le grand-prêtre du temple d'Amon

1. La Basse-Nubie.

à Hetkaptah, et les prêtres ressassaient toujours en secret leur marotte d'un homme de sang royal sur le trône de Horus.

La nouvelle éclata au Palais comme un coup de tonnerre.

Peu de fonctionnaires en avaient été informés, mais comme toujours, les nouvelles réservées sont celles qui se répandent le plus vite. Outre les bouches en cul de poule, les yeux écarquillés, les haussements d'épaules, elle suscita des chuchotements sans fin dans les couloirs et les antichambres. Avant sa visite dans le Haut Pays, Sa Majesté Ramsès Ousermaâtrê faisait ériger à Bouhen une stèle extraordinaire. Aucun autre monument n'aurait exalté autant la personne et la gloire d'un pharaon.

Ces gens espéraient sa munificence : ils devraient d'abord reconnaître sa magnificence.

Ramsès ayant autorisé la cour à prendre connaissance du texte, fonctionnaires et courtisans, qui en entendaient parler à mots couverts depuis plusieurs jours, se ruèrent chez le Premier scribe. Celui-ci, assailli de demandes, en fit faire une copie, puis deux, puis trois. Ils en restèrent bouche bée. Et longtemps. Et pour cause, on leur faisait tenir des propos extraordinaires :

> *Ils dirent devant Sa Majesté : « Tu es comme Rê dans tout ce que tu fais. Si tu désires une chose au cours de la nuit, le matin est vite apparu. Nous avons été informés d'une foule de merveilles depuis que tu as été couronné roi des Deux Terres. Tout ce qui sort*

de ta bouche est comme les paroles de Horakhty. Ta langue est comme les deux plateaux d'une balance. Plus exactes sont tes deux lèvres que le juste peson de Thot. Quel est l'endroit où tu n'as pas été ? Il n'existe pas de pays que tu n'aies parcouru. Tout passe par tes oreilles depuis que tu exerces l'autorité sur cette terre. Lorsque tu étais encore dans l'œuf, dans ton rôle d'enfant du prince, tu formais déjà des projets en ta qualité de prince héritier. Alors que tu étais très jeune, portant encore sur le côté la mèche de cheveux de l'enfance, tu étais informé des problèmes des Deux Terres. Aucun bâtiment n'était exécuté qui ne fût sous ton autorité. Tu étais chef de l'armée, alors que tu étais jouvenceau de dix années... »

Ah, il n'avait vraiment pas lésiné sur les éloges ! Et comme il parlait de lui-même :

Je suis issu de Rê, tandis que mon père Menmaâtrê m'éleva. Le tout-puissant Rê lui-même me fit grand lorsque j'étais enfant, jusqu'à ce que je règne. Il me fit don du pays alors que j'étais encore dans l'œuf. Les grands baissèrent leurs faces à terre devant moi quand je fus installé, en tant que fils aîné, comme prince héréditaire sur le trône de Geb. Lorsque mon père apparut en public, j'étais un enfant dans ses bras et il déclara : « Couronnez-le comme roi, que je puisse contempler son rayonnement pendant que je suis en vie. » Alors les chambellans sont venus poser la double couronne sur ma tête. Ainsi parla de moi mon père quand il était sur terre : « Laissez-le organiser ce pays ! Laissez-le administrer ! Laissez-le se montrer au peuple ! » Ainsi parla-t-il, parce que l'amour que je lui inspirais brûlait dans ses entrailles. Il me gratifia de compagnes provenant du palais des Femmes, comme pour le Palais ; il me choisit des épouses et des concubines.

Ce n'étaient que deux passages d'un long texte dont le reste n'était pas moins déconcertant.

Un jour, Sa Majesté était assise sur le grand trône d'électrum, apparaissant avec la couronne sommée des deux plumes, et dénombrait les régions d'où venait l'or et traçait des plans pour faire creuser des puits sur une route démunie d'eau. Il avait appris qu'il y avait beaucoup d'or dans la région d'Akaïta, où la route, en fait, manquait totalement d'eau. Il n'y avait que la moitié des laveurs d'or qui en revenaient parmi ceux qui s'y rendaient : ils mouraient de soif en route, avec les ânes qu'ils conduisaient devant eux. Ni à l'aller ni au retour ils ne trouvaient de quoi remplir leur outre. Le manque d'eau était la raison pour laquelle on ne rapportait pas d'or de cette région…

— À qui fera-t-on croire pareilles balivernes ? maugréa un vieux fonctionnaire du cadastre de la région de Hetkaptah. Il faudrait ne rien connaître de notre peuple pour croire que nos âniers se lanceraient sur des chemins inconnus et sans eau ! Nous connaissons tous les chemins de nos pays et, s'il y en a un qui ne compte pas de points d'eau, eh bien nous en prenons un autre !

Dangereux bon sens : ses amis le prièrent de mettre une sourdine à ses propos séditieux, sous peine de perdre son emploi. Mais la suite du texte n'était pas moins extravagante :

Sa Majesté donna ordre au porteur du sceau royal qui était à ses côtés : « Appelle les princes de la cour, car Ma Majesté veut établir avec eux les mesures à prendre à propos de cette région. » Immédiatement, ils furent introduits devant le dieu incarné, les mains levées en hommage à son ka, *l'acclamant et se prosternant jusqu'à terre devant sa face éblouissante. Le pharaon leur expliqua la nature du pays et prit conseil pour le creusement d'un puits sur la route en question*[1]*...*

Les fonctionnaires du palais de Ouaset en restèrent pantois : ils n'avaient aucun souvenir d'une telle réunion. De haut en bas des Deux Pays, ceux qui étaient proches de l'administration daubèrent en catimini sur le texte : le pharaon déformait les faits qu'ils connaissaient. Le gouverneur de Bouhen se rappelait parfaitement les circonstances dans lesquelles le pharaon était arrivé un beau jour, exigeant qu'on allât creuser un second puits. Un point surtout heurtait les fonctionnaires du Palais : comment le pharaon pouvait-il se qualifier de fils aîné, alors qu'il avait été le cadet de feu Pa-Semossou et que, celui-ci mort, il était encore le cadet de Thiyi ?

— Cette stèle n'est pas destinée à Ouaset, expliqua l'un d'eux, alors que ses collègues et lui bavardaient devant une fenêtre ouverte sur les jardins, en croquant des graines de courge grillées. Elle est visiblement conçue pour affirmer la légitimité du pharaon aux yeux des populations du Sud.

— Mais qui la conteste, sa légitimité ?

— Je ne sais pas vraiment, soupira le fonctionnaire, détachant délicatement de ses lèvres les cosses d'un pépin de courge pour les éjecter d'un souffle,

1. Il s'agit là du texte authentique.

sans qu'on pût dire s'il exprimait ainsi son mépris, son indifférence ou sa dissimulation.

— C'est ce prince qui est tombé en disgrâce – quel était son nom déjà ? – et que Séthi avait exilé à Bouhen ?

— Ne parle pas si fort, on pourrait t'entendre. Mais il est vrai qu'il est de sang royal, alors que la dynastie actuelle est d'origine roturière. Elle n'a été installée sur le trône que par le pouvoir des armes. Il y a des prêtres qui s'en offensent.

Autre contrariété : le texte de la stèle reléguait feu Séthi au rang d'un modeste précurseur de Ramsès, celui d'un prince, et c'était inconvenant.

Ce n'auraient certes pas été ses vizirs Nebamon et Pasar, ni les chambellans, scribes et hauts fonctionnaires qui auraient informé Ramsès de la surprise scandalisée que leur avait value la stèle de Bouhen. Seules leurs mines crispées prévinrent le monarque de leurs réserves. Il les ignora d'ailleurs un certain temps. Ni sa mère Thouy, ni sa sœur Thiyi, ni son beau-frère Thïa, ni Iminedj ou Imenemipet n'en firent à aucun moment la moindre mention. Néfertari et Isinofret non plus. Mais le dieu incarné avait ses faiblesses : sa propre vanité lui révéla l'étendue et la persistance des réserves.

— As-tu pris connaissance du texte de la stèle de Baki ? demanda-t-il à sa mère, un soir au dîner.

Le ton de la question était avantageux. La réponse tomba comme un caillou sur un sol de pierre :

— Oui.

Aucun commentaire ne suivit. Ceux qui étaient présents, Néfertari, Thiyi, Thïa et Imenemipet, baissèrent les yeux. L'affront était rude.

Ramsès battit des paupières, surpris. L'autorité de sa mère lui imposa le silence. Mais il fut blessé. Comment, même les siens ne reconnaissaient pas sa grandeur ?

Il jugea inutile de leur expliquer qu'il avait dû imposer sa présence dans le Haut Pays, et que la stèle en était l'affirmation éternelle.

22

Le double coup d'éclat

Ce qui était dit était dit, ce qui était fait était fait. Il savait bien, sans même les avoir entendus, ce que lui auraient reproché les siens et les gens de la cour : il avait exagéré ; il avait eu une trop haute idée de lui-même. Il avait manqué de respect à la vérité.

Il y songeait sur la terrasse, le lendemain du déplorable dîner, en caressant les guépards, qui plissaient les yeux sous les caresses de sa paume. Ils s'étaient reproduits et le maître de la ménagerie lui avait amené deux jeunes guépards qui lui léchaient les mains.

La vérité, disaient-ils. Il se pencha vers les fauves et leur murmura :

— Qu'est-ce que la vérité pour vous ? Vous ne connaissez, comme moi, que celle de la victoire. Qu'est-ce que la vérité pour un dieu incarné ? Lui seul peut la définir. Lui seul possède l'autorité pour le faire. Les autres, créatures fragiles, pusillanimes, partagées entre la tentation et la peur du châtiment, la volonté et la faiblesse, le divin et le quotidien, tyrans sans pouvoir et victimes sans substance, pillards paralysés et proies sans courage, mais que savent-ils de la vérité, sinon ce qu'en dicte leur misérable expérience... ? Ô grand Amon, suis-je au service de ces pécores tremblantes ou bien au tien ? Suis-je le domestique des vaincus ou bien le général de ta gloire ? Ô grand Thot, peseur d'âmes, que j'ai pitié de toi, condamné au morne travail de peser les bienfaits et méfaits des nuées de *ka* d'ichneumons dérisoires ! Fantômes de pucerons morts d'inanition dans le cosmos ! Ô Seth, mon père, tu avais tout compris ! Osiris ne peut mener le monde, il ne sait maîtriser aucun des deux sceaux. Tu lui as coupé les couilles pour l'empêcher de se reproduire, et tu as fait égarer le membre que la folle et tendre Isis a cherché sur toute la terre. C'est à toi que je dois ma force, ma beauté et mon règne !

Seuls comptaient ceux qui l'aimaient, sans conditions, sans références à des conventions ridicules, et le premier de ceux dont les noms lui vinrent à l'esprit fut Iminedj.

Une heure plus tard, il le fit convoquer par un message dicté au Premier scribe. Et, deux jours plus tard, Iminedj fut là, le visage plein de joie. Il se jeta aux pieds de son maître et les baisa passionnément. Quand Ramsès le releva d'un simple contact, la main sur l'épaule, le scribe la saisit et la baisa. Ramsès se demanda fugitivement jusqu'où pouvait aller l'amour d'un serviteur.

Il le fit asseoir en face de lui :

— Que me dis-tu ?

— Mon dieu ! Mon maître... Ta stèle... Pardonne mon émotion... Elle a plongé les populations dans l'admiration et l'effroi comme l'aurait fait l'apparition d'Amon-Rê lui-même... Elles sont maintenant pleines de respect, de dévotion et de terreur à ton égard… La stèle les a foudroyées ! s'écria-t-il avec emportement.

Ramsès hocha la tête. Il avait bien fait.

— L'un des anciens chefs rebelles a eu l'imprudence d'aller vociférer devant elle, mal lui en a pris, il a été durement malmené par les personnes présentes.

— Bien, et Ptahmose, dis-moi ?

— Lui, mon maître… Il en a été tellement saisi, du moins je le crois, qu'il ne s'est pas présenté au travail pendant deux jours après l'inauguration officielle de la stèle par le vice-roi et le gouverneur. Quand il y est reparu, il semblait que la stèle s'était écrasée sur lui.

Iminedj but une longue gorgée du lait d'amandes que lui avait apporté un domestique.

— Tu as subjugué le Haut Pays, maître divin.

— Je vais donc y aller. Tu m'accompagneras en tant que scribe extraordinaire.

De nouveau, la joie inonda le visage d'Iminedj. Elle rejaillit sur Ramsès ; cet obscur serviteur lui avait offert la première approbation sans réserve depuis l'érection de la stèle.

Les jours suivants, il médita un voyage triomphal, où le soleil de sa gloire chasserait les derniers miasmes de la contestation et ferait mordre la poussière aux puantes créatures qui rampaient dans les bas-fonds de la médiocrité, tel l'infect Ptahmose.

Mais les nuits comptent souvent plus que les jours dans la vie des humains. Bien qu'elle ne figurât encore dans aucun panthéon, une déesse régnait sur les heures où le soleil se repose : Néfertari. Toute la puissance qui revêtait le maître absolu des Deux Pays ne pouvait rivaliser avec la douceur de sa peau. Le rayonnement solaire du dieu incarné cédait à l'éclat lunaire de la Première Épouse royale. Il apparaissait dans les fanfares, mais elles se taisaient devant les cithares de la voix de Néfertari.

Elle n'avait rien dit quand les murs résonnaient des critiques muettes de la stèle de Bouhen. Que savait-elle ? Que les excès des hommes sont pareils à ceux de la nature et servent à corriger des déséquilibres ? Que le tonnerre viril déclenche la pluie bienfaisante et met fin aux brasiers de la sécheresse ? Que la colère sert de déversoir à la souffrance ? Et que les inconvenances de la vanité ne sont que des ripostes à l'humiliation ? Elle connaissait sans doute l'existence de Ptahmose et les contrariétés qu'il avait values à son divin époux. Les murs des palais sont encore plus poreux que la pierre ponce, et le ragot est plus pénétrant que le foret du tailleur de pierre. Seule la sagesse est impénétrable. Et s'il le soupçonnait, Ramsès ignorait ce que les femmes, sa mère Thouy, sa sœur Thiyi, Néfertari, Isinofret et les dames de la cour, se racontaient pendant qu'il vaquait aux affaires du royaume. Les heures passées à regarder friser les perruques au fer et à touiller l'antimoine dans la graisse d'oie pour confectionner ce fard qui relevait le regard étaient des prétextes à échanger informations et opinions relayées par les épouses du directeur des Secrets du matin et du gardien des Deux Dames, comme on appelait les deux couronnes. Il l'avait appris dans son enfance : le monde du pouvoir était pareil à l'intérieur d'un tambour : un pet de souris y était répercuté jusqu'aux dimensions d'un coup de gong. Il devinait en tout cas que les silences de Néfertari étaient dictés par la patience.

— Nous étions égaux, dit-elle un soir, sur le ton de quelqu'un qui se parle à lui-même. Nous ne le sommes plus.

Les nourrices venaient d'accompagner les enfants au lit, Imenherounemef, l'aîné, sept ans bientôt, Bent Anât, Meriatoum, Ramsès et Baketmoût.

Ramsès leva les sourcils ; il ne comprenait pas.

— Te voilà dieu, je reste mortelle.

C'était vrai, elle était la Première Épouse royale, mais elle n'avait pas été solennellement divinisée.

— Tu ne le seras plus. Cela sera fait, répondit-il au bout d'un moment.

Et il ajouta :

— À la fête d'Opet.

Donc au deuxième mois de la saison Akhet, dans vingt et un jours.

Une clameur monta. La foule disposée sur les deux rives du canal longeant le Grand Fleuve venait d'apercevoir la première barque sacrée, mise à l'eau sur le lac sacré après les cérémonies du Grand Temple, en présence de Ramsès. Les cous se tendirent. La statue d'Amon le Caché étincela sous le soleil d'automne. De la taille d'un homme, dorée de la tête aux pieds et fixée sur un socle drapé d'écarlate à l'avant de l'embarcation, également rouge, que halaient douze militaires de part et d'autre du canal, elle fendait lentement l'espace. Le dieu suprême, ceint d'un simple pagne et couronné du diadème aux plumes d'autruche, se manifestait aux humains. Son sourire inonda les cœurs.

Des prêtres d'Amon se tenaient debout, à l'arrière. Comme chaque année, des volontaires s'offrirent pour aider au halage.

Une autre barque également splendide suivait. Elle portait une statue de femme, Moût, mère de la lumière divine et modèle des épouses, car elle était celle d'Amon. Vêtue d'une tunique longue qui moulait fidèlement ses formes, elle semblait l'incarnation du silence comme son époux était celle du secret.

Une troisième barque fermait le cortège des statues : celle du fils Khonsou, dieu lunaire, comme le rappelait le disque surmontant son diadème, et dieu protecteur contre les esprits malins.

La barque royale arriva ensuite, et les acclamations jaillirent. Assis sous un dais, Ramsès et Néfertari montraient des visages aussi souriants que ceux des dieux qui les avaient précédés.

Six autres barques suivaient, l'une transportant le reste de la famille royale, la reine mère Thouy, la Deuxième Épouse Isinofret, Thiyi, Thïa, les enfants et leurs nourrices, les cinq autres occupées par les membres du Conseil des Trente, en tête desquels figuraient les vizirs Nebamon et Pasar, s'efforçant d'exprimer la sérénité.

Un événement contraire et contrariant occupait, en effet, leurs esprits.

Une heure plus tard, soûlés d'acclamations, les voyageurs du cortège fluvial arrivèrent à Louxor. Les prêtres d'Amon, qui attendaient sur le quai, s'empressèrent de décharger les statues des trois dieux et de les porter, en trois processions différentes, vers leurs sanctuaires respectifs, devant le pylône érigé par Amenhotep le Troisième, au bout de la grande colonnade commencée sous le règne de Toutankhamon et achevée par Horemheb.

Ramsès, Néfertari et les autres passagers de marque débarquèrent.

— Et maintenant ? murmura Pasar, proche du désarroi.

Ramsès et Néfertari furent conduits en chaises à porteurs au Grand Temple d'Amon. Ils furent accueillis à l'entrée par le clergé au grand complet. Les vizirs observèrent la scène à la distance réglementaire. Les membres de la famille royale aussi.

Les mimiques des prêtres exprimèrent l'effarement le moins protocolaire du monde. Leur confusion était évidente, sinon scandaleuse ; elle menaça de se prolonger. Ils tentèrent de discuter avec le monarque, puis entre eux. De loin, Nebamon et Pasar entendirent distinctement l'ordre de Ramsès :

— J'ai dit.

Les prêtres coururent à l'intérieur du temple, suivis de Ramsès, tandis que Néfertari et les autres membres attendaient à l'extérieur. Un autre moment s'écoula. Puis l'invraisemblable, l'inconcevable, l'inouï advint.

Ramsès apparut, les reins ceints de la peau de guépard sacerdotale et la tête couverte de la coiffure de grand-prêtre. Derrière lui se tenaient les autres membres du clergé, la mine décomposée. Tous ceux qui se trouvaient au premier rang, de Thouy et Thiyi aux fonctionnaires de la Cour, maîtrisaient mal les variétés de la stupéfaction, ahurissement, abasourdissement, incrédulité. La suite ne fut pas moins confondante : Ramsès prononça lui-même le panégyrique du dieu et accomplit tous les rites de la cérémonie.

On eût cru qu'affligés d'une mystérieuse maladie, certains membres de la cour ne pouvaient plus refermer leurs mâchoires.

Ramsès avait pris la place du grand-prêtre.

La nuit tomba sur le Haut Pays avec la soudaineté d'un homme qui choit sur sa couche, terrassé par un irrésistible sommeil au terme d'une journée éprouvante. Les cris des chacals fusèrent au loin et les coassements des crapauds s'élevèrent dans les canaux voisins. Les hululements des hiboux s'étendirent dans le ciel indigo.

Le banquet avait pris fin au palais de la résidence, proche du temple. Ramsès et la famille royale s'étaient retirés dans leurs appartements. Deux hommes longeaient à pas lents la grande allée du jardin qui s'étendait jusqu'au fleuve, deux ombres à peine révélées par le flamboiement des torches qui brûlaient là-bas, sur les murs du Palais.

— Par Baâl, dit l'un, d'un ton hilare, cet homme nous en bouchera toujours un coin !

— Non seulement il ne m'a pas dit un mot de condoléances pour la mort de mon père, répliqua l'autre d'un ton chagrin, mais encore, voilà qu'il prend sa place ! Est-ce que tu le prévoyais, Nebamon ?

— Pas le moins du monde, Pasar. Mais nous avons appris la mort de ton père juste au moment où le cortège partait. Peut-être Ramsès n'a-t-il pas eu le temps de t'exprimer son chagrin. Ou peut-être son chagrin n'était-il pas si grand…

— Que veux-tu dire ?

— Je pense que Ramsès tenait grief à ton vénérable père d'avoir, quelques mois avant sa mort, reçu le prince Ptahmose.

Pasar suspendit son pas et demeura silencieux un moment. Puis il s'écria :

— Était-ce un crime ?

— Pas de notre point de vue. Mais Ptahmose a été un rival redouté du roi. N'oublie pas que son statut d'héritier a été assez assuré pour que son effigie figure sur un bas-relief du temple d'Amon, avant d'être martelée. Le recevoir a pu être considéré comme une offense, et cela d'autant plus que Ptahmose a été jusque récemment considéré comme un héritier potentiel du trône. Tu le sais mieux que quiconque, puisque tu es né dans le Sud. La stèle de Bouhen était assez révélatrice, il me semble. Et tu as toi-même appuyé la requête du vice-roi et conseillé ce voyage à Ramsès…

Pasar demeura songeur.

— Tu n'es pas fils de prêtre, toi, je comprends que tu sois moins blessé que moi.

— Peut-être ai-je été moins surpris que toi.

— Pourquoi ?

— Voilà quelques générations seulement, Pasar, que le culte d'Amon a acquis une importance considérable.

— Que veux-tu dire ?

— Rien de séditieux, je te rassure. Mais jadis, tu ne peux l'ignorer, ce dieu était inconnu à Hetkaptah et à Ouaset. On l'appelle aujourd'hui « le dieu caché », et il fallait toute la science de ton vénérable père pour expliquer son rôle céleste. Je ne possède pas cette science, et c'est pourquoi je suis incapable de dire quels sont les rapports d'Amon avec Rê et Horus. Mais je sais que son culte a été exalté par les rois.

Pasar ne répliqua rien ; il avait parfois entendu son père confier à mi-voix que le culte d'Amon était devenu l'instrument du pouvoir et qu'il serait temps de l'en affranchir.

— En assumant les fonctions de ton père, reprit Nebamon, Ramsès a pris sa revanche.

— Mais contre qui ?

— Contre tous ceux qui lui tenaient rigueur, à lui et à son aïeul, de ne pas être de souche royale.

— Et maintenant, il va les conserver, ces fonctions ?

— Évidemment pas. C'était un coup d'éclat, un acte symbolique. Mais je n'en sais pas plus que toi.

Les étoiles, cependant, scintillaient plus fort que jamais dans la nuit limpide. Peut-être, là-haut, crinière rouge au vent, Seth poursuivait-il ses déprédations sauvages.

Comme à chaque fête d'Opet, le pays était en liesse. Les distributions publiques de vivres et de boissons organisées par le gouverneur sur l'ordre du pharaon chargeaient des centaines d'étals autour des temples : galettes à profusion, fromages, oies, canards, poissons, que des cuisiniers municipaux faisaient cuire et découpaient sur place, jarres de lait, de bière et de petit vin débités au gobelet, à condition qu'on se fût muni du sien, sacs de lentilles, de méteil et de fèves, où l'on pouvait venir puiser et remplir sa besace.

L'on bâfrait et l'on se gobergeait donc aux frais de la couronne, et c'était bien la moindre des choses, puisque l'on travaillait sur les terres du pharaon et que celui-ci devait sa richesse au fleuve. Les langues se déliaient aussi et, cette année-là, le principal, sinon l'unique, sujet de conversation fut évidemment le coup d'éclat de Ramsès.

— Et après ? Ce sera lui le grand-prêtre d'Amon ?

— Grand-prêtre de Seth, oui !

— Ah, j'aurais voulu voir la tête des prêtres !

— Paraît qu'ils ont dû lui souffler le texte du panégyrique. Ce sont les domestiques du temple qui me l'ont dit.

— Et les gestes.

— Mais qu'est-ce qui lui a pris ?

— Les domestiques du Palais disent qu'il ne pouvait pas souffrir Nebneterou.

— Mais c'est le père de son vizir Pasar !

— Il va peut-être étouffer le culte d'Amon…

— Pas possible… Pas après avoir célébré la cérémonie.

— Quel numéro, quand même !

— Ma mère me l'avait dit, les rouquins sont dangereux.

— Oui, c'est vraiment le fils de Seth.

— De Séthi.

— Seth et Séthi.

L'autre pouffa.

— Le vin n'est pas trop clair cette année, dit-il.

— De toute façon, le vin offert est toujours bon. Et dis-moi, où en es-tu de ton divorce ?

— Ça y est. Je lui ai rendu sa vache et dix anneaux d'argent. Elle est retournée chez son père.

— Et ta fille ?

— Elle l'a suivie.

— Et tu vas rester seul ?

— Crois-en mon feu père, il disait : « Je n'ai jamais vu un mouton rester seul dans un pré plus d'un jour. »

Le lendemain, comme prévu, la famille royale se rendit au temple de Mîn, le dieu ithyphallique, protecteur des moissons. La terre n'était-elle pas régulièrement fécondée par son sperme infini ? Comment célébrer l'Inondation sans lui rendre hommage ?

— Que prépare-t-il encore ? murmura Pasar à son collègue Nebamon.

— Pourquoi ?

— Tu n'as pas remarqué que la Deuxième Épouse royale ne figure pas dans le cortège royal ?

Nebamon s'efforça d'identifier les personnages dans le train des chaises à porteurs et finit par reconnaître, de dos, Ramsès et Néfertari, escortés par les porteurs d'éventails et suivis du prince Imenherounemef, tout seul dans une chaise et tournant la tête de droite et de gauche, apparemment perdu. Venait ensuite le reste de la famille, Thouy, également seule, puis les quatre autres enfants et, enfin, Thiyi et Thïa. Point d'Isinofret.

— En effet, marmonna Nebamon, perplexe.

La surprise s'accentua quand les époux pénétrèrent ensemble dans le temple. Elle fut lisible sur le visage du grand-prêtre : selon le protocole, le pharaon entrait seul dans le temple de la virilité. Puis un certain remue-ménage retarda le commencement des cérémonies. Imenemipet et le Premier chambellan avaient communiqué au grand-prêtre des instructions qui le prirent de court. Des prêtres coururent de-ci de-là. Quelques instants plus tard, les spectateurs des premiers rangs comprirent l'objet du désarroi : un second trône venait d'être installé à côté de celui du monarque.

Quelle nouvelle lubie avait donc piqué Ramsès ?

Thouy, au premier rang, au côté de son premier petit-fils, paraissait impassible. Mais une étincelle scintillait dans son regard, soulignée par un certain sourire.

Les cérémonies commencèrent donc. Le sens en était d'identifier le souverain à la divinité et de renouveler son appartenance à la sphère des puissances célestes. Le premier rituel consista en libations de lait et de vin sur l'autel du dieu, figuré par une statue dorée dont le membre dardait éloquemment sous la longue robe. Mîn ne débandait jamais : si son membre défaillait, l'univers s'écroulerait. Mais là, autre changement du protocole : Ramsès tendit l'aiguière de vin à Néfertari, gardant pour lui celle de lait. Et ils versèrent ensemble les deux liquides, sous le regard ahuri du grand-prêtre. Puis Ramsès déposa sur l'autel une gerbe d'épis et Néfertari, une grappe de raisin. Le grand-prêtre commença alors ses récitations louangeuses sur le dieu dont la vigueur amoureuse engendrait la vie et dont les bienfaits s'incarnaient dans l'existence féconde du divin souverain et de sa divine épouse. Le texte avait à l'évidence été improvisé. Clamant les formules solennelles de la royauté renouvelée et de la puissance investie par le dieu, le grand-prêtre posa sur la tête de Ramsès la couronne rouge du Haut Pays et, à l'ébahissement général, d'autres prêtres aidèrent Néfertari à revêtir la robe rouge qui faisait d'elle la souveraine du Haut Pays. Puis les époux s'assirent sur leurs trônes et les prêtres reprirent leurs récitations en encensant le couple.

Du jamais vu.

Thouy se pencha alors vers son petit-fils aîné, Imenherounemef, et lui parla. L'instant d'après, il alla s'agenouiller devant ses parents, ignorant probablement que sa mère était désormais aussi divine que son père.

Pasar et Nebamon échangèrent un regard.

23

L'ultime vengeance

Le troisième jour fut laborieux : il consista en préparatifs à la consultation de l'oracle. Ramsès devait, en effet, confirmer le successeur du grand-prêtre Nebneterou. Or, confirmer n'était pas choisir. Seule la voix prophétique qu'on entendait parfois dans le temple, après le coucher du soleil, possédait le pouvoir de choisir ; il en avait toujours été ainsi et ce n'était pas un pharaon, fût-il Ramsès, qui pouvait y changer quelque chose.

Voire.

Une conférence strictement privée entre le souverain et ses deux vizirs eut lieu le matin ; chacun des deux ministres apporta un petit sac et le posa sur la table. C'était la première fois que les trois hommes se revoyaient en privé depuis la mort de Nebneterou.

— J'ai de la peine pour toi, dit Ramsès, en posant la main sur l'épaule de Pasar.

— La compassion de mon maître est un baume pour mon cœur.

— Perdre un père est douloureux pour tous, mais quand il était un homme éminent, la peine est double.

Des condoléances, puis l'éloge funèbre, Ramsès avait donc du savoir-vivre. Que pouvait espérer de plus Pasar ? Son cœur s'adoucit.

Ramsès étendit les jambes :

— Elle appartient à qui, cette voix ?

Question impertinente, qui suscita un petit rire de Nebamon.

— À un homme qui parle dans un long tube, Majesté. Le choix est fait par le roi, après conseil de ses serviteurs.

— Je vous écoute.

Nebamon délia le sac et en vida le contenu sur la table : des *ostraca*. Pasar en fit de même. Il y en eut onze. Sur chacun d'eux était inscrit un nom.

— Sa Majesté, déclara Nebamon, sait que le culte d'Amon est le premier des Deux Pays et qu'il faut à sa tête un homme d'expérience. Telle est la raison pour laquelle mon éminent collègue Pasar et moi avons sélectionné des hommes d'au moins quarante ans.

— Tous déjà attachés au culte d'Amon ? demanda Ramsès.

— La majorité d'entre eux, Majesté.

— C'est-à-dire que ceux-là se connaissent tous ?

— Oui, Majesté, répondit Nebamon légèrement interloqué.

Puis il procéda à la lecture des noms et des temples auxquels ils étaient attachés. Ramsès demeura songeur un moment.

— Je présume, reprit-il au bout d'un moment, que vous avez une proposition plus restreinte à me faire ?

— Oui, Majesté, répondit Pasar, nous avons jugé qu'Akhapi, qui est prêtre au temple de Khnoum, serait le plus qualifié.

— C'est un prêtre d'Amon, n'est-ce pas ?

— Oui, Majesté.

Ramsès replia ses jambes.

— Cela n'ira pas. Je désigne Nebounénef.

Ils ne purent masquer leur surprise. Ce prêtre-là officiait au temple de Hathor, à Dendérah, ville antique isolée dans le désert ; son expérience des affaires du royaume était probablement aussi riche que celle d'un mulot.

— Les prêtres d'Amon forment une confrérie pareille à celle des embaumeurs, déclara Ramsès d'un ton morne, mais chargé de non-dits. Ils se connaissent tous entre eux et croient constituer un corps supérieur dans le pays. Ils se servent de leur influence pour dicter leurs préférences.

Il observa une pause. Pasar digéra la critique et perçut le sens du premier coup d'éclat de son maître : en prenant la place du grand-prêtre, son père, Ramsès avait voulu signifier au clergé que c'était le pouvoir royal qui primait tous les autres. Il poursuivait sa politique.

— Nebounénef n'aura pas subi cette influence, telle est la raison pour laquelle je le choisis, conclut Ramsès.

C'était dit, et il serait aussi efficace d'en discuter que de prendre un avocat pour forcer le soleil à se coucher plus tard.

Les prêtres furent informés que Nebamon interrogerait le soir même l'oracle du temple d'Amon. Ils n'étaient évidemment pas dupes : le choix avait été fait. La nuit vint. Escorté du gouverneur et de scribes, le vizir se présenta devant la statue du dieu à la lumière des flambeaux. Les ombres frémissantes sur ses formes dorées créaient l'illusion que la statue n'en était plus une. Peut-être respirait-Il, peut-être avait-Il cligné des yeux, ou bien souri.

Nebamon déposa les offrandes, s'agenouilla, front contre terre, se releva pour baiser le pied du dieu, puis clama solennellement, bras écartés :

— Ô dieu possesseur de l'infinie sagesse, je requiers ton conseil au nom de tes adorateurs aussi nombreux que les étoiles dans le ciel. Quel est, ô toi, père de notre divin roi, l'homme le plus digne d'être ton grand-prêtre ?

Dans la pénombre parfumée, les yeux des prêtres et des scribes rangés à droite et à gauche de l'autel reflétaient les flammes des torches. Pasar s'immobilisa, face à l'effigie du dieu, s'agenouilla de nouveau et se releva.

Un moment plus tard, une voix sépulcrale résonna sous les hautes voûtes.

— Nebounénef, proclama-t-elle, caverneuse et solennelle à souhait.

— Gloire à toi, dieu omniscient, dans ta retraite sacrée ! Gloire à toi, l'Invisible immanent ! clama Nebamon.

Le chœur des prêtres et des scribes entonna les louanges du dieu. Nebamon s'inclina derechef et s'adressa ensuite aux prêtres. Il donna alors l'ordre d'aller, dès l'aube prochaine, quérir le prêtre dans son temple, à deux jours de cheval de là.

La supercherie était consommée.

Mais nul n'en doutait, la bienveillance de Nebounénef à l'égard du tout-puissant Ousermaâtrê serait incontestable. Il arriva le troisième jour, vingt-troisième du troisième mois de la saison d'Akhet, fut pris en main par le personnel du temple, baigné et mené à la résidence royale où le Conseil des Trente s'était réuni. C'était un petit homme replet que la quarantaine et les sables du désert semblaient avoir poli aussi finement qu'une gemme. Une demi-heure de salutations et de rituels protocolaires, agrémentés d'une allocution royale, suffit à expédier sa réception.

— C'est toi que le dieu a choisi, lui déclara Ramsès. Sers-le bien, puisque c'est son souhait. Je sais que tu en es capable.

Nul n'eût eu l'impertinence de relever que Ramsès ne l'avait jamais vu et n'aurait pu juger de ses capacités que par ce qu'on lui en aurait dit ; or, on ne lui en avait justement rien dit.

Puis le souverain annonça que la direction du temple de Hathor irait au fils de Nebounénef, et il donna à ce dernier les deux bagues sceaux et la canne d'électrum, insignes de ses nouvelles fonctions : directeur de la Double maison de l'argent et de l'or, directeur du Double grenier, directeur des Travaux et chef de tous les corps de métier de Ouaset. Sur quoi la nouvelle éminence fut emmenée au temple, où il fut revêtu de son ample robe cérémonielle de lin, aux vastes manches plissées, et revint dispenser ses bénédictions au monarque.

En voilà un qui ne se répandrait pas en discours séditieux.

Mais le temps n'était pas encore venu pour Ramsès de regagner Ouaset : le lendemain même, il convoqua Nebounénef, en présence de Thouy.

— Puisque te voilà maître des Travaux de Ouaset, lui déclara-t-il en substance, je te charge de deux entreprises qui me tiennent à cœur. Je veux d'abord que ma statue et celle de ma Première Épouse ornent le temple.

Nebounénef hocha la tête.

— Je veux aussi ériger un temple à la mémoire de mon divin père.

Nebounénef hocha la tête derechef :

— La piété filiale est l'arbre de l'harmonie céleste, déclara-t-il. Ton désir exalte le cœur des dieux.

— Mais je veux également célébrer la mémoire de mes ancêtres.

— Ta fidélité jaillit comme le jet d'une source vive jusqu'à Atoum lui-même. Le souvenir de ton grand-père emplit toutes les âmes. Ainsi sera-t-il fait.

Ramsès laissa ces propos retomber, comme les poudres qui se déposent dans l'eau, au fond d'un creuset de médecin.

— Je veux que la liste de mes aïeux aille au-delà de mon grand-père.

Là, Nebounénef marqua une pause imperceptible, comme cet écart qui sépare deux notes de cithare et rend inoubliable l'interprétation du musicien.

— Jusqu'auquel de tes divins ancêtres veux-tu remonter ?

Ramsès réfléchit.

— Au plus loin, grand-prêtre, intervint Thouy. Les rois ne sont-ils pas tous de la même lignée, celle des fils d'Amon ?

Nebounénef baissa les paupières de l'espace d'une patte de mouche. La formulation de la reine mère ne laissait pas de doute.

— Jusqu'à Narmer ? demanda-t-il.

C'était le premier de tous les rois des Deux Pays.

— Peut-être n'est-il pas nécessaire de les nommer tous, dit Thouy.

— Je ferai inscrire les noms des plus glorieux, divin roi, répondit-il.

Avait-il été instruit des deux coups d'éclat des jours précédents ? C'était probable. Avait-il saisi la farouche volonté de se légitimer qui habitait le pharaon ? C'était également probable. Il savait qu'il était son obligé et que, dans son emportement, Ramsès pouvait imaginer un coup de force insensé et le démettre. En tout cas, son expression changea : la componction melliflue le céda à une obséquiosité calculée.

— Que cela soit promptement fait, dit Ramsès.

— Je prierai que la célérité divine possède les architectes et les maçons.

Ramsès donna congé à Nebounénef.

— Il sait ce qu'il te doit, murmura Thouy quand le grand-prêtre fut sorti.

Ramsès pouvait enfin regagner Ouaset.

Trois barques s'ajoutèrent au cortège qui ramena les époux royaux, leur famille, leurs familiers et les visiteurs de marque des cérémonies : elles transportaient les cadeaux offerts au souverain et aux siens, meubles précieux, pots d'onguents et de parfums, plumes d'autruche et même une paire de perroquets gris à queue rouge, qui débitaient des compliments quand on leur adressait la parole ; ils enchantèrent tellement les enfants qu'on dut les faire voyager dans la barque royale.

À la crue du Grand Fleuve s'en ajouta une autre, impossible à mesurer, celle-là : elle était constituée de mots. Dans les jours qui suivirent, en effet, les quarante-deux nomes et tous les temples, dont personne ne connaissait le nombre exact, furent informés, de façon plus ou moins fidèle, du double coup d'éclat du pharaon. Seuls quelques initiés connaissaient la raison exacte pour laquelle le tout-puissant monarque avait assumé le rôle du grand-prêtre d'Amon. Beaucoup de sujets lui prêtèrent donc des motifs louables ; les uns avancèrent que, pris au dépourvu par la mort de Nebneterou, Ramsès n'avait pas voulu suspendre la cérémonie du panégyrique et qu'il s'était donc dévoué pour le remplacer au pied levé ; d'autres supposèrent qu'il avait voulu démontrer que, tout roux qu'il fût, il était néanmoins un fidèle disciple de la tradition amonienne. Plus sceptiques, quelques prêtres d'Amon dans d'autres nomes se demandèrent pourquoi il n'avait pas délégué les fonctions de Nebneterou à un autre prêtre, certainement plus habilité que lui à accomplir ce service, et ils flairèrent un motif ténébreux. La divinisation de la Première Épouse, en tout cas, cloua le bec à tous ceux qui avaient affûté l'argument que la dynastie n'était pas d'ascendance royale, comme ces mégères qui gardent un bâton derrière la porte pour assommer le voisin à la première querelle de clôture : Ramsès était désormais légitimé par ses noces avec une épouse qui avait revêtu la robe rouge.

À Hetkaptah et à Ouaset, toutefois, l'extension du pouvoir royal au domaine des rites laissa simplement la cour, les hauts fonctionnaires et la population sous le choc. Ramsès le Deuxième avait imposé sa volonté. Par deux fois, il avait changé le rituel qu'on disait millénaire.

Les militaires, eux, se félicitèrent sans réserve de l'audace royale : leur chef avait montré au pays tout entier qu'il n'était pas homme à se laisser arrêter dans ses desseins par des traditions qui ne lui convenaient pas, aussi anciennes fussent-elles. Ils retrouvaient en lui l'énergie de Horemheb, le général qui avait sauvé les Deux Pays de l'effondrement.

Émissaires et commerçants étrangers, surtout de l'Est, envoyèrent des rapports colorés sur les événements. Ramsès était décidément un souverain qui n'avait pas froid aux yeux.

— La gloire de Ta Majesté resplendit au-delà des frontières, déclara le général Aâmedou.

Le général Per Thoût opina fortement. Le général Ourhiya également. Et le général Imenir de même.

Le Conseil royal de ce jour-là incluait un conseil militaire, car il n'en avait pas été tenu depuis plusieurs semaines.

Ramsès lança un long regard aux trois gradés. Il n'était pas d'humeur amène ce jour-là : jalouse des privilèges de la Première Épouse, Isinofret l'avait à tel point accablé de récriminations qu'il l'avait renvoyée dans ses appartements et avait chargé Hormin, maître du palais des Concubines, de lui choisir une insulte calculée.

— Je vous ai entendus, dit-il. Mais le moment n'est pas venu. J'entends consolider le pays avant de repartir en campagne.

Il savait bien ce que signifiaient les compliments des militaires : ils voulaient reconquérir Qadesh. Mais il ne s'estimait pas prêt. En premier lieu, quand son père partait en campagne, c'était lui, Ramsès, qui, en sa qualité de corégent, veillait à la sécurité intérieure et, quand ils partaient ensemble, c'était Thouy qui y œuvrait. Or, il ne disposait pas de corégent officiel ni officieux à qui il pouvait faire confiance ; Thouy s'était trop détachée des affaires depuis l'avènement de son fils. Ensuite, les Hattous avaient étendu leurs alliances à l'est, Qadesh serait donc moins facile à reprendre que la fois précédente. Enfin, une telle reconquête coûterait cher ; il convenait d'engraisser suffisamment le Trésor avant de s'y risquer.

— Mais rien ne vous empêche de renforcer l'armée en attendant, ajouta-t-il. Les cadres me paraissent avoir vieilli et nous n'avons pas assez de chevaux.

— L'intendant du Trésor est assez regardant avec nous, observa le général Ourhiya.

— Il le sera moins à l'avenir. Faites construire des chars.

De ces propos, les gradés pouvaient déduire que la reconquête de Qadesh n'était pas écartée, mais remise. Ils patienteraient de meilleure grâce. En attendant, il pouvait, lui, se vouer à l'achèvement de cette ville qui, comme son nom l'indiquait, serait « sa » ville : Pi-Ramsès, « domaine de Ramsès ». Il avait jusqu'alors négligé le Bas Pays ; maintenant que le Haut Pays était dompté, il allait pouvoir asservir l'autre moitié du royaume.

Le Bas Pays méritait bien son nom. Ces terres verdoyantes et bénies, où le Grand Fleuve se partageait en dix branches, entre les eaux de Rê et les eaux d'Avaris[1], étaient habitées par des populations incertaines, tels ces Tjéhénous, à l'ouest, qui avaient prétendu, l'autre année, envahir le pays et, à l'est, ces Shasous et Shardanes, qui s'alliaient si commodément aux ennemis du royaume, sans compter les Apirous, qui venaient prétendument faire paître leurs troupeaux pour quelques semaines et qui s'installaient à demeure et faisaient souche. Et ils y introduisaient leurs propres dieux.

Ramsès réprima une moue d'impatience ; ce Bas Pays était décidément un dépotoir. Jadis, les Hyksôs y avaient implanté le culte de leur dieu, ce Seth auquel on l'identifiait désormais. Bon, de toute façon, il y mettrait bon ordre. Il y installerait sa capitale et apprendrait à ces étrangers qu'il n'y avait qu'un roi dans la vallée du Grand Fleuve – lui. Pi-Ramsès rayonnerait sur tout le Bas Pays. Ouaset et même Hetkaptah étaient trop loin et, de toute façon, il était las de ces villes anciennes où, il le devinait, on tendait à le considérer comme un hôte de passage, un pharaon après le précédent et avant le prochain. À Pi-Ramsès, il serait le premier, le seul et l'éternel.

— Appelez-moi Maÿ, ordonna-t-il.

— Majesté, répondit le Premier chambellan, le chef des travaux Maÿ se trouve à Pi-Ramsès sur ordre de Sa Majesté. Il ne pourra se présenter avant deux jours.

— C'est vrai. Bon, j'irai le voir demain. Prépare les équipages.

Au dîner, il prévint sa famille de son absence. Néfertari proposa de se joindre à lui. Imenherounemef, son aîné, renommé récemment Imenherkhepeshef,

1. Bras du Nil entourant la ville de Pi-Ramsès.

demanda à être également du voyage ; son changement de nom l'avait enhardi, puisque désormais Amon lui-même était son bras armé[1]. Ramsès agréa. Le lendemain, tout le train d'un déplacement royal fut rassemblé : gardes à cheval, chambellan, scribes, domestiques, perruquiers, nourrices, une petite centaine et demie de personnes, quoi, dont la plus grande partie prendrait place dans des chars à bœufs. Heureusement, si l'on partait à l'aube, le voyage ne durait qu'une journée, interruptions causées par les femmes qui voulaient pisser comprises. La principale distraction fut la traversée des villages, le spectacle des paysans qui béaient de stupeur et des enfants qui s'approchaient des voyageurs magnifiques, comme s'ils voyaient des gens descendus du ciel.

Plantée au milieu du lac de la Résidence, Pi-Ramsès était une presqu'île à laquelle on n'accédait que par une langue de terre. Une demi-douzaine d'obélisques et quatre temples, dont deux en construction, dominaient le paysage crépusculaire. Le cortège se dirigea évidemment vers ce que le chambellan appelait « le Palais ». Or, de palais, il n'existait qu'un corps de bâtiment dont la toiture commençait à être posée ; le reste consistait en murailles inachevées. Ce fut à grand-peine qu'on finit par y installer, à la nuit tombée, cinq chambres encore humides où l'on put dresser des lits et installer des braseros pour chasser les moustiques et autres animalcules aériens. Ramsès était certainement le dieu incarné, mais il n'avait pas le pouvoir de

1. Le premier nom signifiait « Amon est à sa droite », le second « Amon est son bras armé ».

parachever des palais sur un claquement de doigts. Un dîner fut organisé de bric et de broc, à la guerre comme à la guerre. La garde avait réquisitionné des vivres et du fourrage dans le village voisin, et les militaires dormirent à même le sol, enveloppés dans des couvertures, car il faisait froid. Sur quoi une averse tomba et des flaques d'eau se répandirent dans les appartements royaux.

— Les punaises nous sont épargnées, dit Néfertari, après avoir appliqué quelques royaux coups de sandale sur les murs, mais pas les cafards.

— Ni les souris, ajouta Ramsès, apercevant quelques rongeurs qui étaient venus chercher refuge dans les appartements couverts.

Il fallut appeler les domestiques pour déloger ces insolents à coups de balai.

Le bol de lait chaud, le lendemain matin, fut le bienvenu. Quant aux ablutions, l'auguste compagnie dut se résoudre à les expédier à la six-quatre-deux et dans les courants d'air, car « le Palais » ne comportait pas encore de piscine et encore moins d'équipements pour y chauffer l'eau.

Mais enfin Ramsès put recevoir son cher Maÿ. Ce personnage osseux et râpeux était un ancien militaire qui s'était précocement illustré, sous le règne de Séthi, par un sens rigoureux de l'organisation et de la discipline. Une anecdote à son sujet avait retenu l'attention de Ramsès, puis suscité son appréciation : Maÿ était ainsi descendu en personne dans le Haut Pays pour superviser l'exploitation des carrières de granit et l'extraction des blocs qui servaient à sculpter les obélisques ; il avait alors observé l'existence d'un fil dans la pierre comme dans le bois et remarqué que les blocs taillés dans le mauvais sens étaient moins solides que les autres. À l'évidence, Maÿ, lui, avait été taillé dans le droit fil.

Le monarque et l'architecte allèrent en ville, c'est-à-dire sur les chemins détrempés, observer l'avancement des travaux.

— Je pensais que la construction aurait progressé davantage, dit Ramsès.

— Que Ta Majesté veuille bien me le pardonner, mais la main-d'œuvre m'a posé des problèmes. Je ne pouvais pas beaucoup recruter dans la population locale, car je l'aurais détournée de la terre. J'ai donc fait appel aux Tjéhénous qui s'étaient installés dans la région, après que Ta Majesté les a affranchis, mais ils n'étaient pas non plus assez nombreux. Je me suis alors tourné vers les Apirous, plus industrieux, mais une grande partie d'entre eux avait l'habitude de retourner en Canaan avant l'Inondation. Seuls les jeunes consentaient à rester dans le pays, mais ils ne trouvaient pas facilement d'épouse. Les travaux avancent quand même. Ainsi que tu le vois, le temple de Rê est achevé, quoique non encore décoré, et les temples de Ptah et d'Amon sont en cours. Le temple de Seth, lui, existait déjà. Mais si Ta Majesté fait de nouveaux prisonniers de guerre, je lui serais reconnaissant de m'en envoyer quelques-uns.

Ramsès acquiesça avec le sourire ; en voilà un de plus qui aspirait à la guerre. Une idée germa soudain dans son esprit :

— Quand tu retourneras dans le Sud, tu engageras comme contremaître un certain Ptahmose, qui est l'adjoint de l'intendant des mines d'or. Il est, me dit-on, diligent.

Ce serait une vengeance ultime : contraindre l'ancien prétendant au trône à travailler à la gloire de son rival.

24

Les déroutes victorieuses

Un scribe ou un paysan peuvent être repus lorsqu'ils contemplent, le soir, leur famille assemblée devant l'âtre et qu'ayant achevé leur modeste souper ils s'apprêtent aux plaisirs furtifs du lit. Mais ce ne peut être le lot d'un roi, d'un grand roi en tout cas : son peuple n'est jamais qu'une coalition de belles-familles en éternelle revendication. Pour Ramsès, la plus pressante était celle de son propre état-major, et force lui était de reconnaître que ses généraux n'avaient pas tort.

— La paix, Majesté, a été plus profitable à nos ennemis qu'à nous, déclara le général Ourhiya, lors du premier conseil de guerre à Ouaset. Le nouveau roi des Hattous, Mouwatalli, a fortifié son armée et construit un nombre considérable de chars. Il a également consolidé ses alliances avec les princes de la région, dont nous ne recevons plus que de maigres tributs, voire rien du tout.

L'intendant du Trésor hocha la tête. Ourhiya reprit :

— Mouwatalli devine qu'un roi aussi magnifique et vaillant que toi ne lui laissera guère plus longtemps la disposition de terres que ton divin père et toi-même lui aviez reprises. Il a renforcé la garnison de la citadelle de Qadesh, car il sait bien que c'est le verrou de la région. Ce sera le cœur de la bataille à venir.

Ramsès hocha la tête.

— Je connais la région, déclara-t-il. Son avantage est de simplifier la stratégie. Il suffit d'aller là-bas, de prendre position sur les hauteurs et, quand les Hattous auront été alertés de notre arrivée et se présenteront, d'établir nos plans tactiques selon les circonstances et de les attaquer. En plus de nos quatre divisions, nous disposons sur place de celle des Néarins, en Canaan, qui se joindra à nous quand nous lui en donnerons le signal.

— Les Hattous seront informés de notre arrivée dès que nous aurons passé les forteresses de Gaza et de Tjekou[1], observa le général Ourhiya. Ils disposent d'espions shasous dans toutela région.

— Eh bien, qu'ils soient donc informés, admit Ramsès avec un haussement d'épaules.

Il le devinait : les expéditions dans le désert de l'ouest et dans le Haut Pays n'auraient été que promenades comparées à ce que serait celle-là. D'abord, elle durerait de quatre à six semaines, étant donné la distance à laquelle se situaient les champs de bataille présumés. Ensuite, elle impliquait un déplacement considérable d'êtres humains : les quatre divisions d'infanterie de l'armée, chacune comptant cinq mille hommes, des soldats de charge et des archers, recrutés dans la population, mais également des Mashaouashs et des Nubiens, les cinq escadrons de charrerie et

1. Devenu par la suite Souccoth.

ceux de la cavalerie, et enfin les chariots de l'intendance, ceux du ravitaillement et des tentes, et celui qui transporterait les concubines de second rang et leurs bagages. Sans parler, évidemment, de la garde royale, composée de Shardanes. Soit quelque vingt-cinq mille personnes au total.

Les étapes dans les forteresses sous commandement de Horus, qui s'étendaient jusqu'au pays de Noukashtché, permettraient de reconstituer l'ordre militaire, qui se serait forcément relâché durant le voyage. Certaines étaient des greniers, d'autres, des dépôts d'armes, et l'on pourrait s'y approvisionner durant les combats.

Ramsès décida de suivre l'exemple de son père et d'emmener avec lui son aîné, Imenherkhepeshef, douze ans révolus, et le troisième de ses fils, Parêherounemef, dix ans, « Premier brave de l'armée et surintendant des Écuries », afin de les former à leur métier de soldats suprêmes.

Le départ fut décidé pour le deuxième mois de l'été, avant les grandes chaleurs, et alors qu'il y avait assez d'herbe dans les pays de l'Est pour permettre aux bœufs, aux chevaux et aux ânes de trait de paître tout leur soûl.

Le début du voyage fut paisible : cette immense masse d'hommes et de véhicules longea la côte de Canaan. Parvenue, au terme de huit jours, à la source de l'Amourrou, elle se mit en ordre de bataille : en tête venait la division d'Amon, commandée par Ramsès lui-même, puis les divisions de Rê, de Ptah et enfin de Seth. Les chariots de l'intendance se trouvaient à l'arrière. Là, Ramsès, impatient de franchir le gué de l'Amourrou, à Shabtouna, et d'atteindre la citadelle de

Qadesh, pour commencer les combats, prit soudain les devants, comme piqué par une mouche.

— Nos éclaireurs ne sont pas encore revenus ? demanda-t-il au général Ourhiya.

— Non, Majesté. Ils seront de retour dans la soirée ou demain. Nous ne savons pas encore où se trouvent les troupes de Mouwatalli, répondit le général, inquiet de s'être à ce point détaché des trois autres divisions.

Néanmoins, Ramsès et la division d'Amon distancèrent considérablement les trois autres divisions, et ils étaient arrivés à moins d'une heure de char du gué quand les éclaireurs appréhendèrent des Shasous, qui semblaient se cacher. Ils les emmenèrent devant Ramsès et ses officiers ; et là, les espions, car ils ne pouvaient être que cela, des espions, prirent un ton lamentable pour dire qu'ils avaient été envoyés par les tribus soumises au chef hattou, Mouwatalli, dont le joug leur était devenu insupportable. Ces tribus voulaient, en effet, s'en affranchir.

— Où sont leurs chefs ? demanda Ramsès.

— Ils se trouvent avec Mouwatalli, là-bas à Alep, au nord de Tounip.

C'était à deux jours de voyage au moins, et encore, pour des cavaliers émérites.

Les généraux s'étonnèrent que Mouwatalli, qui avait certainement été prévenu de l'arrivée des troupes de Horus, ne fût pas descendu plus près.

— Il a peur du pharaon, répondirent les transfuges.

Personne ne jugea bon de contester cette explication. Quand ils eurent été congédiés, avec la promesse que les souhaits de leurs chefs seraient considérés, Ramsès déclara aux généraux :

— L'occasion est unique pour nous emparer de Qadesh. Puisque Mouwatalli est si loin, nous emporterons la citadelle avant même qu'il n'ait pu accourir à la rescousse.

— La citadelle est défendue par une garnison hattoue, Majesté, observa le général Ourhiya. Le siège risque d'être long, assez long pour que Mouwatalli ait le temps d'arriver. Ton glorieux ancêtre Amenhotep le Troisième y a mis soixante-dix jours.

Ramsès lui lança un regard qui valait un coup de balai. Certaines personnes ne voient que le côté négatif des choses. Or, songea Ramsès, ce n'est pas comme ça qu'on fait la guerre. Le général Ourhiya ravala sa salive.

Le lendemain, à l'aube, Ramsès traversait le gué et fonçait vers Qadesh. Il s'était entre-temps débarrassé du trop prudent Ourhiya, en l'envoyant prévenir les Néarins, un régiment de mercenaires durs à cuire, de se tenir prêts à accourir dans le cas où les combats chaufferaient. Il entraîna la division d'Amon vers le nord-ouest de Qadesh. Ils y arrivèrent le soir, mais, en dépit du fait que la nuit tombait de plus en plus tard, les officiers et les scribes allumèrent force torches et installèrent le camp là où le pharaon l'avait décidé. Du bois fut taillé dans la forêt voisine et des palissades furent dressées sur le périmètre du camp et garnies de boucliers, pendant que les gens de l'intendance dressaient les tentes pour Ramsès, Imenherkhepeshef, Parêherounemef et les officiers supérieurs. Les cuisiniers se mirent à l'œuvre. À la porte ouest, un portail fut érigé, avec deux piliers porteurs de statues de lions couchés. Le portail ouvrait sur une vaste allée au bout de laquelle se trouvaient la tente royale et trois autres, dont l'une destinée aux princes héritiers.

Sa Majesté dîna tard, mais d'excellente humeur, assise sur son pliant de campagne plaqué d'or, en compagnie de ses fils et des officiers. De temps à autre, il jetait un regard amusé sur le vrai lion que le dompteur avait emmené et nourrissait de quartiers de venaison.

Pendant ce temps, le reste de la division mangeait le ragoût préparé dans de grandes marmites par les cuistots, les scribes vérifiaient l'état du matériel, les enfants de troupe pansaient les chevaux et les médecins allaient de groupe en groupe avec leurs coffrets d'onguents et d'élixirs pour soigner la colique ou la foulure occasionnelles.

La nuit s'annonçait voluptueuse : chacun ruminait ses rêves de victoire quand la citadelle, dont la masse sombre se dessinait à l'est, toute proche, serait tombée le lendemain et que les premiers qui y pénétreraient se livreraient au pillage le plus juteux de leur carrière.

Elle fut courte. Avant l'aube, les vigies firent réveiller Sa Majesté par son écuyer, Menna : elles avaient capturé deux rôdeurs qui s'étaient révélés être des éclaireurs ennemis. Ceux-ci avaient été copieusement rossés, car lorsqu'ils furent présentés au pharaon, ils étaient en piteux état.

— Qu'est-ce que vous faisiez ici ?

— Nous étions venus localiser exactement ton camp.

— Déjà ?

— C'est que notre maître est tout proche.

— Comment ça, tout proche ?

— Il attend avec ses troupes, juste à l'est de la citadelle.

— Il n'est pas à Alep ?

— Non, il se trouve à une heure de cheval d'ici, en passant le pont.

Ramsès blêmit. Par Apopis ! Il s'était fait berner par les prétendus émissaires. Et il s'était débarrassé du général Ourhiya ! Il convoqua les officiers. Il fallait dépêcher d'urgence des messagers pour que les divisions de Rê, de Ptah et de Seth pressent l'allure : Mouwatalli allait attaquer d'un moment à l'autre. L'affolement écarquilla les yeux des officiers : mais comment pourraient-ils s'organiser dans un aussi bref délai ? Ramsès regarda ses deux fils : ils comprirent sur-le-champ.

— Toi, tu files à cheval vers le sud, prévenir la division de Rê et, toi, tu vas à l'ouest, avertir les Néarins.

Quelques minutes plus tard, ils avaient enfourché leurs chevaux et franchissaient le portail aux deux lions.

Le pont ! S'il ne s'était pas isolé du reste de l'armée, Ramsès aurait pu en faire bloquer l'accès par la division de Rê. Maintenant, c'était trop tard.

La nouvelle de la proximité des Hattous s'était répandue dans le camp, et une nervosité fiévreuse devint perceptible dans les troupes.

Ramsès alerta Menna et fit préparer son char. Ils tendirent l'oreille : un fracas métallique à l'est annonça l'arrivée des chars de Mouwatalli. Le soleil se levait. Les vigies distinguèrent le moutonnement des chars hattous en pleine course et poussèrent des cris d'alarme. Il était trop tard pour se replier :

— Tous à vos armes ! cria Ramsès.

Les Shardanes se pressaient autour de lui. Il était également trop tard pour mettre au point un plan tactique.

— Ils vont se heurter à la division de Rê, observa un des officiers, haletant.

Oui, mais cela dépendait de deux facteurs inconnus : le temps que mettrait cette division à arriver et celui mis par les Hattous de leur côté. Le choc avec la division de Rê pourrait retarder l'arrivée de ces derniers, mais la division d'Amon se retrouverait seule face au raz-de-marée hattou de bronze, de lances et de corps.

L'horreur étreignit Ramsès à la gorge : ses fantassins couraient dans tous les sens. La panique s'était emparée d'eux. Mais que faisaient donc leurs chefs ?

— À vos armes ! répéta-t-il, dressé sur son char, la voix poussée aux limites de l'aigu.

Quelques-uns se retournèrent et furent saisis de le voir cheveux rouges au vent, brandissant son arc. Les lieutenants retrouvèrent leurs esprits et répercutèrent les ordres.

Les éclaireurs revinrent alors. Trop tard !

Un fracas de bois signala que les premiers chars ennemis avaient pulvérisé la barrière installée quelques heures auparavant. Et dans la froide clarté du petit matin, on les vit. Chaque char était occupé par trois hommes, un conducteur et deux archers, hurlant à pleins poumons.

Ramsès leur courut sus et donna l'exemple. Il décocha l'une après l'autre, sans désarmer, les flèches que lui tendait Menna. Or, il risquait de perdre l'équilibre sur un char lancé à toute vitesse, et il ne pouvait à la fois conduire les chevaux et bander son arc : il noua alors les rênes autour de sa taille et, ainsi libéré, il tira sans désemparer. Les chevaux l'emportèrent vers l'ouest, lui, son char et Menna, comme s'ils avaient compris la situation. Quelques Hattous vacillèrent et tombèrent de leur plateforme de bronze, les premiers cadavres ennemis jonchèrent le sol.

Cependant, la division d'Amon avait perdu toute cohésion : galvanisée par l'image de ce diable aux cheveux rouges qui mitraillait l'ennemi, Seth en personne déversant sa fureur contre Apopis, sa panique première se mua en fureur de tuer, n'écoutant plus les ordres d'ailleurs épars des officiers. Clairsemée sur un espace quintuple de celui du camp, elle n'offrait plus d'obstacle cohérent aux Hattous : ce fut sa chance. Les chars ennemis ne surent plus quel parti prendre ; s'ils restaient groupés, ils fonçaient dans le vide ; ils se dispersèrent donc, constituant autant de cibles individuelles et plus vulnérables. Au bout d'une heure, leur dynamique offensive s'était évaporée. Pis, deux retournements imprévus mirent le perfide Mouwatalli en mortelle difficulté : l'avant de la division de Rê, qui avait été coupée en deux par l'attaque hattoue, accourut par le sud et se joignit à la division d'Amon, jusqu'alors en mauvaise posture. Et le contingent des Néarins arriva de l'ouest. Huit chars encerclaient alors celui de Ramsès. Dans quelques minutes, quelques instants peut-être, il serait fait prisonnier ou bien tomberait sous les flèches. Les Hattous n'avaient prévu ni ce renfort ni sa vigueur. Pris à revers, ils tentèrent de se retourner contre les Néarins. Peine perdue : c'était désormais dans leurs rangs que le chaos régnait. Ramsès s'élança hors du cercle brisé. Le camp était libéré.

Les attaquants se trouvèrent piégés. Déjà décimés, désorganisés, ils furent repoussés jusqu'aux rives de l'Amourrou. Chars, cavaliers, fantassins, archers, ils furent précipités dans les eaux violentes du fleuve. Ils tentèrent, mais en vain, de gagner l'autre rive : des flèches continuaient de pleuvoir dans leur dos.

Entre-temps, Ramsès rassembla les éléments dispersés des divisions d'Amon et de Rê, ainsi que la division de Ptah, enfin arrivée, et s'élança contre le corps de l'armée hattoue, massé au nord-est. Là se trouvait, selon des rapports, le chef Mouwatalli. Ramsès rêva, les dents serrées, de le ramener prisonnier à Ouaset. Le choc des deux cavaleries, qui ouvrit le combat, fut d'abord incertain. Mais débordés par le nombre et la vigueur de leurs assaillants, les Hattous n'eurent bientôt plus d'autre recours que de fuir vers le sud ou bien de se jeter dans l'Amourrou. Ceux qui le pouvaient encore choisirent la fuite.

Trop facile : Ramsès se lança à leur poursuite, comptant les prendre en tenailles entre ses forces et la division de Seth, qui n'était pas encore entrée en action. Il les rattrapa au gué qu'ils avaient franchi à l'aube. Un diable rouge les poursuivait. Comment, quelques heures plus tôt, avaient-ils pu dominer le champ de bataille et se trouver, à présent, réduits à la condition de fuyards ? Leurs dos étaient criblés de flèches, ils ne pouvaient plus se défendre. Des chevaux tombèrent, des chars furent renversés et fracassés, des hommes furent jetés à l'eau, eux aussi, transpercés, démembrés, écrasés. L'Amourrou devint un fleuve de cadavres.

Sur des lieues et des lieues, au sud de la citadelle de Qadesh, gisaient des centaines de morts et d'agonisants, leurs derniers regards fixés sur un brin d'herbe ou le ciel vide.

— A-t-on retrouvé son corps ?

— Il est tombé à l'eau, Majesté, et il a été emporté par le courant.

Mouwatalli soupira à peine. Ses mains noueuses frémirent et la droite se relâcha, puis se resserra sur son bâton de commandement. Sa carcasse sembla s'affaisser. Son frère Sapather était donc mort.

Son regard plombé ne pouvait se relever vers le monde des survivants. Son officier de char, Tergenenes, était mort aussi. Sa dépouille avait été récupérée et gisait sous la tente. Elle était lavée et attendait l'inhumation. Semertès, son deuxième officier de char, était mort également. Son porte-bouclier, Gerbetès, aussi.

Il ne fallait pas faire la guerre quand on était vieux. La guerre était l'affaire des jeunes. Ou l'inverse.

L'image du diable rouge résistant au déferlement des chars ennemis fit irruption dans l'esprit de Mouwatalli. Car il l'avait vu de loin, tirant ses flèches de mort avec les damnés arcs doubles des soldats de Horus. Ramsès n'avait que deux cent cinquante chars et il avait résisté à trois fois plus. La division installée au camp comptait cinq mille hommes et Mouwatalli en avait lancé dix mille contre lui.

Et Ramsès avait gagné. Les dieux étaient avec lui. Il était la réincarnation de Seth. Mais quel but poursuivaient donc les dieux ?

— Nous allons nous retirer dans la citadelle, dit-il en levant enfin les yeux vers ses officiers. Transmettez l'ordre. Et commencez le décompte.

Les combats avaient cessé.

Ramsès fit le tour de ses deux chevaux, aux noms splendides, Nekhtouaset et Nefermoût, « Victoire dans Ouaset » et « Moût est satisfaite ».

— Ils sont sains et saufs, dit-il.

— Ton aile les a protégés, dit Menna, l'écuyer.

Ramsès leur passa la main sur le chanfrein et leur tendit des carottes. Leur état était miraculeux. Certes, il avait été protégé par sa garde rapprochée de Shardanes, mais tant d'autres étaient blessés ou tombés... Sous la conduite de Horamès, les médecins des Écuries s'attelaient à panser ceux qui étaient encore valides, car il fallait songer au retour. Les autres médecins, eux, s'occupaient des hommes que leurs compagnons de combat ramenaient sur des chariots. Et bien des voyages seraient nécessaires pour aller récupérer les survivants, qui souffraient là-bas, dans la plaine et près du gué.

Le corps des sapeurs creusait des tranchées pour y ensevelir les morts. N'avait-on pas vu, en plein jour, des chacals traîner vers la forêt le cadavre d'un Hattou mort ?

— Faites le décompte, ordonna le pharaon, tandis que des chefs néarins amenaient leurs prisonniers, les mains liées derrière le dos.

Des hommes à la barbe hirsute, bien que jeunes. Quelques-uns avaient été arrêtés pendant qu'ils pillaient le camp de Horus. L'un d'eux saignait fortement au mollet : il avait été mordu par le lion, miraculeusement indemne. Un officier appela un médecin pour panser le blessé.

Ramsès, entouré de sa garde, alla se baigner dans l'Amourrou, puis regagna le camp dévasté. Une énorme quantité d'armes et des chevaux avaient été emportés par les Hattous. La tente royale était quasi vide. Vers midi, ses fils vinrent le rejoindre et lui firent le récit de leur mission. Le chariot des concubines était en sécurité près de la côte. Les cuisiniers parvinrent à confectionner un repas qu'Ousermaâtrê partagea avec les siens et les officiers. Les conversations furent maigres : personne, y compris Ramsès, ne savait que penser ou dire de la situation, et les officiers craignaient, en outre, d'aborder l'épisode honteux de la campagne qu'avait été la panique dans le régiment d'Amon.

Épuisé, les traits tirés, d'humeur massacrante, Ramsès alla s'allonger pour une sieste après avoir recommandé qu'on le réveillât une heure plus tard. Il ouvrit à peine les yeux qu'il trouva son aide de camp et le général Ourhiya à son chevet :

— Majesté, un émissaire de Mouwatalli vient d'arriver, porteur d'un message.

— Lis-le, ordonna Ramsès à son aide de camp en se relevant.

Dans le langage ampoulé de circonstance, le roi hattou rendait hommage à la vaillance du grand Ousermaâtrê et lui proposait un armistice. De la citadelle, point question. « La paix vaut mieux que la guerre », concluait l'Asiatique.

— Qu'en est-il de Qadesh ? demanda Ramsès au général et aux officiers.

— Mouwatalli s'y est retranché avec une vingtaine de milliers de ses hommes, répondit Ourhiya.

Ramsès réfléchit un moment, le visage crispé. Il était venu s'emparer de Qadesh et rien n'était encore fait. Cela signifiait que la guerre ne faisait que commencer. Il ne disposait plus que de deux divisions indemnes sur quatre, celles de Ptah et de Seth, celles d'Amon et de Rê ayant été fortement affaiblies par les combats. Il ne connaissait pas encore le nombre de morts et de blessés dans son camp, mais il y avait bien trois à quatre mille hommes hors de combat et des dizaines de chars endommagés. Ourhiya le lui avait rappelé : quand Amenhotep le Troisième s'en était jadis emparé, le siège de Qadesh avait duré dix semaines. Le temps d'un embaumement ! Cette fois-ci, il ne serait certainement pas plus court et serait suivi de nouveaux combats. Sans aucun doute, Mouwatalli appellerait à la rescousse les princes voisins, avec qui il s'était allié. Avec combien d'hommes et dans combien de temps Ramsès rentrerait-il au pays ?

Les généraux et les officiers autour de lui observaient son expression.

— Allez dire au messager d'attendre et, toi, appelle le scribe, ordonna-t-il à son aide de camp.

Le scribe accourut, calame à l'oreille, et déroula une feuille de papyrus vierge sur la table du repas. Il déboucha le petit flacon qu'il portait à la taille, y trempa le calame déjà taillé et attendit les paroles du dieu incarné :

— Tu as éprouvé notre force, je rends hommage à ta sagesse, dicta-t-il. Moi, Ramsès Ousermaâtrê Setepenrê, je te montrerai la magnanimité des puissants. Je consens à prendre le chemin du retour.

Ramsès apposa son cachet, le papyrus fut roulé, glissé dans un étui et remis au messager de Mouwatalli.

Tout le monde regarda celui-ci s'élancer au galop vers le nord.

Alors commencèrent les dispositifs du retour au pays. Le retour ? Une déroute lente, plutôt.

Les soldats déposèrent dans le camp les armes enlevées aux morts, camarades aussi bien qu'ennemis. Ce serait le seul butin de l'aventure.

25

« Mieux vaut apprivoiser le lion que le tuer »

Il n'y avait pas de quoi pavoiser.

Allant à cheval, suivi de ses fils, Ramsès n'en finissait plus de dresser l'inventaire de l'expédition. Il était parti reconquérir Qadesh. Il ne l'avait pas fait. Il y avait perdu des hommes et du matériel.

Ramsès rumina aussi sur ses carences et ses erreurs : les éclaireurs n'avaient pas fait leur travail ni convenablement repéré l'ennemi ; et lui-même s'était laissé duper par les Shasous qui l'avaient trompé sur la position des forces de Mouwatalli. Il n'avait pas pris conseil de ses officiers et il avait entraîné la division d'Amon trop loin des autres ; il s'était ainsi rendu plus vulnérable à l'attaque des Hattous. Une fois de plus, il chassa avec honte et colère le souvenir de la panique qui avait régné dans le camp à l'arrivée des chars ennemis.

Il avait certainement évité un désastre de première grandeur, mais c'était par chance et non grâce à ses talents militaires. Si l'aile nord de la division de

Rê et les Néarins n'étaient venus à son secours, après l'offensive hattoue, il y aurait perdu la vie ou aurait été fait prisonnier. Il frémit de terreur rétrospective.

La Mère des Batailles et la troisième de Qadesh avait été une mêlée sans nom.

Peut-être feu Séthi avait-il pris le parti le plus sage en renonçant à reconquérir la place forte. Mais le fait était qu'il avait, lui, Ramsès, trop fait confiance à son génie militaire et à son armée. Les officiers avaient pris l'habitude des opérations légères, où la supériorité numérique leur permettait de gagner sans trop de difficulté. Ils manquaient de présence d'esprit, de capacité de décision.

Intimidés par son expression renfrognée, les princes et les généraux n'osèrent pas interrompre le cours des réflexions de Ramsès. De toute façon, les officiers étaient trop occupés à maintenir une certaine cohésion dans les régiments, où l'humeur n'était pas beaucoup plus riante que celle du chef divin. Des camarades morts, un butin quasi inexistant, des armes perdues et un nombre ridicule de prisonniers – deux cent douze –, les fantassins les plus obtus se rendaient bien compte que l'expédition avait été un fiasco. L'allure des équipages au premier jour du voyage fut donc poussive. Le soir, au souper, alors que le petit groupe de ses familiers était accroupi autour d'un grand feu, Ramsès commanda au général Ourhiya de dépêcher des émissaires au-devant, pour annoncer la victoire à Ouaset. Le militaire, interdit, manqua de s'étouffer.

— Le vil Mouwatalli n'a pas osé se montrer dans la bataille et il a fini par demander l'armistice, déclara Ramsès. Notre victoire est totale.

Personne n'osa émettre un son. Les insectes de nuit tournoyaient autour des flammes et des pots où cuisaient des quartiers de mouton.

— Et cela, poursuivit Ramsès, en dépit des graves défaillances dont j'ai dû subir les conséquences. Non seulement vos éclaireurs ont failli à leur mission, mais vous vous êtes laissé duper par les agents de Mouwatalli, qui vous ont raconté des mensonges. Le plus grave a été la désertion de mes troupes, qui m'ont laissé me battre seul contre des hordes de Hattous. C'est moi qui ai sauvé la bataille, moi seul.

Il but un grand coup de vin, et ses auditeurs en firent de même, mais dans leur cas, c'était pour faire passer ce mélange de fables, de contre-vérités et de reproches.

— Les émissaires partiront avant l'aube, Majesté, dit le général Ourhiya.

Qui donc eût osé faire observer au monarque que, s'il ne s'était pas avancé imprudemment jusqu'à la citadelle, sa division aurait été moins vulnérable, que les éclaireurs auraient eu le temps de le renseigner sur la véritable position des Hattous, qu'ils auraient pu bloquer les ennemis à la sortie du pont et qu'enfin la panique n'aurait pas envahi ses troupes ?

Le regard d'Imenherkhepeshef vagabonda par-dessus les flammes. Son père avait donc décidé de présenter une bataille stérile comme une victoire. Ce serait le seul moyen d'éviter un désaveu du clergé et des populations. La gageure était considérable, mais il ne doutait pas que son père y parviendrait, par l'intimidation et l'autorité.

Un incident détourna son attention : des cris provinrent du chariot des femmes, que Ramsès avait ordonné de rapprocher de son groupe, puisque l'on ne craignait plus d'attaques. Or, l'émoi était causé par des chacals qui rôdaient trop près du camp de ces dames, présidé par l'épouse secondaire Moutnofret et ses enfants. Des fantassins de la légion d'Amon allèrent chasser les rôdeurs en les menaçant de torches, et des hurlements animaux succédèrent aux cris féminins. Imenherkhepeshef ne sut pourquoi l'incident parut amuser infiniment son père. Mais ce fut la seule fois au cours du voyage de retour que l'humeur du monarque se détendit.

Au fil des étapes, l'intention de Ramsès s'affirma dans les propos qu'il tenait le soir devant le feu. Il avait gagné, oui, contre ces couards de Hattous. Il avait forcé ce pleutre de Mouwatalli à demander grâce. D'ailleurs, les Hattous avaient dépensé un argent fou à rameuter les hordes qu'ils avaient lancées contre Ousermaâtrê. Ils seraient maintenant ruinés.

Les fables peuvent parfois paraître plus réelles que la réalité. En tout cas dans la bouche d'un roi.

Ni les généraux ni les officiers ne cillèrent.

Le retour à Ouaset se fit au début du quatrième mois de l'été. La bataille n'avait duré qu'un jour, mais l'expédition, un peu plus de deux mois[1]. Le défilé dans l'avenue principale avait été annoncé trois jours auparavant ; aussi la foule fut-elle nombreuse. Chacun était curieux de voir la prodigieuse armée qui avait été défendre son empire asiatique contre les effroyables Hattous.

---

1. Les dates ont été reconstituées : du 5 mai 1274 avant notre ère au début du mois de juillet de la même année.

Généraux et officiers avaient fouetté à l'envi le moral de leurs troupes, et les allures se firent donc martiales pour l'entrée dans la capitale. Aussi les divisions avaient-elles bénéficié d'un jour entier de repos à Gaza, et les chevaux avaient été soigneusement pansés, les chars avaient été briqués et les perruques des officiers convenablement brossées. Le défilé des prisonniers déçut, mais le passage du lion à la suite des chars royaux et le spectacle des petits princes menant fièrement leur attelage – bien que ce n'eût jamais été le cas durant la bataille – avaient comblé les cœurs. Ah, quel roi ! Ah, quelle beauté ! Ah, quelle famille de héros ! Ah, quels fiers soldats ! Ramsès fendit un océan d'amour populaire. Les vagues en rejaillirent sur son armée. Elle en oublia les reproches et la déroute, elle fut presque reconnaissante du mensonge.

Les troupes et leurs officiers une fois rentrés dans leurs casernes, le chapitre suivant s'ouvrait avec le retour du souverain dans son Palais.

Thouy y présida en tant que gardienne du royaume et exprima sa joie et sa fierté. Thiyi, son époux Thïa, la Première Épouse, Néfertari, la Deuxième, Isinofret, puis aussi les épouses secondaires qui avaient donné naissance à des enfants entourèrent Ramsès, les yeux mouillés, et le couvrirent de mots d'amour, d'admiration et de dévouement. Ils reportèrent ensuite leurs blandices sur les princes qui avaient participé à la campagne. Vinrent enfin les vizirs, le grand-prêtre Nebounénef, les chambellans et tous les fonctionnaires du Palais, maîtres des Secrets et de la Garde-robe, scribes, officiers de Bouche, échansons, sans oublier le fidèle Imenemipet. Le pharaon finit par se retirer dans ses appartements et, peu après, se rendit aux bains avec ses fils. Deux mois de campagne avaient laissé le père passablement hirsute.

Nul ne pouvait douter un instant que ce fût bien là un accueil de vainqueur.

— Les dieux te protègent, fut l'unique commentaire privé qu'ajouta Néfertari après les compliments prodigués en public. Les corps avaient leurs confidences à se faire. Ramsès y reconstitua l'unité du sien ; il l'avait maintes fois vérifié, elle ne se réalisait qu'avec sa Première Épouse, ou, du moins, n'atteignait sa plénitude qu'avec elle. Tout corps amoureux est une conquête, et l'amant ou la maîtresse éperdus se comportent à l'instar des chacals qui tirent leur proie vers un antre où ils pourront la déguster à loisir. Seules diffèrent les manières, mais l'éclat vorace du regard est le même. À l'exception d'Isinofret, qui témoignait à l'occasion de délicatesses divertissantes, les autres épouses de Ramsès n'étaient que des friandises pour son *ka* ; elles rassasiaient l'insatiable appétit de chair fraîche qui tel un serpent noue et dénoue ses anneaux au fond de tout être, mais elles ne comblaient pas la solitude de Ramsès, cet incurable sentiment de devoir tout conquérir seul, qui s'était enraciné et développé en lui depuis l'enfance. Seule Néfertari savait déchiffrer d'un coup d'œil les hiéroglyphes qui racontaient sa vie publique ou privée ; elle était son scribe, son médecin et sa chanteuse ; sa devineresse et son acolyte ; elle était son intelligence. Depuis des années, il en était venu à identifier la finesse de ses attaches à celle de son intuition, la force de ses cuisses à celle de son dévouement, la finesse de sa peau à ses talents diplomatiques. Car elle était diplomate dans l'âme et avait réussi à se concilier la solidarité de la reine mère, alors que, cela est ancien, toutes les belles-mères ne savent reconnaître dans leurs brus qu'une prédatrice ou un succédané de mère.

— La chasse est plus glorieuse que la proie, dit-elle le matin, d'un ton presque indifférent, en sirotant son gobelet de lait aux abricots.

Ramsès, surpris, la dévisagea : elle avait deviné la sourde contrariété que lui valait l'échec de la campagne. Si Qadesh avait été conquise, on l'aurait su ; son divin époux était parti reprendre la citadelle et avait échoué. Son amour-propre saignait donc.

— Et mieux vaut apprivoiser le lion que le tuer, ajouta-t-elle.

Il marmonna, confondu, puis éclata de rire. Elle venait de résumer ce que devrait être la politique future du royaume à l'égard des Hattous.

— Il ne te reste qu'à célébrer la chasse, conclut-elle.

Le dompteur qui amenait les guépards et leurs écuelles surprit le couple royal alors que Ramsès déposait un baiser sur l'épaule de Néfertari. Elle caressa les fauves, qui lui léchèrent la main, et prit congé.

Il commença donc par célébrer la chasse.

Un bulletin militaire fut communiqué aux deux vizirs, au chef des scribes de la Maison royale et aux généraux, ainsi qu'au surintendant des Écuries, chargé des relations avec l'étranger. Puis il fut adressé au vice-roi de Koush, aux gouverneurs des provinces d'Asie et aux grands-prêtres des principaux temples des Deux Pays. Les termes en étaient passablement exaltés. Les scènes de bataille seraient gravées sur les murs de cinq temples et Ramsès chargea Imenemipet de veiller à ce qu'aucune ambiguïté n'y fût : la campagne avait été intégralement glorieuse. Les plans des bas-reliefs furent examinés d'un œil sourcilleux, et les représentations du divin et royal héros détaillées dans le moindre trait. Le réalisme du détail ne devrait laisser aucun doute sur l'exactitude du récit épique.

Au fil des semaines, il apparut à ses proches que Ramsès n'était pas entièrement satisfait. Cela se perçut aux questions qu'il posa à maintes reprises à son entourage. À sa mère d'abord, qui jugea difficile de faire mieux, laissant ainsi entendre qu'on en avait sans doute trop fait. Puis à Thïa et à Imenemipet. Personne ne trouvait rien à redire au récit.

— Oui, mais ce n'est que le récit d'une bataille, déclara-t-il à Thïa, interloqué.

— Que veux-tu que ce soit d'autre, mon divin frère ?

— Une histoire divine. Celle de l'intervention d'un dieu dans les affaires terrestres.

Ramsès, debout, arpentait la salle du Conseil, l'expression concentrée.

— Si je n'avais pas été au premier rang des combattants, si je n'avais fouetté mes troupes par mon courage, moi, seul contre ces hordes, si je n'avais stimulé leur courage défaillant, alors qu'ils couraient comme de vieilles femmes fuyant un incendie, un désastre serait advenu !

Thïa se retint d'observer que le désastre avait été consommé, car la campagne avait visé à reprendre Qadesh, et que non seulement Mouwatalli avait conservé la citadelle, mais encore qu'il avait affermi son emprise sur les principautés alliées, comme le confirmaient les informations des gouverneurs d'Asie. Mais de tels propos l'auraient voué à la disgrâce et, de surcroît, n'auraient servi à rien. Son beau-frère était possédé par une vision héroïque de lui-même. Comme on disait dans le peuple pour désigner quelqu'un qui déraisonnait, *ka-ounem-khat*, son *ka* avait mâché du *khat*.

Ramsès s'arrêta soudain et, le regard un peu trop brillant, déclara :

— Je veux que tu me trouves un scribe doué pour raconter cette histoire comme il convient. Pas un gribouilleur ne connaissant que les formules d'usage et ne sachant écrire que sous la dictée, non, un homme inspiré, exprimant avec éloquence ce qu'il est chargé de rapporter.

Thïa hocha la tête : un scribe qui saurait célébrer avec ferveur les mérites surhumains de Ramsès.

— Je ne veux pas d'un homme gras, conclut le souverain avec un demi-sourire. Les flammes des gens gras ne brûlent que lentement. Ce sont des lampes avares de leur huile.

Thïa sourit.

— Non, celui à qui je pense n'est pas gras, en effet.

Il prit congé de son maître.

Demeuré seul, celui-ci se caressa le menton, l'œil rêveur.

Oui, mieux valait sans doute dompter le lion que le tuer. Mais il fallait aussi lui faire savoir qui était le maître.

Grande fut leur surprise réciproque.

Ils poussèrent des exclamations de joie et échangèrent force claques dans le dos, puis s'offrirent à boire.

— Par Baâl ! Toi ici ?

— Tu ne m'as pas vu, hein ?

— Toi non plus.

— Cela va de soi : comment aurais-je pu te voir si je n'étais pas là ?

Le Palais d'Ihy regorgeait de monde. En plus de la clientèle habituelle, notables de Ouaset en goguette, militaires des rangs supérieurs, jeunes gens de bonne famille désireux d'échapper pour un soir aux banalités sentencieuses du cercle familial, on comptait nombre de marchands venus de province par bateau, pour écouler le produit des moissons, et qui s'émerveillaient du raffinement de l'établissement. Par Baâl ! Des gobelets émaillés ! Aussi la maîtresse de céans, dame Ianoufar, s'était-elle enrichie grâce aux loisirs nocturnes des célibataires de la capitale ; elle avait même fait agrandir le jardin et construire deux kiosques drapés de jasmin, où les clients les plus fidèles pouvaient se faire servir leurs boissons, bière, hydromel, vin de palme ou de raisin et, depuis quelque temps, du vin cuit aux épices de Koush ou cette boisson qu'on disait prisée au Palais, du vin deux fois fermenté et mousseux.

Les deux amis allèrent s'y attabler. Ils n'étaient nuls autres que Thïa et Imenemipet.

— Je ne savais pas que tu venais ici, dit ce dernier.

— Depuis quelque temps, oui. Je n'y connais pas grand monde, mais cela vaut mieux que de tenir des propos convenus.

Imenemipet soupira.

— Je sais ce que tu veux dire. Langue prisonnière mécontente la tête.

— Thiyi ne souffre pas qu'on profère la moindre critique sur son frère. Il y a pourtant bien des choses à dire qui lui profiteraient.

— Non, je sais : les conseillers sont priés de garder leurs conseils pour eux. Je ne serais pas étonné que ma charge soit bientôt confiée à un perroquet.

— Je pense que la déroute de Qadesh a durci son caractère.

— Certainement. Et je pense, moi, que cela vaut mieux pour lui.

— Comment ?

— Écoute-moi : je l'aime comme s'il était mon propre frère et je donnerais ma vie pour lui. Mais s'il avait emporté la citadelle, son orgueil n'aurait plus connu de limites.

— C'est triste à dire, mais il est vrai qu'il a énormément changé.

— Il est désormais le maître tout-puissant de To-Méry.

— C'est un grand malheur, dit Thïa.

Imenemipet parut déconcerté.

— Un grand malheur ? répéta-t-il.

— Je sais, cela peut paraître absurde. Mais j'ai toujours pensé que le succès appauvrit les vainqueurs. Tant que l'on s'oppose aux autres, on s'enrichit à leur contact. Quand il n'y a plus d'obstacles, l'on ne connaît plus que soi-même. Et que vaut un homme seul ? Il a vite mangé son pain et finit par se ronger les ongles.

Cette vision du succès dérida Imenemipet. Il rit de bon cœur.

— Mouwatalli a pourtant été un obstacle mémorable, observa-t-il.

— Et maintenant, il le nie. Tous ses efforts visent désormais à transformer sa déroute en victoire. Il nie la réalité et, à la manière dont il regarde ses enfants, je me demande parfois s'il les voit souvent.

— Il est vrai qu'il y en a de plus en plus. Je ne connais plus leurs prénoms, à part ceux des trois ou quatre premiers : Imenherkhepeshef, Parêherounemef, Ramsès, Khaemouaset... Après, il y a, attends, Montouherkhepeshef, Nebenkharou, Meryamon, Sethemouïa... Et les filles ! Sans compter les enfants des épouses secondaires. Mais ne te méprends pas : il se tient extrêmement bien renseigné sur l'état du royaume. Il a placé des informateurs partout et il réorganise l'armée d'une main de fer. Il élimine tous les vieux cadres du temps de son père et les remplace par des hommes à sa dévotion. Il n'a donc plus de raison de nous écouter.

— L'essentiel, dit Thïa en souriant ironiquement, c'est que nous, nous ne devenions pas trop puissants.

La réflexion suscita un rire bref chez Imenemipet. Il avisa un serveur et le pria de rafraîchir leurs verres.

La lune dispersait des pétales blancs sur le Grand Fleuve. Le vin mousseux amusait le palais. Il y avait de jolies filles dans les jardins. La vie était douce. En dépit des humains. En dépit de leur maître, Ramsès Ousermaâtrê Setepenrê.

26

Une abrupte fin de carrière

Vingt-trois ou vingt-quatre ans, un corps qui semblait principalement composé d'os, de tendons et de nerfs, des yeux décidément trop grands et des mains qui, visiblement, n'avaient jamais travaillé la terre. D'ailleurs, arrière-petit-fils de scribes d'On[1], sa famille ne maniait que le calame. Il s'appelait Pentaour.

À la façon dont Ramsès attarda son regard sur lui, il fut évident qu'il approuvait le choix de Thïa. Les yeux du scribe lui rappelèrent ceux de Néfertari, sans qu'il pût savoir pourquoi.

— Tu as lu le bulletin militaire ? demanda le souverain.

— Oui, Majesté.

— Qu'en penses-tu ?

— Il est semblable à tant d'autres, Majesté.

— Exactement ! s'écria Ramsès.

---

1. Nom antique d'Héliopolis, au nord de Thèbes, grand centre de la théologie égyptienne.

Il se tourna vers Thïa d'une façon qui équivalait à un congé. C'était son ancien précepteur et désormais beau-frère qui lui avait amené Pentaour et la courtoisie eût invité à lui permettre d'assister au premier entretien avec le scribe. Mais la courtoisie n'était pas au programme et Thïa le comprit ; il demanda donc la permission de se retirer.

— Que suggères-tu ?

— De faire revivre l'héroïsme de cette bataille, Majesté.

— L'héroïsme de qui ?

— De Ta Majesté et de ses troupes.

— Les troupes ont été lamentables. Si je n'avais été présent, il faut que tu le saches, la bataille aurait tourné au désastre.

Un regard perçant adressé à Pentaour servit d'avertissement. Ce dernier battit des cils.

— Je m'en souviendrai, Majesté.

— Bon. Je veux maintenant que tu m'écrives comme il faut le prologue de la bataille qui donnera le ton au reste. Combien de temps te faut-il ?

— Sa Majesté l'aura demain matin.

— Bien, dit Ramsès. Je vois que tu manies aisément les mots.

Pentaour se leva, baisa la sandale royale, s'inclina et sortit. Le Premier chambellan annonça les architectes de Pi-Ramsès que venait présenter Maÿ.

Le lendemain, à la même heure, Pentaour fut annoncé.

— Qu'il entre.

Le scribe apparut, un étui de roseau à la main, et observa le cérémonial du baiser à la sandale.

— Alors, que m'apportes-tu ?

Pentaour tira un papyrus de l'étui. Ramsès fit signe au chambellan de les laisser seuls. Le scribe déroula le document :

— « Ici; lut-il d'une voix grave et sonore, commence la victoire du roi du Haut et du Bas Pays, Ousermaâtrê Setepenrê, le fils de Rê, Ramsès Meryamon, qu'il remporta dans le pays de Khatti, Naharina, dans la terre d'Arzawa, de Pidasa, dans celle de Dardani, celle de Keshkesh, dans la terre de Masa, la terre de Karkisha et celle de Lukka, en Karkemish, Kady, le pays entier de Noukashtché, le pays de Qadesh, celui d'Ougarit et de Moushanet[1]. Sa Majesté était un seigneur plein de jeunesse, actif et de membres puissants, son cœur était vigoureux, sa force pareille à celle de Montou. Il était parfait d'aspect, comme Atoum. On se réjouissait à voir sa beauté. Il était chargé de victoires. On ignorait quand il voulait combattre. Il était un mur inébranlable pour son armée. Le jour du combat, il était son bouclier et un archer sans pareil. Il est plus brave que des centaines d'hommes. Il est pareil au feu qui brûle. Un million d'hommes ne peuvent lui résister. Pareil au lion sauvage dans les vallées des animaux du désert... »

Il leva les yeux. L'expression de Ramsès fut la réponse qu'il attendait. Le pharaon souriait de satisfaction.

---

1. Naharina était le royaume du Mitanni, au nord d'Alep, à plus de deux cents kilomètres de Qadesh; Dardani se trouvait à l'ouest de l'Asie Mineure; Keshkesh se situait sur la mer Noire. Or, la bataille de Qadesh, qui se déroula au sud de la citadelle, ne mena jamais Ramsès dans ces contrées.

Il n'était jamais monté si haut que Naharina, Keshkesh ou Dardani, mais ce n'était pas là un bulletin militaire. Tant mieux si le scribe lui prêtait des exploits supplémentaires.

— Bien, très bien, dit Ramsès. Tu as compris ce que j'attendais de toi. As-tu écrit davantage ?

— Quelques lignes, Majesté. Il a fallu, avant de tremper le calame dans l'encre, que j'élève mon esprit jusqu'à ta splendeur.

Ramsès ne jugea pas nécessaire d'approfondir les moyens par lesquels le scribe élevait son esprit.

— Je suis satisfait. Lis-moi ce que tu as encore écrit.

Pentaour s'humecta les lèvres.

— « Il ne se vante pas. Il a sauvé son armée au combat. Il a sauvé son infanterie et ramené ses hommes à leurs foyers, car son cœur est comme une montagne de cuivre. Lorsque Sa Majesté eut préparé son infanterie, sa charrerie et les Shardanes qu'elle avait faits prisonniers de ses bras vigoureux, lorsqu'elle leur eut confié le plan de bataille qu'elle avait préparé, Sa Majesté partit en direction du nord, avec son infanterie et sa charrerie. Son départ se fit sous de bons augures, au neuvième jour du deuxième mois de la saison de l'été de la cinquième année. Sa Majesté passa la forteresse de Tjarou, puissant comme une apparition de Montou. Tous les pays étrangers tremblaient devant elle et leurs chefs lui apportèrent leurs tributs. L'armée longea les défilés profonds comme elle aurait longé les routes de To-Méry[1]... »

1. Le texte authentique a été adapté d'après la traduction originale (voir Notice, p. 451).

— Parfait, s'écria Ramsès. Pourras-tu tenir ce souffle jusqu'à la fin ?

— L'approbation de Sa Majesté m'en donne les forces.

— Eh bien, tu l'as. Rentre chez toi et continue. Quand tu seras sorti d'ici, ne pars pas tout de suite. Tu verras le chambellan à la porte. Dis-lui que je veux le voir et attends-le.

Ainsi fut fait. Ramsès ordonna au chambellan de prier le maître du Trésor de donner trois anneaux d'or au scribe Pentaour qui attendait à la porte.

Entra alors le général Ourhiya. Sa mine sombre contrastait avec le visage radieux de son maître. Celui-ci lui en fit l'observation :

— Le soleil est haut dans le ciel, général, mais tu n'as pas chassé la nuit de ton visage.

— Que mon roi divin veuille bien me le pardonner. Les nouvelles d'Asie m'ont, il est vrai, assombri.

— Je t'écoute.

— Mouwatalli est en train de reconstituer sa coalition.

— C'est une coalition de rats affamés. Leurs paroles ne vaudront pas plus pour lui que pour nous. Ils courent vers l'odeur du fromage.

Ourhiya parut ébranlé par l'assurance de son maître.

— Les informations que j'ai reçues indiquent qu'il manque d'argent. Il a mobilisé plus de soldats qu'il ne peut en payer. Et il ne parvient pas à obtenir les tributs qu'il demande de tous ces gens. Si je lui offrais de racheter Qadesh, il l'accepterait. Mais je ne lui en donnerai pas un anneau d'or.

— Les paroles de mon roi divin sont comme le soleil.

Le général parvint à se recomposer un masque inexpressif. Toutefois, il fut intrigué : comment Ramsès savait-il que Mouwatalli manquait d'argent ? Il avait donc des rapporteurs en Asie, dans les places fortes proches des petits royaumes alliés de Mouwatalli. Peut-être des Shasous. En dépit de ses apparences distraites, Ramsès Ousermaâtrê gardait donc un œil d'épervier sur son empire.

— Comment avance ton travail d'épuration des cadres, général ?

— Comme Ta Majesté me l'a recommandé, je procède avec prudence. Mais les vieux officiers ont fini par s'aviser qu'on leur fend l'oreille de manière systématique à partir d'un certain âge.

— D'un certain poids aussi.

Le général ne put retenir un sourire gêné. Son embonpoint l'expliquait.

— Un homme gras est un oisif ou un glouton, déclara Ramsès. Dans les deux cas, il ne peut être utile à la défense du royaume. S'il est oisif, ses subordonnés ne le respectent pas et, s'il est glouton, il ne peut pas plus maîtriser ses hommes que son appétit. En campagne, il ne peut se satisfaire de la même ration que les autres ; au combat, il court moins vite.

— Sa Majesté me l'a enseigné. J'ai donc expédié les uns et les autres soit chez eux, soit dans des postes où leurs vertus militaires ne seront plus mises à l'épreuve.

— Dans une armée, un officier négligent est comme une tête malade dans un corps sain : il met deux fois plus de temps qu'un officier vigilant à faire ce qu'il faut. On l'a bien vu à Qadesh quand les Hattous ont attaqué par surprise. Seuls mon écuyer Menna, le lieutenant Horamès et ton fils Youpa ont saisi leurs armes et se sont rangés autour de moi. Les soldats couraient dans tous les sens comme des poules devant un renard, parce que leurs officiers ne leur avaient pas donné les ordres assez vite et n'avaient pas maintenu la discipline. Un soldat en campagne doit toujours avoir ses armes près de lui et s'en saisir dans l'instant où son supérieur lui en donne l'ordre.

C'était bien la dixième fois que le général Ourhiya entendait cette critique. Le pharaon radotait-il ? Avait-il perdu la mémoire ? Sa garde personnelle de Shardanes lui avait quasiment collé au corps et il avait été promptement secouru par les Néarins. Prenait-il le général pour un débile ?

— Telle est la raison pour laquelle, général, quand tu auras fini la réorganisation des troupes, tu céderas ta place à ton fils Youpa.

Le plafond se serait écroulé sur la tête du général Ourhiya que l'effet n'en eût pas été plus brutal. Ramsès mettait fin à une longue et glorieuse carrière comme on étouffe la flamme d'une lampe avec un couvercle. Il ouvrit la bouche, ses lèvres tremblèrent, ses yeux ronds tournèrent dans tous les sens et sa couleur devint malsaine, rouge ici, livide là. Le regard du divin roi demeurait cependant fixé sur lui. Un regard de pierre.

— Je n'ai pas voulu t'humilier en sévissant tout de suite après le retour de Qadesh, car cela aurait rendu la réorganisation de l'armée plus difficile. Mais en tant que chef des quatre divisions, tu ne peux nier ta responsabilité.

Les yeux du général se mouillèrent. La sentence flottait au-dessus de sa tête depuis le retour de Qadesh.

Allait-il pleurer comme une vieille femme ? Ce serait justifier les reproches de son maître.

— Seule ta divine sagesse peut voir au-delà de l'horizon, divin roi, articula-t-il d'une voix cassée. Mais le fait est que cette armée avait vieilli.

Façon de dire que la discipline s'y était amollie depuis que Horemheb l'avait reprise en main. Le déclin avait commencé avec Séthi. Sans doute Ramsès entendit-il le reproche. Il en fut irrité : il aurait dû lui-même réorganiser l'armée avant de lancer l'offensive sur Qadesh. Mais il ne voulait pas s'aliéner un général aussi respecté qu'Ourhiya.

— Ton honneur est sauf, dit-il, puisque ton fils te succède. Je l'ai vu au combat. Son corps est comme de l'airain et il a des yeux tout autour de la tête. Il sera un grand exemple. Va.

Ourhiya sortit, d'un pas cassé, comme s'il avait pris dix ans d'un coup. En réalité, il en avait pris bien plus, puisqu'il avait cessé d'exister. Il était déjà dans l'au-delà.

En voilà un qui étendrait la clientèle du Palais d'Ihy.

Pentaour revint le lendemain. Le Premier chambellan s'alarma de son apparence : le scribe avait le visage mangé par l'insomnie et le regard d'un fou. Comble d'incorrection, il n'était pas rasé.

— Tu vas te présenter comme ça devant notre divin roi ? Ajuste au moins ta perruque !

— Le souverain céleste m'attend ! Laisse-moi passer !

Ramsès aussi fut surpris par la mine de Pentaour.

— Alors, scribe, ton esprit s'est-il envolé cette nuit ? demanda-t-il après que son chantre lui eut quasiment léché les orteils.

— Mon divin roi, ton *ka* est certainement venu me souffler les mots que je devais écrire.

L'exaltation du scribe intrigua Ramsès :

— Je t'écoute.

Pentaour déroula un nouveau papyrus.

— « Quand Sa Majesté arriva dans la ville de Qadesh, le vil vaincu de Qadesh avait rassemblé tous les pays étrangers jusqu'aux confins de la mer. Toute la population des Hattous était arrivée, de même que celles de Naharina, d'Arzawa, de Dardani, de Keshkesh, de Masa, de Pidasa, d'Arouwen, de Karkisha, de Lukka, de Kizzouwadna, de Karkemish, d'Ougarit, de Kady, tout le pays de Noukashtché, de Moushanet, de Qadesh. Il ne laissa aucun pays s'abstenir, même les plus lointains, et leurs chefs l'accompagnaient. Tous avec leur infanterie et leur charrerie se déployaient partout, courant les montagnes et les vallées, aussi nombreux que les sauterelles. Il avait épuisé son argent à payer les pays étrangers pour qu'ils combattent avec lui. Le vil vaincu des Hattous et les nombreuses nations étrangères avec lui s'étaient réunis au nord-est de la ville de Qadesh, l'arme au pied. Pendant ce temps, Sa Majesté était seule avec ses suivants et la division d'Amon. La division de Rê passait le gué dans les faubourgs de Shabtouna, à la distance d'un *iter*[1] de Sa Majesté. La division de Ptah se trouvait au sud de la ville d'Aronama et la division de Seth était en route. Mais le vil vaincu des Hattous, au

1. Environ dix kilomètres.

milieu de son armée, n'alla pas combattre, saisi par la peur de Sa Majesté. Il avait lancé hommes et chevaux, plus nombreux que les grains de sable dans le désert. Il y avait trois hommes par char, bardés d'armes. Ils s'étaient rassemblés cachés derrière la ville de Qadesh et ils déferlèrent par le sud, coupant la division de Rê en son milieu ; elle ne sut plus de quel côté affronter l'ennemi. L'infanterie et la charrerie de Sa Majesté se trouvèrent désemparées. Sa Majesté se trouvait au nord de Qadesh, sur la rive occidentale de l'Amourrou quand elle fut informée de l'attaque… »

— Bien, c'est tout à fait juste. Continue, dit Ramsès en sirotant du jus de raisin frais.

Et Pentaour reprit, d'une voix de plus en plus palpitante :

— « Alors Sa Majesté apparut en gloire comme son père Montou[1]. Il endossa l'équipement de bataille et enfila sa cuirasse. Il fut comme Baâl à son heure, guidant ses chevaux Nekhtouaset et Nefermoût, de la grande écurie d'Ousermaâtrê Setepenrê, aimé d'Amon… Seul, sans personne près de lui, Sa Majesté partit au galop et pénétra dans la horde des vaincus du Hattou. Il regarda autour de lui et vit que deux mille cinq cents chars l'entouraient, conduits par les meilleurs guerriers des vaincus du Hattou et des nombreuses armées étrangères avec eux, d'Arzawa, de Masa et de Pidasa. Ils étaient trois hommes par char, arrivant en force, alors qu'il n'y avait aucun officier avec moi, pas de conducteur de chars, pas de porte-bouclier, mon infanterie et ma charrerie s'étant dispersées devant les ennemis, il ne restait personne pour les combattre… »

1. Dieu-faucon et guerrier de la région de Thèbes (Ouaset).

La voix de Pentaour défaillit. Il chercha son souffle.

— Très bien, dit Ramsès. J'aime comme, tout à coup, c'est moi qui parle.

Pentaour haletait. Était-ce sous l'effet de l'émotion que lui valaient les compliments, ou bien celui du *khat* et du vin consommés pendant la nuit ?

— Rentre chez toi, repose-toi et continue, dit Ramsès.

Pentaour sourit alors d'une manière effrayante. La double rangée de dents blanches dans son visage ravagé, sous des yeux d'animal fou, saisit même son royal interlocuteur. Après les éloges, la sollicitude du dieu incarné l'avait empli d'un sentiment proche de la folie. Il baisa une fois de plus le gros orteil divin et prit congé.

Le chambellan secoua la tête d'incrédulité en le voyant sortir.

Il aurait été bien plus étonné s'il l'avait suivi jusqu'à la sortie du Palais : le scribe marmonnait tout seul, faisant de grands gestes et levant au ciel des yeux extatiques.

27

Le délire du scribe Pentaour

Pentaour s'était fait raser, mais le résultat n'était guère plus rassurant : ses yeux mangeaient sa face livide et sa bouche paraissait sanglante. Peut-être se mordait-il les lèvres. Néanmoins, Ramsès l'avait adopté. Comme jadis le gros chat qu'il avait rencontré dans les sous-sols du Palais, comme Iminedj et Imenemipet, comme les guépards, le scribe était l'une des rares créatures vivantes qui lui eussent témoigné une affection spontanée, dont tout calcul était absent. Cela le changeait des gracieusetés dévotes et confites en arrivisme qu'il entendait toute la journée.

— « Est-ce le rôle d'un père, clama Pentaour, que d'ignorer son fils ? Ai-je commis une faute envers toi ? Je n'ai pourtant désobéi en rien à ce que tu m'as ordonné ! »

Ramsès prêta une oreille attentive : Pentaour s'était substitué à lui. Le poème était désormais écrit à la première personne. C'était pour le moins étonnant. Aucun autre texte pareil n'avait été écrit de mémoire d'homme. Comment pareille réincarnation était-elle possible ?

— « Tiendras-tu compte, ô Amon, de ces Asiatiques si vils et si ignorants de la parole divine ? N'ai-je pas érigé de nombreux monuments à ta gloire ? Et rempli ton temple de mes butins ? N'ai-je pas construit pour toi la Maison des Millions d'Années ? Je t'ai offert tous les pays réunis pour enrichir les offrandes, et j'ai fait faire pour toi les sacrifices de dix mille têtes de bétail et de plantes odorantes. J'ai construit pour toi de grands pylônes et j'ai moi-même dressé leurs mâts et apporté pour toi des obélisques de Khnoum. J'ai même fait le carrier et conduit pour toi des bateaux sur la Grande Verte afin de t'apporter des produits des pays étrangers. Accorde donc ton bienfait à celui qui s'en remet à toi ! »

Le sourire avait disparu des lèvres de Ramsès. Son expression était devenue grave. Oui, lui, l'unique héritier, s'était voué corps et âme à l'instauration de l'ordre divin dans le royaume...

— « Je fis appel à toi, mon père Amon, quand j'étais entouré par des hordes hostiles. Tous les pays étrangers étaient ligués contre moi, et j'étais seul. Ma nombreuse infanterie m'avait abandonné et aucun de mes chars ne se soucia de moi ! Je ne cessais de les appeler, aucun d'eux ne me répondit... »

Les larmes pointèrent dans les yeux de Ramsès. C'était vrai : jamais, jusqu'alors, il n'avait autant ressenti sa solitude. Dans quelques miettes de minute, lui, le dieu incarné, serait foulé aux pieds par les sabots et les roues des Hattous...

— « J'ai trouvé Amon plus efficace que des milliers de fantassins, que des centaines de milliers de conducteurs de chars et même que dix milliers de frères et d'enfants unis dans un seul cœur ! Ô Amon, je n'ai pas défié ta volonté ! Vois, j'ai prié aux confins des pays étrangers, et ma voix a atteint On du Sud. J'ai trouvé Amon quand je l'ai appelé. Sa voix résonne comme si nous étions face à face : "Je suis avec toi. Je suis ton père. Ma main t'accompagne. Je suis plus utile que des centaines de milliers d'hommes. Je suis le seigneur de la victoire !"... »

Pentaour s'arrêta soudain, comme si sa voix s'était cassée. Il vit les yeux humides de son roi, mais il était figé. Il n'était pas sorti de sa transe.

— C'est tout ce que j'ai écrit cette nuit.

— Il faut continuer.

Le roi et le scribe demeurèrent vis-à-vis.

— Comment as-tu compris tout ce que j'ai ressenti ?

— Je l'ignore, Majesté. Peut-être est-ce ton *ka* qui me l'a obligeamment soufflé.

Ramsès ne releva pas l'incongruité de l'hypothèse.

— Va. Reviens demain.

— Parfois la pensée voyage.

— Et le *ka* aussi ?

Néfertari ne répondit pas. Elle demeura allongée sur le lit, immobile, dorée par la lumière de la lampe, comme se préparant à l'éternité.

— Ce scribe aura compris ta détresse, dit-elle enfin. A-t-il été à la guerre ?

— Je ne sais pas. Ce n'est pas un scribe militaire.

— Ne te laisse pas troubler. Cela démontre que tu es moins seul que tu ne l'avais craint. Amon t'a secouru dans ton épreuve et ce scribe l'a perçu.

Ces consolations eussent dû le rasséréner ; elles augmentèrent son désarroi. Il posa une main sur l'épaule de Néfertari, comme pour demander une autre réponse. Non, pas des émois sexuels, non, pas cela. Il lui semblait entendre mille voix et il voulait entendre la sienne.

— Bois ton vin et garde confiance.

« Bois ton vin. » La phrase était si juste qu'il en sourit. Dans un geste symétrique au sien, elle posa la main sur son épaule. Il cessa de se battre, il laissa son corps retomber dans la nuit.

— Donne-moi du vin, alors.

Elle l'embrassa. La paix le gagna.

— « Mon cœur se renforça, ma poitrine fut en joie. J'étais comme Montou. Je tirais à droite et je capturais à gauche. Aux yeux de tous, j'étais comme Seth en action. Je voyais les deux mille cinq cents chars qui m'entouraient s'écrouler devant mon attelage. Aucun ne possédait plus de mains pour me combattre, leurs bras s'étaient affaiblis, ils étaient incapables de bander leurs arcs ou de tenir leurs javelots. Je les forçai à se jeter à l'eau comme des crocodiles. Je semai à mon gré la mort dans leurs masses, et ceux qui étaient tombés ne pouvaient plus se relever… »

Pentaour reprit son souffle. Ramsès ne détachait pas ses yeux de lui.

— « Le vil chef des Hattous restait entouré de son infanterie et de sa charrerie, regardant Sa Majesté combattre seule, sans infanterie ni charrerie. Il réunit plusieurs chefs, chacun avec ses chars armés, le chef d'Arzawa, celui de Lukka, celui de Karkemish, celui de Karkisha, celui d'Alep, ainsi que ses propres frères. Ils comptaient plus de mille chars qui se jetèrent dans le feu de l'action. Pareil à Montou, je courus sus et leur fis éprouver la vigueur de ma main. En un instant, je fis un carnage dans leurs rangs. L'un d'eux appela son camarade et lui cria : "Ce n'est pas un homme que nous voyons, mais Seth dans toute sa force ! C'est Baâl en personne ! Fuyons pour épargner nos vies pendant que nous le pouvons ! Regardez, ceux qui osent s'approcher de lui en perdent leurs moyens, leurs membres fléchissent, ils ne peuvent plus tenir ni arc ni javelot !" Sa Majesté les poursuivait comme un griffon. Je tuais sans merci. Je criai pour appeler mon armée : "Tenez bon ! Haut les cœurs ! Admirez ma victoire, car Amon seul m'a protégé ! Comme vos cœurs sont défaillants, mes conducteurs de chars ! Aucun de vous n'est plus digne de ma confiance ! Y en a-t-il pourtant un parmi vous que je n'ai comblé ? Ne suis-je pas devenu votre maître alors que vous étiez pauvres ? Je vous ai nommés officiers selon mon bon vouloir, j'ai restauré les fils dans les terres de leurs pères, j'ai répandu le bien dans tout le pays. J'ai même libéré vos serviteurs et les ai remplacés par ceux que vous aviez faits prisonniers…" »

La voix de Pentaour s'était élevée au point que le Premier chambellan, alarmé, ouvrit la porte. Le spectacle de ce scribe gesticulant et criant de souverain émoi l'emplit d'effroi. Un crime de lèse-majesté ! Mais le monarque demeurait impassible ; il paraissait fasciné par l'autre. Le chambellan referma la porte.

— « Je vous ai laissés habiter les villes sans corvée militaire. J'en ai fait de même pour mes conducteurs de chars, que j'ai renvoyés dans leurs villages, me disant : "Je les trouverai comme aujourd'hui, prêts à se joindre au combat !" Mais voyez ! Pas un homme parmi vous n'est venu me tendre la main quand je me battais. Le crime de mon infanterie et de ma charrerie est plus grand que les mots ne peuvent l'exprimer ! Mais voilà qu'Amon m'a concédé la victoire sans que l'infanterie ni la charrerie m'assiste. J'étais seul, aucun officier ne m'a suivi, aucun conducteur de chars, aucun soldat, aucun capitaine. Les pays étrangers qui m'ont vu crieront mon nom aussi loin que porte l'écho. Car les flèches de ceux qui me visaient se sont égarées sans m'atteindre… »

Pentaour tomba à genoux et demeura prostré, tête penchée, papyrus à la main. Ramsès était toujours immobile, de plus en plus troublé par cet inconnu qui avait raconté la bataille, non comme les autres l'avaient peut-être vue, mais comme lui l'avait vécue.

— Relève-toi.

Pentaour obéit, mais il demeura chancelant, le regard voilé, hagard.

— Va appeler le chambellan.

Le scribe avait à peine ouvert la porte que le chambellan entra, inquiet.

— Chambellan, fais donner cent anneaux d'or au scribe Pentaour, que voilà.

Le pharaon aurait ordonné au chambellan d'aller faire pisser Anubis que son expression n'eût pas été plus effarée. Il s'était peut-être attendu à l'ordre de faire arrêter cet olibrius, de l'emmener en prison et de le faire décapiter dans l'heure.

— Tout de suite, roi divin, tout de suite.

— Et toi, Pentaour, je t'attends demain.

Celui-ci revint s'agenouiller et baiser la sandale royale, puis suivit le chambellan.

Ramsès fut absent jusqu'au lendemain. Personne n'avait jamais capté ses sentiments comme Pentaour. Personne ne l'avait autant exalté.

En outre, il n'avait pas soupçonné le retentissement du don extraordinaire de cent anneaux d'or à un scribe inconnu. Le lendemain, une petite foule se pressait dans l'antichambre de la salle d'audiences, là où le souverain recevait Pentaour lors de leurs entretiens réservés : on y comptait ses propres fils, Imenherkhepeshef, Ramsès, Khaemouaset et Parêherounemef, ainsi que Thïa et Imenemipet.

— Qu'attendez-vous là ? demanda-t-il.

— Nous voulons voir ce scribe prodigieux, objet de tes bienfaits, répondit Imenherkhepeshef.

— Eh bien, il mérite votre attention, déclara Ramsès entrant dans la salle.

Pentaour arriva donc. Il paraissait avoir perdu de sa substance depuis qu'il avait entrepris d'écrire son poème : il n'était plus qu'une forme hâve, surmontée d'un faciès mortuaire. Survivrait-il à l'achèvement de son œuvre ?

— Bienvenue, Pentaour ! entendirent les gens massés devant la porte.

Un accueil inouï. Puis la porte fut refermée.

— « Quand mon infanterie et ma charrerie s'avisèrent que j'étais pareil à Montou, commença Pentaour, que mon bras était puissant et que mon père Amon était à mes côtés, mettant en pièces les ennemis étrangers, ils revinrent vers le camp. Ils y trouvèrent les ennemis baignant dans leur sang, même les vaillants guerriers hattous, même les enfants et les frères de leurs chefs. Alors mon armée entreprit de chanter mes louanges. Mes officiers supérieurs célébrèrent mon bras puissant, et ma charrerie se déclara fière de m'avoir comme chef : "Quel magnifique guerrier qui exalte le cœur ! Tu as sauvé tes fantassins et tes chars ! Tu es bien le fils d'Amon. Tu as dévasté le pays des Hattous. Toi, un roi, tu as combattu pour ton armée sur le champ de bataille. Ta grandeur s'élève aux yeux de ton armée et du pays tout entier. Tu ne te vantes pas, tu protèges To-Méry et tu courbes la nuque des pays étrangers. Tu as brisé l'échine du Hattou pour toujours." Voici ce que répondit Sa Majesté à ses officiers supérieurs, à son infanterie et à sa charrerie : "Un homme n'apparaît-il pas plus grand quand il revient dans son pays après s'être comporté en brave en présence de son Seigneur ? N'avez-vous pas compris dans vos cœurs que je suis un mur de fer ? Que diront les gens quand ils apprendront que vous m'avez abandonné, tout seul, et qu'aucun de vous, officier, capitaine ou soldat, n'était là pour m'assister pendant que je combattais ? J'ai vaincu des millions de pays étrangers, seul avec mon attelage, Nekhtouaset et Nefermoût, mes grands chevaux. C'est en eux que j'ai trouvé de l'aide, lorsque j'étais seul contre des pays étrangers. Je continuerai à les faire nourrir en ma présence, chaque jour, quand je serai dans mon palais. Ce sont eux que j'ai trouvés au milieu de la bataille avec mon écuyer Menna, les serviteurs de ma maison, témoins de mon combat…" » J'ai soif, roi divin.

Ramsès lui tendit son propre gobelet et, après un instant d'hésitation, Pentaour y trempa les lèvres et but une longue gorgée.

— « Quand la terre eut bu le sang et qu'elle eut blanchi, je passai les rangs en revue, avant le combat qui s'annonçait. J'étais prêt à l'affrontement comme un taureau en furie. Je pénétrai les rangs comme fond un faucon sur sa proie, et Celle[1] qui était à mon front fit tomber mes ennemis. J'étais comme Rê quand il apparaît en gloire à la pointe du matin. Mes rayons brûlèrent les corps des rebelles. L'un d'eux cria à son camarade : "Prends garde ! Ne l'approche pas. Regarde, Sekhmet la Grande est avec lui. Quiconque l'approchera sera consumé par un souffle de feu." Alors le vil chef des Hattous envoya un message célébrant mon nom comme celui de Rê et disant : "Tu es Soutekh, Baâl en personne. Ta terreur est un tison dans la terre des Hattous." Ses émissaires remirent une lettre à Sa Majesté, au siège de Rê-Horakhty, le taureau puissant aimé de Maât et souverain qui protège son armée, le mur au combat pour ses soldats, roi du Haut et du Bas Pays, Ousermaâtrê Setepenrê, fils de Rê, lion, seigneur au bras vigoureux, Ramsès Meryamon, doté de la vie éternelle… »

Un changement d'attitude de Ramsès suspendit la récitation de Pentaour. Jusqu'alors penché vers le scribe, il s'était adossé à son trône, les yeux levés.

Éternel ! Oui, il était éternel !

— Continue.

— « Ton serviteur parle et fait en sorte qu'on sache que tu es le fils de Rê, issu de son corps. Il t'a donné toutes les terres, réunies en un pays. Le pays de To-Méry et celui des Hattous, ils t'appartiennent, ils sont sous tes pieds. Rê, ton noble père te les a donnés. Vois,

---

1. La Lointaine, Ouadjet, représentée par le cobra qui se dresse au-dessus de l'uræus.

grande est ta puissance et lourde est ta force sur le pays des Hattous. Il est bon que tu aies tué mes gens, alors que tu les regardais de ton visage sauvage, et que tu n'aies pas eu de pitié. Vois, tu es venu hier, tuant des centaines de milliers et, aujourd'hui, tu ne leur as laissé aucun héritier. Ne sois pas dur, roi victorieux. La paix est meilleure que la guerre. Laisse-nous vivre ! »

Pentaour leva le visage vers Ramsès ; il fut troublé par l'extase qui se peignait sur ses traits. Pouvait-ce vraiment être l'effet de sa récitation ?

— Je t'écoute, dit Ramsès.

— « Alors Ma Majesté fut clémente, elle était Montou en son temps, lorsque le succès couronna son attaque. Puis Ma Majesté convoqua les chefs de son infanterie et de sa charrerie pour leur communiquer le message qui m'avait été adressé par le vil roi des Hattous. Ils s'écrièrent d'une seule voix : "La paix est infiniment bonne, ô seigneur, notre maître. Une réconciliation ne sera pas blâmable, car qui te résisterait le jour de ton courroux ?" Ma Majesté ordonna que ces mots fussent connus de tous, et je me repliai donc vers le sud. Ma Majesté s'en retourna en paix vers To-Méry, avec son infanterie et sa charrerie, toute vie, stabilité et puissance l'accompagnant. Le pouvoir de Sa Majesté protégeait son armée, et les pays étrangers louaient la beauté de son visage… »

L'invraisemblable advint. Ramsès descendit de son trône et s'élança vers Pentaour effrayé. Il n'avait même pas attendu la fin du poème, mais il en saisit l'auteur par les bras, l'étreignit et l'embrassa sur les deux joues. Le scribe en perdit la parole.

— En vérité, c'est bien mon *ka* qui t'a dicté ce poème ! Heureux homme que mon *ka* a pénétré !

Il lança un appel et la porte s'ouvrit brusquement. Le chambellan ahuri vit le tout-puissant et divin monarque étreignant ce scribe désormais fantomatique et, de surcroît, affichant une expression transportée.

— Chambellan, je veux que le poème du scribe Pentaour soit copié par cent scribes. Va me chercher cent anneaux d'or chez le maître du Trésor et un collier d'or au scarabée. Je veux les remettre moi-même à Pentaour.

D'autres visages apparurent derrière le chambellan, tous éberlués. Imenherkhepeshef entra alors dans la salle et s'adressa à Pentaour :

— Scribe, tu es aujourd'hui l'homme le plus honoré des Deux Pays. Tu as donné la félicité à mon divin père.

Et il lui donna également l'accolade.

La suite des événements fut moins conforme aux histoires admirables qui ont cours depuis la nuit des temps. Pentaour s'enfonça dans une stupeur qui s'accentua avec les semaines et les mois. Un soir de la fête d'Opet, on le vit entrer au Palais d'Ihy, l'air décidément hagard. Il était devenu célèbre autant que riche, aussi tout le monde le reconnut-il et le fêta. Mais son sourire semblait peint sur un visage atone. Il était absent. Un gobelet de vin ne lui rendit pas vraiment de vie ni ne délia sa langue, mais un deuxième lui fit balbutier des mots que personne ne comprit. Le lieutenant général Horamès, qui se trouvait là, l'emmena dans un des kiosques sur les bords du fleuve. Il perçut enfin ce que marmonnait le scribe :

— Le *ka* du roi divin m'a pénétré. Je suis une femme, maintenant.

C'était déjà assez déconcertant. Horamès s'efforça de garder une expression égale. Mais son flegme s'effaça quand Pentaour lui fit une proposition qui passait décidément les bornes de la plaisanterie.

Pentaour était devenu fou.

28

Un coup fatal de Sekhmet

Cent copies furent donc réalisées du *Poème* de Pentaour. Mais comme il fallait s'y attendre, elles firent elles-mêmes l'objet de copies, et il n'y eut bientôt plus une notabilité dans les Deux Pays qui n'eût la sienne et palpité au lyrisme de l'auteur ou, au contraire, jugé de son extravagance échevelée et servile. Le scribe n'en avait cure. Riche de deux cents anneaux d'or, il s'était installé dans une maison de la ville neuve et toujours inachevée de Pi-Ramsès, dans le Bas Pays, où il put satisfaire à loisir l'inconvenante lubie avouée un soir à Horamès.

Les chantiers regorgeaient, en effet, d'ouvriers, et ils n'étaient pas à la fête ; vu la quantité de temples et de monuments que le pharaon avait commandés à Maÿ, les travaux n'avançaient que par à-coups. En effet, la région ne comptait pas de carrières de granit, indispensable à la construction des temples, et il fallait donc attendre les livraisons en provenance du Haut Pays, et celles-ci étaient à la fois irrégulières et insuffisantes. Avec l'autorisation de Ramsès, Maÿ avait bien été démonter et dépouiller les temples construits par l'ancêtre hérétique, à Akhet-Aton, cité qui n'était pas trop éloignée et qui était déserte depuis la mort de ce monarque, mais il n'en restait plus grand-chose. Quant aux monuments des occupants de jadis, les Hyksôs, ils avaient été dévastés depuis belle lurette. Apirous, mais aussi Tjéhénous, voire Shasous et Shardanes, ainsi que des natifs du Bas Pays travaillaient donc de l'aube au crépuscule après les arrivages de la précieuse pierre, puis ils chômaient pendant plusieurs jours. Certains retournaient aux travaux de la terre et ne revenaient pas, trop contents d'échapper aux invectives, sinon au fouet, des contremaîtres. Le rythme des travaux en souffrait davantage.

— Ce pharaon, dit ce jour-là un contremaître pendant la pause de midi, il a à peine commandé la construction d'une ville qu'il voudrait la voir déjà bâtie.

Il était accoudé à un bloc de granit noir, mal équarri, qui servait de comptoir à la buvette en plein air installée près du chantier par une femme tjéhénoue, et sirotait une bière dans un gobelet de terre, tout en grignotant du poisson frit et des poireaux à l'huile. Un bol de dattes lui servirait de dessert. Un collègue d'un chantier voisin partageait avec lui la même table de fortune et un en-cas aussi frugal.

Çà et là, des ouvriers déjeunaient entre des blocs de pierre et des sacs de sable ou de chaux, qui d'une galette et de petits oignons, qui d'une platée de fèves cuites ; comme boisson, de l'eau de puits en gargoulettes. Les outils étaient jetés sur le sol, herminettes, ciseaux, scies, truelles. Partout des rouleaux de corde : il y en aurait eu assez pour arracher la lune de son logis céleste.

— Remarque, il y a quand même quelques années que le pharaon a commandé cette construction, observa le collègue. Mais il ne sait pas que les ouvriers sont difficiles à trouver. Maÿ n'a probablement pas osé le lui dire.

— Maÿ sait quand même qu'il faut quatre jours à trois ouvriers pour équarrir un bloc de granit comme celui-ci, et que des blocs pareils, il en faut des centaines pour construire un temple. Il aurait quand même pu tempérer l'impatience du pharaon.

— Personne n'ose rien dire à un pharaon. Et, nous, nous nous faisons tancer parce que nous n'avançons pas assez vite.

L'autre haussa les épaules.

— Et, pendant ce temps, un scribe comme ce Pentaour se la coule douce à Pi-Ramsès, parce qu'il a fait fortune en écrivant des billevesées à la gloire de son maître !

— Tiens ta langue. On pourrait t'entendre.

— Tu l'as lu, ce poème ?

— Non. J'ai autre chose à faire. Et il m'a suffi de voir le scribe.

Il lança un regard entendu à son collègue. Puis il saisit un sifflet en os de mouton, pendu à son cou par une ficelle, et y souffla vigoureusement trois fois de suite. Les ouvriers épars sur le chantier et dans les parages levèrent la tête et reprirent leurs postes de labeur.

À quelques jours de là, un incident marqua la soirée de La Fortune de Nephtys, établissement nocturne comme on en trouvait dans toutes les villes des Haut et Bas Pays, fussent-elles inachevées comme Pi-Ramsès. L'estaminet n'était certes pas aussi opulent que Le Palais d'Ihy à Ouaset, la population de Pi-Ramsès étant encore embryonnaire et bien plus modeste : point de fonctionnaires du Palais résidants ni d'officiers supérieurs, point de jeunes gens de bonne famille, qui trouvaient les nuits trop longues, ni de riches marchands de province. Donc point d'orchestre ni de danseuses à demeure ; tout juste le propriétaire consentait-il à offrir à ses clients, à l'occasion des fêtes, un ensemble de trois musiciens qui jouaient de la lyre, du sistre et du flûtiau pour accompagner les déhanchements et pirouettes de donzelles – généralement des filles tjéhénoues qui venaient arrondir leur maigre dot de quelques anneaux de cuivre, et, parfois, aussi leur ventre. Mais le reste du temps, la douzaine de tables des lieux accueillaient des clients qui venaient jouer au Chien et au Chacal, au *mehen* ou Serpent, aux pions et aux dés, sur des plateaux de bois peint, en sirotant du vin de palme ou de vigne, de la bière ou de l'hydromel. Quelques autres échangeaient des ragots, car quoi qu'ils en disent, les hommes y éprouvent autant de délectation que les femmes.

Or, Pentaour y vint une fin d'après-midi et s'attabla en compagnie d'un personnage barbu, donc probablement tjéhénou ou apirou, car les gens de ces peuplades ne s'étaient pas tous pliés aux coutumes de To-Méry, qui ne toléraient que les gens glabres. Il était connu du quartier, et il fanfaronna comme à son habitude ; un petit cercle gobait sa jactance, car plus d'un lui faisait la cour dans l'espoir d'un godet.

Là-dessus arriva un autre familier du quartier, celui de l'ouest, où l'on poursuivait la construction du temple d'Amon ; c'était un contremaître attaché à l'achèvement de ce bâtiment sous les ordres directs de Maÿ. Il s'appelait Ptahmose. On le savait plutôt taciturne. Il s'attabla avec un partenaire pour jouer au *mehen*. Bientôt la faconde bruyante de Pentaour l'indisposa et il lança dans sa direction quelques regards sévères, dont le scribe ne tint pas compte. À la fin, Ptahmose se leva pour tancer le fâcheux :

— Tout le monde n'est pas désireux d'entendre tes discours, scribe. Veuille respecter le repos de nos oreilles.

— Il est des gens sublimes qui donnent cent anneaux d'or pour m'écouter, ignorant. Alors, va ailleurs écouter le silence des rats.

— Tu n'es pas digne de la compagnie des rats, hé, raconteur de balivernes ! Va ailleurs toi-même !

— Je suis le scribe attitré du pharaon, bouseux. Tavernier, jette donc ce querelleur à la porte !

Le tavernier s'alarma. Il flairait que Ptahmose était d'un rang supérieur à celui de contremaître et, en outre, Pentaour était un client généreux. Il proposa donc à Ptahmose de s'installer à une table éloignée de celle du scribe.

— Je ne sais comment vous autres supportez les jacassements de ce diseur de billevesées ! s'écria Ptahmose à l'intention de la salle.

— C'est vrai qu'il est bruyant, observa un client en se gaussant.

Un autre jugea que Ptahmose était encore plus bruyant.

— Voilà quelqu'un qui a gagné de l'or à raconter des balivernes, comme celle où un seul homme tient tête à des centaines de milliers d'ennemis, renchérit Ptahmose.

— Tu veux parler de mon hommage à Sa Majesté, notre splendide et éternel fils de Rê ? s'indigna Pentaour. Mais c'est un outrage au pharaon que tu commets là !

— L'outrage n'est pas au pharaon, mais à un homme qui couche avec d'autres hommes et qui a gagné trop d'or pour écrire des flatteries serviles ! s'écria le partenaire de Ptahmose.

Deux groupes s'étaient alors formés et ils avançaient l'un vers l'autre. Le tenancier s'interposa et annonça qu'il fermait son établissement. Peine perdue : l'algarade éclata à l'extérieur, deux ou trois horions furent échangés, des perruques volèrent et Pentaour ne dut son salut qu'à la fuite. Le *ka* de son maître l'avait certainement déserté. On ne le reverrait sans doute plus dans l'établissement.

Maître du terrain, et secrètement respecté pour avoir défié et mis en fuite un protégé du pharaon, donc pour avoir publiquement offensé un favori royal, Ptahmose fut le lendemain tancé par Maÿ, informé de l'accrochage. La remontrance fut cependant modérée, le maître des Travaux de Pi-Ramsès ayant appris à apprécier la rigueur de son subordonné.

— Vous avez tous deux retenu l'œil de notre roi divin, dit Maÿ, vous vous devez donc pour le moins tolérance réciproque.

— As-tu lu le dithyrambe de ce flagorneur ? répliqua Ptahmose.

Maÿ hocha pudiquement la tête.

— Pentaour s'est voué à la gloire de notre divin monarque, dit-il.

— Crois-tu ? À mon avis, il l'a ridiculisé.

L'expression scandalisée de Maÿ excita la verve de Ptahmose :

— Comment une personne de bon sens pourrait-elle croire que Ramsès ait résisté tout seul à des centaines de milliers d'assaillants et que, seul sur son char, il ait tenu tête à deux mille cinq cents chars ? Comment pourrait-il le croire lui-même ?

Maÿ, troublé, finit par répondre :

— Mon ami, tempère tes propos. Le divin roi pourrait en entendre des échos, et cela serait fâcheux.

Ptahmose lui lança un regard maussade.

Après quelques jours, un arrivage de granit du Haut Pays mobilisa une bonne partie des équipes de travailleurs de Pi-Ramsès. Aussi, c'était une redoutable affaire que de décharger les bateaux qui avaient apporté ces blocs ; il fallait passer des cordes sous chacun d'eux, le hisser hors de la cale, puis le pousser par-dessus bord sur des planches et le charger enfin sur une plateforme roulante que des bœufs tireraient jusqu'au chantier. Là, des architectes mesureraient chaque bloc, traceraient dessus les dimensions requises et le livreraient au tailleur. Si l'on en jugeait par l'importance du convoi amarré aux quais, dix-sept bateaux, il y en aurait pour des jours. Trois contremaîtres surveillaient le déchargement. L'un d'eux était Ptahmose.

On était alors au deuxième mois de Shemou, et, dès les premières heures de la matinée, des rigoles de sueur zébraient la peau brune, blanchie par la poussière de chaux, des ouvriers. L'air retentissait de cris.

— Attention, cette corde est usée !

— Regarde à droite ! Le bloc déborde !

— Vous, là-bas, poussez par ici !

L'un des contremaîtres, Shattou, faisait claquer son fouet en l'air pour ponctuer ses ordres et, à l'occasion, en assenait un coup sur l'échine d'un ouvrier qui, à son goût, n'était pas assez prompt. Les deux autres contremaîtres étaient aussi munis de fouets, mais ils s'en servaient chichement et, en tout cas, pas pour faire des moulinets spectaculaires. Les claquements de celui de Shattou portaient sur les nerfs de Ptahmose ; ils duraient toute la journée et faisaient l'effet de piqûres de taon. De surcroît, il advenait que l'un d'eux se produisit au-dessus de sa tête ou de celle de l'autre contremaître, un taciturne, Rassen, qui se contentait de hausser les épaules. Moins patient, Ptahmose avait interpellé le fouettard dès le début de la matinée :

— Eh, fais attention avec ton fouet, Shattou !

— Je ne t'ai pas touché.

— C'est heureux pour toi, parce que, si ç'avait été le cas, je t'en aurais fait tâter, moi, du fouet !

Shattou lança un regard pointu à Ptahmose et reprit ses claquements.

Puis l'accident advint.

Un des blocs, mal dégrossi, bascula et tomba des planches sur lesquelles deux hommes le tiraient ; il chut dans l'eau et déséquilibra les haleurs. Ils appartenaient à l'équipe de Shattou. Celui-ci devint comme fou ; il se mit à hurler des injures et se jeta sur les deux hommes, les fouettant avec fureur. L'un des deux s'écroula, mais le contremaître fouettait toujours. Bientôt l'autre ouvrier tomba aussi. Les trois équipes cessèrent le travail. Rassen et Ptahmose observèrent une ou deux secondes la frénésie de Shattou, puis Ptahmose perdit patience :

— Arrête ! Tu vas les tuer !

Mais Shattou n'en avait cure.

Ptahmose le saisit alors par le bras sans ménagement et lui arracha son fouet. La fureur de l'autre redoubla. La face convulsée, nez plissé, toutes dents dehors, évoqua un animal enragé. Rassen vint au secours de Ptahmose et tenta de maîtriser leur collègue pris de démence. Shattou se libéra de son emprise et donna un coup de poing à Ptahmose. Il reçut en retour le manche de son propre fouet en travers du visage. Il perdit connaissance et tomba. Sa tête heurta brutalement l'arête de l'un des blocs de granit, à un pas des ouvriers qui gisaient par terre, eux aussi, le dos ensanglanté, mais vivants. Du sang coula de sa bouche, puis se figea. Rassen se pencha vers lui, posa la main sur la poitrine et souleva le bras de Shattou ; il retomba, inerte.

— Je crois qu'il est mort, annonça-t-il.

— Il faut prévenir Maÿ, dit Ptahmose.

Les ouvriers accoururent pour regarder le contremaître au fouet. Rassen et Ptahmose firent transporter le corps sous une cahute et appeler le médecin pour les ouvriers fouettés.

— Reprenez le travail, vous autres ! ordonna Ptahmose.

C'étaient pour la plupart des Apirous, de ces gens d'Asie qui venaient faire paître leurs troupeaux dans le Bas Pays à la saison de Shemou, mais dont beaucoup s'étaient, depuis des générations, établis dans les lieux et, comme les prisonniers shardanes et shasous, servaient quasiment de cheptel humain : ils étaient réquisitionnés pour tous les grands travaux du pharaon et payés d'une pitance. Comme ils ne pratiquaient pas les cultes du royaume, ils n'étaient pas bénéficiaires des distributions de grain des temples et vivaient de la chasse aux volatiles et des produits de leurs lopins de terre, lentilles, fèves, poireaux, radis et salades.

— Maître, aujourd'hui est un jour de fête. Tu nous as libérés de ce bourreau, lui lança l'un d'eux.

— Non, reprenez le travail, dit-il calmement. Vous ne serez plus fouettés.

— Maître, la vie ici, même sans le fouet, est pire que la mort, lui dit un jeune homme en le fixant du regard. Est-ce pour la mort que nous construisons ces palais ?

C'étaient des mots durs autant que séditieux ; Ptahmose n'y répondit pas. Le travail reprit peu à peu, mais l'on voyait que le cœur n'y était pas. Le médecin vint panser les victimes de la fureur de Shattou, et deux hommes durent les soutenir et les raccompagner chez eux. Cependant, le cadavre de Shattou gisait toujours sous la cahute et les mouches s'y intéressaient déjà.

Un intendant de Maÿ vint s'informer des événements. Il interrogea séparément Ptahmose et Rassen ; leurs récits concordèrent. Puis il interrogea des ouvriers ; leurs descriptions furent beaucoup plus véhémentes ; ils décrivirent le feu contremaître comme une bête sauvage. L'intendant alla ensuite examiner le cadavre de Shattou, vit la blessure à la tête et ordonna de le faire transporter chez lui et de prévenir la police. La journée touchait à sa fin.

La Fortune de Nephtys fut comble ce soir-là. La mort du contremaître Shattou fit l'objet d'autant de versions qu'il y avait de clients et même de quelques-unes supplémentaires, rapportant une prétendue rivalité amoureuse entre les deux protagonistes ou encore une affaire de détournement de fonds dénoncée par Ptahmose.

Pentaour, informé de l'incident, en profita pour reparaître et ne se priva pas de dauber sur l'insolent qui avait osé médire de son poème :

— Vous avez prêté l'oreille à ses vilenies. Voyez donc, vous avez fait crédit à un assassin !

Quand Rassen arriva, il fut assailli et sa taciturnité naturelle mise à l'épreuve.

— Si un homme traite ses semblables comme des animaux, se limita-t-il à dire, il en est lui-même un. Shattou n'est pas mort d'un coup de Ptahmose. Il s'est heurté la tête en tombant. Il a été tué par Sekhmet. Je n'en dirai pas plus.

Ce commentaire laconique eut un effet immédiat ; les conversations changèrent de cap. Elles dévièrent sur une question de principe : les Apirous, les Shardanes et les Shasous étaient-ils des humains comme les autres ? Dans ce cas, pourquoi les traitait-on si mal ? Et Sekhmet, déesse de la vengeance, allait-elle s'en mêler ?

29

« Pourquoi tous ces temples ? »

La police de Pi-Ramsès se souciait peu des questions philosophiques. Le contremaître Shattou était mort lors d'une algarade avec le contremaître Ptahmose, et la loi étant la loi, celui-ci en était donc responsable. Il fut arrêté chez lui devant sa concubine, au petit matin, heure favorite de tous les gardiens de l'ordre de la planète, et emmené au poste de la Grande Maison. Maÿ intervint auprès du gouverneur pour le faire libérer, arguant que le contremaître lui avait été recommandé par le pharaon en personne, mais le gouverneur objecta que nul n'était au-dessus de la loi ; cependant, un courrier fut dépêché à Ouaset pour demander au vizir du Bas Pays, Pasar, de requérir l'avis de Sa Majesté sur l'affaire.

Enfermé dans une cellule avec un voleur, Ptahmose résolut de résister à l'accablement qui était le lot des infortunes telles que la sienne ; il se cantonna dans un détachement hautain et finit par gagner le respect servile de son compagnon et du geôlier lui-même. Il attendit que son affaire fût portée à la connaissance de Ramsès, le monarque dont il avait partagé le sommeil deux ou trois nuits, quand ils étaient enfants ; il s'interrogea maintes heures sur la décision de ce héros que Pentaour avait chanté en termes démesurés jusqu'au ridicule.

Au grand chagrin de Maÿ, le déchargement des blocs de granit se ralentit et tomba au point mort, ou peu s'en fallait : deux contremaîtres et deux ouvriers de moins, cela suffisait déjà à réduire le rendement des équipes, mais la mauvaise humeur des ouvriers aggrava la situation. Ayant, en effet, appris l'arrestation de Ptahmose, ils furent indignés. Comment, un homme avait pris la défense de leurs collègues contre une bête humaine et on l'envoyait en prison ? Outre la totalité des équipes de Shattou et de Ptahmose, plusieurs hommes de l'équipe de Rassen désertèrent les chantiers. Les trois équipes déchargeaient jusqu'alors quelque trente blocs par jour ; le lendemain de l'affaire, le nombre tomba à six, le surlendemain à trois.

Car le séjour de Ptahmose en prison se prolongeait. L'émissaire du gouverneur ne revint que quatre jours plus tard, porteur de la réponse suivante : « Sa Majesté ne voit pas de raison pour interférer dans le cours de la justice à Pi-Ramsès. Que le prévenu Ptahmose soit jugé comme la loi de Sa Majesté l'exige. »

L'incident avait, en effet, titillé l'humeur de Ramsès : la glorieuse trajectoire de l'ancien prétendant au trône s'achèverait dans une geôle du Bas Pays. Belle conclusion d'une histoire tissée de vent et de rêves délirants.

Les recruteurs de Maÿ en suèrent d'anxiété ; ils en éprouvaient déjà assez à trouver des ouvriers dans la région ; la tâche devint presque impossible. Les deux hommes tombés sous le fouet de Shattou étaient des

Apirous ; l'incident s'étant répandu dans les campagnes, la solidarité naturelle aux exilés se cimenta : plus un Apirou ne voulut travailler à l'érection des monuments de Sa Majesté, y compris un palais prodigieux qui restait en chantier plus de deux ans après que les plans en eussent été tracés ; les fondations n'en étaient même pas achevées. Le trésorier payeur des chantiers de Pi-Ramsès y avait compté quelque deux mille Apirous ; une semaine après l'incarcération de Ptahmose, il n'en restait plus un. Pis : ces hommes avaient disparu, comme par enchantement. Quand les recruteurs allaient les chercher dans leurs villages, proches de Pi-Ramsès, ils ne trouvaient que des femmes, des vieillards et des enfants qui prenaient des mines effarées, les mêmes enfants ayant fait office de vigies et prévenu les villageois de l'arrivée des sbires.

— Où sont vos hommes ?

— Quels hommes ? On les croyait chez vous ?

— Ils ne sont pas chez nous.

— Alors, ils sont ailleurs, mais pas ici.

Pendant ce temps, les femmes feignaient de vaquer à leurs occupations ordinaires, elles allaient puiser de l'eau, étendaient du linge sur les cordes, plumaient un canard ou pilaient du méteil. Les enfants jouaient aux osselets, les vieux mâchaient du *khat* entre les dents qui leur restaient. Et les recruteurs s'en allaient bredouilles, sous les regards ironiques des Apirous. En réalité, les déserteurs étaient dans les champs, accroupis en attendant le départ des hommes de Maÿ. Certains se cachaient même dans les arbres.

— Il est impossible de trouver un seul Apirou valide dans aucun village, rapporta l'un des recruteurs à Maÿ. Ils prennent la fuite dès que nous arrivons, probablement prévenus par des sentinelles.

— Bon, nous devrons donc faire venir de la main-d'œuvre de Koush et de Pount. Mais, pour cela, il nous faudra l'accord des vizirs.

Selon les estimations des nomarques ou gouverneurs de nome, il y avait bien une douzaine de milliers d'Apirous, hommes, femmes et enfants, répartis dans le Bas Pays entre les dix branches du Grand Fleuve ; ils ne pouvaient quand même pas s'être évaporés. En fait, ils s'étaient rendus invisibles d'une autre manière : jusqu'alors, on les avait distingués par leur pilosité ; ils n'avaient, en effet, ni le goût ni les moyens de se faire régulièrement raser et épiler comme les habitants de To-Méry. Ils allaient donc avec des cheveux longs, des barbes et des mollets poilus. Mais quelques malins apprirent à affûter des lames et à amollir le poil en y appliquant du *souabou*[1] lié par du jus visqueux de saponaire et s'improvisèrent barbiers. La cire disparut mystérieusement des ruches des apiculteurs du voisinage. En quelques jours, les barbes disparurent aussi et les jambes et poitrines devinrent lisses. Ce qui provoqua incidemment nombre de méprises.

— Qu'est-ce que tu fais dans ma maison ?

— Cette maison est la mienne, femme.

— Mais qui es-tu ?

— Ton mari, Abram.

Cris et rires concluaient généralement l'épisode, à quelques exceptions près, certains farceurs ayant

1. Pâte argileuse fine, mêlée de cendres, qui servait à frotter le corps lors des ablutions.

tiré profit de leur métamorphose. Le résultat principal fut qu'il devint impossible de distinguer les Apirous des gens du cru et que les déserteurs purent circuler à leur aise sur les chemins et dans les champs sans attirer l'attention de personne.

— Puisque c'est ainsi, conclut Pasar quand il eut pris connaissance de la requête de Maÿ, nous allons lui envoyer des hommes de Koush et de Pount. Mais j'en aurai le cœur net sur la disparition de ces Apirous de Baâl ! J'enverrai l'armée s'il le faut !

Ptahmose sortit de prison sept jours plus tard, pour aller au tribunal. Là, les dix juges de la Grande Maison, car tel était le nom du tribunal, presque tous des prêtres, le condamnèrent à payer cinquante anneaux d'argent à la veuve et aux enfants du défunt, qui semblaient de la même engeance que ce dernier car, à peine mis en sa présence, ils glapirent des invectives sanglantes. Il avait des économies et promit donc de payer la somme devant témoin avant le coucher du soleil. Quand il revint chez lui, il découvrit que sa concubine avait disparu, faisant main basse sur les quelques objets de valeur qui se trouvaient dans la maison ; elle n'avait pu emmener le baudet, ou peut-être avait-il refusé de la suivre. Elle ignorait à l'évidence la cachette des économies, car Ptahmose les retrouva entières. Alourdi par les ordinaires amertumes qu'inspire l'inconstance féminine, il se présenta bien au tribunal pour le paiement, mais les bénéficiaires, point ; l'on apprit le lendemain qu'ils avaient été appréhendés par des inconnus et menacés d'être rossés s'ils extorquaient fût-ce un grain de sénevé au noble Ptahmose.

Le même jour, celui-ci fut informé par Maÿ qu'il n'était plus contremaître des travaux royaux.

Les péripéties se seraient arrêtées là, n'était que sa détention avait élevé Ptahmose au rang de héros, du moins pour les Apirous et, accessoirement, pour les Shasous et les Shardanes. Un soir, il trouva sur le seuil de sa maison un sac de fèves et un canard plumé ; le lendemain, un sac de lentilles et un régime de dattes. Puis ce furent des figues, des pommes, des salades. Ils étaient toujours déposés de façon anonyme. Ces gens prélevaient sur leurs maigres réserves pour le nourrir, puisqu'il ne gagnait plus sa vie. Le prince Ptahmose vivait désormais des tributs d'un peuple obscur qui l'avait élu. Un matin, un homme, qu'il prit d'abord pour un natif du pays, vint toquer à sa porte.

— Le soleil soit sur ton visage.

Ptahmose examina celui de son interlocuteur : un quadragénaire à la bouche amère, encadrée de deux sillons bien ciselés.

— Tu ne me reconnais pas, maître ?

— Non.

— Je suis Nouh, je travaillais avec les hommes tombés sous le fouet de Shattou.

Un Apirou.

— Et maintenant, vous ne travaillez plus.

— Non, ce pays n'est plus hospitalier.

Ptahmose hocha imperceptiblement la tête. Jadis, le pays avait appartenu à ses ancêtres et, maintenant, lui, l'héritier, était traité comme n'importe quel bouseux.

— Qu'allez-vous faire ?

Le regard de Nouh se creusa.

— Tu es notre chef.

— Moi ?

— Tout le monde a pris ton parti. Même les Shasous.

— Je ne suis pas un Apirou.

— Cela ne change rien.

— Vous voulez que je prenne une décision pour vous ? demanda-t-il, incrédule.

— En fait, elle est prise, maître. Nous voulons rentrer en Canaan.

— Vous y subirez le joug du Hattou Mouwatalli.

— Les nôtres là-bas traitent avec lui. Vassaux n'est pas esclaves.

Ptahmose était stupéfait.

— Qu'es-tu venu me demander, puisque votre décision est prise ?

Le regard de Nouh redevint vague.

— Ne veux-tu pas voir les nôtres ? demanda-t-il.

— Qu'apprendrais-je de plus ?

— La vénération que nous te portons.

— N'avez-vous pas de chefs ?

— Si. Ce sont eux qui m'envoient.

La surprise de Ptahmose ne cessait de croître : les chefs demandaient un chef ?

— Viens parler avec nous.

Ptahmose finit par acquiescer. Nouh viendrait au coucher du soleil l'emmener vers le lieu où se ferait la rencontre.

Le fracas de la visite royale avait empli Pi-Ramsès de frémissements. L'air semblait vibrer comme une corde de cithare et le ciel, papilloter d'or. Les mouches même en paraissaient plus diligentes.

Escorté de son aîné, Imenherkhepeshef, beau comme le jour et fier comme un paon, des puînés Ramsès, Khaemouaset et Parêherounemef et du grand-prêtre du temple, le pharaon visitait sa ville. Après avoir observé les sculpteurs qui polissaient les traces de leurs ciseaux sur les bas-reliefs du temple d'Amon et les peintres qui animaient de leurs couleurs les murs déjà prêts, après avoir détaillé sa glorieuse image, ici au combat, là faisant des offrandes à Amon et Horus, après avoir examiné les effigies des deux Épouses royales, jugé la couleur des tuiles vernissées – il préférait le bleu, comme feu son père –, il visitait maintenant le chantier de son nouveau palais.

La Deuxième Épouse royale, Isinofret, ses filles et ses dames d'atour, les vizirs Pasar et Nebamon, le gouverneur, le commandant de la garnison, ainsi que diverses notabilités du cru, dont le scribe Pentaour, fermaient le cortège, sous la surveillance d'un détachement de la garde royale, venu exprès de Ouaset.

Le regard de Ramsès s'attarda sur les ouvriers noirs dépêchés sur ses ordres par le vice-roi de Koush, Hekanakht.

— Ça n'avance pas vite, observa le royal visiteur, à l'adresse de Maÿ.

— Les ouvriers de Koush et de Pount que Ta Majesté a eu l'obligeance de me faire envoyer en remplacement des autres ne sont arrivés qu'il y a trois jours. Mais le retard sera vite rattrapé. Les derniers piliers seront érigés dans un mois, Majesté.

— Ce sont les Apirous qui sont la cause du retard ?

— Principalement, Majesté. Quelques Tjéhénous et Shasous se sont aussi joints à eux.

— Mais ils ne travaillent plus ?

— Ils ont disparu, Majesté.

— Gouverneur, où se trouvent donc ces Apirous ?

Le gouverneur s'empressa d'accourir.

— Je l'ignore, Majesté. Quand mes officiers se rendent dans leurs villages pour les réquisitionner, ils n'y trouvent que des femmes, des vieillards et des enfants.

— Quel est ce mystère ?

— Je m'efforce de l'éclaircir, Majesté. Une rumeur voudrait qu'ils aient élu comme chef l'un de leurs anciens contremaîtres, Ptahmose.

L'effet de ce nom sur Ramsès fut visible de tous : sourcils froncés, bouche entrouverte et prête à l'invective. Le gouverneur fut épouvanté.

— Mais je le croyais en prison ?

— Il a été jugé et condamné à une peine d'argent.

— Je l'ai licencié, Majesté, ajouta Maÿ.

Ce Ptahmose ! Qu'il fût dans le Haut ou dans le Bas Pays, il fomentait toujours des troubles. Après avoir servi de prétexte à la sédition des seigneurs du Sud, il était maintenant le chef d'une révolte des bouseux du Nord ! Et responsable du retard dans l'achèvement du propre palais de son ancien rival. Ramsès secoua la tête de colère. Par Seth, il détruirait cet ichneumon !

La visite du chantier prit abruptement fin. Le cortège, consterné par le changement d'humeur du monarque, se dirigea vers l'ancien palais où une collation avait été organisée. Ramsès assit le gouverneur à sa gauche – la droite était réservée, selon le protocole, au grand-prêtre – et l'entreprit avec fermeté :

— Gouverneur, si cet homme, Ptahmose, est devenu le chef des rebelles, j'exige que vous l'arrêtiez.

— Il faudrait d'abord vérifier la rumeur, Majesté.

— Et, cela fait, réquisitionner ces Apirous et les autres et vérifier qu'ils ne sont pas au service d'un roi étranger.

— Cela sera fait, Majesté, cela sera fait, assura le gouverneur.

Assis entre deux princes, Imenherkhepeshef et le jeune Ramsès, Maÿ, lui, se laissait aller à des réflexions séditieuses, probablement inspirées par son fond paysan. Il venait de compter qu'en dix années de règne, son souverain n'avait pas construit ou entrepris la construction de moins de quatorze temples et palais du haut en bas du royaume. Il disposait déjà à Pi-Ramsès d'un palais, enfin achevé, dans lequel se déroulaient ces agapes, mais il avait cédé à une colère visible de tous parce que son nouveau palais n'était pas encore prêt. À ce train-là, il n'y aurait bientôt plus assez de pierre dans la vallée ! À quoi tenait donc cette folie bâtisseuse ? Pourquoi tant de temples ? Il se l'était maintes fois demandé, quand la fatigue l'écrasait, et il se reprocha d'avoir même laissé échapper la question devant Ptahmose, le trop humain contremaître. La réponse pointa dans sa tête quand ses ruminations incorrectes furent interrompues par le prince Imenherkhepeshef :

— Mon divin père a raison d'être en colère, s'écria-t-il, visiblement en proie au même sentiment. Si je comprends bien, l'incident qui a entraîné du retard a été causé parce qu'un contremaître a fouetté des Apirous et que ce trublion de Ptahmose s'en est indigné.

Mais où va-t-on si l'on ne peut plus fouetter ces gens ? Ce sont des fainéants !

— Altesse, répliqua Maÿ, si le fouet les rend incapables de travailler, il est contre-productif.

— Mais il inspire aux autres la terreur et les fait travailler plus énergiquement !

— Certes, Altesse. Mais la preuve est faite que le résultat peut être opposé.

— C'est parce que ce Ptahmose aura incité ces maudits Apirous et ces vagabonds crottés de Shasous à cesser le travail.

— Ton Altesse est certainement perspicace, répondit Maÿ, ravalant l'énervement que lui valaient ces accusations simplistes. Mais il se trouve qu'il n'est pas un Apirou et que, depuis trois ans qu'il travaillait ici, je ne lui ai jamais vu cette autorité sur eux.

Le prince Imenherkhepeshef parut mécontent des réponses de Maÿ. Son frère aussi.

— Mais qui donc t'a poussé à engager cet énergumène ? demanda le jeune Ramsès d'un ton arrogant.

— Ton divin père, Altesse, répondit Maÿ, qui tenait enfin sa revanche. C'est lui qui l'a expressément fait détacher des mines d'or de Bouhen pour me l'adjoindre.

Le dépit des deux princes fut le plus délicieux dessert que Maÿ eût dégusté de longue date. Ils ne pipèrent plus mot jusqu'à la fin du repas.

Quand il put enfin trouver un repos bien mérité dans sa maison et son lit, auprès de sa femme, Maÿ tenta de renouer le fil interrompu de ses réflexions. Pourquoi tous ces temples, tous ces palais ?

Et la réponse s'imposa avec autant de clarté que la lune dans un ciel d'été. Ces monuments étaient dédiés aux dieux. Ramsès les représentait sur terre. C'était donc à lui-même qu'il les dédiait.

L'évidence le fit sourire. Il souriait encore quand il s'endormit. Trouver les bonnes réponses aux grandes questions est un plaisir divin.

30

Un vent mauvais et rouge

À la même heure, Ramsès, aux bords soyeux du sommeil, souriait aussi dans son lit de cèdre incrusté d'or, au côté de sa Deuxième Épouse, Isinofret. Un sentiment de plénitude le baignait des oreilles aux orteils. Pi-Ramsès l'imprégnait décidément de félicité. Il avait créé cette ville, et nulle entreprise n'est aussi proche de la création du monde. Sa divinité s'y exaltait. Le temple d'Amon proclamait la majesté de sa personne. La présence de ses fils, splendides, affirmait la vigueur de sa race. Et même si elle n'était pas encore divinisée, cette mortelle allongée près de son corps lui offrait les fruits de la création, les raisins de ses lèvres, les pommes de ses seins, la figue de son sexe.

Il emplissait l'univers de sa jeunesse.

Une seule tristesse entachait son humeur : la fatigue persistante qui ternissait l'existence de sa Première Épouse, cause de son absence. Depuis plusieurs mois, son beau visage s'émaciait. Elle évoquait une fleur flétrie par la chaleur, et leurs puissantes étreintes, celles de dieux dont le plaisir se déploie sur la couche céleste, dispersant des étoiles et des comètes fécondes par-delà lune et soleil, ces étreintes n'étaient plus qu'un souvenir. Ne demeurait de Néfertari que sa présence conciliante et généreuse, tel un parfum qui s'obstine.

Il soupira.

Le souvenir de la brève contrariété causée par ces Apirous et la malfaisance de Ptahmose s'était desséché et racorni à la dimension d'une crotte de nez. Qu'était l'existence de ce misérable face à l'être infini de Ramsès ?

Il tira le drap sur son torse et sur celui d'Isinofret, puis rejoignit les dieux dans leur incommensurable bien-être.

Dans la solitude de son lit, Ptahmose, lui, écouta le chant de détresse du dernier moustique dans la chambre, rescapé des vapeurs mortelles de chrysanthème mis à consumer avec des brindilles parfumées dans le brasero ; d'ici quelques instants, l'importun achèverait prématurément son existence dans la flamme dorée de la lampe à huile. Les chœurs monotones des crapauds, les aboiements des chacals et les hululements des chouettes emplirent les ténèbres du Bas Pays autour de Pi-Ramsès. Des drames insoupçonnés se déroulaient alentour ; une vipère cornue qui s'était crue invisible se débattait dans les serres d'un rapace vigilant, une souris expirait sous les crocs d'un renard, une oie résolue à défendre ses rejetons mettait un chacal en fuite avec des coups d'aile et de bec à casser une patte, sinon deux.

Le fracas de la visite royale, étincellements des armures et mugissements des trompes, avait été trop fort pour que le souvenir s'en dissipât avec la nuit. Pour Ptahmose, en tout cas. Il revit la face rayonnante de celui qui lui avait volé le trône. D'une insolente beauté, celle de l'assurance et de la puissance. La réflexion de Maÿ voleta dans son esprit : pourquoi tant de temples ? Il le savait, lui : parce que Ramsès s'estimait dieu. C'était à lui-même qu'il dédiait ces temples ! Le mépris lui fusa par les narines. Dieu ! lui, ce petit combinard monté en graine ! Dieu ! Pas moins !

L'idée agita Ptahmose ; il se leva, fit trois pas dans un sens, autant dans un autre, tendit la main vers un bol de fruits et saisit un abricot.

Quelle dévorante vanité était donc celle de Ramsès ! Ignorait-il que les divinités étaient indifférentes au sort des hommes ? Sinon, lui, légitime descendant de rois, il n'eût pas été jeté en prison comme un vulgaire malandrin parce qu'il avait pris la défense des faibles. Et des ouvriers apirous ne seraient pas tombés, comme tant d'autres, sous le fouet d'un contremaître enragé. Les divinités étaient même indifférentes au sort de toutes les créatures terrestres, et Rê n'interromprait pas son voyage quotidien vers l'Occident parce qu'un chacal avait été mis à mal par une oie, une nuit dans un fourré du Bas Pays.

Il haussa les épaules.

Oui, les divinités étaient indifférentes. Mais il ne fallait pas les défier, sous peine de déclencher leur colère. Les divinités ? Son ancêtre avait eu raison : il n'y en avait qu'une. Amenhotep le Quatrième, renommé Akhenaton, l'avait proclamé : l'énergie vitale symbolisée par le disque solaire d'Aton. Aton était Atoum.

Comment l'évidence échappait-elle à tous ces crânes tondus ? Mais les petits grands-prêtres s'étaient offusqués qu'on écartât leurs divinités provinciales, un hippopotame, Thouéris, une lionne, Sekhmet, un cynocéphale, Thot, un bélier, Khnoum...

Il mangea un deuxième abricot.

Et Ramsès, ce rouquin épilé, un dieu !

Ptahmose faillit en rire et se recoucha. Puis il songea à la visite de Nouh et à l'invitation des chefs apirous. Car ces chefs voulaient donc un chef. Mais pour quoi faire ? Fuir ? Ils avaient besoin d'un chef pour fuir ? Il médita un moment sur la question, puis tira le drap sur son corps solitaire et s'endormit.

Avait-il rêvé ? Il se battait contre Seth, le dieu du ridicule Ramsès, qui lui avait empoigné l'épaule. Mais c'est qu'une main lui secouait vraiment l'épaule ! Il se redressa à demi et écarquilla les yeux : une demi-douzaine de policiers occupaient la pièce, sous le commandement du même flic qui était venu l'arrêter quelques semaines auparavant. La porte ouverte laissait voir un bout de ciel qui pâlissait, au-delà des sycomores. Il avait oublié de la verrouiller, mais le résultat n'aurait pas été très différent s'il l'avait fait.

— Lève-toi.

Il leur lança un regard goguenard, mit les pieds par terre, saisit son pagne sur un tabouret et le noua autour de ses reins. Après avoir inspecté la pièce, les autres sortirent fureter dans le jardin. Il fit face à l'officier de police, un bonhomme maussade qui n'appréciait visiblement pas sa besogne.

— Où as-tu passé la nuit ?

— Ici, comme tu le vois.

— Où sont les Apirous ?

Ptahmose ouvrit de grands yeux.

— Dans leurs villages, je suppose.

— Ils n'y sont pas. Le bruit court que tu es leur chef. Tu dois savoir où ils se cachent.

Ptahmose éclata de rire.

— Officier, je ne suis pas un Apirou, je ne suis pas leur chef et j'ignorais que les Apirous avaient disparu. J'ignore donc aussi bien où ils se trouvent.

Le policier fit une moue. La réponse ne le surprenait probablement pas, et il obéissait tout aussi probablement à des ordres qui le mécontentaient.

— Tu n'as pas vu d'Apirous ces derniers temps ?

— Pas depuis que j'ai été démis de mon poste de contremaître.

— Si tu en vois, il faut nous prévenir. C'est un ordre.

Sur quoi il tourna les talons, sortit, appela ses hommes et enfourcha son baudet.

Ptahmose alla jeter dans l'âtre une brique de bouse de buffle, y ajouta du petit bois, puis préleva avec une pelle quelques braises dans le brasero, les disposa, les couvrit de feuilles sèches et souffla énergiquement dessus. Les flammes pointèrent le museau et se développèrent. La brique de bouse grésilla et lâcha quelques langues bleues. Il pendit alors son pot de lait au-dessus. Du lait que lui avaient offert les Apirous. Pendant que le pot chauffait, Ptahmose alla détacher son baudet, lui flatta le chanfrein et l'envoya brouter dans le pré voisin. Un moment plus tard, il s'assit devant son porche et sirota son lait en grignotant une galette. Des tourterelles vinrent quémander des miettes. Le ciel était sans reproche. Un vrai déjeuner de prince.

Il était temps de prendre une revanche contre la suffisance des gens qui se prenaient pour les maîtres de l'univers.

Le prince Imenherkhepeshef avait de la suite dans les idées. Ce qui signifiait qu'il entendait les imposer au monde, comme se devait de le faire un fils de dieu vivant et futur dieu incarné lui-même.

En sa qualité de chef de toutes les armées du royaume de Horus et vétéran de la glorieuse expédition de Qadesh, il obtint de son père un blanc-seing pour retrouver les Apirous. Maÿ, argua-t-il, était peut-être un bon architecte, mais guère un meneur d'hommes. Le gouverneur, lui, était comme tous les autres un fonctionnaire sans initiative. Le commandant de la garnison de Pi-Ramsès, enfin, était un homme sans imagination. Une expédition nocturne avec une vingtaine d'hommes décidés suffirait à débusquer ces tire-au-flanc d'Apirous et à les forcer à reprendre le travail. Il les surprendrait dans leurs lits, il les enchaînerait comme des prisonniers de guerre et il les ramènerait de force sur le chantier. Ravi de retrouver dans son aîné les glorieuses dispositions qu'il avait lui-même présentées dès son enfance, Ramsès s'était empressé de donner son consentement.

Ce fut ainsi qu'une semaine plus tard le prince se retrouva à cheval, peu après minuit, sur une route du Bas Pays, en ce milieu de Shemou de l'an 11, en direction du village des Douze-Ibis, à l'ouest duquel se trouvait l'un des principaux villages d'Apirous, sans nom connu. Il était suivi de vingt fantassins empruntés à la garnison de Pi-Ramsès, préalablement stimulés par un discours martial et la promesse d'une solde exceptionnelle.

« Route » était un bien grand mot pour le chemin que suivaient les militaires, entre deux canaux plus ou moins bien alignés, et la nuit était sans lune ; un fantassin équipé d'une torche menait la file ; aussi le prince regretta-t-il par-devers lui de n'avoir pas suivi le conseil du commandant de la place et pris un baudet, au pied plus sûr que le magnifique destrier sur lequel il avait voulu mener l'expédition. Un prince sur un baudet ? Et quoi encore ? maugréa Imenherkhepeshef, qui se voyait déjà donnant à ses soldats, du haut de sa monture, l'ordre d'attacher ces manants réfractaires.

Le trajet fut plus long que prévu ; à son allure de tortue, ce ne fut que trois heures plus tard que le détachement atteignit les Douze-Ibis, plongé dans le noir et le sommeil. L'éclaireur était au bout de sa deuxième torche ; il dut en allumer une troisième, non sans peine, car un mauvais vent d'ouest s'était levé ; il perdit donc un certain temps à repérer le chemin qui menait au village apirou, en direction duquel le vent soufflait. Celui-ci, calcula Imenherkhepeshef, ne devait plus être bien loin. Ces méprisables Asiates se prélasseraient encore sur leurs couches quand la force militaire d'Ousermaâtrê Setepenrê les surprendrait en flagrant délit de désertion et de paresse.

En fait, le détachement n'y parvint, torche en tête, que vers quatre heures et demie du matin, alors que le ciel pâlissait déjà.

Une femme qui s'était levée de bonne heure pour rallumer le feu aperçut à sa stupeur, à un dixième d'*iter*, une grande flamme qui avançait sur le chemin, là-bas, le long du canal, en se tortillant au-dessus des champs de blé. Une flamme ? Une torche, oui. Elle distingua ensuite quelques reflets métalliques sur un homme à cheval... Des militaires ! Ils venaient maintenant les surprendre en pleine nuit ! Elle courut réveiller le village. Le chef, un quinquagénaire robuste, rassembla ses gens sur la petite place et les incita au calme, car ils cédaient à la panique :

— Écoutez-moi bien : je m'appelle Shabaka. Vous êtes tous rasés et il n'y a pas un seul Apirou parmi nous. Rentrez dans vos maisons. Compris ?

C'était un peu simple, et ils se demandèrent comment ils se tireraient de ce mauvais pas, mais il était trop tard pour bâtir un autre plan : la torche approchait. La place fut désertée en quelques instants.

Le pseudo-Shabaka alla s'accroupir sur le seuil de sa modeste maison et regarda le magnifique cavalier, précédé du porteur de torche, faire son entrée dans le village. La torche s'échevelait périlleusement et le vent, de plus en plus fort, décoiffait le personnage.

— Qui est le chef de ce village ? clama le cavalier.

— C'est moi, Seigneur, répondit le pseudo-Shabaka en se levant.

— Comment t'appelles-tu ?

— Shabaka.

— Qui est apirou, parmi vous ? cria le prince, car le vent qui agitait les arbres et les palmiers commençait à devenir bruyant.

Le cheval aussi devenait de plus en plus nerveux.

Les hommes se regardèrent, feignant l'étonnement.

— Il n'y a pas d'Apirous ici, Seigneur ! cria le pseudo-Shabaka.

— Ne mens pas ! Je sais que ce village est un village d'Apirous ! rétorqua le prince en colère.

— Nous faisons partie du village des Douze-Ibis, Seigneur ! Comment serions-nous des Apirous ? glapit le pseudo-Shabaka.

Le cheval se déporta brusquement de côté et le prince se cramponna à sa crinière pour ne pas tomber[1]. Le vent venait de cracher un nuage de sable rouge, étouffant, qui brouillait tout, aveuglait, emplissait les narines et piquait la peau. Les femmes coururent se réfugier dans leurs maisons en entraînant les enfants. Les hommes les suivirent. Il ne resta presque plus personne sur la place. Les fantassins baissaient la tête pour ne pas avaler la poussière, mais ils n'en toussaient et crachaient pas moins. Puis tout disparut : un mur galopant de poussière furieuse et rouge déferla sur la campagne, enténébrant le ciel. Le cheval s'emballa et le prince Imenherkhepeshef poussa un cri affreux, perdu dans les rugissements de cette tempête jaillie des enfers d'Apopis.

Ses hommes le retrouvèrent quelques heures plus tard, quand le *khamsin*[2] fut passé, sur la berge d'un canal, quasiment peint en rouge de la tête aux pieds, et fort mal en point. Ils étaient eux-mêmes tout rouges. La campagne entière était saupoudrée de la même couleur. Comme le cheval avait disparu, ils ramenèrent leur chef à Pi-Ramsès sur une civière improvisée. Quand il se fut rétabli, maintes semaines plus tard, il sembla que son esprit en avait conservé des séquelles fâcheuses. Au grand chagrin de Ramsès

1. Il n'existait alors ni selle ni étriers.

2. Vent de sable violent, pareil au sirocco, qui sévit en Égypte entre le printempset l'hiver.

et de Néfertari, il racontait qu'il s'était battu, là-bas, près des Douze-Ibis, contre un immense diable rouge.

Entre-temps, les Apirous avaient pris les mesures qui s'imposaient.

— Baâl nous a protégés, dit le pseudo-Shabaka, qui s'appelait en réalité Elias. C'est lui qui nous a envoyé cette tempête rouge.

Le village avait été balayé. Çà et là, sur les toits, dans les encoignures et les interstices, la tempête avait fourré du sable rouge, difficile à déloger. Les moutons, eux, étaient roses.

Les hommes méditèrent les paroles d'Elias. Oui, le ciel les avait protégés. Mais cela ne résolvait pas la situation dans laquelle ils se trouvaient. Ils étaient traqués par un pouvoir cruel pour lequel ils ne voulaient plus travailler.

Ils voulaient s'en aller.

— A-t-on des nouvelles de Nouh ? demanda un homme.

— Oui, répondit Elias. Les huit chefs de nos villages seront présents demain soir au village des Esprits de Rê. Il y amènera Ptahmose.

— Pourquoi avons-nous besoin de Ptahmose ?

— Parce qu'il connaît les gens du pouvoir et le pays. Et parce que c'est un homme juste, qui déteste Ramsès.

— Comment le savons-nous ?

— Parce que ses ancêtres ont régné sur le pays.

— Pourquoi n'est-il pas roi, alors ?

— Parce que Ramsès l'a écarté du trône.

Explications fabuleuses, mais d'autant plus crédibles : le vrai roi du pays servirait de chef aux opprimés du pharaon Ramsès. Seul l'incroyable trouve crédit aux yeux des opprimés, ceux que la réalité écrase de sa morne monotonie.

Telle était, d'ailleurs, la raison pour laquelle les magiciens faisaient florès au pays de To-Méry. Eux seuls savent les secrets des puissances infernales et célestes et les rites utiles pour les conjurer.

31

Une mesure pour presque rien

Ramsès avait lu et relu le rapport du commandant de la garnison de Pi-Ramsès. L'essentiel tenait en peu de mots : les Apirous s'étaient rassemblés nuitamment à l'est de la ville et s'étaient dirigés dans cette direction en petits groupes, avec leurs troupeaux, leurs baudets et leurs buffles, échappant ainsi à l'attention des postes-frontières. En témoignaient les traces fraîches de leur passage. Ils avaient franchi le gué de la mer des Roseaux[1] à marée basse, en direction du désert de Shour.

Le détail de la fuite et de la réaction des autorités de Pi-Ramsès était plus complexe. Au matin, des émissaires des villages voisins de ceux des Apirous s'étaient étonnés de trouver les maisons et les champs de ceux-ci déserts : plus un buffle, plus un mouton ni une chèvre, plus un baudet, plus un pot ni un bout de tissu, plus personne. Ils étaient venus

1. Ensemble des lacs amers aboutissant à la mer Rouge (voir Notice, p. 458).

demander au gouvernorat de la ville ce qu'il en était. Le gouverneur avait alors compris que les Apirous avaient fui et qu'ils n'avaient pu aller que vers l'est ; il avait alerté le commandant et celui-ci s'était lancé à la poursuite des fuyards avec dix chars et un détachement de deux cents fantassins. Supposant que les Apirous avaient ensuite pris le chemin du nord, il était parti dans cette direction ; il espérait, en effet, leur barrer le passage avec l'aide des garnisons des postes-frontières. Mais, peu avant midi, des Shasous lui avaient affirmé qu'ils n'avaient vu passer aucun groupe de gens, car cela aurait attiré leur attention. Le commandant avait alors bifurqué vers le sud. Des traces abondantes et fraîches de passage lui confirmèrent qu'il était sur la bonne piste. Il s'apprêtait à franchir le gué et reprendre la poursuite des fuyards, mais, à ce moment-là, la marée haute, accentuée par une forte tempête en mer des Roseaux, avait déferlé sur le passage, le balayant de vagues plus hautes qu'un homme. Plusieurs fantassins y avaient péri. Aussi le commandant avait-il décidé de prendre le chemin du retour.

Un total fiasco.

Une petite phrase à la fin du rapport fit à Ramsès le même effet que ces filaments de viande qui restent coincés entre deux dents et résistent à toutes les tentatives d'extirpation par la langue : « Il semble que leur chef soit l'ancien contremaître Ptahmose. »

Donc Ptahmose avait quitté le pays. Mais il ne l'avait fait qu'en infligeant une ultime vexation au tout-puissant Ousermaâtrê Setepenrê. Car cette fuite réussie ressemblait à un pied de nez.

Puis en lisant la liste des victimes, son œil accrocha un nom et il tressaillit : le lieutenant général Horamès, écrasé par un char qui avait été renversé par les vagues. Étrange fin : le père était mort en poursuivant son propre fils. Peut-être avait-il espéré mettre la main sur ce rejeton trop grand pour lui et le ramener en personne au pharaon. La coïncidence était trop frappante pour n'être que cela, une coïncidence. Non, Ramsès fut certain qu'un signe se cachait dans cette conjonction d'un parricide et d'une tentative d'infanticide.

— Il n'y a pas d'eau dans le désert de Shour, déclara sentencieusement Nebamon, interrompant le fil des ruminations royales. Étant donné la chaleur qui y règne, les Apirous sont voués à y mourir de soif avant d'avoir épuisé leurs provisions.

Peut-être espérait-il consoler son roi en prophétisant la mort affreuse des fuyards ; mais il avait involontairement ranimé un souvenir déplaisant pour Ramsès, l'épisode du puits de Bouhen.

Les trois princes aînés, Imenherkhepeshef, Ramsès et Parêherounemef, assistaient au Conseil. L'aîné posa brusquement son chasse-mouche sur la table :

— Rien ne m'ôtera l'idée que cet homme est protégé par une puissante sorcellerie, dit-il sombrement. Il y a quelques semaines, j'ai failli perdre la vie quand je suis allé vérifier la présence des Apirous mâles dans un de leurs villages. Je n'ai jamais vu une tempête pareille.

Il s'abstint de préciser qu'elle avait été rouge ; car cela eût donné à supposer que le dieu Seth lui-même se serait déchaîné contre lui avec une fureur particulière.

— Et voilà, reprit-il, que douze mille Apirous se volatilisent pendant plusieurs jours et réussissent à s'enfuir du pays comme des esprits, sous la conduite de ce Ptahmose. Et quand notre armée les poursuit, elle est dévastée par les flots et y perd plusieurs hommes.

Le jeune Ramsès et son frère Parêherounemef roulèrent des yeux épouvantés ; leurs mères les avaient instruits des dangers de la sorcellerie. Et si l'aîné maintenant y prêtait foi…

Un geste d'impatience de Ramsès mit fin à ce qu'il tenait pour des spéculations absurdes. S'ils n'avaient été tenus par son aîné, pareils propos eussent frisé le crime de lèse-majesté ; ils laissaient entendre, en effet, que la puissance divine d'Ousermaâtrê Setepenrê aurait été résolument mise en échec par une autre, dont le représentant terrestre serait le misérable Ptahmose. Suppositions insupportables. L'incident des Douze-Ibis semblait avoir fâcheusement affecté le raisonnement d'Imenherkhepeshef. Un chef des armées du royaume devait témoigner de plus de bon sens, que diantre, au moins en public !

Le général Youpa, le fils d'Ourhiya, devina l'agacement de Ramsès :

— Avec le consentement de mon divin maître et de mon chef, le prince Imenherkhepeshef, déclara-t-il, je vais donner à nos navires croisant en mer des Roseaux l'ordre de longer les rivages du désert de Shour et de capturer les Apirous qu'ils verront. Ces misérables ne devraient pas opposer beaucoup de résistance.

Ramsès agréa immédiatement à la résolution. Imenherkhepeshef ne put que suivre l'exemple de son père, mais il le fit sans enthousiasme, voire d'un air morose. Et la séance fut levée.

— Quel est le fond de cette histoire ? demanda Parêherounemef à son aîné quand les trois princes se retrouvèrent seuls dans leurs appartements. Mon père semblait irrité par tes propos…

— Il l'était, en effet. Et je me suis gardé de rappeler que la tempête où j'ai failli perdre la vie était rouge.

— Mais qui est ce Ptahmose ? demanda Ramsès.

— Il était bien plus que le simple contremaître qu'on dit, répondit Imenherkhepeshef en soupirant.

— Mais qui ?

— Un petit-fils d'Akhenaton. Il avait été adopté par notre grand-père Séthi et il était l'héritier du trône. Puis il a été exclu pour des raisons que j'ignore.

Les deux puînés parurent stupéfaits. Leurs précepteurs leur avaient appris, en temps dû, le rôle d'Amenhotep le Quatrième dans un certain bouleversement des rites du royaume, avec des accents discrètement réprobateurs, mais aucun d'eux ne leur avait jamais laissé soupçonner que ce pharaon eût eu une descendance.

— Ptahmose aurait donc été un rival de mon père ?

— C'est ce que je peux supposer.

— Pourquoi ne nous dit-on jamais rien ?

— Parce que ces choses doivent être oubliées. Elles ne sont pas essentielles.

— Mais les Apirous, insista Ramsès, ils ne sont pas nos sujets. Pourquoi veut-on les empêcher de rentrer chez eux ? De quel droit ?

Ce fut au tour d'Imenherkhepeshef d'être agacé :

— Tu ne comprends pas… Ils habitaient le pays, ils étaient donc nos sujets !

— C'est parce qu'ils ne voulaient plus travailler sur les chantiers de mon père ? demanda Parêherounemef. Et c'est pour ça que tu as été les pourchasser dans leur village et que tu as failli mourir noyé ?

— Oui, répondit sèchement Imenherkhepeshef, à qui sa mésaventure laissait un souvenir cuisant. Allons, mon père doit nous attendre pour le déjeuner.

La conversation prit donc fin. Les questions, elles, fermentaient dans les esprits des trois frères comme la viande trop longtemps oubliée dans un pot.

La fable de la victoire de Qadesh avait sans doute incité l'armée à se ressaisir et, mieux, à y souscrire. Oui, l'attaque des Hattous avait été si soudaine et traîtresse que certains officiers et soldats en avaient été égarés et avaient tardé à se rallier à la résistance héroïque du pharaon. Oui, oui, ils méritaient les reproches formulés dans le *Poème* de Pentaour, mais ils avaient rassemblé leur courage et couru au secours de leur divin roi. Telle était du moins la trame des récits qu'officiers et soldats tissaient donc d'abondance dans leur famille et leur entourage. Soutenir le contraire eût été doublement périlleux : d'abord, ils auraient contredit la version royale de l'expédition et, vu le nombre d'espions qui traînaient en ville, ils auraient encouru les foudres de leurs supérieurs ; ensuite, ils auraient été incohérents : ou bien ils avaient tous été des pleutres et, dans ce cas, ils n'auraient pas pu remporter la victoire et l'opprobre serait tel que leurs familles répugneraient à payer un embaumeur de quatre sous pour préserver leurs carcasses quand ils auraient achevé leurs vies, ou bien quelques-uns seulement avaient été des couards et des déserteurs et, dans ce cas, quelques brebis galeuses ne pouvaient expliquer que l'expédition eût été un couac foireux.

D'un tacite accord, les militaires confirmèrent donc la véracité de la mirifique épopée à laquelle ils avaient participé. Comme tous les mensonges, celui-ci comportait sa facture : une aussi glorieuse armée, menée par un chef que les dieux protégeaient de façon éclatante, ne pouvait pas laisser l'Amourrou et les états-cules d'Asie sous la coupe des détestables Hattous. Les voyageurs et les marchands ne se privaient évidemment pas de rappeler que, victorieuse ou pas, l'expédition de Qadesh n'avait rien changé à la situation antérieure : les alliés de l'infect Mouwatalli – que les serpents lui mangent les entrailles ! – continuaient de lui verser les tributs autrefois dus au pharaon.

En termes de boutiquiers, cela revenait à dire : puisque vous êtes d'aussi redoutables gaillards, faites donc rendre gorge à ces débiteurs de mauvaise foi.

L'enthousiasme de Ramsès pour une nouvelle aventure asiatique n'était certes pas débordant. L'armée n'avait pas encore été entièrement réorganisée, et toute l'exécration du monde ne changeait rien au fait que Mouwatalli était solidement établi sur ses positions et ses alliances.

— Père divin, argua Imenherkhepeshef, en sa qualité de chef des armées, si nous n'agissons pas bientôt, nous serons taxés de complaisance à l'égard de Mouwatalli. Et lui-même nous soupçonnera de faiblesse.

Ramsès se trouva exactement dans la même position que son père Séthi, quand il l'avait jadis pressé d'intervenir à Qadesh.

— Mieux vaut dompter le lion que le tuer, répondit-il, reprenant ainsi à son compte le conseil de Néfertari.

La leçon de Qadesh n'était pas oubliée : le temps nécessaire pour atteindre l'Asie, soit quelque trois semaines, permettait aux espions de Mouwatalli de signaler l'arrivée des troupes royales et de les localiser exactement ; le chef hattou n'avait alors plus qu'à prévenir ses alliés et masser des forces aux frontières. L'armée royale n'avait plus la possibilité de se déployer. La prudence conseillait donc de ne pas tendre le bras trop loin, sous peine de perdre l'équilibre.

— Père divin, ce n'est pas Mouwatalli lui-même que je te propose d'attaquer, mais ses vassaux. Si nous reprenons l'Amourrou, il verra que nous ne sommes pas aussi affaiblis qu'il l'espère.

— L'Amourrou s'étend des deux côtés du fleuve du même nom, observa Ramsès. Ce fleuve est infranchissable par des armées au nord des deux gués que nous connaissons, sauf par le pont au sud de Qadesh. Nous ne pouvons donc en prendre qu'une moitié à la fois. Laquelle envisages-tu d'attaquer ?

— La moitié orientale, au nord de l'Oupi. Elle commande l'accès à Qadesh.

Mais Ramsès ne semblait toujours pas convaincu. Tourné vers la fenêtre, il semblait guetter une réponse des palmiers qui se balançaient gracieusement dans la brise, à quelques dizaines de coudées de là. Il n'avait pas soupçonné les effets des éloges démesurés du *Poème* de Pentaour et de leur frénétique autojustification ; le scribe avait élevé son roi à un niveau exalté, où celui-ci ne pouvait plus se permettre une seule erreur. Et, de surcroît, ne s'était-il pas rangé à l'avis de Néfertari, qu'il venait de citer à son fils ?

— Pourquoi ne pouvons-nous franchir ce pont et nous répartir sur les deux rives ? demanda Imenherkhepeshef.

— Parce que ce pont est un traquenard, répondit Ramsès. Il suffit que les armées ennemies soient informées de nos mouvements pour aller se poster de l'un ou de l'autre côté et nous massacrer au fur et à mesure que nous le franchirons dans un sens ou dans l'autre.

L'explication eut un moment raison de l'argumentation d'Imenherkhepeshef.

— Soit, reprit-il. Limitons-nous à une rive. Il demeure qu'une expédition, même de portée limitée, rendrait confiance à nos généraux, insista-t-il. L'action sera profitable à la réorganisation. Et elle servira ton prestige en Asie.

Que disaient les palmiers ? Ni oui ni non. Ramsès tourna lentement vers son fils son regard, mais ne répondit rien.

— Ce sera une opération de police chez nos vassaux, conclut Imenherkhepeshef. Les Shasous et autres Cananéens ne sont pas de taille à nous résister.

Ce fut ce dernier argument qui l'emporta.

Il se garderait bien d'agir ou de laisser son fils agir avec l'imprudence dont il avait lui-même fait preuve lors de l'expédition de Qadesh : tout au long du trajet, il demeura entouré de la division d'Amon et veilla à ce qu'Imenherkhepeshef et Parêherounemef, le « brave des braves », ne s'en écartassent pas.

Il arriva au sud de cette mer étrange qui n'était que sel, et gagna Boutartou[1], où il soupa magnifiquement chez le prince de Seïr[2], terrifié par ce déploiement de forces. Puis les quatre divisions se dirigèrent vers Pi-Ramsès-de-l'Asie, qu'on appelait aussi Temesq[3], dont le prince, non moins surpris et terrifié, leur réserva un accueil splendide.

La halte à Temesq fut longue. Pendant ce temps, les éclaireurs du pharaon battaient la campagne, parfois déguisés en Shasous, véloces, armés de malice et de débrouillardise ; ils furent bien plus efficaces que leurs nonchalants prédécesseurs de la campagne de Qadesh, car Imenherkhepeshef avait énergiquement réorganisé les services de renseignements. Quand ils revinrent, ils annoncèrent que des renforts hattous arrivaient dans l'Oupi ; c'était prévisible : ses espions ayant prévenu Mouwatalli de l'arrivée des armées de Ramsès, le Hattou en avait conclu que celui-ci s'apprêtait donc à une nouvelle tentative de reconquête de Qadesh.

— C'est le moment d'attaquer, père, avant que les Hattous et leurs alliés ne soient en trop grand nombre, jugea Imenherkhepeshef. Ils viennent d'arriver, ils n'auront pas encore eu le temps de s'organiser.

Ce n'était pas mal calculé, jugèrent Ramsès et les généraux. L'attaque eut donc lieu le lendemain. Deux journées de combats tournèrent à l'avantage

1. L'actuelle Rabath Batora

2. Édom.

3. Damas ; comme le ferait plus tard Alexandre le Grand, en fondant cinq Alexandrie dans les grands carrefours d'Orient, Ramsès II construisit aussi un Pi-Ramsès en Syrie, qui fut donc à l'origine de Damas.

de la division d'Amon et de celle de Rê ; une grande partie de l'Oupi, au-dessous de la moitié orientale de l'Amourrou, fut reconquise. Des centaines de prisonniers furent capturés et les pertes des deux divisions d'Amon et de Rê furent négligeables. Aussi, les chars hattous n'étaient pas encore arrivés, et ceux de Ramsès et de ses fils foncèrent dans une mêlée de fantassins comme des chacals dans une armée de souris. Le soir, au souper, Imenherkhepeshef, Parêherounemef, les généraux et les officiers rayonnaient. Peut-être un peu trop, jugea Ramsès.

— Nous leur avons montré notre force ! clama Imenherkhepeshef. Nous reprendrons l'Amourrou !

C'était vite dit : les armées de Horus n'avaient reconquis ni le nord de l'Oupi ni l'Aya, qui jouxtaient la moitié orientale de l'Amourrou. Le lendemain, à l'aube, les éclaireurs et les espions informèrent l'état-major que près de deux mille chars et autant de fantassins hattous avaient pris position au nord de l'Oupi, de part et d'autre du fleuve, et que des renforts de Noukashtché et de Naharina étaient à deux jours de distance. Comme le confirmait cette mobilisation massive, Mouwatalli s'attendait bien à une attaque de Qadesh.

— Nous ne sommes pas venus reprendre Qadesh, rappela Ramsès. Seulement l'Amourrou. Mais la conquête de la moitié orientale ne vaut pas un engagement majeur.

Il n'était pas disposé à mettre l'armée à l'épreuve une nouvelle fois, alors qu'elle n'avait pas encore été réorganisée. Ni à tourner une défaite éventuelle en triomphe.

— S'il n'y a, sur l'autre rive, que la moitié de l'armée hattoue, objecta Imenherkhepeshef, nous pouvons en avoir raison. Traversons le fleuve aux gués du sud. Nous remonterons et nous obtiendrons alors la moitié occidentale de l'Amourrou.

Le raisonnement était plausible et Ramsès y souscrivit. Les quatre divisions refirent donc le chemin inverse, vers les gués du sud. À leur grand dépit, elles s'avisèrent que les troupes hattoues suivaient le même trajet sur l'autre rive. De temps en temps, les deux armées échangeaient quelques flèches, pour entretenir leurs dispositions belliqueuses. Quant aux divisions hattoues sur la rive orientale, elles étaient restées campées sur leurs positions. Mouwatalli n'était sans doute pas disposé non plus à un engagement majeur ; il restait sur la défensive.

À la dernière halte avant le premier gué, Ramsès déclara à l'état-major :

— Nous connaissons ce gué. Il n'est franchissable que par une trentaine d'hommes, ou bien un seul char à la fois. Les Hattous nous attendent sur l'autre rive. Ils nous dépèceront par tranches jusqu'au dernier homme de la dernière division.

Les mines s'allongèrent. Généraux et officiers avaient déjà fait le même raisonnement, par-devers eux-mêmes. L'armée échapperait à un massacre certain, mais le soulagement n'effaçait pas le constat d'échec.

— L'opération de police est terminée, déclara Ramsès à son aîné. Donne l'ordre de rentrer au pays et écartons-nous du fleuve.

Le lendemain, les Hattous, stupéfaits, regardèrent les troupes de Horus poursuivre leur chemin vers le sud. Ils avaient probablement espéré la curée ; ils en furent quittes pour leurs illusions.

— Combien de prisonniers valides avons-nous faits ? demanda Ramsès au général Youpa.

— Neuf cent huit, Majesté.

À part la reprise d'une partie de l'Oupi, cette capture et un butin négligeable, l'expédition avait été une mesure pour presque rien.

Mais c'était toujours une petite satisfaction d'amour-propre que de faire défiler des prisonniers entre deux corps d'armée. De surcroît, ils remplaceraient autant d'Apirous.

Sur quoi le souvenir de Ptahmose reparut dans l'esprit de Ramsès.

Trois jours plus tard, au Conseil royal, le général Youpa annonça qu'un incident regrettable s'était produit pendant l'absence de Sa Majesté et des troupes en Asie et qu'il venait seulement d'en prendre connaissance :

— Un émissaire du vice-roi de Koush, Hekanakht, m'apprend ceci. La flottille que j'avais envoyée avant notre départ intercepter les Apirous sur la côte du désert de Shour a été drossée contre les rivages pendant une violente tempête et quatre navires sur six ont coulé. Les survivants ont pris place sur les deux navires restants et rallié les côtes de Pount.

Un silence de plomb tomba sur le Conseil. Pendant un moment, le visage de Ramsès parut sculpté dans du bois. Celui d'Imenherkhepeshef se crispa.

— Ont-ils aperçu les Apirous ? demanda Ramsès.

— Oui, Majesté.

— Comment sont-ils sûrs que ce soient eux qu'ils aient vus ?

— Parce que des Shasous qui les ont secourus après la tempête le leur ont confirmé.

La consternation de Ramsès et de son aîné ne pouvait être plus évidente.

— Combien de jours après la fuite les marins ont-ils vu les Apirous ? demanda Nebamon.

— Treize jours, Excellence.

Cela infirmait radicalement les prévisions du vizir selon lesquelles les Apirous ne survivraient pas deux jours dans le désert. Aussi Nebamon fronça-t-il les sourcils.

— Mais où ont-ils trouvé de l'eau ? s'écria-t-il.

— Je l'ignore, vizir, j'attends le retour des rescapés pour entendre leur récit. Ils ne devraient pas tarder.

Ramsès serra les mâchoires. Pour la seconde fois, une puissance qui se déguisait en tempête infligeait l'humiliation à ses troupes.

Imenherkhepeshef incarnait la colère de son père : raide et crispé, il semblait lancer des éclairs, aussi bien de ses bijoux éclatants, le pectoral d'or au cobra dressé et le bracelet hérissé de turquoises, que de ses yeux d'obsidienne.

La suite du Conseil fut morose.

32

« Un dieu ne peut en empêcher un autre de parler »

Le dieu était entré par la fenêtre de la chambre à coucher. La lumière de perle de la pleine lune ne pouvait triompher du rougeoiement de braise émanant de la divine apparition.

Ramsès la regardait, saisi. Il s'efforçait de déchiffrer le sentiment obscur qui l'avait peut-être invoquée, ignorant la terreur qu'elle lui infligerait. Son cœur battait à se rompre.

Néfertari dormait paisiblement à ses côtés.

Le dieu la regarda et, soudain, un accès de colère plissa son mufle animal et ses yeux effilés de silex ; il se retourna vers la lune et, d'un geste, la teignit en rouge. L'astre nocturne flamba et ses reflets nimbèrent de braises la silhouette du visiteur.

Ramsès sentit sa puissance le déserter. Il comprit qu'il était l'objet de la colère de Seth, car c'était bien Seth qui faisait ainsi irruption dans sa chambre.

— Tu veux savoir pourquoi ? gronda la voix du dieu, pareille au feulement d'une bête furieuse.

Le sang de Ramsès se glaça.

— Es-tu assez obtus pour poser pareille question ? Toi, toi que j'avais choisi entre tous, toi que j'ai fait triompher de ton rival ?

Un ricanement bestial ponctua l'insulte. Seth s'était approché si près du lit que Ramsès sentait son odeur fétide et son haleine immonde. Son corps frémissait, sans doute de fureur, exhalant l'horreur par tous les poils de sa peau.

— Tu as célébré tous les dieux, tu leur as construit des temples, tu les as fait figurer sur tous tes bas-reliefs, tu as rendu cent grâces à Amon que tu as proclamé ton père, mais moi, moi ton vrai père, je n'ai eu droit qu'à un seul temple dans un nome famélique ! Celui qui porte mon nom à Pi-Ramsès croule de vétusté, ingrat ! Toi, toi qui portes ma couleur !

Pas un son ne sortait de la gorge de Ramsès.

— Fils indigne ! Je t'avais longtemps permis de triompher de tes ennemis. C'est grâce à ta chevelure que tu as effrayé les Hattous à Qadesh et que tu as pu échapper au carnage. Mais tu as usé ma patience. Pas une offrande, pas un hymne, pas un obélisque ! Tu ne clamais que les vertus d'Amon et de Ptah, de Mîn et de Rê ! Pauvre ingrat ! Je t'ai adressé un avertissement quand ton aîné est allé persécuter les Apirous dans leur village en pleine nuit. Je lui ai dépêché une tempête rouge, rouge comme moi, et il en a réchappé de justesse. Puis j'ai soutenu ton rival, Ptahmose, et je lui ai permis de mener à bien la grande fuite des Apirous. Tes officiers ont dépêché des soldats. J'ai noyé ceux que j'ai pu. Je ne te protégerai plus, Ramsès, c'en est fait de ta chance insolente ! Tu l'as bien vu en Asie...

La frayeur, l'indignation et la colère étouffaient Ramsès.

— Ptahmose sera roi d'une nation nouvelle !

Le dieu indiqua la forme de Néfertari :

— C'est ta bien-aimée, n'est-ce pas ? Elle te précédera au tombeau.

Un spasme de fureur tétanisa Ramsès. Lui, le fils d'Amon, il se leva du lit pour affronter l'assassin d'Osiris.

Un ricanement immense emplit le monde, secoua les montagnes et fit tressauter la face cramoisie de la lune. Ramsès rugit.

Néfertari cria :

— Ramsès ! Que se passe-t-il ?

Il était debout au pied du lit, hagard, comme saisi de vertige. La lune était redevenue de nacre.

— J'ai rêvé…

— Mais quel rêve ? Viens te recoucher.

— Seth…, murmura-t-il. Sa colère…

Elle le caressa. Il était en eau et haletait. Elle se leva pour lui confectionner un breuvage de suc de pavot et de miel. Il s'endormit enfin et le jour était levé qu'il se reposait encore. Elle donna l'ordre au maître des appartements royaux de le laisser dormir jusqu'à ce qu'il se réveillât de lui-même.

Puis elle courut chez Thouy, la reine mère. Depuis le retour d'Asie de son époux, trois mois auparavant, elle avait pressenti en lui une difficulté à être son personnage ordinaire. Le cauchemar en était l'aboutissement.

Le Palais était sur les dents. Les audiences du jour étaient annulées : le pharaon dormait. De mémoire de courtisan, on n'avait vu le pharaon couché en plein jour, à moins qu'il vécût ses dernières heures. Or, le maître de la Garde-robe, le Premier chambellan, le directeur des Secrets du matin, tous assuraient que Sa Majesté dormait tout simplement.

Imenherkhepeshef insista pour voir son père et ne fut pas peu intrigué de trouver Ramsès ronflant comme une forge alors que le soleil était proche de son zénith.

— Que s'est-il passé ? demanda-t-il à sa mère et à sa grand-mère, qui attendaient ensemble, dans une pièce voisine, le réveil du dormeur.

— Il a mal dormi… Il a fait un mauvais rêve, répondit Néfertari. Un très mauvais rêve.

— Sais-tu lequel ?

Elle secoua la tête ; c'était un mensonge : elle avait confié à Thouy que son époux avait vu Seth, mais elle ne voulait pas que le secret du cauchemar se répandît dans le Palais. Imenherkhepeshef s'en alla, perplexe. Il se souvint de l'agacement de son père, au Conseil de la veille. Ptahmose ! Son père avait dû rêver de Ptahmose. Mais il se rappela aussi qu'il avait lui-même évoqué la protection occulte de ce dernier. Seth ! Son père avait donc rêvé de Seth, car la seule vision du prétendant exilé ne pouvait expliquer un cauchemar aussi puissant que celui qui avait tourmenté Ramsès.

Isinofret, Thiyi, Thïa, puis la kyrielle des filles, Bent Anât, Baketmoût, la petite Néfertari, Merytamon, Nebettaouy… Puis les garçons revenus du *kep*, Khaemouaset, Montouherkhepeshef, Nebenkharou,

Meryamon, Sethemouïa... Leurs mères et leur grand-mère s'efforcèrent de les rassurer.

À une heure de l'après-midi, une rumeur parcourut les appartements royaux, des claquements de sandales précipités et des ordres brefs emplirent les couloirs. Sa Majesté s'était réveillée.

Imenherkhepeshef et ses frères jugèrent plus discret de celer leur inquiétude en déjeunant comme d'habitude. Les courtisans qui guettaient leurs expressions en furent pour leurs frais. Et quand Ramsès en personne vint se joindre à ses fils, ils durent conclure que les rumeurs qui avaient galopé dans la matinée n'étaient donc que cela, des exhalaisons d'esprits morbides ou de langues pointues.

À vrai dire, le roi divin n'était pas à son ordinaire ; son visage était bouffi, il parlait peu, et d'une voix sourde et pâteuse ; mais enfin, il sourit quand son jeune fils Sethemouïa demanda un gobelet de « vin qui pique ». Il était là, son soleil resplendirait comme à l'accoutumée, tout rentrerait vite dans l'ordre.

Mais de retour dans son appartement, Imenherkhepeshef convoqua son chambellan :

— Nous avons, il me semble, un magicien de service au Palais ?

— Oui, Seigneur. Il se nomme Setnau. Il est maître de la magie hekaou.

— Fais-le convoquer secrètement. Qu'il vienne ce soir à la onzième heure.

— Oui, Seigneur.

Visage lisse, gestes lents et voix sourde, l'intermédiaire entre le transitoire et l'éternel arriva à l'heure prescrite et s'inclina devant ses hôtes et clients, Imenherkhepeshef et son épouse, Nedjmaâtrê. Setnau était sans âge, donc riche d'expérience ; il savait que la discrétion était l'une des premières exigences de son art. Ils lui offrirent du vin ; il le but en silence, attendant de savoir l'objet de sa convocation. Ses mains, cependant, parlaient pour lui. Étaient-ce vraiment des mains ? Pas au sens ordinaire du mot : la souplesse avec laquelle les doigts enserraient le gobelet d'argent évoquait des reptiles. Ses pieds aussi retenaient le regard : s'en servait-il vraiment pour marcher ? La finesse des orteils donnait à penser que, hors de la vue des profanes, il glissait au-dessus du sol.

Imenherkhepeshef parla enfin :

— Je ne sais exactement la question que je dois te poser. Doit-elle porter sur la protection dont jouit un homme, un certain Ptahmose, hostile à mon père divin, ou bien sur le courroux éventuel du dieu Seth ? Toujours est-il que des événements récents me paraissent indiquer que la toute-puissance bénie de mon père est mise en échec.

Il résuma l'épisode des Douze-Ibis et la fuite prodigieuse des Apirous sous la conduite de Ptahmose, puis il évoqua le cauchemar qui avait éprouvé son père la nuit précédente.

Setnau réfléchit un instant, puis répondit :

— Les événements dont tu parles, Seigneur, ne sont pas si secrets. Les murs des palais comptent plus d'oreilles, d'yeux et de langues qu'ils n'ont d'habitants. J'avais déjà connaissance de ces questions et j'ai donc eu le loisir d'y penser. Un seul point reste obscur, le cauchemar de notre divin roi. En connais-tu l'objet ?

— Non. Et je pense que mon divin père le gardera pour lui.

Setnau hocha la tête. Son gobelet était vide. Le prince lui-même le regarnit.

— Pourrais-je obtenir un objet qui ait appartenu à Ptahmose ? demanda le magicien. Un vêtement, une lettre, un objet familier ?... Cela me faciliterait la tâche.

Imenherkhepeshef promit qu'il ferait tout son possible pour le lui fournir.

Setnau s'inclina profondément, remercia le prince pour la confiance qu'il lui témoignait et prit congé.

— Il ressemble lui-même à un songe, murmura Nedjmaâtrê.

Trois lampes posées au sol éclairaient la statue de Moût la Conjuratrice, l'épouse d'Amon, montée exprès des réserves du temple d'Amon dans la salle des audiences du prince Imenherkhepeshef. Trois personnes étaient présentes : le prince, son épouse et Setnau, agenouillé devant l'effigie grandeur nature, si l'on pouvait ainsi dire. Une femme enserrée dans une robe qui voilait à peine ses formes, le pied droit avançant devant l'autre, les bras le long du corps, mais l'index de la dextre tendu en signe de commandement. Des offrandes magiques avaient préalablement triplé la puissance de la statue : l'esprit de la déesse habitait maintenant son image. Un brasero à ses pieds exhalait ses vapeurs aromatiques et bleuâtres. Et devant, un palimpseste était déroulé, calé par deux cailloux.

— Ô compagne du dieu caché, psalmodia Setnau, levant les mains en soumission, ô toute-puissante protectrice, toi qui délies les fils du mal noués par les démons, toi qui changes en eau le venin des scorpions et détruis les poisons que les esprits mauvais versent dans la gorge des enfants, ô Moût compatissante, les enfants de ton fils Ousermaâtrê Setepenrê s'inquiètent des nuages qui passent dans son ciel. Ô Moût, aide tes enfants à débusquer les sources de leur tourment.

Pures et calmes, les flammes des lampes dardaient leurs langues vers le haut plafond et les vapeurs des parfums se déroulaient dans l'air immobile.

— Ô Moût, reprit Setnau, élevant deux sandales déchirées retrouvées dans la maison de Ptahmose, le mortel propriétaire de ces sandales est-il responsable de ces nuages ?

À part le geste du magicien, nul n'avait battu plus d'un cil. Aucun souffle n'avait agité l'air. Mais les flammes des lampes dansèrent soudain, filant un tortillon de fumée noire et convulsive.

— Est-ce lui, l'homme Ptahmose, qui est au cœur des maléfices ? Ô Moût, tisserande céleste des félicités, est-ce lui ? répéta Setnau, tenant toujours les sandales au bout de ses doigts.

Les flammes dansaient toujours, l'un des tortillons se boucla et le brasero crachota.

Le magicien jeta les sandales au loin. Imenherkhepeshef et Nedjmaâtrê étaient figés.

— Quel est son protecteur, ô Moût, mère aimante ? clama Setnau. Quel est ce protecteur ennemi de ton fils et des enfants de ton fils ?

Un temps passa. Les vapeurs du brasero devinrent turbulentes et Setnau recula instinctivement. Les braises crépitèrent plus fort et Nedjmaâtrê retint un cri. Une colonne rougeâtre venait de s'élever dans les vapeurs odorantes.

— Ô Moût, toi dont l'aile s'étend pour protéger ton fils des crachats des démons, m'as-tu répondu ?

La colonne rubescente scintilla, chargée de points incandescents.

— Ô Moût, est-ce Seth que tu désignes ainsi ?

Une fusée de cendres rouges jaillit en sifflant hors des vapeurs. Setnau effrayé retomba sur ses talons, levant les bras pour implorer la déesse. Les flammes des lampes tournoyèrent.

— Ô Moût, protège ton fils ! Intercède auprès d'Amon ! implora le magicien, appuyé sur ses bras.

Les vapeurs étaient maintenant rouges et projetaient des brandons sur le palimpseste. Setnau l'en écarta prestement, mais le papyrus portait des taches calcinées. L'officiant rampa à quatre pattes vers un sac d'encens et en jeta une pleine poignée sur les braises. Les vapeurs s'épaissirent dans un nouveau chuintement, puis s'apaisèrent lentement et reprirent leur teinte bleuâtre.

Les trois implorants retrouvèrent le rythme ordinaire de leur respiration. Mais leurs yeux demeuraient grands ouverts. Setnau considéra le papyrus endommagé.

— Regardez, murmura-t-il, pointant de son doigt noueux une ligne brûlée. Seth a effacé la conjuration : « Arrête, crocodile, fils de Seth »… C'était lui.

— Moût ne l'a pas réduit au silence ? demanda Nedjmaâtrê.

— Un dieu ne peut pas empêcher un autre de parler.

33

Les désarrois d'un prince désenchanté

L'agenda quotidien, hebdomadaire et mensuel du Palais dictait toujours son rythme. Seuls de vieux familiers eussent peut-être subodoré, à des regards soudain baissés, à des sourires dépourvus de spontanéité, à des évitements plus anodins qu'un battement d'ailes de mouche sur les reliefs d'un repas, que quelque chose n'allait pas.

Cette contrainte consentie prit brusquement fin, cinq jours après l'étrange indisposition de Ramsès le Deuxième, au cours du Conseil royal du matin. Le prince Imenherkhepeshef, ses frères Ramsès et Parêherounemef, les deux vizirs, le maître du Trésor et le général Ourhiya, qui demeurait au Palais en qualité de conseiller officieux, ainsi que le Premier scribe, évidemment, étaient présents quand Ramsès arriva, escorté de deux porteurs d'éventails. Surprise : il portait une perruque noire, alors que, depuis son accession au trône, ses coiffures avaient été rousses, d'un roux sombre évoquant l'acajou poli, taillées dans la queue de chevaux bais. Les dignitaires firent de leur mieux pour celer leur étonnement. Le maître des perruques aurait-il été pris en défaut ? Inconcevable. Non, le choix ne pouvait qu'être symbolique.

Mais Ramsès s'installa sur le trône comme si de rien n'était et demanda quelles étaient les dépêches du jour. Chacun savait qu'il attendait les tributs des roitelets de Canaan, de l'Oupi et des vassaux, chez qui il avait fait halte lors de sa dernière expédition aux confins de l'Empire hattou. Le paiement régulier assurait, en effet, que ces gens s'étaient résignés à la suzeraineté de To-Méry, car lorsqu'ils y rechignaient, cela signifiait qu'ils intriguaient avec les Hattous.

— Ils sont bien arrivés, Majesté, répondit le maître du Trésor. Même ceux du Sud-Oupi. Ceux de Koush nous ont été également envoyés par le vice-roi Hekanakht.

— Bien. Avons-nous des nouvelles d'Imenemipet ?

Le fidèle ami d'enfance avait, en effet, été promu ambassadeur itinérant dans l'Est, et tenait le royaume informé des alliances et ruptures entre les pays du Levant, mais aussi des nouvelles dites mineures, mariages, naissances et maladies des potentats et rois soliveaux de la région.

— Son Excellence Imenemipet nous signale que le roi des Hattous, Mouwatalli, semble souffrant ces derniers temps.

— Que Baâl l'emporte !

Un léger sourire flotta sur les bouches. Pas un mot sur les vagues que le passage des quatre divisions avait soulevées en Asie. Bon signe !

— Autre chose ?

Le maître du Trésor demanda l'approbation du pharaon pour les crédits consacrés aux temples de Pi-Ramsès. D'habitude, le roi jetait un coup d'œil sur la somme et faisait apposer son cachet sur le papyrus ; là, il y mit un temps disproportionné.

— Le temple de Seth s'est délabré ces dernières années, il me semble ?

— Il a besoin, en effet, d'être restauré, Majesté, convint le trésorier.

Les deux vizirs échangèrent un regard : ce soin particulier aurait-il un rapport avec le changement de perruque ?

— Eh bien, fais ajouter les frais nécessaires.

Le Premier scribe s'affaira, quelques lignes furent ajoutées au document, puis le sceau fut enfin apposé sur le document. Ramsès se leva et les ministres l'imitèrent.

— Père, dit Imenherkhepeshef quand Ramsès descendit de son trône, m'accorderais-tu un entretien ?

— Viens.

Ils se dirigèrent vers la terrasse. Ramsès fit signe aux porteurs d'éventails de les laisser seuls. Ils s'assirent l'un en face de l'autre, séparés par un guéridon garni d'une vaste coupe de fruits de Koush et de To-Méry, bananes, dattes, abricots, mangues, goyaves. Ce plat était la seule preuve que le face-à-face n'était pas un sortilège créé par un malin miroir : le père et le fils étaient le même homme. L'un comptait trente-cinq ans de vie, l'autre dix-huit, mais ils avaient la même taille, le même corps plein de sève, le même visage au nez volontaire, au menton gourmand, à la bouche pulpeuse et aux yeux naturellement soulignés par des cils de concubine énamourée. Outre le fait que seul le père était roux, la différence entre les deux images résidait en de subtils signes, gravés par le temps : une plus grande profondeur dans le regard du père et une douceur imperceptiblement sarcastique dans son sourire, une inquiétude farouche dans l'expression du fils.

— Je t'écoute.

— Pardonne ma question, père divin. Ton long sommeil d'il y a quelques jours était-il causé par un cauchemar ?

— Oui.

— Tu as vu Seth en songe ?

— Oui, répondit encore Ramsès après un moment, dévisageant son fils avec un demi-sourire.

— Il nous abandonne, père divin, dit le fils avec une tension dans la voix proche de la remontrance.

Ramsès soupira :

— Il est en colère. Il faut l'apaiser.

Au ton détaché de son père, Imenherkhepeshef devina que l'apaisement de Seth n'équivaudrait qu'à cela : désarmer le courroux du dieu. Mais Seth n'était plus le dieu tutélaire par excellence.

— J'ai beaucoup réfléchi à cette question, reprit Ramsès. Seth est le dieu de la guerre. Il a commandé l'expédition de Qadesh, mais c'est Amon qui m'a sauvé. Nos deux autres expéditions à l'est n'ont pas été fructueuses. Seth protégerait maintenant Ptahmose et les Apirous ? Grand bien leur fasse ! Quelle est leur importance ? Quelques poignées de nomades dans le désert. Ils rejoindront Canaan ? Fort bien, ils seront tributaires de tous ceux qui les entourent.

Imenherkhepeshef considéra son père et comprit alors le sens du changement de perruque : Ramsès compenserait désormais par la hauteur et le mépris les colères, la frayeur et les déceptions que Seth lui avait values. Un nouveau Ramsès apparaissait devant son fils et, bientôt, devant son peuple entier et le reste du monde.

— Je m'en suis entretenu avec Nebounénef, reprit-il : nos trois grands dieux sont Amon, Rê et Ptah. Il n'est pas bon qu'on donne une place primordiale à un dieu secondaire. Cela entraîne des déséquilibres dans les puissances qui régissent ce pays.

C'était la première fois qu'Imenherkhepeshef entendait son père parler de religion en dehors des discussions sur les cérémonies d'État. Était-ce la vision de Seth qui avait approfondi l'intérêt de Ramsès pour les divinités ?

— Mais l'armée, père ?

— Nos trois premières divisions ne portent-elles pas le nom des divinités que je t'ai citées ? répliqua Ramsès. Et la quatrième porte celui de Seth. Ce serait une erreur de considérer que notre esprit est militaire. Je règne sur ce pays, pas sur l'étranger. Je dois veiller au bonheur de ce pays, dit-il, indiquant du geste le paysage qui s'étendait à l'ouest de Ouaset.

— Tu considères que Seth nous a trahis ?

Ramsès prit son temps pour répondre :

— Seth est un dieu étranger. Il a été apporté par les princes étrangers[1], il y a bien longtemps, et quand ils sont partis, chassés par notre ancêtre Amosis, leur dieu est resté. Nous l'avons gardé, parce qu'il représente un trait nécessaire, la fureur guerrière. Mais il ne saurait le disputer à nos dieux. Il m'a fait partir pour

1. Les Hyksôs : le vrai sens du mot en ancien égyptien était « les princes étrangers ».

Qadesh, alors que l'armée n'était pas prête. Il t'a inspiré d'aller reconquérir l'Amourrou, mais il a été plus fidèle aux gens d'Asie qu'à son pays d'adoption.

Imenherkhepeshef n'en finissait pas d'assimiler ces vues. Sa stupeur ne cessait de croître, et sa consternation : à quoi servirait-il, désormais, dans un monde repris à la puissance de Seth ?

— Mais père, tu étais Seth ! s'écria-t-il.

— Je l'étais, en effet. Mais je ne pouvais le rester, puisque je suis le fils d'Amon. Comprends, fils, et fais comprendre à tes frères : ils sont trois dieux, Amon le Caché, Rê qui est sa face et Ptah qui est son corps. Ils se manifestent parfois sous d'autres formes, les autres dieux sont réels, mais ils ne sont que leurs émanations.

— Et Seth aussi ?

— Je te l'ai dit, c'est un dieu asiatique. Il peut veiller sur les Apirous, maintenant. Et sur Ptahmose. Je m'en fiche. Cela est aussi important que le vol de cette mouche.

Le désarroi que ce changement abrupt du personnage paternel et royal causa à Imenherkhepeshef le poussa chez « Mouty », la reine mère Thouy, avec laquelle il entretenait des liens privilégiés, étant son premier petit-fils. Elle l'appelait simplement « Imy ».

L'âge – cinquante-six ans – avait enrichi l'esprit de Thouy, mais n'avait certes pas atténué sa coquetterie. Elle était fardée comme à ses plus beaux jours et se parait toujours de ses somptueux bijoux, un large bracelet d'or incrusté de turquoises, un pectoral de corail et de perles et un bandeau frontal garni de péridots. Chaque mèche de sa perruque était soigneusement spiralée et huilée, à la dernière mode. L'illustre veuve n'avait guère non plus renoncé aux plaisirs du corps, et l'on connaissait ses favoris : un lieutenant de la garde, le propre chef de sa Garde-robe et le fils du gouverneur de Khnoum. « Pour garder le *ka* et le corps chevillés ensemble, avait-elle un jour expliqué à son fils, il faut satisfaire leurs appétits. »

À quoi Ramsès avait répondu plaisamment qu'il étudierait la possibilité de créer un palais des Hommes pour les reines veuves, de même qu'il existait un palais des Femmes pour les rois.

« Garde-t'en bien ! avait-elle rétorqué sur le même ton. La rivalité déclencherait des querelles. Rappelle-toi ce que Seth a fait à Horus[1] ! »

Aussi Thouy appelait-elle un chat un chat. Et Ramsès avait ri.

Imenherkhepeshef lui résuma la cause de son trouble.

— Je m'en félicite, répondit-elle. Cela prouve que mon divin fils ne s'est pas momifié avant l'heure.

Réponse qui désarçonna le prince.

— Songe, expliqua-t-elle, que le dattier naît d'un noyau, dont il est entièrement différent. Quand il est assez grand, il produit à son tour des dattes, qui sont différentes de lui. Ce qui ne change pas est sans vie. Quand on est jeune et qu'on rêve de conquêtes, Seth est le dieu préféré. Sa violence est toujours prompte à se déchaîner, il s'en prend à tout et tout le monde et,

1. Seth tenta de violer Horus, fils d'Osiris, qui échappa à l'outrage grâce à une ruse.

parfois, il est utile car il s'attaque à de vrais ennemis, comme il l'a fait avec le serpent Apopis, qu'il a transpercé de sa lance, sauvant ainsi la barque de Rê. Mais avec les années, c'est la douceur d'Amon qui reprend le dessus dans le caractère.

Thouy but une gorgée de lait d'amandes et considéra son petit-fils, pensif.

— Ton père est désormais plus soucieux du bien-être de son royaume que de conquêtes lointaines, qu'il faut sans cesse défendre au prix du sang. Feu son père avait ainsi renoncé à cette citadelle d'Asie que vous avez deux fois tenté de reprendre. Nous gagnerons bien plus à traiter avec nos voisins qu'à en faire des ennemis.

Le regard noir, scintillant comme des escarboucles au fond des yeux fardés, s'attarda sur Imenherkhepeshef :

— Qu'est-ce qui t'a troublé, Imy ?

— Ce changement soudain… Le cauchemar…

— Tu as craint que ton père se soit affaibli ? Non, au contraire, il est devenu plus fort.

— Mais qu'était ce cauchemar qui l'a tant indisposé ? Le sais-tu ?

Thouy hocha la tête :

— Il me l'a raconté, mais garde-le pour toi. Seth est apparu en songe à ton père pour lui faire des reproches, évidemment violents, et le menacer. Une apparition ordinaire de l'assassin d'Osiris ! Mais ton père a réagi comme il le fallait : lui qui avait incarné Seth, il s'est défait de sa tutelle pour se placer sous la protection d'Amon.

Le prince demeurait pensif :

— Et Seth va maintenant protéger Ptahmose, dit-il au bout d'un moment.

— Seth n'est pas vraiment un protecteur, observa Thouy. Nous l'avons vérifié. Et Ptahmose ne représente plus rien pour ton père ni pour ce royaume. Pas plus que les Apirous.

Le souvenir de la séance de magie avec Setnau flottait toujours dans la mémoire d'Imenherkhepeshef. La réalité nouvelle fondait sur lui comme une fièvre maligne. La gloire des armes s'estompait donc à jamais, et les expéditions dans lesquelles le jeune prince avait espéré s'illustrer ne se feraient pas. Il ne s'expliquait pas sa tristesse, car les observations de Mouty étaient sensées, profondes et même apaisantes, mais il se retrouvait soudain comme un cavalier en campagne dont le cheval succombe sous lui.

Il baisa la main de Mouty et prit congé.

Une épreuve supplémentaire attendait Imenherkhepeshef.

Dormant d'un sommeil léger depuis plusieurs jours, il percevait les bruits qui ponctuent la nuit d'un palais et dont le sommeil, d'habitude, le protégeait : claquements de sandales et échanges étouffés de la garde royale au rez-de-chaussée ou sur les toits, hululements de chouettes dans les jardins, caquètements tardifs et brefs de commères insomniaques du côté de la buanderie, cris et vagissements d'un enfantelet en proie à des coliques ou faisant ses dents à un étage ou l'autre, voire déambulations nocturnes d'un habitant de l'aile où demeuraient les princes et les princesses pour aller vider son pot de chambre dans le grand égout menant au fleuve. Il était seul à les entendre, Nedjmaâtrê jouissant d'un sommeil paisible et régulier.

Mais cette nuit-là, des bruits inconnus s'ajoutaient à cette symphonie clandestine. C'étaient des ahans épicés de brefs pépiements féminins, et ils étaient proches, à l'étage. Il tenta d'abord de les identifier : il connaissait les épouses de ceux de ses frères qui étaient mariés et doutait qu'aucune d'elles émît ces cris de souris titillée par la queue d'un chat. Dans l'oisiveté ténébreuse de la nuit, les sons les plus infimes enflent à la mesure d'un rugissement de lion. Les susurrations exaspérées d'un moustique saisi par l'angoisse de la mort prochaine, ou peut-être la faim ordinaire, s'exaltent à la hauteur des grognements d'un hippopotame sur la patte duquel un crocodile vient de refermer sa mâchoire. Imenherkhepeshef fut incapable de penser à autre chose qu'à ces hoquets de plaisir sexuel.

Prenant soin de ne pas réveiller Nedjmaâtrê, il quitta le lit et s'en fut, nu et pieds nus, dans les couloirs, à la recherche de la source de ces bruits. Il longea les méandres infinis du Palais et, soudain, s'arrêta devant une porte : celle d'un frère cadet, Khaemouaset. Il demeura là, le cœur battant, écoutant des ahans étouffés et, subitement, possédé par un génie qu'il ne se connaissait pas, poussa la porte.

L'unique lampe lui révéla les corps de Khaemouaset et d'une esclave, car c'était une Noire, native de Koush ou de Pount.

— Voilà pourquoi tu es un si lamentable élève de la cavalerie ! rugit-il.

Les deux amants, lui quatorze ans, elle à peine autant, se figèrent, stupéfaits.

— Et avec une esclave !

— Que fais-tu dans ma chambre ?

— Je veille à l'avenir de l'Empire.

— Tout nu ?

— Tes dépravations m'ont tiré du sommeil.

— Et mis en érection aussi, sans doute ? railla Khaemouaset, à l'ébaudissement de la donzelle, qui gloussa une fois de plus.

Une de trop. La déraison s'empara d'Imenherkhepeshef. Il fit trois pas vers le lit et, saisissant d'autorité la pécore, lui écarta les cuisses et la pénétra sous les yeux incrédules de son frère. Elle allait crier, il la musela de sa paume. Khaemouaset tenta de les détacher : un coup de poing le fit bouler à bas du lit. Imenherkhepeshef était un homme prompt. Il parvint à ses fins propres, tandis que la victime se tortillait comme un poisson dans le filet. Au bout de ses jambes noires, appuyées sur les épaules ambrées, les spasmes et les agitations de ses orteils et de ses plantes de pieds roses transmettaient éloquemment les sensations que lui causait le membre de son amant impromptu. Émoustillée comme elle l'était déjà, elle ravala ses cris avec sa salive sous la main du prince. Khaemouaset, par terre, observait la scène, les yeux écarquillés. Ce n'était pas tant qu'il craignait un affrontement physique avec son frère aîné, mais qu'il était fasciné par l'explosion de bestialité agressive d'un homme qu'il avait jusqu'alors tenu pour l'un de ses protecteurs. La bête qui fornique est déjà un objet de curiosité qu'on dit malsaine, mais qui n'est au fond qu'une tentative de connaissance de l'origine des vivants. Quand c'est un homme qui s'y livre, et de surcroît un aîné et le maître des armées d'un empire, le spectacle en est une révélation. La pornographie est une pédagogie.

L'élève Khaemouaset enrichissait donc son savoir comme ni le *kep* ni les concubines ne le feraient jamais.

Enfin, Imenherkhepeshef se retira de l'esclave et, avant de quitter la pièce, lança aux amants séparés :

— Voilà comment fait un vrai fils de Seth !

34

Le sacrifice de l'aîné

L'incident – mais les mots, tous les mots, sont infidèles car, pour Khaemouaset, l'intrusion de son frère aîné dans son intimité sexuelle prit les proportions d'un cataclysme – finit par exhaler des rumeurs qui transpirèrent à travers le Palais. La principale victime – non l'esclave noire, qui en avait été en fin de compte la bénéficiaire, mais Khaemouaset, dont l'amour-propre avait été foulé aux pieds – avait fini par en confier l'essentiel à sa mère, Isinofret ; celle-ci avait sommé son fils de garder là-dessus un silence de mort. Mais l'esclave elle-même, donzelle sans grand bon sens à son âge tendre, n'avait pu s'empêcher d'en parler à d'autres esclaves. Étant dans sa période fertile, elle était, en effet, présomptueusement sûre de porter en elle un futur héritier du trône. De bouche en bouche, l'incartade – autre mot infidèle – d'Imenherkhepeshef était parvenue à la maîtresse des fards de Néfertari, qui avait, à travers moult circonlocutions, informé sa maîtresse des rumeurs.

Or, celle-ci s'en était offensée et en avait fait part à Ramsès.

L'affaire révélait, de la part de l'aîné, un manquement inouï aux convenances familiales et princières, et c'était à ce titre que le père et pharaon résolut d'adresser une semonce à Imenherkhepeshef dès qu'il le reverrait. Car le chef de toutes les armées était alors en visite au pays de Koush.

Ramsès avait entre-temps interrogé Khaemouaset sur les faits et appris de sa bouche les termes de l'au revoir d'Imenherkhepeshef : « Voilà comment fait un vrai fils de Seth. » Il lui eût été difficile de ne pas faire le lien entre ces paroles de défi et sa dernière conversation avec le coupable. Il attendit donc, l'âme orageuse, le retour de son aîné.

Or, ce retour fut atroce.

Dès le débarquement du sarcophage provisoire sur le quai royal, une émotion extraordinaire se propagea en ville, puis dans le Palais, avant d'atteindre enfin la salle des audiences où trônait Ramsès. À l'expression des scribes qui déboulèrent dans la salle, puis à celle du chambellan à qui ils communiquèrent une nouvelle visiblement bouleversante, le pharaon comprit qu'un événement de première grandeur venait de se produire.

— Mais que se passe-t-il, à la fin ? tonna-t-il à la cantonade.

Le Premier chambellan fondit en larmes et ce fut d'une voix cassée qu'il annonça donc la nouvelle.

Seul le corps d'Imenherkhepeshef, en effet, était revenu à Ouaset. Il était accompagné de deux scribes du vice-roi de Koush, Hekanakht, et d'une délégation militaire de la province.

Imenherkhepeshef était mort.

Le chef de la délégation militaire baisa la sandale royale et remit au Premier chambellan un rapport circonstancié, signé de Hekanakht.

— Lis-le, ordonna Ramsès.

Six jours auparavant, le prince avait soupé au palais du vice-roi. Il avait semblé légèrement indisposé et s'était retiré de bonne heure. Son état avait empiré dans la nuit et son aide de camp avait fait quérir le médecin d'urgence. Quand ce dernier arriva, le prince était en proie à des frissons épouvantables, comme s'il avait été secoué par dix hommes, et se plaignait de violents maux de tête. Il s'était alors couvert de taches rouges et son visage, congestionné, semblait près d'exploser. Puis ses jambes, raidies, avaient été paralysées, et il avait même été incapable d'absorber la potion confectionnée par le médecin. Au petit matin, il avait sombré dans l'inconscience et, avant midi, son *ka* l'avait déserté.

Le vice-roi priait le pharaon, incarnation d'Amon, de bien vouloir accepter l'expression de sa douleur la plus profonde.

Ramsès demanda à voir le corps. Les domestiques soulevèrent le couvercle du sarcophage provisoire, dans une salle du rez-de-chaussée. Le choc devint insoutenable : le magnifique Imenherkhepeshef n'était plus qu'une forme grise, terriblement émaciée. Le mal qui l'avait affecté avait été impitoyable, projeté du fond des ténèbres par une volonté résolument meurtrière. Les spectateurs étouffèrent des bruits d'horreur. Le sarcophage fut expédié chez les embaumeurs.

Le deuil fut proclamé.

Informées de la nouvelle, Nedjmaâtrê et Néfertari défaillirent. Quand elle fut remise, la jeune veuve sembla plongée dans une terreur sans fond ; elle se rappelait la séance d'invocation de Moût par le magicien Setnau et ne doutait pas que Seth était responsable de la mort de son époux.

Pour Ramsès et Néfertari, il en alla autrement.

La mort d'un père ou d'une mère est la fin de l'enfance ; celle d'un enfant, c'est le monde à l'envers. Elle change les aubes en crépuscules. La mort d'un fils splendide comme l'avait été Imy était de surcroît ressentie comme une punition : tel fut le cas pour Ramsès, Néfertari et Thouy. Seth n'avait pas annoncé cette vengeance-là au cours de sa fatidique visite, mais, partageant la même intime conviction, la reine mère et le couple y reconnurent sa main.

Quand il se retrouva avec Nedjmaâtrê, en présence de Thouy, de Néfertari et d'Isinofret, Ramsès lui dit :

— Pour moi, mon fils, ton mari, ne peut être parti. Vous avez deux enfants. L'aîné portera désormais le nom de son père.

La douleur cependant s'enflait avec les heures. À force de la ruminer, Ramsès céda à la colère : il ordonna d'enlever la statue du dieu qui figurait sur les piliers de la salle d'audiences, parmi les douze effigies d'autres dieux, et de la faire remplacer par celle de Khonsou[1].

La décision suscita une nouvelle émotion, sinon une commotion, parmi les scribes et le clergé de Ouaset. Quels mauvais esprits craignait donc le pharaon ?

1. Dieu lunaire révéré à Thèbes, fils d'Amon et de Moût, représenté comme un homme à tête de faucon, qui écarte les esprits malins.

Pour quelle raison secrète ce dieu populaire prenait-il si brutalement le pas sur Seth ? Lors d'une visite au pharaon, le grand-prêtre du temple d'Amon, Nebounénef, aborda le sujet :

— Il est écrit dans vos livres, déclara d'emblée Ramsès, que Seth fut un des éléments apparus lors de la création du monde et que Rê l'appela pour détruire le serpent Apopis. La création du monde est désormais achevée et, en tant que fils d'Amon-Rê, je juge que ce dieu n'a plus sa place dans mon royaume. Je régnerai au nom d'Amon, de Rê et de Ptah, auxquels sont consacrées les villes éternelles de Ouaset, de Hetkaptah et d'On.

Nebounénef, impressionné par la science du pharaon, ne trouva rien à répondre ; lui aussi avait, quelques années auparavant, identifié Ramsès à l'incarnation du dieu rouge, et sa surprise n'en fut que plus profonde de voir ce dieu désormais officieusement rejeté. Il n'avait pu manquer, en effet, de songer qu'aucune ville n'était ni ne serait consacrée à Seth. Enfin, il était venu plaider pour le maintien des équilibres traditionnels des cultes dans les Deux Pays, mais, en tant que grand-prêtre d'Amon, il était mal placé pour défendre le culte de Seth.

Ramsès avait d'ailleurs prévu la position et l'état d'esprit de Nebounénef ; le silence de son visiteur le confirma dans la justesse de ses vues.

— Ta Majesté a cependant consacré un temple à Seth à Pi-Ramsès et elle a récemment ordonné de le faire restaurer… ?

— Il est bon que son culte se poursuive, répondit Ramsès, conscient de sa propre hypocrisie, afin de conjurer sa colère. Mais je n'entends plus passer pour son incarnation, comme cela a été le cas ces dernières années.

Le grand-prêtre hocha imperceptiblement la tête ; il ignorait les raisons de la désaffection du pharaon à l'égard de Seth, mais il ne pouvait manquer de lier la mort d'Imenherkhepeshef à l'éviction de la statue du dieu et à son remplacement par celle de Khonsou. Ce serait un point à approfondir discrètement auprès de ses amis du Palais. Il aborda donc le sujet officiel de sa visite, qui était l'organisation de l'entrée du prince disparu au Champ de Maât.

Les mots et les rites pansaient la chair blessée des vivants comme, au terme de tout, les bandelettes des embaumeurs, inscrites de formules magiques, enveloppaient le corps vaincu pour apaiser le regret des chairs qu'il n'avait pas assez embrassées et des parfums qu'il n'avait pas humés.

Ramsès vécut alors son véritable premier deuil.

Durant les soixante-dix jours de l'embaumement, il creusa un point dérisoire de sa défaite, à l'instar du dormeur qui gratte dans son sommeil la piqûre d'un moustique. Il convoqua les rescapés de la mission maritime qui avait traqué les Apirous sur la côte orientale de la mer des Roseaux.

Ils étaient sept, essayant de rentrer la tête dans les épaules, livides, terrifiés de devoir justifier un échec qui avait pourtant été causé par une tempête et non leur impéritie. Pour les rassurer, Ramsès leur fit offrir de la bière ; ils la burent à petites gorgées, craignant sans doute qu'elle fût empoisonnée. Mais enfin leur capitaine, mis en confiance, se décida à parler. Ils avaient longé la côte orientale quand ils avaient aperçu une longue caravane allant vers le sud avec leurs ânes chargés de bagages.

— Quand était-ce ?

— Le treizième jour après leur fuite honteuse, Majesté.

— Combien étaient-ils, selon vous ?

— Au moins dix mille, Majesté. On en voyait aussi loin que porte le regard.

— Paraissaient-ils éprouvés ?

— Il ne me semble pas, Majesté. Ils allaient comme nous irions nous-mêmes, d'un pas égal. Nous avons été surpris, car le vizir Nebamon nous avait annoncé qu'ils seraient si éprouvés par la soif que nous n'aurions pas de peine à les capturer. Telle était la raison pour laquelle nous avions emporté autant d'outres d'eau et de vivres que possible. Mais ils n'auraient pu survivre treize jours sans eau, eux et leur bétail. Ils avaient donc trouvé des sources dans le désert.

Le capitaine but une longue gorgée de bière pour se remettre de l'effort héroïque de parler au pharaon en personne.

— Et qu'est-il advenu ensuite ?

— Nous nous apprêtions à débarquer, Majesté, pour capturer le plus possible de ces traîtres. Mais alors s'est levée une tempête si soudaine et violente que je n'en ai jamais vu de pareille en vingt-cinq ans de métier. Le ciel est devenu noir et des vagues monstrueuses ont fait sombrer ceux de nos navires qui étaient les plus éloignés de la côte.

Ramsès hocha la tête : cette fureur explosive était la signature de Seth. Le capitaine, alarmé, le vit faire signe au Premier chambellan. À sa stupeur et à celle de ses matelots, il entendit le maître des Deux Pays ordonner qu'on donnât un anneau d'or à chacun des marins. Ils baisèrent chacun la sandale royale, éperdus de reconnaissance et d'émotion.

Le cortège terrestre et fluvial qui accompagna la dépouille d'Imenherkhepeshef fut à coup sûr le plus nombreux de l'histoire de toutes les dynasties : quarante et un membres de la famille royale, plus la cour, les représentants du clergé des Deux Pays, les plus hauts membres de l'état-major, les maîtres du gouvernement, les fonctionnaires du Palais et les gouverneurs.

Imenherkhepeshef n'avait pas préparé sa dernière demeure ; il se satisferait du caveau collectif, le Kher-en-Ahaou, que son père avait fait creuser dans les profondeurs de la roche. C'était un palais mortuaire descendant jusqu'à trente coudées dont chaque étage comptait plusieurs chapelles. Ces demeures finales n'étaient pas encore décorées, mais personne de la famille royale ne le verrait, car il eût fallu être acrobate pour suivre l'installation du sarcophage dans ce dédale de puits et de couloirs.

Le banquet funèbre put commencer.

Chacun le savait : le vin qu'on servait en ces occasions était redoutable. Enrichi de diverses décoctions, il était destiné à susciter l'extase dans laquelle le *ka* de chacun des convives pourrait s'évader et rejoindre celui du disparu. Ramsès y trempa à peine les lèvres, les épouses royales feignirent également d'en boire et seule la jeune Isinofret, homonyme de sa mère, ignora la consigne ; aussi s'affala-t-elle dans la chaise à porteurs qui la ramenait au bateau et ne se réveilla-t-elle que le lendemain.

Quand les chants et danses de circonstance eurent pris fin, la nuit était tombée. Les premières étoiles scintillaient, comme pour rappeler aux humains qu'ils n'étaient que poussière au regard des puissances célestes. C'est d'ailleurs la nuit que les hommes prennent conscience de leur condition. Le jour, le soleil exalte leur orgueil et leur présomption.

Aucun pharaon ne s'est jamais targué d'être l'incarnation de la nuit. Dans la chaise à porteurs précédée de deux porteurs de torches, le fils du Dieu caché, de la Lumière et de l'Existence physique leva un long moment les yeux vers le ciel ; c'était le ventre de Noût, la mère de Seth. Il se rappela la fureur de la génitrice contre son fils : « Mes doigts le dépècent comme des couteaux acérés, mes ongles le déchirent comme des lames métalliques[1]… »

Il avait offert son aîné en sacrifice au monstre. Il était heureux d'avoir échappé à ce dieu haï de sa mère.

1. Papyrus Louvre 3129.

35

La gaîté du bossu

Quand le travail des humains a réparé les méfaits des catastrophes, balayé les ruines et reconstruit les maisons, quand les victimes ont été enterrées ou soignées et les arbres replantés, le paysage semble revenu à son harmonie antérieure ; faux-semblant. Le souvenir de l'épreuve s'est gravé dans les esprits.

La vie de la cour, qui se partageait désormais entre Ouaset et Pi-Ramsès, avait repris son rythme, entre les fêtes nationales et les célébrations de la famille royale. Mais même si le puîné Ramsès, fils d'Isinofret, occupait désormais sa place, l'image d'Imenherkhepeshef n'avait pas été martelée des bas-reliefs des mémoires.

Elle ne l'était pas dans celle du jeune Ramsès, son cadet d'un an. Succéder à un prince aussi fougueux, et de surcroît gravé dans les cœurs en raison de sa disparition prématurée, était une tâche périlleuse. En pareille situation, en effet, l'héritier tend à imiter son prédécesseur pour se montrer à la hauteur du titre. Ramsès s'y était bien essayé quelque temps, mais il ne possédait ni la prestance physique du disparu ni surtout son tempérament ; doux et souriant, il ne savait pas dresser le menton comme son frère pour intimider un interlocuteur rétif. Il avait donc renoncé avec sagesse à un rôle de composition. De l'avis général, il serait un haut fonctionnaire conciliant.

Néfertari, elle, avait fait rechercher l'esclave noire fécondée par son fils. Un enfant était bien né de cette union brutale ; un garçon. Néfertari décida de lui donner le premier nom du disparu, Imenherounemef. C'était une façon de prolonger la vie du premier enfant qu'elle avait mis au monde.

L'image de l'aîné n'était en tout cas pas près de déserter la mémoire du quatrième des garçons, Khaemouaset, « Celui qui est apparu dans Ouaset », que le défunt avait mémorablement humilié une semaine avant sa mort. Songeant sans fin à cet épisode, surtout depuis qu'il avait revu Imenherkhepeshef dans son sarcophage, il en avait conclu que l'accès d'agressivité n'avait pas été dirigé contre lui ; ils n'avaient ni l'un ni l'autre maille à partir. Le viol de la jeune esclave n'avait pas non plus été causé par une bouffée de frustration sexuelle ni le désir ; Imy était heureusement marié et avait accès aux concubines. Non, le garçon avait été possédé ; par quoi ou qui ? Les conversations avec la veuve Nedjmaâtrê l'avaient mis sur la piste : Imy avait été la proie de Seth. D'autres conversations, cette fois avec des scribes du temple d'Amon, précisèrent le rôle de ce dieu, dont il ne savait que ce qu'on enseignait au *kep*, c'est-à-dire pas grand-chose. Le souvenir de la tempête rouge dans laquelle son frère avait déjà failli mourir, puis les échos suscités par le remplacement de la statue de Seth dans la salle des audiences éperonnèrent ses interrogations. Le pharaon était parvenu, lui aussi, à cette conclusion et telle était la raison pour laquelle il avait choisi le dieu Khonsou pour le substituer à Seth.

Khaemouaset en conçut le même rejet pour les puissances ténébreuses qui avaient conduit Imy à sa perte. Et les mascarets des passions étaient la marmite dans laquelle elles mijotaient, diffusant leurs poisons. Quelles passions ? Celles qu'il voyait tous les jours à l'œuvre, au Palais, l'ambition et l'exaltation du moi, les débordements de l'énergie animale, le mépris des autres...

Cette disposition s'ancra. Son père ayant proposé de le nommer à l'administration des Écuries, il lui répondit :

— J'ignore si j'aurai les talents requis, père divin, mais je sais que je n'en ai pas les dispositions. Je veux être scribe.

— Scribe ?

— Dans un temple, père divin.

Le long silence de Ramsès valait question.

— Je ne me crois pas doué pour l'exercice de l'autorité. Or, il n'est question autour de toi que de rivalités et de pouvoir. Mes frères sont mieux dotés que moi pour y triompher. Avec ta permission, père divin, j'entends me consacrer au culte des dieux.

Douce, mais résolue, la voix de Khaemouaset résonnait avec clarté dans la salle où le père et le fils se trouvaient seuls.

— Cette décision a-t-elle un rapport avec la mort d'Imy ?

— Pas avec sa mort, père divin, mais avec sa vie. Je l'ai vu emporté par la violence, comme une barque sur le fleuve en crue. Puis un soir, il est entré dans ma chambre, animé de l'esprit de dévastation. Je ne veux pas lui ressembler, et je ne le peux d'ailleurs pas.

Un autre silence suivit.

— As-tu choisi le dieu au service duquel tu veux te consacrer ?

— Ptah. Il est pour moi le dieu de la conciliation. Il est l'esprit d'Amon qui permet de maîtriser la matière.

Ramsès sourit : c'était exactement l'idée qu'il se faisait de ce personnage de la triade. Puis il songea : avec le temps, la présence de son troisième fils à Hetkaptah, puisque Ptah en était le dieu tutélaire, ferait de lui le prince de cette ville. Et il serait bien pour la paix du royaume qu'un héritier du trône fût maître de l'un des clergés les plus importants du pays.

— Sais-tu ce qu'est la vie d'un scribe ?

— Elle est simple et laborieuse, et je sais que je n'aurai pas de domestiques, répondit Khaemouaset en souriant.

— Te considéreras-tu comme héritier de ce trône ?

— Amon, Rê et Ptah te conféreront une longue vie, père divin. J'ai un aîné et bien des cadets. Quand l'heure sonnera, je serai ton fils et serviteur.

— Bien, dit Ramsès, je vais en informer le vizir du Nord et faire prévenir le grand-prêtre du temple de Ptah[1].

Khaemouaset quitta le Palais au lendemain d'une triple fête où l'on célébrait les noces de sa sœur

1. Khaemouaset entra effectivement au service de Ptah et y demeura jusqu'à sa mort.

Néfertari la Jeune, la naissance du deuxième fils de sa sœur aînée Baketmoût et celle du premier enfant de son frère aîné, Ramsès. Il laissait au Palais sa nouvelle épouse, Nekhbet-di, qu'il ne retrouverait que pendant les périodes où il ne serait pas au service du temple. Il n'emportait qu'un ballot contenant deux pagnes de lin fin et une paire de sandales de rechange, à la semelle et aux lanières de chanvre tressé, car il n'était pas autorisé à porter sur sa personne le cuir d'un animal, non plus, d'ailleurs, que le moindre brin de laine.

Le grand-prêtre de Ptah à Hetkaptah ayant conseillé que le novice fît d'abord un séjour au temple du dieu à Ouaset, Khaemouaset y consentit. Il y arriva seul et fut, à son arrivée, accueilli par le grand-prêtre et ses deux assesseurs, en présence du collège des scribes qui souhaitèrent chacun leur tour la bienvenue au nouveau serviteur du dieu. Qui saluaient-ils en vérité ? Il ne le sut. L'un des héritiers du trône ou bien un jeune homme qui s'éloignait des convulsions du monde, causées par les coliques infinies du serpent Apopis ? Toujours fut-il que le grand-prêtre l'assigna à l'une des quatre équipes de scribes du second ordre, chargé avec cinq autres collègues de la rédaction des actes quotidiens et de la copie des textes anciens qui pouvaient être endommagés. L'après-midi et le soir, il étudierait les Livres, sous la conduite d'un maître.

On l'emmena pour le raser, lui tondre le crâne et le pubis et l'épiler, car le poil, manifestation de la bestialité humaine, était incompatible avec le service des dieux. Ces gens étaient méticuleux : ils lui épilèrent l'entre-fesses aussi bien que les orteils. Après quoi, il fut convié à la seconde des deux ablutions du jour, qui seraient assorties de deux autres ablutions la nuit, chacune suivie de prières collectives au dieu.

Le premier soir, après le repas commun, principalement du blé cuit avec des miettes de canard, des laitues et des fruits, il fut conduit à la cellule qu'il partagerait avec trois autres scribes. Sa couche consistait en un châlit rudimentaire tendu de sangles. Il y trouva promptement le sommeil, en dépit de la respiration bruyante de ses voisins. Mais à minuit, il fut réveillé d'une pression sur l'épaule : c'était l'heure des premières ablutions de la nuit.

Il retrouva aux bains tout le personnel du temple, qui se rinçait soigneusement le corps, en insistant particulièrement sur les parties odorantes, le sexe, les aisselles et les pieds. Quand ils se furent séchés et rhabillés, ils chantèrent un hymne au dieu, puis chacun regagna sa couche. À six heures du matin, une clepsydre en témoignait, nouveau réveil et nouvelles ablutions. Les suivantes seraient à midi et à six heures du soir.

Il eût fait beau voir que Seth s'aventurât dans ces parages.

Au bout de quelques jours, Khaemouaset s'avisa que les lits de ses compagnons de cellule restaient souvent inoccupés et que le nombre de scribes au souper variait. Il s'en enquit :

— Ceux qui sont absents, lui répondit son voisin de table, sont dans leur famille. N'as-tu pas une famille ? Quand notre équipe n'est pas au service du dieu, nous pouvons retrouver nos femmes et nos enfants. La chasteté de corps et d'esprit n'est requise que pendant le service.

Pendant trois mois de l'année, chacune des quatre équipes de scribes du second et du premier ordre était ainsi astreinte à la pureté intégrale et ne quittait pas l'enceinte du temple. Mais les autres pouvaient séjourner chez les leurs, à la condition de respecter la règle des ablutions et des prières et de suivre les consignes de la prêtrise, notamment l'interdiction de consommer du poisson.

Khaemouaset retournerait-il au Palais, puisqu'il en avait donc licence ? La réponse fut moins évidente qu'il ne l'aurait lui-même imaginé. Ni son affection pour Ramsès et Isinofret ni sa tendresse pour Nekhbet-di n'emportaient sa décision. Son maître d'étude observa qu'il n'avait pas passé une seule soirée chez lui ; il le prit à part, hors de la salle d'étude, sous les figuiers :

— Si tu ne retournes pas la voir, ta famille s'inquiétera, dit-il.

Les traits de Khaemouaset s'animèrent : un mouvement des lèvres, un battement de cils, un haussement de sourcils, mais il ne répondit pas.

— Es-tu entré au temple pour la fuir ? reprit le maître.

Toujours pas de réponse ; mais le maître semblait décidé à en obtenir une ; il se tenait devant le novice et le silence de Khaemouaset devenait incorrect, il le savait.

— Mon désir de rester ici est plus fort, marmonna-t-il.

— Le dieu Ptah œuvre au triomphe de l'harmonie dans le monde matériel, tu l'as toi-même déclaré lors de ton examen d'entrée. Il fortifie l'accord dans les familles et les villes. Ta répugnance à retourner chez toi révèle que tu n'y trouves pas cette harmonie. Mais maintenant que tu es au service de Ptah, ton devoir est d'œuvrer à l'établir.

— Oui, maître, répondit Khaemouaset, d'un ton contraint.

— As-tu choisi le service de Ptah parce que tu espérais être envoyé à Hetkaptah, c'est-à-dire loin de ta famille ?

Khaemouaset leva sur son maître un regard coupable.

— Mon but n'est pas de te tourmenter, poursuivit le maître, mais de t'aider à voir clair en toi-même, sans quoi tu ne pourras atteindre à la pureté. Pourquoi ne veux-tu plus retourner chez toi ?

— C'est un monde dominé par les luttes de pouvoir, l'ambition, le culte de la force…

— Le service de Ptah t'enseignera la force intérieure.

— Comment résisterais-je à Seth ? s'écria Khaemouaset, d'un ton de détresse.

Le maître, interdit, demeura un moment sans répondre. Même s'il était un novice sous ses ordres, son interlocuteur n'en demeurait pas moins un héritier du trône. Or, le pharaon était, du moins en principe, le maître suprême des cultes. Les questions soulevées risquaient de n'être pas conformes aux compétences d'un surveillant d'étude.

— Que veux-tu dire ?

— Le Palais est le domaine de Seth. C'est le dieu qui a tué mon frère.

Le maître vérifia le bien-fondé de sa prudence : une déclaration aussi retentissante appelait, en effet, une conversation bien plus approfondie. Et les autres novices, s'étonnant apparemment d'un aussi long entretien, tournaient la tête.

— Si tu le penses, ton devoir de retourner chez toi est encore plus impérieux, reprit le maître.

Khaemouaset acquiesça.

— Mais si tu désires te confier, je t'écouterai.

Le poids qui oppressait la mémoire et le cœur du novice bloquait sa langue ; s'en décharger auprès d'un inconnu, fût-il bienveillant, était périlleux. Le moment n'en était pas venu.

Khaemouaset retourna donc ce soir-là au Palais. On lui fit fête. On le caressa des yeux. Il feignit la béatitude. Il se coucha avec son épouse, Nekhbet-di, et lui dispensa les plaisirs réglementaires du corps. Il y trouva même les siens. Peut-être un enfant serait-il conçu ce soir-là, enrichissant la hiérarchie déjà touffue des héritiers du trône. Mais ce faisant, Khaemouaset eut le sentiment qu'il s'observait de l'extérieur. Il n'était plus vraiment là.

Son *ka* avait dû s'échapper de lui.

Le colosse mesurait près de vingt coudées de haut. Au sommet du corps massif, avançant sur la jambe gauche, on reconnaissait le masque impassible et désormais stéréotypé du pharaon, doté de la barbiche royale. À droite, trois fois et demie plus petite, une silhouette de femme avançait aussi ; le cartouche dans la pierre rosée la définissait comme la Première Épouse royale.

Ramsès se tourna vers le sculpteur et hocha la tête.

— C'est bien, dit-il.

L'artiste s'inclina, comblé, et ses six apprentis l'imitèrent.

Ramsès se tourna vers Néfertari.

— C'est bien, dit-elle aussi.

Comment eût-il pu en être autrement ? Elle était désignée publiquement comme la Première. La première femme du royaume. Même si elle n'apparaissait qu'aux dimensions d'un épi de blé au pied d'un palmier.

Nouvelles courbettes du sculpteur et des artisans.

Le couple royal entra alors dans le temple, pour faire des offrandes au dieu. Des chants s'élevèrent du fond du temple sur des accords de cithare.

Ramsès baisa les pieds de la statue. Néfertari en fit de même. Les scribes qui les accompagnaient couvrirent alors les tables disposées de part et d'autre de la statue de pots d'encens et de gerbes de lotus.

Le roi témoignait sa générosité à l'égard des puissances célestes qui leur prodiguaient la vie.

Là-bas, à Ouaset, sur la berge du Grand Fleuve, leur fils, le jeune prêtre, regardait les flots charrier les gerbes de fleurs que le peuple avait lancées en amont, en offrande au dieu tutélaire du fleuve, Hâpy, et qui ne se résolvaient pas à sombrer. Lui-même en avait déjà jeté plusieurs à l'eau, des branches de rosiers en fleur. Par endroits, on eût cru que des îlots s'étaient formés et changés en jardins flottants. Parmi la foule disséminée le long de la rive, le regard de Khaemouaset s'attacha à un garçon près de lui, qui souriait de toutes ses dents. On n'eût jamais imaginé tant de gaîté chez un être aussi infortuné : il était bossu et l'une de ses jambes était plus courte que l'autre. Mais ses yeux étincelaient.

— C'est beau, n'est-ce pas ? dit le bossu à son voisin.

Khaemouaset hocha la tête, stupéfait par l'énergie rayonnante de ce misérable infirme. Lui qui avait vécu dans la splendeur et la beauté, il n'avait jamais vu tant d'éclat chez des gens pourtant comblés. Il lui restait une branche de rosier qu'il n'avait pas encore offerte au fécondateur Hâpy ; il la tendit au garçon.

— Tiens, jette-la pour moi.

Le bossu rayonna, saisit la branche, s'arc-bouta au sol et, s'appuyant au bras de Khaemouaset, lança la branche à l'eau de toutes ses forces.

— Regarde ! Regarde ! cria-t-il, enfiévré de joie.

La branche surnageait et s'éloignait. Elle finirait à la mer.

Un épervier planait là-haut, contemplant sans doute les dons des humains au fleuve ; pas pour lui. Les éperviers ne mangent pas de roses. Il s'éloigna.

Notice biographique et historique

L'Égypte ancienne, comme la plus grande partie du passé lointain, appartient depuis longtemps à la mythologie courante, la plus vivace. Des monuments démesurés, une statuaire souvent magnifique, mais tout aussi souvent répétitive, une langue étrange, une ancienneté défiant la perception du temps dans la modernité, où les modes de vie changent de plus en plus vite et où les mœurs de la décennie précédente paraissent préhistoriques, autant d'éléments ont créé un fantasme égyptien proche du surnaturel. On vit même, l'autre hier, fleurir des théories selon lesquelles les pyramides de Gizeh auraient été construites par des extraterrestres. Excepté pour une poignée d'égyptologues, phalange dont j'eus l'honneur de connaître quelques phares et dont le métier ressemble à un sacerdoce, l'Égypte ancienne projette désormais l'image d'un monde parfait, baignant dans une sagesse intemporelle sous l'autorité de pharaons imprégnés de l'essence divine.

La mythification est toutefois le tuf des malentendus, qui conduisent à la fausseté, au mensonge et enfin aux fariboles.

Ses racines, cependant, plongent loin dans le passé. On enseignait doctement, autrefois, qu'avant de rédiger la Constitution d'Athènes, le sage Solon alla s'instruire auprès des prêtres égyptiens. Fable douteuse : en tout cas, à en juger par le texte de Solon, ils ne lui apprirent pas grand-chose. Rien ne peut être plus antinomique de la pensée hellénique que le système théocratique de l'Égypte antique. Vingt-six siècles plus tard, Bonaparte enfourchait à son tour le destrier de la mystérieuse Antiquité : « Soldats, du haut de ces pyramides, quarante siècles vous contemplent ! » Incidemment, c'était quarante-cinq. N'importe, l'égyptomanie était lancée, et le prestige de l'Égypte fut tel que, dès lors, une diseuse de bonne aventure était surnommée sur-le-champ « Madame de Thèbes ».

On désenchante donc le profane, fût-ce à regret, quand on lui représente que les Égyptiens étaient des gens comme vous et moi, et même moins bien lotis. L'espérance de vie fut, pendant les fameux quarante siècles, limitée à trente-cinq ans, généralement sous une tyrannie pharaonique. Par l'entremise d'une administration pléthorique, qui eût comblé les maîtres de l'URSS, et d'un clergé hypertrophié, qui eût, lui, fait rêver les papes du XVe siècle, les pharaons exerçaient, en effet, une autorité sans faille sur une population qui avoisinait le million, de la Haute-Égypte au Delta. Leur présumée sagesse immanente ne préserva pas, au quotidien, leur royaume ni du meurtre, ni de l'escroquerie, ni du vol ; s'il y avait eu des journaux à l'époque, leurs pages de faits divers n'eussent pas déparé celles de nos quotidiens.

Mais grâce à la puissance de l'art, ils faisaient rêver. Trois d'entre eux, surtout : d'abord, Toutankhamon, puis Akhenaton et, enfin, Ramsès II. Le premier avait fouetté les imaginations après la découverte du « trésor » de sa tombe en 1922, par Carter et Carnarvon, et la « malédiction des pharaons », qui décima les fouilleurs (probablement une pneumonie à virus causée par l'inhalation de poussières de crottes de chauves-souris). Akhenaton, lui, fascina autant par sa silhouette de matrone et sa célèbre épouse Néfertiti que par la théorie mal cuite selon laquelle il aurait été l'« inventeur » du monothéisme. En réalité, le culte dominant du disque solaire, Aton, avait été imposé par son père, le glorieux Amenhotep III, et Akhenaton n'avait fait que l'étendre. Le fait que le règne de ce monolâtre obstiné, prétendument précurseur du christianisme et autres ratiocinations, fut désastreux, était prudemment occulté : il n'eût pas été correct de rappeler que ce monothéiste en herbe avait laissé son pays en piteux état. Déjà connu par ses monuments colossaux, le troisième pharaon, Ramsès II, a acquis une notoriété publique grâce au titanesque sauvetage des temples d'Abou Simbel par l'Unesco, en 1954 ; les photos du *speos* et les colossales statues du monarque et de sa Première Épouse Néfertari, resplendissants de jeunesse et de beauté, frappèrent les imaginations, à l'égal de celles des plus prestigieuses vedettes de la chronique, qu'on n'appelait pas encore *people*. On est tenté de penser que le sex-appeal du couple disparu a plus stimulé l'intérêt public pour l'Égypte ancienne que bien des entreprises historiques.

Le véritable intérêt du personnage de Ramsès II m'a paru résider ailleurs, comme on en aura jugé dans ces pages. Il consiste dans l'influence du pouvoir absolu sur les individus, ceux qui le détiennent et ceux qui le subissent.

Les textes demeurent, notamment celui de la stèle de Kouban (Baki de son nom ancien) et le *Poème* de Pentaour : ils démontrent amplement que Ramsès II fut, au moins pendant la première moitié de sa vie, possédé par une mégalomanie insatiable, frôlant le délire, et fondée sur la falsification la plus débridée. La seule différence entre lui et les tyrans modernes, qui continuent de régner sur des contrées lointaines, c'est que le système religieux déjà existant lui permettait de se proclamer dieu incarné, alors que ses rutilants imitateurs font l'inverse : ils créent un système qui leur permet de se proclamer dieux et de fonder une religion qui ne dit pas son nom. Une phraséologie désuète du siècle dernier qualifie ces outrances fulminantes de « culte de la personnalité ». Il serait plus approprié de rappeler que ce culte est fondé sur le pouvoir et que tout pouvoir tend à en créer un.

Ramsès II, en tout cas, offrait un beau sujet d'exploration de ces égarements pathologiques.

Souvent décrié par les pontifes de l'Histoire, le roman historique présente l'avantage de reconstituer pour un public non spécialiste une réalité que seuls pourraient appréhender ceux qui l'étudient depuis des années, mais qui, par une louable rigueur, se refusent à toute spéculation. Le roman historique demeure cependant la seule autre manière d'aborder des personnages historiques dans leur réalité, et non comme des mythes aussi creux que les héros de mangas.

Ptahmose : ce personnage dérive d'une énigme archéologique connue des seuls égyptologues et de quelques amateurs, en dépit de son importance. Sur le bas-relief du temple de Karnak, représentant Séthi Ier prêt à transpercer de sa lance un chef libyen, déjà blessé par une flèche, on remarque une silhouette dont l'échelle cinq fois moindre révèle que c'est un personnage secondaire. Le cartouche indique que c'est le jeune Ramsès. Au début du XXe siècle, l'égyptologue américain James Henry Breasted remarqua que cette effigie était surimposée à une autre, martelée et à moitié effacée de la stèle. L'image de Ramsès a donc été substituée à celle de quelqu'un d'autre, désigné pour la succession de Séthi. Aurait-ce été un frère aîné de Ramsès, mort prématurément ? C'est celui dont j'ai postulé l'existence, Pa-Semossou. Dans ce cas, il aurait suffi de modifier le cartouche : les effigies des bas-reliefs ne sont certes pas des portraits anthropométriques, et les deux frères ne devaient pas être si dissemblables. Mais non : le martelage de la silhouette indique la volonté délibérée d'effacer intégralement le personnage ; ce n'est pas une correction, mais une destruction d'identité, un acte magique signifiant que la personne représentée n'a jamais existé. Les pharaons l'ont systématiquement pratiqué pour éliminer la mémoire de ceux qu'ils détestaient.

Certains égyptologues, dont Christiane Desroches-Noblecourt, ont postulé que ce personnage aurait pu être un descendant de la XVIIIe dynastie, celle qui est la plus connue du grand public par trois de ses représentants cités plus haut, Akhenaton, Néfertiti et Toutankhamon. Mais comment un prince d'une dynastie déchue aurait-il pu être désigné par Séthi lui-même, deuxième pharaon de la XIXe dyna-stie, comme héritier du trône ? Il faut, pour le concevoir, se rappeler la déshérence du royaume à la fin de la XVIIIe dynastie : la corruption et la formation de clans régionaux menacèrent l'Égypte de désintégration, d'Akhenaton à son dernier successeur, Aÿ, en passant par Toutankhamon et le mystérieux et falot Semenkherê. Un général, Horemheb, plébéien, y mit finalement bon ordre, s'empara du trône et désigna son successeur, un autre plébéien, Ramsès Ier. À son tour, celui-ci désigna son fils, Séthi Ier. Cela n'était pas du goût des séditieux, qui poursuivirent leurs menées sécessionnistes, comme le prouvent les expéditions répressives et répétées de Séthi dans le Haut Pays. Sans doute leur menace convainquit-elle Séthi, sous la pression de son père, Ramsès Ier, de leur concéder un gage symbolique : il adopterait le prince mystérieux comme successeur ; sans doute aussi, le monarque escomptait-il que ce prince, élevé à la cour, finirait par y devenir un loyal gardien de l'ordre imposé par Horemheb. Mais un événement inconnu survint, qui fit écarter le prétendant.

Fut-ce la mort ? Non, comme le prouve amplement la stèle de Kouban, érigée par Ramsès II. On y reviendra.

On en serait là de l'affaire, n'était qu'un indice s'est fait jour ; on connaît le nom de ce mystérieux personnage : Mehy, comme le confirme Desroches-Noblecourt dans *Ramsès II, la véritable histoire*, ou Maÿ, du nom de l'architecte en chef de Pi-Ramsès. Or, ce n'est pas là un nom officiel, du moins pas un de ces noms nobles et circonstanciés qui sont dignes de figurer sur un bas-relief de tombe, c'est-à-dire indiquant la divinité tutélaire et les vertus par lesquelles le porteur en revendique le parrainage, comme « Bien-aimé de Rê, de Moût, de Thot, de Ptah, d'Amon », ou tout autre dieu. C'est un surnom abrégé et, en l'occurrence, l'abréviation d'Amenhotep, « Amon est en fête ».

Le fait inspire trois observations. En premier lieu, il s'agirait d'un descendant de la grande lignée de la XVIIIe dynastie, tous porteurs du nom d'Amenhotep ; il serait donc le cinquième de ce nom, car ce fut aussi celui d'Amenhotep IV, avant que sa monolâtrie du disque solaire ne le portât à changer son nom en Akhenaton. En deuxième lieu, il s'agit d'un garçon jeune, car l'usage des surnoms familiers ne valait que dans la jeunesse, et, autant que l'on sache, Thoutmôsis ou Ramsès n'ont jamais été appelés « Thout » ou « Ram » sur les bas-reliefs. En troisième lieu, le garçon est né après la répression du culte dominant d'Aton, qui avait tant indisposé les clergés des autres cultes, car Mehy est bien le diminutif d'Amenhotep, non d'Akhenaton, auquel cas il se serait probablement appelé Khen, par exemple.

L'hypothèse de l'adoption de ce prince par Séthi prend donc plus de force. Elle pose cependant une question : pourquoi cette adoption fut-elle brusquement annulée ? Là, il faut supposer que, vraisemblablement décidée par le père de Séthi, Ramsès Ier, elle fut de plus en plus fortement contestée par Thouy, l'épouse de Séthi, forte femme, sans compter le jeune Ramsès. Un incident survint qui permit à Thouy d'imposer sa volonté et son fils. Le prétendant fut écarté.

La présence et surtout la manifestation d'un descendant de l'ancienne lignée royale cinquante ans après la disparition d'Amenhotep IV, dit Akhenaton, sont intriguantes ; il ne peut s'agir que d'un petit-fils, voire d'un arrière-petit-fils de ce monarque ; qu'en était-il de ses parents pendant les règnes successifs de Semenkherê, de Toutankhamon, d'Aÿ et de Horemheb ? Pourquoi ne se sont-ils pas manifestés auparavant, alors que ces monarques étaient justement sans héritiers ? La réponse est évidente : parce que le souvenir d'Akhenaton était honni du pays, prêtres et militaires à l'unisson. Personne n'aurait voulu voir près du trône le représentant ou la représentante d'un pharaon qui avait laissé le pays aller à vau-l'eau. En témoigne la lettre extravagante qu'écrivit l'une des filles d'Akhenaton, Ankhensep-Aton, au roi hittite Souppiloulihouma pour lui demander de lui envoyer un de ses fils comme mari, parce qu'elle n'en trouvait pas dans le pays. La lettre est extravagante, non seulement parce qu'elle enfreint le diktat d'Amenhotep III, qui interdisait à une princesse égyptienne d'épouser un prince étranger, mais surtout parce qu'elle proposait de faire d'un Hittite le roi d'Égypte ! C'est la preuve de l'ostracisme témoigné à l'égard de la descendance d'Akhenaton.

Sous Ramsès Ier, sans doute, le discrédit des descendants d'Akhenaton s'était atténué, et Séthi aurait pu être enclin à intégrer le jeune prince Amenhotep parmi les siens, d'autant plus que l'autorité de sa dynastie s'affirmait et que des rumeurs commençaient à s'élever dans le pays sur le fait que sa lignée n'avait pas une goutte de sang royal. En désignant Amenhotep comme héritier du trône, comme le montre le bas-relief martelé, il renouait avec l'essence royale des pharaons.

Reste l'énigme du surnom Méhy ou Maÿ. Ce surnom ne comporte pas le terme *mose* ou *mès*, qui signifie « fils » et qui fut le vestige du premier nom de Moïse ; ce ne pourrait donc pas être le Moïse de l'Exode. Là, il faut rappeler que l'usage des noms était particulier dans l'Égypte antique ; en premier lieu, il n'existait pas de noms de famille, rien qu'un prénom-nom qui suffisait à définir l'individu, quitte à susciter des malentendus quand deux personnes portaient le même ; en deuxième lieu, ce nom pouvait changer, comme on le vit avec Amenhotep IV, devenu Akhenaton, et avec l'aîné de Ramsès II, Imenherounemef, que son père changea en Imenherkhepeshef.

Les péripéties de l'enfance d'un rescapé de la XVIIIe dynastie, soudain adopté, puis rejeté par la dynastie régnante, furent certainement mouvementées ; elles rendent l'hypothèse d'un changement de nom beaucoup plus vraisemblable. D'abord adopté par un prêtre d'un temple de Memphis (Hetkaptah), le petit prince aurait pu recevoir un nom composé avec la racine Ptah, dieu tutélaire de la ville, quitte à en changer plus tard.

Un point en tout cas permet d'ancrer solidement l'épisode de Moïse sous le règne de Ramsès II : c'est la construction de la ville de Pi-Ramsès.

L'Exode des Apirous : sa réalité historique et le fait qu'il aurait eu lieu sous le règne de Ramsès II ont été souvent contestés pour le motif qu'aucun document de ce long règne n'en fait mention. Il est, en effet, difficile de concilier le récit biblique avec les données de l'égyptologie. Mais ce récit a été rédigé neuf ou dix siècles après les événements, et sans grande considération pour les réalités historiques. Ainsi, le chiffre de six cent mille Hébreux mâles, sans compter les enfants (*Ex.* XII, 37), est extravagant : cela aurait représenté une population de plus d'un million dans un pays qui, du nord au sud, comptait moins d'un million et demi d'habitants. On ne renchérira pas ici sur les autres invraisemblances du récit biblique, qui n'est pas, soulignons-le, un texte d'histoire et j'évoquerai encore moins certaines hypothèses échevelées à son sujet.

Il est donc vain d'essayer de cadrer ce récit dans les connaissances historiques de l'égyptologie. Cela étant :

– nous ne disposons pas de la totalité des documents du règne de Ramsès II ;

– ce ne furent certes pas tous les Hébreux existant au Moyen-Orient qui abandonnèrent l'Égypte, mais seuls ceux qui s'y étaient installés et dont le nombre ne devait pas dépasser quelques milliers ; il en vivait en Palestine un nombre impossible à déterminer, mais non négligeable, puisqu'ils emmenaient paître leurs troupeaux dans le Delta ; donc, l'hypothèse d'une genèse du peuple d'Israël en Égypte et son départ « quatre cent trente ans » plus tard ne repose sur rien ;

– enfin, le départ de quelques milliers d'ouvriers mécontents de leur sort ne méritait peut-être pas, aux yeux des Égyptiens, une mention particulière. La censure d'État pourrait avoir réservé à l'épisode le même sort que le destin du mystérieux personnage martelé du bas-relief mentionné plus haut. L'hypothèse est encore plus vraisemblable si le meneur de l'exode fut un personnage dont Ramsès II souhaitait que le souvenir fût effacé des mémoires.

La stèle de Kouban et le *Poème* de Pentaour démontrent de façon éclatante les aises que Ramsès II prenait avec la vérité historique. Rien n'eût été plus facile que de passer sous silence le départ de quelques milliers d'étrangers mécontents. Quant aux Dix Plaies qui affligèrent le royaume d'après le récit biblique, il est admis qu'elles doivent, elles aussi, bien plus à l'imagination de rédacteurs tardifs qu'à une quelconque réalité : c'est une collection des maux sévissant non seulement en Égypte, mais dans l'ensemble du Proche-Orient jusqu'à l'époque moderne, nuées de sauterelles, épidémies de choléra, de variole, de typhoïde, de polio, de diphtérie… La malédiction des aînés, qui témoignerait d'une déconcertante sauvagerie du Créateur, est une autre interprétation tendancieuse de la forte mortalité infantile à l'époque.

En ce qui touche à la tempête rouge décrite dans ces pages, j'en ai été témoin au Caire, à deux reprises, dans mon enfance : charriant la poussière ocre du désert, le ciel devenait d'un rouge intense et après le passage du *khamsin*, les rues, les arbres et les gens qui l'avaient subi semblaient peints de cette couleur.

Le célèbre passage de la mer Rouge où les flots s'écartent sur l'ordre de Moïse s'explique le plus naturellement du monde par des faits oubliés ou occultés jusqu'au XIXe siècle. À l'époque de Ramsès II existait dans le Delta oriental un vaste lac, dit la « Grande Noire », englobant l'actuel lac Menzaleh, et où se déversait le bras du Nil dit « bras de Péluse » ; c'était le vestige d'un lac plus vaste remontant au paléolithique et progressivement asséché, soit par l'exploitation intensive des terres agricoles, soit par un changement climatique ou du débit du Nil. Ce lac, plus tard connu sous le nom de mer des Roseaux, rejoignait la mer Rouge telle que nous la connaissons aujourd'hui ; il se fragmenta par la suite en plusieurs lacs, dits aujourd'hui lacs Amers. Il comportait deux gués à marée basse ; l'un à hauteur de l'actuel Suez, l'autre plus au sud, à la jonction avec la mer Rouge, où il formait un goulet ; les deux gués sont mentionnés dans la *Description de l'Égypte* entreprise par les scientifiques de l'expédition de Bonaparte en Égypte ; ils furent, pendant les siècles suivant l'islamisation de l'Égypte, régulièrement empruntés par les pèlerins se rendant à La Mecque. Le gué de Suez était aisément praticable, mais celui du sud était plus dangereux ; en effet, situé sur le goulet mentionné plus haut, il était beaucoup plus exposé aux variations de niveau causées par les marées, amplifiées par son étroitesse et éventuellement par les tempêtes. Bonaparte faillit s'y noyer en 1799 et, en 1854, Ferdinand de Lesseps, campant dans cette région, y fut le témoin d'une tempête ; il rapporta que la marée avait atteint une hauteur de 1,30 à 1,80 mètre. Si l'on ignorait l'heure de la marée haute, on risquait donc d'y perdre la vie, comme cela advint peut-être aux quelques troupes égyptiennes lancées à la poursuite des Hébreux. Le chiffre de « six cents chars » cité par le Livre de l'Exode est évidemment absurde, et plus encore l'allégation selon laquelle le pharaon se serait noyé : aucun pharaon n'est mort noyé.

La stèle de Kouban (Baki de son nom ancien) démontre que, pour Ramsès II, la menace d'une contestation de sa légitimité était toujours présente même après son accession au trône. Dicté par une volonté d'autoglorification, mégalomane et exalté jusqu'à l'invraisemblance, le texte en est encore plus révélateur. Le monarque s'y décrit avec insistance comme le seul héritier possible du trône : « Fils de Rê », dieu suprême, il aurait été « depuis l'œuf » investi de la connaissance des problèmes du pays. Il reflète une intention inexplicable de se justifier, et les mots « lorsque je fus installé en tant que fils aîné » intriguent les historiens à juste titre ; de qui aurait-il été l'aîné ? Cette argumentation dynastique se réfère à l'évidence à un rival qui était toujours vivant au moment de l'investiture, alors que Ramsès avait vingt ou vingt et un ans. Qui était-ce, sinon le mystérieux personnage effacé du bas-relief de Karnak ? Or, la stèle de Kouban fut gravée et érigée alors que le monarque avait entre vingt-trois et vingt-quatre ans ; elle était destinée aux habitants de la région et du Haut Pays ; pourquoi y affirmer le droit de l'unique Ramsès au pouvoir, sinon parce que le rival y résidait encore et, sans doute, parce qu'il était le porte-drapeau d'une opposition organisée ?

Cette stèle, qui constitue le témoignage indirect le plus précieux du long règne de Ramsès II, reflète également la colère de ce dernier à l'égard du Haut Pays : « Le taureau puissant contre Koush-le-Vil, assommant les rebelles aussi loin que le pays des Noirs » sont des termes surprenants :

c'est la seule occasion connue où un monarque vilipende toute une région de son propre pays, celle de Koush, en termes aussi violents.

Il existe donc un lien entre ce mystérieux rival et les soulèvements du Sud. Peut-être un document inconnu le révélera-t-il un jour... En attendant, le ton de défi et la vantardise exacerbée indiquent que Ramsès se heurtait à une opposition intense.

La place démesurée dévolue au forage d'un puits dans la région de Kouban et les descriptions amphigouriques des circonstances dans lesquelles la décision en fut prise sont trop démesurées pour ne pas susciter le soupçon ; les références à une route sur laquelle les âniers mouraient de soif défient l'entendement ; les Égyptiens du temps, d'autres témoignages en attestent amplement, étaient assez avisés pour ne pas se lancer sur des routes privées de points d'eau. Ce récit consternant de creuse emphase indique une vérité bien différente : des puits furent creusés et Ramsès en revendique trop crûment la gloire pour qu'on y prête foi.

La conclusion générale qu'on peut tirer de la stèle de Kouban est que l'autorité, sinon la légitimité, de Ramsès fut contestée au début de son règne. Pour quelles raisons ? Parce que sa dynastie était d'origine roturière. Le principe de la royauté d'essence divine était profondément ancré dans la culture de l'Égypte d'alors, et la prise de pouvoir autoritaire par Horemheb, puis la désignation arbitraire de Ramsès Ier comme successeur s'étaient faites par la force des armes, mais n'étaient pas légitimées pour autant, surtout aux yeux d'un clergé toujours désireux d'affirmer sa puissance ; l'un et l'autre étaient des roturiers et aucun d'eux ne pouvait revendiquer d'alliance avec une femme de sang royal ; or, on sait que de telles alliances étaient la condition *sine qua non* du droit à la couronne ; la preuve en est offerte par les innombrables alliances incestueuses de l'histoire de l'Égypte ancienne. Horemheb avait réussi à s'emparer du trône en raison de sa parenté avec un autre général puissant, son cousin Nakhtmin, et de la déliquescence avancée du royaume à la fin de la XVIIIe dynastie ; mais sa désignation de Ramsès Ier, son vizir, comme successeur tenait du coup de force.

Dans de telles conditions, il est évident qu'un prince de sang royal pouvait rallier des prêtres sourcilleux et des seigneurs de province séditieux.

La volonté de Ramsès II d'affirmer sa légitimité est encore plus évidente dans les bas-reliefs du temple érigé à la mémoire de son père Séthi, où il revendique une ascendance qui remonte bien au-delà de Ramsès Ier, son aïeul véritable, et jusqu'à la XVIIIe dynastie des Thoutmôsides, à laquelle il n'était évidemment apparenté d'aucune façon.

Le *Poème* de Pentaour : ce texte[1] emphatique jusqu'au délire ne possède qu'une valeur historique indirecte. Son récit des faits est imaginaire ; les historiens possèdent assez d'éléments pour reconstituer la bataille de Qadesh avec véracité. Ramsès ne monta jamais jusqu'aux régions citées, jusqu'aux rives de la mer Noire, et même s'il est vraisemblable que l'armée égyptienne, division d'Amon en tête, fut surprise par l'attaque des Hittites et de leurs alliés, il est impossible que Ramsès II ait pu résister tout seul contre la coalition montée par Mouwatalli et qu'il ait tenu tête à deux mille cinq cents chars, comme l'affirme le vers du poème : « J'ai vaincu des millions de pays étrangers, seul avec mon attelage. » Passé le premier moment de panique, et très probablement stimulée par son exemple, la division d'Amon se ressaisit certainement, sans quoi il n'en serait rien resté et Ramsès lui-même aurait été emporté. Le retard qu'elle y

1. Adapté de la traduction d'Alan H. Gardiner, *The Kadesh Inscriptions of Rameses II*, Oxford University Press, 1960.

mit est cause de la vindicte excessive que Ramsès exprima à l'égard de son armée entière. Mais la faute lui incombait en premier lieu. Pressé d'emporter la victoire, il détacha la division d'Amon du reste de l'armée et, isolé comme il l'était dans son campement à l'ouest de Qadesh, il offrit une cible idéale aux Hittites. Ceux-ci eurent alors beau jeu de couper la division de Rê qui arrivait et de remonter jusqu'au camp de Ramsès. Le *Poème* de Pentaour omet de citer les Néarins, qui permirent à celui-ci de résister au premier choc et laissèrent le temps à la division d'Amon, regroupée, et à l'aile de la division de Rê rescapée de l'attaque, de prendre les Hittites en tenaille.

Un fait est certain : ni Ramsès ni son armée ne montèrent jamais jusqu'à la Mésopotamie ni à l'Asie Mineure comme le prétend le *Poème* : c'est là pure fabrication. Les poètes et les artistes sont des chroniqueurs infidèles des épisodes militaires, comme en témoigne le tableau de David représentant Napoléon à cheval franchissant glorieusement le col du Gothard, alors qu'il y parvint péniblement monté sur un baudet.

Il est possible que les éclaireurs égyptiens n'aient pas accompli leur mission et qu'ils aient négligé de repérer à temps les positions des armées de la coalition de Mouwatalli, ce qui permit à celui-ci de duper les Égyptiens en leur faisant croire qu'il était à deux jours de cheval de Qadesh, alors qu'il se trouvait au nord-est de la citadelle. Mais cela ne change rien au fait que le premier responsable de la déroute de Qadesh fut Ramsès II lui-même. Et l'on peut s'interroger sur la réalité du plan de bataille mentionné par le *Poème*. On est également en droit de déplorer les insultes dont le monarque agonit son armée.

Demeure le *Poème*, extravagant péan pour un seul homme afin de panser l'amour-propre blessé du monarque. Il démontre que, même investi des deux couronnes, Ramsès II n'avait pas étanché sa soif inextinguible de reconnaissance. Mais l'amoncellement de superlatifs et de références théologiques ne peut celer le fait essentiel : Ramsès II était parti reconquérir Qadesh et n'y parvint pas.

L'absence de descendance de la XVIIIe dynastie. Quiconque essaie de reconstituer la vérité historique de l'Égypte ancienne ne peut manquer d'être frappé par le fait que ses derniers monarques ne laissèrent pas de descendants mâles. Du couple Akhenaton-Néfertiti ne naquirent singulièrement que six filles. De son successeur désigné et gendre Toutankhamon (il épousa à dix ans Ankhensep-Aton, fille d'Akhenaton), on ne connaît aucun enfant, fille ou garçon. Du mystérieux Semenkherê, demi-frère d'Akhenaton, qui épousa sa nièce Merit-Aton, puisque fille d'Akhenaton, on ne connaît non plus aucune descendance. Aÿ, dernier monarque de la dynastie apparenté par les liens du sang, ne laissa non plus aucun héritier.

Peut-être l'excès des unions consanguines – l'interdit de l'inceste n'existait pas alors – épuisa-t-il la race ; peut-être aussi l'anomalie génétique dont semble avoir souffert Akhenaton entraîna-t-elle des répercussions sur le système génital de ses filles. Le regard réaliste de l'époque moderne reste inévitablement marqué par les formes féminines de ce roi, notamment dans la statue où il s'est fait représenter nu et sans sexe, avec des hanches typiquement gynoïdes. Il est également permis de se demander, sans aucune pudibonderie, si l'excès de rapports sexuels dès le plus jeune âge – Akhenaton épousa sa propre fille Merit-Aton, sacrée très jeune Première Épouse royale – n'endommagea pas l'appareil sexuel des princesses ; des fausses couches à répétition sont une cause connue de stérilité. Quant à Aÿ, peut-être son grand âge avait-il affaibli ses capacités reproductrices.

Tout cela est plausible, mais n'explique pas que Horemheb, qui s'empara du pouvoir en 1327 av. J.-C. et qui était, lui, de souche plébéienne, n'ait pas laissé de descendance et n'ait trouvé que son vizir Ramsès Ier comme héritier. Or, le seul fils connu de ce dernier, pourtant de même souche, fut Séthi Ier.

Une fertilité aussi faible laisse d'autant plus perplexe que le Palais disposait d'un harem (mot arabe tardif) capable d'assurer une descendance abondante, comme ce fut le cas de Ramsès II. Mais il faut évoquer la mortalité infantile, très élevée à l'époque (un enfant sur trois mourait lors de l'accouchement ou tout de suite après), qui décima la très nombreuse descendance de Ramsès II.

Demeure le fait que Ramsès II est le premier pharaon de la XIXe dynastie qui renoua avec la tradition de fécondité des précédentes dynasties.

La mythification du passé menaçant d'atteindre la sexualité dans l'Égypte ancienne, on rappellera les acquis de l'égyptologie dans ce domaine. L'attitude des Égyptiens à l'égard de la sexualité et du corps humain était libre, et de nombreux bas-reliefs et peintures représentent ainsi des gens vaquant nus à leurs tâches. Le phallus jouait un rôle important dans la symbolique rituelle, et c'est ainsi qu'en souvenir d'Isis qui, après avoir reconstitué le corps de son époux et frère Osiris, à qui manquait le quatorzième morceau, on façonna un membre d'argile et le plaça sur sa momie (les embaumeurs sectionnaient le phallus des morts et l'agrandissaient avec des pâtes aromatiques avant de le placer dans un vase canope). Des amulettes phalliques servaient de porte-bonheur et le dieu de la fertilité, Mîn, était représenté dans les temples en pleine – et monumentale – érection. Cette exaltation de la sexualité n'abolissait nullement la notion de fidélité dans le couple, et l'adultère était un scandale, même si l'on en trouve quelques exemples dans les aventures des dieux. La déesse Tefnoût fut ainsi violée par un dieu royal ; Seth surprit la déesse Metout aux bains et la viola ; le dieu Hedjhotep commit on ne sait quelle inconvenance à l'égard du dieu Montou…

Cela étant, les Égyptiens n'ignoraient rien de la sexualité, comme en témoignent leur mythologie et leur réalité. La masturbation (l'humanité naquit de celle du dieu créateur Atoum), la prostitution (Hathor était la déesse des femmes de mauvaise vie), l'homosexualité (Seth tenta de violer son neveu Horus et le pharaon Pépi II vécut en ménage avec un de ses généraux), la contraception et autres pratiques n'avaient certes rien à voir avec un culte présumé et lui aussi mythique de la fécondité. Le musée de Turin garde ainsi dans ses réserves des spécimens d'images que l'on qualifierait de nos jours de pornographiques.

Maints ouvrages ont soutenu la documentation de ce roman. Je témoignerai cependant d'une reconnaissance particulière à ceux-ci : *Ramsès II, la véritable histoire*, de Christiane Desroches-Noblecourt (Pygmalion, Paris, 1996), *Les Dieux de l'Égypte*, de Claude Traunecker, dont la richesse égale la concision (« Que sais-je ? », PUF, 1992), et *Dictionnaire de la civilisation égyptienne*, de Georges Posener, avec la collaboration de Serge Sauneron et Jean Yoyotte (Fernand Hazan, 1992).

Ajouterai-je que l'Égypte antique m'est familière depuis l'enfance ? Habitant alors Abou Korkas, en Haute-Égypte, siège de l'une des usines des Sucreries et de la Raffinerie du pays, mes parents recevaient les égyptologues en fin de campagne de fouilles à Touna el-Gebel et faisant étape avant le retour vers Le Caire. Les conversations portaient évidemment sur les découvertes réalisées et les pièces ramenées dans la capitale. L'occasion est propice pour adresser un hommage nostalgique à l'abbé Étienne Drioton, Michel Malinine, Alexandre Piankoff, Alexandre Varille et bien d'autres membres éminents de l'Institut français d'archéologie orientale, que je revis plus tard au Caire.

Table

PREMIÈRE PARTIE
L'OMBRE DU RIVAL

SECONDE PARTIE

COMBATS ET MÉTAMORPHOSE

1. Roger CARATINI, Hocine RAÏS, *Initiation à l'islam.*
2. Antoine BIOY, Benjamin THIRY, Caroline BEE, *Mylène Farmer, la part d'ombre.*
3. Pierre MIQUEL, *La France et ses paysans.*
4. Gerald MESSADIÉ, *Jeanne de l'Estoille.* I. *La Rose et le Lys.*
5. Gerald MESSADIÉ, *Jeanne de l'Estoille.* II. *Le Jugement des loups.*
6. Gerald MESSADIÉ, *Jeanne de l'Estoille.* III. *La Fleur d'Amérique.*
7. Alberto GRANADO, *Sur la route avec Che Guevara.*
8. Arièle BUTAUX, *Connard !*
9. James PATTERSON, *Pour toi, Nicolas.*
10. Amy EPHRON, *Une tasse de thé.*
11. Andrew KLAVAN, *Pas un mot.*
12. Colleen MCCULLOUGH, *César Imperator.*
13. John JAKES, *Charleston.*
14. Evan HUNTER, *Les Mensonges de l'aube.*
15. Anne MCLEAN MATTHEWS, *La Cave.*
16. Jean-Jacques EYDELIE, *Je ne joue plus !*
17. Philippe BOUIN, *Mister Conscience.*
18. Louis NUCÉRA, *Brassens, délit d'amitié.*
19. Olivia GOLDSMITH, *La Femme de mon mari.*
20. Paullina SIMONS, *Onze heures à vivre.*
21. Jane AUSTEN, *Raison et Sentiments.*
22. Richard DOOLING, *Soins à hauts risques.*
23. Tamara MCKINLEY, *La Dernière Valse de Mathilda.*
24. Rosamond SMITH, *Double diabolique.*
25. Édith PIAF, *Au bal de la chance.*
26. Jane AUSTEN, *Mansfield Park.*
27. Gerald MESSADIÉ, *Orages sur le Nil.* I. *L'Œil de Néfertiti.*
28. Jean HELLER, *Mortelle mélodie.*
29. Steven PRESSFIELD, *Les Murailles de feu.*
30. Jean-Louis CRIMON, Thierry SÉCHAN, *Renaud raconté par sa tribu.*
31. Gerald MESSADIÉ, *Orages sur le Nil.* II. *Les Masques de Toutankhamon.*

32. Gerald MESSADIÉ, *Orages sur le Nil.* III. *Le Triomphe de Seth.*
33. Choga Regina EGBEME, *Je suis née au harem.*
34. Alice HOFFMAN, *Mes meilleures amies.*
35. Bernard PASCUITO, *Les Deux Vies de Romy Schneider.*
36. Ken MCCLURE, *Blouses blanches.*
37. Colleen MCCULLOUGH, *La Maison de l'ange.*
38. Arièle BUTAUX, *Connard 2.*
39. Kathy HEPINSTALL, *L'Enfant des illusions.*
40. James PATTERSON, *L'amour ne meurt jamais.*
41. Jean-Pierre COLIGNON, HélèneGEST, *101 jeux de logique.*
41. Jean-Pierre COLIGNON, Hélène GEST, *101 jeux de logique.*
42. Jean-Pierre COLIGNON, Hélène GEST, *101 jeux de culture générale.*
43. Jean-Pierre COLIGNON, Hélène GEST, *101 jeux de langue française.*
44. Nicholas DAVIES, *Diana, la princesse qui voulait changer le monde.*
45. Jeffrey ROBINSON, *Rainier et Grace.*
46. Alexandra CONNOR, *De plus loin que la nuit.*
47. BARBARA, *Ma plus belle histoire d'amour.*
48. Jeffery DEAVER, *New York City Blues.*
49. Philippe BOUIN, *Natures mortes.*
50. Richard NORTH PATTERSON, *La Loi de Lasko.*
51. Luanne RICE, *Les Carillons du bonheur.*
52. Manette ANSAY, *La Colline aux adieux.*
53. Mende NAZER, *Ma vie d'esclave.*
54. Gerald MESSADIÉ, *Saint-Germain, l'homme qui ne voulait pas mourir.* I. *Le Masque venu de nulle part.*
55. Gerald MESSADIÉ, *Saint-Germain, l'homme qui ne voulait pas mourir.* II. *Les Puissances de l'invisible.*
56. Carol SMITH, *Petits meurtres en famille.*
57. Lesley PEARSE, *De père inconnu.*
58. Jean-Paul GOURÉVITCH, *Maux croisés.*
59. Michael TOLKIN, *Accidents de parcours.*
60. Nura ABDI, *Larmes de sable.*
61. Louis NUCÉRA, *Sa Majesté le chat.*
62. Catherine COOKSON, *Jusqu'à la fin du jour.*
63. Jean-Noël BLANC, *Virage serré.*

64. Jeffrey Fox, *Les 75 Lois de Fox.*
65. Gerald Messadié, *Marie-Antoinette, la rose écrasée.*
66. Marc Divaris, *Rendez-vous avec mon chirurgien esthétique.*
67. Karen Hall, *L'Empreinte du diable.*
68. Jacky Trevane, *Fatwa.*
69. Marcia Rose, *Tout le portrait de sa mère.*
70. Jorge Molist, *Le Rubis des Templiers.*
71. Colleen McCullough, *Corps manquants.*
72. Pierre Berloquin, *100 jeux de chiffres.*
73. Pierre Berloquin, *100 jeux de lettres.*
74. Pierre Berloquin, *100 jeux de déduction.*
75. Stuart Woods, *Un très sale boulot.*
76. Sa Sainteté le dalaï-lama, *L'Art de la sagesse.*
77. Andy Mcnab, *Bravo Two Zero.*
78. Tariq Ramadan, *Muhammad, vie du Prophète.*
79. Louis-Jean Calvet, *Cent ans de chanson française.*
80. Patrice Franceschi, *L'Homme de Verdigi.*
81. Alexandra Connor, *La Faute de Margie Clements.*
82. John Berendt, *La Cité des anges déchus.*
83. Edi Vesco, *Le Guide magique du monde de Harry Potter.*
84. Peter Blauner, *Vers l'abîme.*
85. Gérard Delteil, *L'Inondation.*
86. Stéphanie Lohr, *Claude François, secrets de famille.*
87. Jacqueline Monsigny, *Floris.* I. *Floris, fils du tsar.*
88. Jacqueline Monsigny, *Floris.* II. *Le Cavalier de Pétersbourg.*
89. Arièle Butaux, *La Vestale.*
90. Tami Hoag, *Meurtre au porteur.*
91. Arlette Aguillon, *Rue Paradis.*
92. Christopher Reich, *Course contre la mort.*
93. Brigitte Hemmerlin, Vanessa Pontet, *Grégory, sur les pas d'un ange.*
94. Dominique Marny, *Les Fous de lumière.* I. *Hortense.*
95. Dominique Marny, *Les Fous de lumière.* II. *Gabrielle.*
96. Yves Azéroual, Valérie Benaïm, *Carla Bruni-Sarkozy, la véritable histoire.*
97. Philippa Gregory, *Deux sœurs pour un roi.*
98. Jane Austen, *Emma.*
99. Gene Brewer, *K-pax.*

100. Philippe BOUIN, *Comptine en plomb.*
101. Jean-Pierre COLIGNON, Hélène GEST, *101 jeux Cinéma-Télé.*
102. Jean-Pierre COLIGNON, Hélène GEST, *101 jeux Histoire.*
103. Jean-Pierre COLIGNON, Hélène GEST, *101 jeux France.*
104. Jacqueline MONSIGNY, *Floris.* III. *La Belle de Louisiane.*
105. Jacqueline MONSIGNY, *Floris.* IV. *Les Amants du Mississippi.*
106. Alberto VÁSQUEZ-FIGUEROA, *Touareg.*
107. James CAIN, *Mort à la plage.*
108. Hugues ROYER, *Mylène.*
109. Eduardo MANET, *La Mauresque.*
110. Jean CONTRUCCI, *Un jour tu verras.*
111. Alain DUBOS, *La Rizière des barbares.*
112. Jane HAMILTON, *Les Herbes folles.*
113. Senait MEHARI, *Cœur de feu.*
114. Michaël DARMON, Yves DERAI, *Belle-Amie.*
115. Ed MCBAIN, *Le Goût de la mort.*
116. Joan COLLINS, *Les Larmes et la Gloire.*
117. Roger CARATINI, *Le Roman de Jésus.* I. *De Bethléem à Cana.*
118. Roger CARATINI, *Le Roman de Jésus.* II. *De Tibériade au Golgotha.*
119. Franz LISZT, *Chopin.*
120. James W. HUSTON, *Pluie de flammes.*
121. Joyce Carol OATES, *Le Sourire de l'ange.*
122. Nicholas MEYER, *Sherlock Holmes et le fantôme de l'Opéra.*
123. Pierre LUNEL, *Ingrid Betancourt, les pièges de la liberté.*
124. Tamara MCKINLEY, *Éclair d'été.*
125. Ouarda SAILLO, *J'avais 5 ans.*
126. Margaret LANDON, *Anna et le roi.*
127. Anne GOLON, *Angélique.* I. *Marquise des anges.*
128. Anne GOLON, *Angélique.* II. *La Fiancée vendue.*
129. Jacques MAZEAU, *La Ferme de l'enfer.*
130. Antonin ANDRÉ, Karim RISSOULI, *Hold-uPS, arnaques et trahisons.*
131. Alice HOFFMAN, *Un instant de plus ici-bas.*
132. Otto PENZLER, *Quand ces dames tuent !*
133. Philippe BOUIN, *La Gaga des Traboules.*
134. Jane HAMILTON, *La Brève Histoire d'un prince.*
135. Jean-Michel COUSTEAU, *Mon père le commandant.*

136. Judith Lennox, *L'Enfant de l'ombre.*
137. Stéphane Koechlin, *Michael Jackson, la chute de l'ange.*
138. Jeffrey Archer, *Frères et Rivaux.*
139. Jane Austen, *Orgueil et Préjugés.*
140. Kim Wozencraft, *En cavale.*
141. Andrew Klavan, *La Dernière Confession.*
142. Barry Unsworth, *Le Joyau de Sicile.*
143. Colleen McCullough, *Antoine & Cléopâtre.*
I. Le Festin des fauves.
144. Colleen McCullough, *Antoine & Cléopâtre.*
II. *Le Serpent d'Alexandrie.*
145. Santa Montefiore, *Le Dernier Voyage du* Valentina.
146. Charles Todd, *Trahison à froid.*
147. Bertrand Tessier, *Belmondo l'incorrigible.*
148. Elizabeth McGregor, *Une intime obsession.*
149. Anne Golon, *Angélique.* III. *Fêtes royales.*
150. Anne Golon, *Angélique.* IV. *Le Supplicié de Notre-Dame.*
151. Clinton McKinzie, *La Glace et le Feu.*
152. Edi Vesco, *Soleil d'hiver.*
153. Tariq Ramadan, *Mon intime conviction.*
154. Jean-Dominique Brierre, *Jean Ferrat, une vie.*
155. Dale Brown, *Feu à volonté.*
156. Émile Brami, *Céline à rebours.*
157. Rosamond Smith, *Œil-de-serpent.*
158. Didier Porte, *Sauvé des ondes.*
159. Alberto Vasquez-Figueroa, *Les Yeux du Touareg.*
160. Jane Austen, *Persuasion.*
161. Michaël Darmon, Yves Derai, *Carla et les ambitieux.*
162. Alexandre Dumas, *Les Borgia.*
163. Julie Gregory, *Ma mère, mon bourreau.*
164. Philippa Gregory, *L'Héritage Boleyn.*
165. Tamara McKinley, *Le Chant des secrets.*
166. Dominique Jamet, *Ces discours qui ont changé le monde.*
167. James Patterson, *Rendez-vous chez Tiffany.*
168. Anabelle Demais, *Liaison dangereuse.*
169. Deborah Smith, *Un café pour deux.*
170. Yann Quéffelec, *Le Piano de ma mère.*
171. Gerald Messadié, *Jacob, l'homme qui se battit avec Dieu.*
I. *Le Gué du Yabboq.*

172. Judith LENNOX, *Des pas dans la nuit.*
173. Colleen MCCULLOUGH, *Les Caprices de Miss Mary.*
174. Jonathon KING, *La Voix des oubliés.*
175. Gerald MESSADIÉ, *Jacob, l'homme qui se battit avec Dieu.* II. *Le Roi sans couronne.*
176. Bernard PASCUITO, *Célébrités : 16 morts étranges.*
177. Tami HOAG, *Contre toute évidence.*
178. Anatole LE BRAZ, *La Légende de la mort.*
179. Jane AUSTEN, *Northanger Abbey.*
180. Ronlyn DOMINGUE, *Le Souffle de l'éternité.*
181. Judy WESTWATER, *Abandonnée !*
182. Donald JAMES, *Vadim.*
183. Heather LEWIS, *Le Second Suspect.*
184. Louis PERGAUD, *La Guerre des boutons.*
185. Lori LANSENS, *Les Filles.*
186. Philippe BOUIN, *Paraître à mort.*
187. Jeffrey FOX, *Comment être un bon manager.*
188. Clinton MCKINZIE, *Au-dessus du gouffre.*
189. Daniel SILVA, *Le Messager.*
190. Simon MAWER, *Faille intime.*
191. STENDHAL, *La Chartreuse de Parme.*
192. Michel TAUBMANN, *Le Roman vrai de Dominique Strauss-Kahn.*
193. Joyce Carol OATES, *L'Amour en double.*

Cet ouvrage a été composé
par Atlant'Communication
au Bernard (Vendée)

Impression réalisée par

CPi
BRODARD & TAUPIN

La Flèche
en décembre 2011
pour le compte des Éditions de l'Archipel
département éditorial
de la S.A.S. Écriture-Communication

Imprimé en France
N° d'impression : 66818
Dépôt légal : janvier 2012